Das große Halloween-Lesebuch

W0192253

LESEBÜCHER IM GOLDMANN VERLAG
Eine Auswahl

DAS GROSSE GOLDMANN-JUBILÄUMS-LESEBUCH
Martha Grimes, Alice Hoffman, Akif Pirinçci, Amy Tan,
Donna Tartt u. v. a.
(43641)

DAS GROSSE LESEBUCH DER FANTASY
Terry Pratchett, Marion Zimmer Bradley, Angela Carter,
Tad Willimas u. v. a.
(24665)

IM STRANDKORB
Das große Sommerlesebuch
Mary Higgins Clark, Tanja Kinkel, David Guterson, Amelie Fried u. v. a.
(44366)

DAS GROSSE LESEBUCH DES ENGLISCHEN KRIMIS
Agatha Christie, Liza Cody, Elizabeth George, P. D. James, Ruth Rendell,
Dorothy Sayers u. v. a.
(42642)

FREUNDINNEN
Ein Frauenlesebuch
Margaret Atwood, Ingeborg Bachmann, Giaconda Belli,
Sandra Cisneros, Helen Gardner u. v. a.
(42959)

DAS GROSSE BÖSE-MÄDCHEN-LESEBUCH
Kathy Lette, Simone Borowiak, Binnie Kirshenbaum,
Doris Dörrie u. v. a.
(43689)

RACHEENGEL
Mary Higgins Clark, Sara Paretsky, Faye Kellerman,
Ruth Rendell u. v. a.
(43935)

Das große Halloween-Lesebuch

Geschichten von
Anne Rice, Dean R. Koontz, Clive Barker,
Margaret Atwood, Joyce Carol Oates,
Tanja Kinkel, Bruce Robinson
und vielen anderen

Herausgegeben von
Maria Dürig und Barbara Heinzius

GOLDMANN

Die Quellenhinweise zu den einzelnen Texten
finden Sie am Ende des Buches auf S. 315ff.

Originalausgabe 11/99
Copyright © der Originalausgabe 1999
by Wilhelm Goldmann Verlag, München,
in der Verlagsgruppe Bertelsmann GmbH
Umschlaggestaltung: Design Team München
Umschlagfoto: Photonica/Morrison
Satz: deutsch-türkischer fotosatz, Berlin
Druck: Elsnerdruck, Berlin
Verlagsnummer: 44561
MD/BH · Herstellung: Sebastian Strohmaier
Made in Germany
ISBN 3-442-44561-2

1 3 5 7 9 10 8 6 4 2

Inhalt

SOPHIE ANDRESKY
Im Bermuda-Dreieck

Obwohl sich beide gerade das Rauchen abgewöhnt hatten, war es stickig im Auto. Das kam vom Streit. Dabei ging es um nichts. Sie waren einfach schon zu lange unterwegs, vom Grau der Autobahnen genervt und müde. Die Stimmung war während der letzten Minuten immer gereizter geworden.

Leon trommelte mit den Fingerkuppen auf dem Lenkrad herum, und Hanna sah schmallippig aus dem Fenster. Die Arme hatte sie fest vor der Brust verschränkt. Eine Haarsträhne fiel ihr immer wieder ins Gesicht, die pustete sie dann weg. Leon sah kurz zu ihr herüber und räusperte sich.

»Mach doch mal das Licht an«, sagte Hanna, »es wird ja schon dunkel. Und außerdem ist es zu heiß hier.«

Leon schaltete die Scheinwerfer an, und Hanna kurbelte die Fensterscheibe zur Hälfte herunter. Ein Windstoß fegte durch das Auto und wischte die Landkarten von Hannas Schoß auf den Boden. Hanna ließ sie da liegen. Leon sah das genau aus den Augenwinkeln.

»Mach zu, es zieht.«

»Ich brauche eine Zigarette«, sagte Hanna und kurbelte die Scheibe wieder hoch. Leon sagte nichts. Draußen jagten die Lärmschutzwände vorbei, eine häßlicher als die andere. Kurz vor dem Autobahndreieck überholte Leon einen Lastwagen. Der zog mit, und Leon fluchte.

»Paß auf«, fauchte Hanna, »da vorne ist unsere Abfahrt.«

Leon schaffte es knapp, sich vor dem Lastwagen wieder auf der rechten Spur einzufädeln und setzte den Blinker.

»Sind wir hier richtig?« fragte Leon, und Hanna klaubte die Straßenkarte wieder vom Boden auf und sah nach.

»Ja ja, das war unser Autobahndreieck. In etwa einer halben Stunde oder so müßte das Motel kommen«, und dann nach einer Pause, »ich brauche eine Zigarette.«

Leon sagte nichts. Wieder Lärmschutzwände, Waldgebiete, Notrufsäulen, weit hinten ein Fabrikgelände. Leon murmelte beschwichtigend:

»In einer halben Stunde liegst du in einer heißen Wanne und hast etwas gegessen. Dann wirst du auch wieder verträglicher. Eine Zigarette wäre wirklich nicht schlecht.«

»Es ist so ruhig hier«, sagte Hanna.

Und sie hatte recht. Seit einiger Zeit schon waren sie allein auf der Autobahn. Leon gab mehr Gas. Draußen wurde es schnell dunkler.

»Bald sind wir da«, sagte Leon, »bestimmt kommt das Schild gleich. Oder hast du wieder mal die Karte falsch rum gehalten?«

Hanna zischte: »Mach's doch selbst«, und warf die Karte auf den Rücksitz. Sie streckte die Beine aus, bog das Kreuz durch und verschränkte die Arme wieder vor der Brust.

Von Häusern und Fabriken war nichts mehr zu erkennen, vielleicht wurde es weiter hinten nebelig. Als nach weiteren zwanzig Minuten immer noch kein Schild gekommen war, kein Motelhinweis, keine Kilometeranzeige zur nächsten Stadt, kein anderes Auto, schenkte Hanna sich und Leon einen Pappbecher Kaffee ein.

»Ich muß mal«, sagte sie.

»Wir sind bestimmt falsch«, sagte er, »an der nächsten Tankstelle müssen wir wirklich mal fragen.«

Hanna griff hinter sich und nahm die Karte von der Rückbank. Doch, sie waren richtig gefahren, am richtigen Dreieck abgebogen und hätten jetzt eigentlich mitten in einem Industriegebiet sein müssen. Es würde schon eine Tankstelle kommen, immerhin war hier Deutschland und nicht der Dschungel.

Mittlerweile war es stockdunkel. Hanna öffnete noch einmal das Fenster, der Wind war jetzt eisig, und sie kurbelte es sofort wieder hoch. Im Wagen war es kalt geworden. Hanna zog sich eine Strickjacke an und begann Schlager zu summen.

»Oh, bitte nicht«, sagte Leon, »mach lieber das Radio an, die können wenigstens singen.«

Hanna drückte auf den Knopf, aber es rauschte nur. Sie versuchte der Reihe nach alle gespeicherten Sender, aber es kam gar nichts, keine Nachrichten, keine Musik, kein Hörspiel. Da fiel ihr auf, daß sie auch den Verkehrsfunk schon lange nicht mehr gehört hatten, obwohl der sich eigentlich automatisch einschalten sollte. Leon schob ihre Hand vom Radio weg und drehte selbst an allen Knöpfen, aber auch bei ihm rauschte es nur.

»Dreh um«, sagte Hanna, »fahr zurück.«

Aber die Leitplanke in der Mitte der Autobahn war durchgezogen und eine Ausfahrt war weit und breit nicht in Sicht.

»Das Motel muß ja irgendwann kommen«, sagte Leon, mehr zu sich selbst als zu Hanna, »wir sind doch nicht alleine auf der Welt.«

Hanna schüttete sich einen Cognac in ihren Pappbecher und sah wieder aus dem Fenster. Nichts.

»Das nächste Mal fahren wir nach Belgien in Urlaub«, sagte sie, »da sind die Autobahnen wenigstens beleuchtet.«

Leon schlug ein Spiel vor, Kitschreimen, das spielten sie oft, wenn sie im Stau standen. Leon gab eine Zeile vor und Hanna mußte den Reim darauf finden, dann ging es umgekehrt. So hatten sie schon ganze Epen der scheußlichsten Art gedichtet.

Leon sagte: »Wir sind die letzten Menschen, die da fahren auf der Welt ...«, »... und bekommen kein Motel für noch soviel Geld«, ergänzte Hanna, »doch wenn unsre Reise ein Ende hat«, »macht uns irgendein Monster platt«, dichtete Leon. Und Hanna schlug ihm auf die Schulter und sagte: »Hör auf. Blödes Spiel.«

Leon beschleunigte noch mehr. Dann fuhr er Schlangenlinien.

Hanna zischte: »Laß das«, und Leon lenkte wieder auf die rechte Spur. Immer noch kein Abzweiger. Leon wurde müde, und Hanna konnte ihn nicht ablösen, weil sie mittlerweile noch einige Cognacs gekippt hatte.

»Mir ist kalt«, sagte sie.

Ihre Decken und Schlafsäcke lagen zusammen mit ihrem Zelt im Kofferraum, und hier im Auto hatte sie nur ein T-Shirt mit der Strickjacke und eine bunte Bermudashorts an. Grüne Blätter mit violetten und roten Blumen, dazwischen gelbe Schmetterlinge. Am Strand hatte sie witzig ausgesehen, hier im dunklen, kalten Wagen kam sie sich fehl am Platz vor, so als wäre sie verkleidet.

Leon hatte das grelle Muster zwar von Anfang an scheußlich gefunden, aber als er dann am Strand darauf kam, daß er durch die weiten Hosenbeine bis nach ganz oben herankam, und als Hanna dann, als sie merkte, daß ihm das Spaß machte, ihre Unterwäsche im Rucksack ließ, war er ganz verrückt nach diesen Bermudashorts geworden.

Sie hatten sich ein Spiel ausgedacht, bei dem Hanna, wenn der Strand so richtig rappelvoll war, sich vor den im Sand sitzenden Leon gestellt hatte, und so tat, als würde sie durch ein Fernglas aufs Meer sehen. Leon hatte dann mit der Hand über ihre Beine gestrichen, immer höher und ganz unauffällig, bis er mit den Fingerspitzen zu ihrer Pofalte und schließlich an ihr Schamhaar gekommen war. Viel weiter kam er nicht. Aber Hanna war, bis er soweit war, von diesem Spiel schon ganz naß bis in die Haarspitzen, »rollig«, sagte Leon dazu, so daß sie bereits nach ein paar Minuten das Spiel abbrachen und sich auch gar nicht mehr darum kümmerten, ob wohl jemand zugesehen hatte oder nicht, und zusammen ins Zelt krochen und sich da übereinander hermachten. Auf diese Weise verbrauchten sie eine Familienpackung Extrazarte in nur zwei Wochen.

Leon hatte irgendwann während dieser Zeltorgien vorgeschlagen, sie solle sich doch ein kleines Loch in die Bermuda schneiden, genau an der Stelle im Schritt, an der die Nähte zusammenliefen, dann könne er am Strand nicht nur ihr Mösenhaar streicheln, sondern ihr auch vor allen Leuten einen Finger hineinschieben. Aber das war Hanna dann doch zu gewagt. Und jetzt, hier im Wagen, war sie froh, daß sie es nicht gemacht hatte, obwohl die Versuchung groß gewesen war.

Mitten in ihre Gedanken hinein sagte Leon plötzlich: »Na endlich.«

Hanna sah zu ihm, und er zeigte auf ein neonbeleuchtetes, buntes Schild am Straßenrand, auf dem »Motel Nyx, 10 km« stand. Hanna fuhr mit dem Finger auf ihrer Straßenkarte entlang.

»Das ist aber nicht unser Motel.«

»Was soll das heißen?« fragte Leon und nahm ihr die Karte aus der Hand.

Hanna tippte auf eine Stecknadel, mit der sie die Wegstrecke markiert hatte.

»Hier, unser Motel liegt genau zwischen diesen beiden Autobahnkreuzen und müßte eigentlich ›Short Break‹ heißen. ›Nyx‹, was soll das überhaupt sein?«

»Ist doch egal«, sagte Leon, »der Name des Besitzers wahrscheinlich, Hauptsache, wir kommen endlich ins Bett, wir werden uns irgendwo verfahren haben.«

»Haben wir nicht«, sagte Hanna.

»Dann haben die eben den Motelnamen geändert, mein Gott, mußt du immer was zu meckern haben?«

»Aber die Karte ist von diesem Jahr«, beharrte Hanna.

»Halt jetzt die Klappe und freu dich«, sagte Leon, und Hanna kramte ihre Sachen zusammen.

Als sie auf den Parkplatz des Motels rollten, war der völlig verlassen. Aber immerhin, das Haus war erleuchtet. Leon und Hanna stiegen aus, schulterten ihre Rucksäcke und alles, was nicht im Auto bleiben durfte, und gingen hinein.

Innen empfing sie ein junges Pärchen, das sich engumschlungen an der Rezeption küßte. »Hey, ist doch alles in Ordnung«, flüsterte Leon, »wo man knutscht, da laß dich fröhlich nieder«, und dann: »Guten Abend, wir hätten gern ein Zimmer.«

Die junge Frau lächelte ihn herzlich an. Der Mann entzündete sich eine Zigarette und bot Leon und Hanna auch eine an. Hanna wollte dankbar zugreifen, aber als Leon sie streng ansah, sagte sie:

»Herzlichen Dank, aber wir gewöhnen es uns gerade ab.«

»Wie schade«, meinte der junge Mann, »so eine Zigarette ist doch das höchste«, und Hanna nickte und zuckte bedauernd die Schultern.

»So rein pro forma muß ich euer Kennzeichen aufschreiben«, sagte der Junge, und Leon buchstabierte »HH-MJ-63«.

»Nein, 67«, korrigierte Hanna und knuffte Leon. »So müde ist er schon.«

Das Mädchen lächelte und reichte Leon einen Schlüssel. »Wir geben euch extra das schönste Zimmer. Unsere«, sie lächelte noch breiter, »Hochzeitssuite.«

»Wir waren darin jedenfalls sehr glücklich«, sagte der junge Mann und küßte den Hals des Mädchens, »das war vielleicht heiß bei uns«, hauchte er.

Hanna und Leon grinsten sich an und wollten ihre Sachen ins Zimmer tragen. Aber die beiden protestierten und trugen sie hinter ihnen her.

Das Zimmer war groß und geräumig. Die Tapete sah aus wie Seide und hatte ein gold- und rosafarbenes Muster aus lauter Löwenköpfen. Auf den vier Bettpfosten machten kleine Löwenfiguren Männchen, und auch die Handtuchhalter im Bad waren bronzene Löwenköpfe. Das war kitschig, aber auch wieder lustig. Allerdings roch es etwas eigenartig, süßlich und nach etwas, was Hanna bekannt vorkam, das ihr aber nicht gleich einfiel. Doch dann hatte sie es: Bauschutt, wie absurd.

Die junge Frau stellte Leons Rucksack auf das Bett und holte einen Parfumflakon aus ihrer Jackentasche. Damit sprühte sie einige Male im Zimmer herum. »Mein Lieblingsparfum«, sagte sie, und schmiegte sich an ihren Freund, der sich neben sie gesetzt hatte.

Hanna hätte sich gerne in eine heiße Wanne gelegt, sie war müde und durchgefroren, und außerdem hatte sie wohl einen Cognac zuviel getrunken. Auch Leon trat von einem Fuß auf den anderen, und Hanna wußte, daß er darauf wartete, sich die Jeans ausziehen zu können, weil er sich einen leichten Sonnenbrand auf Rücken und Po geholt hatte und der Hosenbund scheuern mußte. Aber die beiden küßten sich weiter und hatten Hanna und Leon anscheinend ganz vergessen. Hanna räusperte sich, und langsam löste sich das Pärchen voneinander.

Das Mädchen steckte sich eine Zigarette an und sagte: »Ich laß euch die Packung mal hier liegen«, und dann gingen sie endlich.

»Die passen aber besser in die Hochzeitssuite als wir«, feixte Leon, und Hanna sagte: »Das liegt ja wohl an uns.«

Sie zog sich aus, ließ die Bermudashorts einfach fallen und ging endlich ins Bad. Leider gab es da nur eine Dusche, aber immerhin besser als nichts. Als sie sich abtrocknete, war ihr noch immer so, als wäre sie beschwipst, außerdem bewegte sie sich, als hätte sie Muskelkater. Sie streckte sich, und Leon meinte, als er ins Bad kam:

»Ich hab die Fahrt auch noch in allen Knochen, außerdem bin ich hundemüde, ich weiß kaum noch, wie ich heiße.«

»Gute Nacht, Hubert«, sagte Hanna und ging ins Bett. Sie spürte noch das Vibrieren des Autositzes am ganzen Körper, als sie einschlief. Leon brauste sich nur kurz ab, kam dann zu Hanna unter die Decke und kuschelte sich an sie.

Da ging die Zimmertür auf. Hanna war viel zu müde, um sich darüber zu wundern. Leon hatte sie wahrscheinlich falsch abgeschlossen. Das Pärchen kam wieder herein. Das Mädchen hatte ein langes weißes Negligé an und einen Myrtenkranz auf dem Kopf, der Junge trug eine etwas altmodische Feinrippunterhose. Beide hielten Kerzenleuchter in der Hand. Man hörte ihre Schritte nicht, sie schwebten fast über dem Teppich.

Leon hob wie in Zeitlupe den Kopf. Jetzt sah man erst, wie jung die beiden wirklich waren, sie konnten kaum volljährig sein. Die beiden Leuchter hätten eigentlich kaum Licht geben können, aber das ganze Zimmer war schwach rötlich erleuchtet bis in die Ecken. An der Wand sah Hanna ein Flackern, seltsame züngelnde Muster.

»Aber wer wird denn hier so einfach einschlafen wollen im schönsten Zimmer des Motels«, flüsterte das Mädchen, beugte sich über Leon und küßte ihn auf die Stirn. Ihre Lippen fühlten sich fiebrig an, und die Stelle, wo sie ihn berührt hatten, brannte. Die Kerzenleuchter stellten sie auf die beiden Nachttischchen neben dem Bett. Sie zog sich aus, Hanna schüttelte Leon, aber auch er wurde nur sehr schwer wach. Sie fühlte sich jetzt wirklich betrunken. Der Junge kletterte zu ihr unter die Decke, und das Mädchen küßte Leons Brust. Hanna fielen immer wieder die Augen zu, sie hatte ein Summen im Ohr, das sie fast völlig betäubte.

»Ah, Moment mal, was soll denn das, was ist denn hier?« murmelte Hanna, aber das Mädchen streichelte ihr mit seidenweichen Fingern über die Brust und kicherte: »Wir haben heute unseren

Hochzeitstag. Und ihr beide seid so nett, den möchten wir gerne mit euch zusammen feiern. Du bist genauso eine schöne Braut wie ich.«

»Du brauchst nicht nervös zu sein«, sagte der Junge zu Leon und küßte ihn auf den Mund, »es wird wie von selbst gehen.«

Die beiden waren ebenso bestimmt wie geschickt, als sie Hanna und Leon auszogen. Hanna versuchte Leon anzusehen, aber auch ihm fiel es anscheinend unendlich schwer, sich zu bewegen, so daß er gar nicht den Kopf hob, als sie seinen Namen flüsterte.

Es war ganz allmählich immer wärmer im Zimmer geworden, und die Hitze legte sich wie ein nasses Handtuch über Hanna, füllte ihren Kopf aus wie brodelnde Milch, die im Topf immer höher steigt. Der Junge hatte sich jetzt auf allen vieren über Hanna gekniet, kraulte mit der einen Hand ihre Möse und stützte sich mit der anderen neben ihrem Kopf ab. Seine Zunge leckte durch ihr Ohr. Er nahm ihre Brustwarze in den Mund, als er anfing, ihren Kitzler zu reiben. Dann setzte er sich auf die Fersen und bog Hannas Beine weit zurück. Sie fühlte seinen Schwanz erst an ihrem Möseneingang und dann langsam in sie eindringen. Er stieß nur ein kurzes Stück, zog sich zurück und drang wieder in sie ein. Er spielte mit seinem Schwanz zwischen ihren Schamlippen, ohne tiefer in sie hineinzurutschen. Dann, mit nur einer einzigen Bewegung, war er ganz in ihr und fickte sie schnell.

Hanna drehte den Kopf zur Seite. Das Mädchen hatte sich auf Leon gesetzt, der jetzt ganz nah bei ihr lag, und kreiste gerade mit dem Becken. Als sie sah, daß Hanna sie beobachtete, griff sie hinüber und rieb Hannas Kitzler. Sie und der Junge küßten sich, während sie Hanna und Leon bearbeiteten. Irgendwann hörte Hanna ihren Mann wie durch eine dicke Watteschicht hindurch stöhnen, und sie wußte, was das bedeutete, aber dann vergaß sie ihn, weil auch sie kam.

Der Junge zog seinen Schwanz aus ihrer Scheide, aber das

Mädchen hörte nicht auf, sie zu befingern, sondern krabbelte zu ihr herüber, während der Junge um das Bett herum zu Leon ging.

Das Mädchen legte sich auf Hanna und rieb ihre Möse an Hannas, dann schob sie sich tiefer und begann, Hanna zu lecken. Sie kniete zwischen Hannas Schenkeln, und ihr weißer Hintern war steil in die Höhe gerichtet.

Der Junge hatte Leons Schwanz in den Mund genommen und lutschte ihn. Leon stöhnte. Der Junge saugte weiter an Leons Schwanz, langte gleichzeitig zu seiner Freundin hinüber und schob ihr von hinten zwei Finger in die Möse. Er fickte sie mit der Hand, während er Leon immer noch weiterlutschte. Dann nahm er seine Finger aus ihr heraus und steckte einen davon in Leons Hintern.

Hanna hörte ihn kurz grunzen. Sie kannte auch das Geräusch, weil sie es manchmal genauso bei Leon machte. Allerdings war das bei ihr gewöhnlich der Abschluß einer Handschellen-Session, bei der sie Leon an Händen und Füßen am Bettgestell ankettete, damit er sich ihr ausliefern mußte. Sie konnte nicht genau sagen, warum, aber plötzlich ging ihr durch den Kopf, daß sie froh war, jetzt keine Fesseln zur Hand zu haben, dann kam sie zum zweiten Mal.

Hanna und Leon lagen im Bett der Hochzeitssuite wie erschlagen. Sie konnten sich kaum bewegen, so bleiern fühlte sich alles an. Hanna war schwindlig. Alles drehte sich. Dicke Schweißtropfen rollten über ihre Schläfen. Die Muster an den Wänden flackerten unruhig. Hanna sah aus den Augenwinkeln feuerspeiende Drachen, einstürzende Häuser, schnell über die Tapete jagende Wolken und schloß die Augen.

Das Pärchen lag zwischen ihnen und hatte sich eine Zigarette angezündet. Das Mädchen steckte sie Leon in den Mund, und auch der Junge schob Hanna eine zwischen die Lippen. Hanna sog gierig daran. Aber die Zigarette schmeckte ihr nicht. Entweder mußte der Tabak um ein vielfaches stärker sein als die Zigaretten, die sie gewöhnt war, oder sie hatten irgend etwas daruntergemischt. Hanna hatte das Gefühl, ihre Zunge verbrenne. Die beiden Wochen Entzug und Seeluft hatten wohl doch etwas genutzt.

Auch Leon nahm seine aus dem Mund, hustete und drückte sie dann im Aschenbecher auf dem Nachttisch aus. Das Pärchen ärgerte sich offensichtlich darüber, denn sie steckten sich gleich eine neue an, bliesen sich den Rauch gegenseitig ins Gesicht und kicherten. Leon sah das alles wie in einem langsam laufenden Film ohne Ton. Die beiden waren so unwirklich, daß Leon die Finger nach ihnen ausstreckte, um sicher zu sein, daß sie wirklich da auf ihrer Bettdecke saßen. Draußen war es immer noch dunkel, obwohl bald Morgen werden mußte. Das Mädchen steckte sich eine zweite Zigarette an, obwohl ihre erste noch brannte, und auch der Junge hatte die Packung bereits wieder in den Händen.

Hanna hatte plötzlich das Gefühl, zu ersticken. Die jagenden Wolken auf der Tapete hatten sich zu Rauchschwaden verdichtet, die sich von der Tapete gelöst hatten und jetzt durchs Zimmer schwebten. Ihre Haut brannte, als käme sie einer großen Flamme zu nahe. Sie wollte es sich nicht eingestehen, weil sie es nicht verstand, aber mit einem Mal hatte sie panische Angst. Gemeinsam standen sie aus dem Bett auf und sammelten ihre Sachen zusammen.

»Ihr könnt noch nicht gehen, wir sind noch nicht fertig!« rief das Mädchen.

»Genug gefeiert«, meinte Leon beschwichtigend, dessen Stimme höher und kurzatmiger war als sonst, »wir müssen früh los, wir haben noch einen langen Weg, aber es war sehr schön mit euch, wir legen das Geld auf den Rezeptionstresen, ruht euch nur weiter aus.«

Der Junge sprang auf, griff sich einen Leuchter, dessen Kerzen anscheinend kein bißchen heruntergebrannt waren und stellte sich vor die Tür.

»Ihr bleibt!« rief er.

Aber Leon schob ihn beiseite und nahm Hannas Hand, als sie nach draußen liefen. Hanna hatte nur noch den Wunsch, aus dem Haus zu kommen, warf zwei Scheine auf den Tresen, und dann stürmten sie hinaus. Je weiter sie von dem Motel wegkamen, desto kühler wurde es, und es fiel ihr wieder leichter, zu atmen und sich zu bewegen. Die bleierne Müdigkeit war wie weggeblasen, und sie fühlte einen Herzschlag im Hals, als hätte sie lange die Luft angehalten.

Draußen war es kühl, und es dämmerte noch nicht einmal richtig. Sie setzten sich ins Auto, und Hanna gab Gas. Mit quietschenden Reifen rasten sie vom Parkplatz auf die Autobahn. Die war wie in der Nacht menschenleer. Hanna und Leon sprachen kein Wort. Leon fuhr zum x-tenmal die Strecke auf der Karte mit dem Finger ab, kam aber immer wieder an der Stecknadel raus, mit der sie das Motel markiert hatten.

Dann ging plötzlich das Radio an, und sie hörten den Verkehrsfunk. Leon atmete tief ein und aus, und Hanna begann zu zittern. Sie nahm den Fuß vom Gas und fuhr ein Tempo, bei dem der Wagen sich nicht so anhörte, als würde er sich jeden Moment in seine Bestandteile zerlegen. Es war immer noch dunkel. Leon legte seine Hand auf Hannas Bermudashorts und klopfte ganz leicht ihr Knie. Hinter einer Kurve sahen sie Rücklichter. Vor ihnen fuhren Lastwagen, Autos und zwei Motorräder. Am Rand standen Notrufsäulen, und bald war über ihren Köpfen ein Streckenschild.

»Sieh mal«, sagte Leon, »wir waren tatsächlich richtig, die übernächste Ausfahrt ist unsere.«

Ein Mercedes blinkte sie mit seiner Lichthupe an, der Fahrer zeigte Hanna einen Vogel, als sie auf die rechte Spur wechselte, und er an ihr vorbeifuhr. Hanna und Leon winkten ihm fröhlich zu. Der Fahrer glotzte zu ihnen herüber, konnte den Blick kaum von ihnen weg auf die Straße zwingen und tippte sich schließlich fluchend an die Stirn.

Dann kam ein Schild, auf dem »Short Break, Motel & Restaurant« und ein Symbol für eine Tankstelle stand. »Wir müssen sowieso tanken«, sagte Leon und Hanna fuhr ab.

Der Tankwart war gleichzeitig Hotelportier. »Wie sehen Sie denn aus«, sagte er, als Hanna und Leon eintraten.

Sie sahen sich an, und erst im Neonlicht der Tankstelle bemerkten sie, daß sie über und über voll Ruß waren. Hannas Shorts hatte ein großes Brandloch auf einer Seite, und Leon fehlte eine Haarsträhne.

»Hatten Sie einen Unfall?«

»Ähm, ja, aber schon erledigt«, sagte Leon, »wir hätten jetzt gerne etwas zu essen, und wenn Sie uns auf der Karte vielleicht zeigen könnten, wo wir hergekommen sind?«

Er gab dem Tankwart die Karte, und der fuhr mit der Fingerkuppe den Weg entlang bis zur Stecknadel. »Da. Da hätten Sie sich gar nicht verfahren können. Zwischen den beiden Autobahndreiecken ist ja nichts.«

»Aber wir haben die Nacht in einem Motel verbracht«, sagte Hanna, und ihre Stimme war ein bißchen zu hoch, »warum steht das denn nicht auf der Karte?«

»Kann nicht sein«, sagte der Tankwart, »wir sind das einzige Motel auf dieser Strecke.«

»Es hieß Nyx«, sagte Leon.

»Aber ich sag's Ihnen doch, wir sind die einzigen hier. Vor Ewigkeiten war da mal irgendwo eins, aber das ist längst abgebrannt. Das hat mein Vater mir immer erzählt, als ich klein war, damit ich nicht mit Streichhölzern spielte. Irgendwelche blöden Teenager haben das abgekokelt. Zigaretten im Bett wahrschein-

lich. Genau in der Hochzeitsnacht. Der ganze Kasten ist abgebrannt. Wird vielleicht auch was mit den Leitungen gewesen
sein.«

»Ah ja«, sagte Leon, und Hanna sagte »hm«, und sie sahen sich
nicht an, bis sie wieder im Auto saßen.

Sie hatten genau vor einer Reklametafel geparkt. Eine Frau war
darauf abgebildet, die links schön und jung war und rechts ein
Gerippe. Darunter stand: »Der Bundesgesundheitsminister in-
formiert: Rauchen gefährdet die Gesundheit.«

Leon und Hanna husteten, bis sie rot anliefen.

MARGARET ATWOOD
Mein Leben als Fledermaus

1. Reinkarnation

In meinem vorherigen Leben war ich eine Fledermaus.

Falls Sie meinen, daß vorherige Leben amüsant oder unwahrscheinlich sind, sind Sie kein ernstzunehmender Mensch. Überlegen Sie doch: Sehr viele Menschen glauben daran, und wenn geistige Normalität ein allgemeiner Konsens über den Inhalt von Realität ist, wer sind dann Sie, daß Sie sich dagegen sträuben wollen?

Überlegen Sie auch: Vorherige Leben haben Einlaß in die Welt des Kommerz gefunden. Man kann damit Geld machen. *Sie waren Kleopatra, Sie waren ein flämischer Herzog, Sie waren eine Druidenpriesterin,* und Geld wechselt die Hände. Wenn der Aktienmarkt existiert, dann müssen vorherige Leben ebenfalls existieren.

Auf dem Vorherige-Leben-Markt ist die Nachfrage nach peruanischen Bauarbeitern nicht so groß wie die nach Kleopatra, oder nach indischen Latrinenputzern, oder nach Hausfrauen, die im Jahr 1952 in kalifornischen Maisonettewohnungen lebten. Gleichermaßen gibt es nicht viele unter uns, die sich gerne an ihr Leben als Geier, Spinnen oder Nagetiere erinnern, aber einige von uns tun es. Die glücklichen Wenigen. Es ist allgemein bekannt, daß eine Reinkarnation als Tier eine Strafe für begangene Sünden ist, aber vielleicht ist sie statt dessen eine Belohnung. Zumindest eine Ruhepause. Ein gnädiges Zwischenspiel.

Fledermäuse müssen sich so mancherlei gefallenlassen, aber sie sind nicht böse. Wenn sie töten, töten sie ohne Erbarmen, aber auch ohne Haß. Sie sind immun gegen den Fluch des Mitleids. Sie sind niemals hämisch.

2. Alpträume

Ich habe ständig wiederkehrende Alpträume.

In einem davon klammere ich mich an die Decke eines Ferienhauses, während ein rotgesichtiger Mann in weißen Shorts und weißem T-Shirt mit V-Ausschnitt auf und ab hüpft und mit einem Tennisschläger nach mir schlägt. Hier oben gibt es Dachbalken aus Kiefernholz und klebrige Fliegenfänger, die mit Reißnägeln befestigt sind und wie giftiger Seetang herabbaumeln. Ich sehe hinab in das Gesicht des Mannes, perspektivisch verkürzt und schwitzend. Die Augen sind hervorquellend und blau, der Mund gibt wütende Geräusche von sich, und die ganze Zeit über hebt sich dieses Gesicht wie ein Schwimmer, und sinkt, und hebt sich, wie auf einer Welle aus Luft.

Die Luft selbst ist stickig, die Sonne geht unter: Es wird ein Gewitter geben. Eine Frau kreischt: »Meine Haare! Meine Haare!« Jemand anderes ruft: »Anthea! Bring die Trittleiter!« Ich will nur eines, durch das Loch im Fliegengitter von hier wegkommen, aber dazu muß ich mich konzentrieren, und das ist schwer bei diesem Gewirr aus Stimmen, sie beeinträchtigen meinen Sonar. Es riecht nach schmutzigen Badematten – es ist sein Atem, der Atem, der aus jeder Pore dringt, der Atem des Monsters. Ich werde von Glück sagen können, wenn ich mit heiler Haut hier rauskomme.

In einem anderen Alptraum fliege ich – flattern, würden Sie wohl dazu sagen – durch das sauber gewaschene Zwielicht kurz vor der Morgendämmerung. Ich bin in einer Wüste. Die Yuccas stehen in voller Blüte, ich habe mich an ihren Säften und Pollen gelabt. Ich will nach Hause, nach Hause in meine Höhle, wo es während der sengenden Hitze des Tages kühl sein wird, wo Wasser durch Kalkstein tröpfelt und die Felsen mit glitzernder Ruhe überzieht, mit der Feuchtigkeit neuer Pilze, und die anderen Fledermäuse werden fiepen und rascheln und dösen, bis die Nacht sich wieder entfaltet und den heißen Himmel sanft macht für uns.

Aber als ich den Eingang der Höhle erreiche, ist er versiegelt. Er ist blockiert. Wer kann das getan haben?

Ich lasse meine Flügel vibrieren, ich schnüffele blind wie ein geblendeter Nachtfalter an der harten Oberfläche herum. Bald wird die Sonne aufgehen wie ein Ballon aus Feuer, und ich werde in ihrem Gleißen vergehen, zu ein paar kleinen Knochen schrumpfen.

Wer hat gesagt, daß Licht Leben ist und Dunkelheit ein Nichts?

Für einige von uns sehen die Mythologien anders aus.

3. Vampirfilme

Die Natur meines vorherigen Lebens wurde mir erst allmählich bewußt, nicht nur durch Träume, sondern auch durch Erinnerungsfetzen, durch Hinweise, durch seltsame Augenblicke des Wiedererkennens.

Da war meine Vorliebe für die Subtilitäten von Morgen- und Abenddämmerung, im Gegensatz zur vulgär gleißenden Stunde der Mittagszeit. Da war mein Déjà-vu-Erlebnis in den Höhlen von Karlsbad – ich mußte schon einmal hier gewesen sein, vor langer Zeit, vor den pastellfarbenen Spotlights und den niedlichen Namen für die Stalaktiten und dem unterirdischen Restaurant, in dem man Klaustrophobie und Verdauungsstörungen miteinander verbinden und dann den Aufzug besteigen kann, um wieder nach oben zu fahren.

Da war auch meine Abneigung gegen Köpfe voller menschlicher Haare, so sehr wie Netze oder wie die Fangarme giftiger Quallen: Ich fürchtete mich vor Verstrickungen. Keine wirkliche Fledermaus würde jemals Blut aus Hälsen saugen. Der Hals ist zu dicht an den Haaren. Selbst die Vampirfledermaus sucht sich eine haarlose Extremität aus: vorzugsweise einen Zeh, der, wie es nun einmal der Fall ist, der Zitze einer Kuh ähnelt.

Vampirfilme kamen mir immer lächerlich vor, aus diesem Grund, aber auch wegen der Idiotie ihrer Fledermäuse – riesige, gummiartige Fledermäuse mit roten Weihnachtslämpchenaugen und Fängen wie denen eines Säbelzahntigers, die an Schnüren hereingeflogen werden, während ihre Marionettenflügel träge flappen wie die eines übergewichtigen und degenerierten Vogels. Ich schrie in diesen filmischen Augenblicken, aber nicht vor Angst; sondern vor empörtem Gelächter über die Beleidigung der Fledermäuse.

O Drakula, unwahrscheinlicher Held! O fliegende Leukämie, in deinem Umhang, der wie ein lebendiger Regenschirm ist, eine Membran aus schwarzem Leder, die du aus dir herauswindest und ausbreitest wie den Fächer einer Stripteasetänzerin, wenn du dich mit ausgezehrter Lust über den Nacken, makellos, ausdruckslos, der wie auch immer gearteten Frau beugst, die sich nach Auflösung sehnt, hier und jetzt in ihrem besten Negligé. Warum wurde dir vorgeschrieben, von wem immer es war, der dir deine Seele stahl, dich in Fledermaus und Wolf zu verwandeln und nur in diese? Warum nicht in ein Vampir-Backenhörnchen, eine Ente, eine Wüstenmaus? Warum nicht in eine Vampirschild-kröte? Das wäre mal eine interessante Wendung.

4. Die Fledermaus als tödliche Waffe

Im Zweiten Weltkrieg wurden Experimente mit Fledermäusen durchgeführt. Tausende von Fledermäusen sollten über deutschen Städten abgeworfen werden, pünktlich zur Mittagsstunde. Jede davon sollte einen kleinen Brandsatz tragen, mit einem Zeitzünder daran. Die Fledermäuse hätten sofort nach Dunkelheit gesucht, wie es ihre Gewohnheit ist. Sie wären in Mauerlöcher gekrochen oder hätten sich unter den Traufen von Häusern versteckt, froh darüber, Sicherheit gefunden zu haben. Zu einem vorbestimmten Zeitpunkt wären sie explodiert, und die Städte wären in Flammen aufgegangen.

Das war der Plan, Tod durch flammende Fledermaus. Die Fledermäuse wären natürlich auch gestorben. In Kauf genommene Massenvernichtung.

Die Städte gingen tatsächlich in Flammen auf, aber nicht mit Hilfe der Fledermäuse. Die Atombombe war erfunden worden, und die feurige Fledermaus wurde nicht mehr für notwendig erachtet.

Wenn die Fledermäuse verwendet worden wären, hätte man ihnen dann ein Kriegerdenkmal errichtet? Nicht sehr wahrscheinlich.

Wenn man einen Menschen fragt, was ihm unheimlicher ist, eine Fledermaus oder eine Bombe, wird er sagen, die Fledermaus. Es ist schwierig, Abscheu vor etwas zu empfinden, das nur aus Metall besteht, wie unheilvoll auch immer. Wir sparen uns diese Empfindungen für jene mit Haut und Fleisch auf: eine Haut, ein Fleisch, die anders sind als unsere.

5. Schönheit

Vielleicht ist es nicht mein Leben als Fledermaus, welches das Zwischenspiel war. Vielleicht ist es dieses Leben. Vielleicht wurde ich in die menschliche Gestalt entsandt wie auf eine gefährliche Mission, um mein eigenes Volk zu retten und ihm Wiedergutmachung zu verschaffen. Wenn ich einen kleinen Erfolg errungen habe oder bei dem Versuch gestorben bin – denn angesichts einer solchen Aufgabe und aller damit verbundenen Widrigkeiten ist Versagen wahrscheinlicher –, werde ich wiedergeboren werden, in diese andere Form, in diese andere Welt, zu der ich in Wirklichkeit gehöre.

Immer öfter denke ich voller Sehnsucht an dieses Ereignis. Die Schnelligkeit des Herzschlags, der flinke Sturz in die Nektare dämmriger Blüten, das Schweben im Infrarot der Nacht; der kühle, träge Halbschlaf des Tageslichts, während Körper, gerundet und weich wie pelzige Pflaumen, sich um mich herum drängen und die Mütter die kleinen, erstaunten Gesichter der Neugeborenen lecken; die schnelle Liebe für das, was als nächstes kommt, die Vorfreude der Zunge und der gekräuselten, welligen und gerunzelten Nase, einer Nase wie ein totes Blatt, einer Nase wie ein Kühlergrill, einer Nase wie die eines Bewohners des Planeten Pluto.

Und am Abend die Überschall-Lobeshymne auf unsere Schöpferin, die Schöpferin der Fledermäuse, die uns in Form einer Fledermaus erscheint und alle Dinge gab: Wasser und die tropfenden Steine der Höhlen, die hölzerne Zuflucht der Dachböden, Blüten und Früchte und saftige Insekten, und die Schönheit windschlüpfriger Flügel und scharfer weißer Reißzähne und glänzender Augen.

Worum beten wir? Wir beten um Nahrung, wie alle es tun, und

um Gesundheit und den Fortbestand unserer Art und um Erlösung vom Bösen, das von uns nicht erklärt werden kann, das einen haarigen Kopf hat und durch die Nacht geht, mit einem einzigen, weißen, blicklosen Auge, und nach halbverdautem Fleisch stinkt und zwei Beine hat.

Göttin der Höhlen und der Grotten: Segne deine Kinder.

CLIVE BARKER

Hermione und der Mond

Es waren nicht nur Maler, die ins Licht vernarrt waren, soviel hatte Hermione in den drei Tagen seit ihrem Tod erkannt; genauso verhielt es sich mit denjenigen, die gezwungen waren, sich von ihm fernzuhalten. Sie war jetzt Mitglied dieses mürrischen Clans – ein Phantom in der Welt des Fleisches –, und wenn sie länger mit ihnen verweilen wollte, mußte sie das Geschenk der Sonne meiden wie ein Priester die Sünde, im übrigen aus ziemlich ähnlichen Gründen. Erst wurde man vom Licht befleckt und vergiftet, und am Ende löschte es die Seele mit seiner Umarmung aus.

Es war nicht so, daß sie über alle Maßen unglücklich über ihren Tod gewesen wäre. Sie hatte versagt, in der Liebe, in der Ehe, in ihren Freundschaften, in ihrer Rolle als Mutter. Das Letztgenannte nagte am tiefsten an ihr. Hätte sie noch einmal ins Leben zurückkehren und eine Sache ändern können, hätte sie den zerrissenen Banden keine Beachtung geschenkt, wäre sie direkt zu ihrem sechsjährigen Sohn Finn gelaufen, um ihm eines zu sagen: Vertraue auf deine Träume und nimm die Welt nicht so schwer, weil sie nichts bedeutet, selbst dann, wenn du sie verlierst.

Nur einer einzigen Person erzählte sie von ihren Grübeleien. Sein Name war Rice – ein ätherischer Nomade wie sie selbst, der, vernachlässigt und wahnsinnig vor Schmerzen, an der Pest gestorben, jetzt aber im Tod wieder in bester körperlicher und geistiger Verfassung war. Zusammen hatten sie diesen dritten Tag hinter den Sonnenblenden seines Apartments verbracht, dem Straßenlärm gelauscht und Gedanken ausgetauscht. Gegen Abend kam ihre Unterhaltung auf das Licht.

»Ich verstehe nicht, wieso uns die Sonne verletzt, der Mond aber nicht«, überlegte Hermione. »Das Licht des Mondes, das sind doch nichts weiter als reflektierte Sonnenstrahlen, oder?«

»Sei nicht so logisch«, gab Rice zurück, »und vor allem nicht so *ernst*.«

»Und die Sterne sind kleine Sonnen. Warum kann uns das Sternenlicht nichts anhaben?«

»Ich hab nie gern zu den Sternen aufgesehen«, erwiderte Rice. »Ich hab mich dann immer so einsam gefühlt. Wenn ich hochsah, war da nichts weiter als diese gigantische Leere, und …« Er unterbrach sich mitten im Satz. »Verdammt, Frau, hör mir zu! Wir müssen hier raus und ein bißchen *Spaß* haben.«

Sie glitt zum Fenster.

»Da unten?« sagte sie.

»Da unten.«

»Werden sie uns sehen können?«

»Nicht, wenn wir nackt sind.«

Sie warf ihm einen Seitenblick zu. Er begann, sich das Hemd aufzuknöpfen.

»Ich kann dich aber gut sehen«, sagte sie.

»Weil du tot bist, Darling. Für die Lebenden ist das nicht so leicht.« Er streifte sein Hemd ab und gesellte sich zu ihr ans Fenster. »Wollen wir's wagen?« fragte er und zog die Jalousie hoch, ohne ihre Antwort abzuwarten. Das Licht hatte gerade noch genug Kraft, um sie wohlig schaudern zu lassen.

»Danach könnte ich süchtig werden«, sagte Hermione, während sie ihr Kleid auszog und den letzten Lichthauch des Tages über ihre Brüste und ihren Bauch schweifen ließ.

»Was du nicht sagst«, meinte Rice. »Gehen wir?«

Halloween war noch einen Tag entfernt, einen Tag und eine Nacht, und alle Läden an der Hauptstraße waren dementsprechend dekoriert. Hier ein paar Papierhexen, dort ein Pappskelett.

»Widerlich«, bemerkte Rice, als er in einem Schaufenster ein paar Gummifledermäuse erspähte. »Darüber sollte man sich beschweren.«

»Ist doch nur ein kleiner Spaß«, sagte Hermione.

»Es ist unser Tag, Darling. Das Fest der Toten. Ich fühle mich wie … wie Jesus bei einer Sonntagsandacht. Wie können sie es wagen, mich als so billig hinzustellen?« Er schlug mit seinen Phantomfäusten gegen die Fensterscheibe. Das Glas vibrierte, und der entfernte Hall seines Schlags drang an die Ohren einer vorbeigehenden Familie. Mehrere Augenpaare blickten in Richtung der Fensterscheibe, aber als die Leute nichts bemerkten, gingen sie weiter die Straße hinunter.

Hermione sah ihnen hinterher.

»Ich will Finn sehen«, sagte sie.

»Das ist nicht klug«, erwiderte Rice.

»Mir egal«, sagte sie. »Ich will ihn sehen.«

Rice kannte sie bereits gut genug, um zu wissen, daß Überredungskünste bei ihr nicht fruchteten, und so gingen sie zusammen den Hügel hinauf, auf das Haus ihrer Schwester Elaine zu, in dem ihr Sohn, wie Hermione wähnte, seit ihrem Ableben untergebracht war.

»Da gibt es etwas, was du wissen solltest …«, sagte Rice, während sie die Anhöhe erklommen. »Über das Totsein.«

»Sag schon.«

»Es ist ziemlich schwierig zu erklären. Aber es ist kein Zufall, daß wir uns unter dem Mond sicher fühlen. Wir sind wie der Mond, reflektieren das Licht eines Lebenden, der uns liebt. Verstehst du, was ich meine?«

»Nicht so richtig.«

»Dann ist es wahrscheinlich die Wahrheit.«

Sie blieb stehen und wandte sich zu ihm. »Willst du mich damit irgendwie warnen?« fragte sie.

»Würde das irgend etwas ändern?«

»Nicht viel.«

Er grinste. »Ich war genauso wie du. Eine Warnung war immer eine Einladung.«

»Ende der Diskussion?«

»Ende der Diskussion.«

Alle Räume in Elaines Haus waren von Lampen erleuchtet, als wolle sie damit die Nacht und alles in ihr Verborgene verbannen.

Wie traurig, dachte Hermione, immer in Furcht vor den Schatten zu leben. Barg der Tag letzten Endes nicht genauso viele Schrecken für Elaine wie die Nacht? Jetzt, nach einunddreißig Jahren ihrer schwierigen Beziehung als Schwestern, schienen die Spiegel, die sie sich gegenseitig vorgehalten hatten – und die bis zu diesem Moment getrübt gewesen waren –, klar zu sein. Trauer erfaßte sie, als ihr klar wurde, wie wenig sie diese einsame Frau gekannt hatte, deren mangelndes Einfühlungsvermögen ihr immer so übel aufgestoßen war.

»Bleib hier«, sagte sie zu Rice. »Ich will sie allein sehen.«

Rice schüttelte den Kopf. »Das werde ich mir nicht entgehen lassen«, sagte er und folgte ihr über den Pfad, dann über den Rasen auf das Eßzimmerfenster zu.

Von drinnen waren nicht zwei, sondern drei Stimmen zu hören: eine Frau, ein Junge und ein Mann, dessen Timbre Hermione so vertraut war, daß sie abrupt in ihren unsichtbaren Fußspuren stehenblieb.

»Thomas«, sagte sie.

»Dein Ehemaliger?« murmelte Rice.

Sie nickte. »Ich hatte nicht erwartet …«

»Wär's dir lieber, wenn er dir keine Träne nachweinen würde?«

»Das hört sich für mich nicht nach Trauer an«, gab sie zurück. Und so war es auch nicht. Je näher sie zum Fenster kamen, desto deutlicher konnten sie das Gelächter hören. Thomas machte den Kasper, und Finn und Elaine stiegen voll auf seine Show ein.

»Er ist so ein Kindskopf!« sagte Hermione. »Hör dir das bloß an.«

Sie hatten jetzt die Fensterbank erreicht und spähten hinein. Es war schlimmer, als sie erwartet hatte. Thom hatte Finn auf den Knien und seine Arme um das Kind gelegt. Er flüsterte dem Jungen irgend etwas ins Ohr, und während er das tat, huschte ein Grinsen über Finns Gesicht.

Hermione konnte sich nicht erinnern, jemals zwischen derart gegensätzlichen Gefühlen hin- und hergerissen gewesen zu sein. Sie war froh, daß ihr süßer Finn nicht weinte – Tränen paßten nicht zu diesem unschuldigen Gesicht. Aber wie konnte er so mit sich in Einklang sein, so vergeßlich, was ihren Tod anging? Und was Thom, diesen Kindskopf, betraf, wie hatte er die Zuneigung seines Sohnes so schnell zurückgewinnen können, nachdem er sich fünf Jahre lang nicht bei ihnen hatte blicken lassen? Mit welchen Bestechungen hatte er sich Finns Gunst zurückerkauft, Meister der leeren Versprechungen, der er war?

»Ziehen wir morgen abend um die Häuser?« fragte der Junge.

»Na klar, Partner«, antwortete Thomas. »Wir besorgen dir eine Maske und einen Umhang, und dann ...«

»Aber du mußt auch mitkommen«, sagte Finn.

»Alles, was du willst.«

»Dreckskerl«, sagte Hermione.

»Von jetzt an ...«

»Er hat dem Jungen noch nicht mal *geschrieben,* als ich noch am Leben war.«

»... alles, was du willst.«

»Vielleicht hat er Schuldgefühle«, meinte Rice.

»Schuldgefühle?« zischte sie, während sie mit klauengleichen Fingern in Richtung des Fensters langte und sich wünschte, Thomas' verlogene Kehle zwischen ihnen zu haben. »Er weiß nicht mal, wie man das buchstabiert.«

Ihre Stimme war lauter und schriller geworden, und Elaine – die immer so unsensibel gewesen war, was Feinheiten anging – schien sie als Echo wahrzunehmen. Sie erhob sich vom Tisch und wandte sich mit besorgtem Blick zum Fenster.

»Komm da weg«, sagte Rice und faßte Hermione am Arm. »Sonst nimmt das hier noch ein böses Ende.«

»Das ist mir egal«, sagte sie.

Ihre Schwester kam jetzt auf das Fenster zu, und Thomas hob Finn von seinen Knien, während er sich mit einer Frage auf den Lippen erhob.

»Da draußen ist jemand und … beobachtet uns«, murmelte Elaine. Ihre Stimme klang angstvoll.

Thomas kam neben sie und legte ihr einen Arm um die Hüfte.

Hermione gab etwas von sich, was sie für einen abgrundtiefen Seufzer gehalten hatte, aber bei ihrem Laut zerplatzte das Fenster, und ein Hagel aus Glas trieb Mann, Frau und Kind ins Innere des Raumes zurück.

»Nichts wie weg«, sagte Rice, und dieses Mal willigte sie ein; sie ging mit ihm, über den Rasen und hinaus auf die Straße, durch die nächtliche Stadt und schließlich heim in das kalte Apartment, wo sie sich ihre Wut und Enttäuschung aus dem Leib weinen konnte.

Als es dämmerte, waren ihre Tränen nicht getrocknet; und auch nicht, als es Mittag war. Sie weinte aus vielen Gründen. Wie auch immer, schließlich wußte sie, was sie über ihr Unglück hinwegtrösten würde.

»Ich will ihn ein letztes Mal berühren«, sagte sie zu Rice.

»Finn?«

»Natürlich Finn.«

»Du wirst ihm einen Wahnsinnsschrecken einjagen.«

»Er wird nie erfahren, daß ich es war.«

Sie hatte einen Plan. Da sie nackt unsichtbar war, würde sie jeden Teil ihres Körpers in Kleider hüllen, eine Maske tragen und ihn in den Straßen aufspüren, während er um die Häuser zog. Sie würde mit ihrer Hand über sein feines Haar streichen oder ihre Finger auf seine Lippen legen und dann für immer fort sein.

»Ich warne dich«, sagte sie zu Rice. »Geh nicht mit.«

»Danke für die Einladung«, sagte er, ein bißchen traurig. »Gemacht.«

Seine Kleider waren bereits umzugsfertig in Kartons verpackt. Sie öffneten die Kartons und fingen an, sich zu verkleiden. Dann rissen sie die Pappe in Stücke und machten sich Masken daraus – Hörner für sie, Elfenohren für ihn. Als sie mit dem Mummenschanz fertig waren, war es Abend – Halloween.

Es war Hermione, die den Weg zurück zu Elaines Haus voranging, aber sie setzte ihre Schritte ohne Hast. Zu unausweichlichen Zusammentreffen mußte man nicht eilen, und sie war sicher, daß sie Finn ausfindig machen würde, wenn sie sich nur von ihren Instinkten leiten ließ.

Überall waren Kinder, ganz für das Geschäft der Nacht zurechtgemacht. Ghoule, Zombies und Teufel, die, verborgen hinter Masken, in der Dunkelheit ihre Grausamkeit auslebten, so wie sie ihre Liebe. Ein letztes Mal, und dann fort.

»Da kommt er«, hörte sie Rice sagen, aber sie hatte Finn bereits an seinem behenden Gang erkannt.

»Du mußt Thom ablenken«, sagte sie zu Rice.

»Gern zu Diensten«, kam seine Antwort, und in der nächsten Sekunde war er von ihrer Seite gewichen.

Thom sah ihn auf sich zukommen und spürte, daß etwas nicht in Ordnung war. Er griff nach Finn, aber Rice warf sich gegen seinen stämmigen Körper, mit genug Kraft, um ihn mit seiner ätherischen Gestalt zu Boden zu reißen. Thom gab einen wüsten Fluch von sich, kam in der nächsten Sekunde wieder hoch und bekam Rice zu fassen. Er wollte zuschlagen, aber dann sah er Hermione, die auf Finn zuging, drehte sich zu ihr und faßte nach ihrer Maske.

Die Maske löste sich, und als er ihr Gesicht sah, gab er einen Schreckensschrei von sich. Er wich einen Schritt zurück, dann noch einen.

»Mein Gott … mein Gott …«, sagte er.

Sie näherte sich ihm, während Rices Warnung in ihrem Kopf widerhallte.

»Was siehst du?« wollte sie wissen.

Als er antworten wollte, würgte er sein Abendessen in den Rinnstein.

»Er sieht Verfall«, sagte Rice. »Verwesung.«

»Mom?«

Sie hörte Finns Stimme hinter sich, fühlte seine Hand an ihrer Kleidung. »Mom, bist du's?«

Jetzt war sie es, die einen qualvollen Schrei von sich gab, war sie es, die zitterte.

»Mom?« fragte er wieder.

Sie wollte sich umdrehen, über sein Haar, seine Wange streichen, ihm einen Abschiedskuß geben, um alles in der Welt. Aber Thom hatte die Spuren der Verwesung gesehen. Vielleicht würde der Junge das gleiche sehen, vielleicht etwas Schlimmeres.

»Dreh dich um«, bettelte er.

»Ich … kann nicht … Finn.«

»Bitte.«

Und bevor sie sich selbst daran hindern konnte, wandte sie sich um und nahm die Hände von ihrem Gesicht.

Der Junge blinzelte. Dann lächelte er.

»Wie du *strahlst*«, sagte er.

»Tue ich das?«

Ihr war, als würde sie ihr Leuchten in seinen Augen sehen, als sie seine Wangen, seine Lippen, seine Brauen berührte. So war es also, wenn man selbst wie ein Mond war, wenn man das Licht eines Lebenden reflektierte. Es war ein wunderbares Gefühl.

»Finn …?« rief Thom nach dem Jungen.

»Er fürchtet sich vor dir«, sagte Finn.

»Ich weiß. Es ist besser, wenn ich jetzt gehe.«

Der Junge nickte ernst.

»Wirst du es ihm erklären?« fragte sie. »Wirst du ihm erzählen, was du gesehen hast?«

Wieder nickte der Junge. »Ich werd's nicht vergessen«, sagte er.

Das war alles, was sie brauchte. Sie ließ ihn zusammen mit seinem Vater zurück und ließ sich von Rice fortführen, durch dunkle Gassen und über leere Parkplätze bis ans Ende der Stadt. Auf ihrem Weg entledigten sie sich ihrer Kleider. Als sie den Freeway erreichten, waren sie einmal mehr nackt und unsichtbar.

»Wie wär's, wenn wir einfach losziehen?« schlug Rice vor. »Richtung Süden.«

»Na klar«, sagte sie. »Warum nicht?«

»Weihnachten in Key West. Mardi Gras in New Orleans. Und nächstes Jahr kommen wir vielleicht wieder und sehen mal nach, wie die Dinge so laufen.«

Sie schüttelte den Kopf. »Finn gehört jetzt zu Thom«, sagte sie. »Er gehört dem Leben.«

»Und zu wem gehören wir?« fragte Rice etwas traurig.

Sie sah auf. »Das weißt du verdammt gut«, sagte sie und zeigte auf den Mond.

Ambrose Bierce
Ein Totenwächter

I

In einem Raum im Obergeschoß eines leerstehenden Hauses in San Franciscos Stadtteil North Beach lag der Leichnam eines Mannes unter einem Laken. Es war kurz vor neun Uhr abends; der Raum wurde von einer einzigen Kerze trübe erhellt. Obwohl das Wetter warm war, hatte man die beiden Fenster – ganz gegen die Gepflogenheit, den Toten viel Luft zu gewähren – geschlossen und die Blenden herabgezogen. Die Einrichtung des Raums bestand nur aus drei Möbelstücken – einem Lehnsessel, einem kleinen Lesepult, das die Kerze trug, und einem langen Küchentisch, auf dem der Körper des Mannes lag. All dies, wie auch die Leiche, schienen erst kürzlich hereingebracht worden zu sein; ein Beobachter hätte nämlich sehen können, daß alle frei von Staub waren, wogegen alles andere im Raum ziemlich dicke Schichten trug.

Unter dem Laken ließen sich die Umrisse des Körpers erkennen, sogar die Gesichtszüge, da sie jene unnatürlich scharfe Ausprägung zeigten, die den Gesichtern von Toten eigen zu sein scheint, tatsächlich aber nur für jene charakteristisch ist, die von Krankheit aufgezehrt wurden. Aus der Stille des Raums hätte man zutreffend geschlossen, daß er nicht auf der Vorderseite des Hauses lag, an einer Straße. Tatsächlich lag nichts gegenüber als ein hochaufgewölbter Felsen, da das Haus mit der Rückseite in einen Berg gebaut war.

Als eine Kirchenuhr in der Nachbarschaft neun schlug, mit einer Trägheit, die eine derartige Gleichgültigkeit gegenüber dem Verfliegen der Zeit zu implizieren schien, daß man sich durchaus fragen konnte, weshalb sie sich überhaupt die Mühe machte zu schlagen, wurde die einzige Tür des Raums geöffnet und ein Mann trat ein, der sich dem Leichnam näherte. Gleichzeitig schloß sich die Tür, anscheinend aus eigenem Entschluß; ein Knirschen war zu hören, wie von einem nur mühsam gedrehten Schlüssel, und das Schnappen des Riegels, der in die Vertiefung fuhr. Es folgte der Klang sich entfernender Schritte im Gang vor dem Raum, und allem Anschein nach war der Mann nun ein Gefangener. Er ging zum Tisch, stand dort einen Moment und blickte auf den Leichnam hinab; dann ging er mit einem leichten Schulterzucken zu einem der Fenster und zog die Blende hoch. Draußen war die Dunkelheit vollkommen, die Scheiben waren von Staub bedeckt, aber als er diesen fortwischte, konnte er sehen, daß das Fenster mit starken eisernen Querstreben befestigt war, ein paar Zoll vor dem Glas und zu beiden Seiten im Mauerwerk eingelassen. Er untersuchte das andere Fenster. Dort war es dasselbe. Er zeigte kein großes Interesse an der Sache, schob nicht einmal den unteren Teil des Fensters nach oben. Wenn er ein Gefangener war, dann offenbar ein sehr gefügiger. Nachdem er seine Untersuchung des Raums beendet hatte, setzte er sich in den Lehnstuhl, holte ein Buch aus seiner Tasche, zog das Pult mit der Kerze neben sich und begann zu lesen.

Der Mann war jung – höchstens dreißig –, von dunklem Teint, glattrasiert, mit braunem Haar. Sein Gesicht war dünn, mit hohem Nasenansatz, breiter Stirn und in Kinn und Wangen von einer »Festigkeit«, die laut ihren Besitzern Entschlossenheit verrät. Die Augen waren grau und ruhig, bewegten sich nur mit be-

stimmtem Ziel. Den größten Teil der Zeit waren sie nun auf das
Buch gerichtet, aber manchmal hob er sie und wandte sie zum
Leichnam auf dem Tisch; offenbar nicht aus einer trüben Faszination, wie sie unter solchen Umständen durchaus auch auf eine
mutige Person wirken mag, noch in bewußter Auflehnung gegen
den gegenteiligen Einfluß, der einen ängstlichen Menschen beherrschen könnte. Er betrachtete die Leiche, als ob er bei seiner
Lektüre auf etwas gestoßen sei, das ihn wieder die Umgebung
wahrnehmen ließ. Offensichtlich übte dieser Totenwächter die
ihm anvertraute Aufgabe mit Intelligenz und Gefaßtheit aus, wie
es ihm anstand.

Nachdem er vielleicht eine halbe Stunde gelesen hatte, schien er
zum Ende eines Kapitels zu kommen und legte ruhig das Buch
fort. Dann stand er auf, hob das Lesepult an, trug es in eine Ecke
des Raums in Nähe eines der Fenster, nahm die Kerze herunter
und kehrte zum leeren Kamin zurück, vor dem er gesessen hatte.

Einen Augenblick später ging er hinüber zum Leichnam auf
dem Tisch, hob das Laken an und schlug es vom Kopf zurück,
wodurch er eine Masse dunklen Haars entblößte und ein dunkles
Gesichtstuch, unter dem sich die Züge noch schärfer abzeichne-
ten als vorher. Er beschattete die Augen, indem er die freie Hand
zwischen sie und die Kerze hielt, stand da und betrachtete seinen
reglosen Gefährten mit ernster und gelassener Miene. Zufrieden
mit der Inspektion zog er das Laken wieder übers Gesicht, kehrte zum Stuhl zurück, nahm einige Streichhölzer vom Kerzen-
ständer, steckte sie in die Seitentasche seines losen Rocks und
setzte sich nieder. Dann nahm er die Kerze aus der Halterung und
musterte sie kritisch, als ob er kalkulierte, wie lange sie wohl reichen würde. Sie war kaum zwei Zoll lang; eine Stunde später würde er im Dunkeln sitzen. Er steckte sie wieder in den Kerzenhal-
ter und blies sie aus.

II

In einer Arztpraxis in der Kearny Street saßen drei Männer um einen Tisch, tranken Punsch und rauchten. Es war spät am Abend, schon beinahe Mitternacht, und an Punsch hatte kein Mangel geherrscht. Der gewichtigste der drei, Dr. Helberson, war der Gastgeber – es waren seine Räumlichkeiten, in denen sie saßen. Er war etwa dreißig; die anderen waren noch jünger; alle waren Ärzte.

»Die abergläubische Furcht, mit der die Lebenden die Toten betrachten«, sagte Dr. Helberson, »ist erblich und unheilbar. Man braucht sich ihrer nicht mehr zu schämen als der Tatsache, daß man zum Beispiel eine Unfähigkeit zur Mathematik oder eine Neigung zum Lügen erbt.«

Die anderen lachten. »Sollte ein Mann sich denn nicht schämen, daß er lügt?« sagte der Jüngste der drei, bei dem es sich um einen noch nicht examinierten Medizinstudenten handelte.

»Mein lieber Harper, davon habe ich nicht gesprochen. Die Neigung zu lügen ist eine Sache; lügen selbst eine andere.«

»Aber meinen Sie denn«, sagte der dritte Mann, »daß dieses abergläubische Empfinden, diese Angst vor den Toten, die grundlos ist, wie wir wissen, universal ist? Ich selbst bin mir ihrer nicht bewußt.«

»Ah, aber trotzdem steckt sie Ihnen ›im System‹«, erwiderte Helberson; »sie braucht nur die richtigen Bedingungen – was Shakespeare die ›verschworene Jahreszeit‹ nennt –, um sich auf irgendeine sehr unangenehme Art zu manifestieren, die Ihnen die Augen öffnen wird. Ärzte und Soldaten sind natürlich eher fast frei davon als andere.«

»Ärzte und Soldaten! – Warum sagen Sie nicht auch Henker und Scharfrichter? Wir sollten doch alle Mörder-Klassen einbeziehen.«

»Nein, mein lieber Mancher; die Juries weigern sich, mit öffentlichen Hinrichtungen Befaßte ausreichende Vertrautheit mit dem Tod erwerben zu lassen, um von ihm völlig ungerührt zu bleiben.«

Der junge Harper, der sich von der Anrichte eine weitere Zigarre geholt hatte, setzte sich wieder. »Was wären denn Ihrer Meinung nach Bedingungen, unter denen jeder von einer Frau geborene Mensch sich seines Anteils an unserer gemeinsamen Schwäche in dieser Hinsicht unerträglich bewußt würde?« fragte er ziemlich wortreich.

»Nun ja, ich würde sagen, wenn ein Mann die ganze Nacht mit einem Leichnam eingesperrt wäre – allein – in einem dunklen Raum – eines leeren Hauses – ohne Bettücher, die er sich über den Kopf ziehen kann – und wenn er das überlebte, ohne völlig verrückt zu werden, dann könnte er mit Recht prahlen, nicht von einer Frau geboren und auch nicht, wie Macduff, Ergebnis eines Kaiserschnitts zu sein.«

»Ich hatte schon gedacht, Sie würden nie mit Ihren Bedingungen fertig«, sagte Harper, »aber ich kenne einen Mann, der weder Arzt noch Soldat ist, und der sie alle annehmen wird, für jeden Einsatz, den Sie vorschlagen.«

»Wer ist das?«

»Er heißt Jarette – ist hier fremd; kommt aus meiner Heimatstadt in New York. Ich habe kein Geld, das ich auf ihn setzen könnte, aber er wird selbst jede Menge auf sich setzen.«

»Woher wissen Sie das?«

»Er würde notfalls lieber wetten als essen. Was Angst angeht – ich glaube, die hält er für eine Art Hautkrankheit oder vielleicht für eine besondere Form von religiöser Häresie.«

»Wie sieht er aus?« Helberson begann sich offenbar dafür zu interessieren.

»Wie Mancher hier – könnte sein Zwillingsbruder sein.«

»Ich nehme die Herausforderung an«, sagte Helberson prompt.

»Schätzungsweise bin ich Ihnen sehr verbunden für das Kompliment«, murmelte Mancher, der allmählich schläfrig wurde.

»Kann ich mich da nicht dran beteiligen?«

»Nicht gegen mich«, sagte Helberson. »*Ihr* Geld will ich nicht.«

»Na schön«, sagte Mancher; »dann spiele ich die Leiche.«

Die anderen lachten.

Das Ergebnis dieses verrückten Gesprächs haben wir gesehen.

III

Als er das wenige löschte, was ihm an Kerze bewilligt worden war, hatte Mr. Jarette die Absicht, es für einen unvorhergesehenen Bedarf zu bewahren. Vielleicht hatte er auch gedacht, oder undeutlich empfunden, daß die Dunkelheit zu einer bestimmten Zeit nicht schlimmer sein würde als zu einer anderen, und daß es, wenn die Situation unerträglich würde, besser wäre, ein Mittel zum Trost oder sogar zur Erlösung zu haben. Jedenfalls war es klug, eine kleine Lichtreserve zu besitzen, und sei es auch nur, um auf die Uhr schauen zu können.

Kaum hatte er die Kerze ausgeblasen und sie neben sich auf den Boden gestellt, als er es sich auf seinem Sitz bequem machte, sich zurücklehnte und die Augen schloß, in der Hoffnung und sicheren Erwartung auf Schlaf. Hierin wurde er enttäuscht; nie in seinem Leben hatte er sich weniger schläfrig gefühlt, und nach ein paar Minuten gab er den Versuch auf. Aber was konnte er tun? Er konnte nicht in der absoluten Dunkelheit herumtappen mit dem Risiko, sich zu verletzen – auch mit dem Risiko, gegen den Tisch zu stolpern und rüde den Toten zu stören. Wir alle erkennen das Recht der Toten an, in Ruhe zu liegen, unberührt von al-

lem Schroffen und Heftigen. Es gelang Jarette beinahe sich ein-
zureden, daß Erwägungen dieser Art ihn davon abhielten, die
Kollision zu riskieren, und ihn an den Stuhl banden.

Während er darüber nachdachte, glaubte er, ein leises Geräusch
vom Tisch her zu hören – welche Art Geräusch hätte er kaum erklären können. Er wandte nicht den Kopf. Warum sollte er – in
der Dunkelheit? Aber er lauschte – warum sollte er nicht? Und
vom Lauschen wurde ihm schwindlig. Haltsuchend klammerte er
sich an die Stuhllehne. In seinen Ohren war ein seltsames Klingen;
sein Kopf schien zu bersten; seine Brust war bedrückt und einge-
schnürt von der Kleidung. Er fragte sich, warum das so war, und
ob es Symptome von Angst seien. Dann, mit einem langen und
kräftigen Ausatmen, schien seine Brust zu kollabieren, und beim
gewaltigen Ächzen, mit dem er seine erschöpften Lungen wieder
füllte, verließ ihn der Schwindel, und er begriff: Er hatte so angespannt gelauscht, daß er den Atem angehalten hatte, fast bis zur
Erstickung. Diese Offenbarung war verdrießlich; er stand auf,
schob den Stuhl mit dem Fuß fort und schritt mitten in den Raum
hinein. Aber im Dunkeln schreitet man nicht weit; er begann zu
tasten, fand die Wand, folgte ihr zu einer Ecke, schwenkte, folgte
ihr vorbei an den beiden Fenstern und prallte in der nächsten Ecke
so heftig gegen das Lesepult, daß er es umstürzte. Das Gepolter
ließ ihn hochfahren. Er war verärgert. »Wie, zum Teufel, konnte
ich nur vergessen, wo es steht?« murmelte er und tastete sich die
dritte Wand entlang zum Kamin. »Ich muß alles auf die Reihe
bringen«, sagte er; er suchte den Boden nach der Kerze ab.

Als er sie gefunden hatte, zündete er sie an und wandte die Augen sofort zum Tisch, wo sich natürlich nichts verändert hatte.
Das Lesepult lag unbeachtet auf dem Boden; er hatte vergessen,
es »auf die Reihe zu bringen«. Er sah sich im ganzen Raum um,
bewegte die Kerze in seiner Hand und löste so die tieferen Schatten auf, ging hinüber zur Tür und prüfte sie, indem er mit aller

Kraft den Knauf drehte und an ihm zog. Sie gab nicht nach, und das schien ihm eine gewisse Befriedigung zu verschaffen; er sicherte sie sogar zusätzlich mit einem Riegel, den er zuvor nicht bemerkt hatte. Als er zu seinem Stuhl zurückkehrte, blickte er auf die Uhr; es war halb zehn. Überrascht fuhr er zusammen und hielt sich die Uhr ans Ohr. Sie war nicht stehengeblieben. Die Kerze war nun sichtlich kürzer. Er löschte sie wieder und stellte sie auf den Boden neben sich, wie zuvor.

Mr. Jarette fühlte sich nicht wohl; er war entschieden unzufrieden mit seiner Umgebung und deshalb auch mit sich selbst. ›Was habe ich denn zu befürchten?‹ dachte er. ›Das ist lächerlich und eine Schande; ich werde mich nicht derart zum Narren machen.‹ Aber Mut kommt nicht daher, daß man sagt: »Ich werde mutig sein«, auch nicht aus der Erkenntnis, daß Mut der Situation angemessen wäre. Je mehr Jarette sich verfluchte, desto mehr Grund zur Verfluchung gab er sich selbst; je größer die Anzahl der Variationen wurde, die er zum schlichten Thema der Harmlosigkeit eines Toten spielte, desto unerträglicher wurde die Zwietracht seiner Empfindungen. »Was denn!« rief er laut in seiner Seelenqual, »was denn! Soll ich, der ich nicht einmal über einen Hauch von Aberglauben verfüge – ich, der ich nicht an Unsterblichkeit glaube – ich, der ich weiß (und niemals genauer als jetzt), daß das Leben nach dem Tod ein Wunschtraum ist – soll ich gleichzeitig meine Wette, meine Ehre und meine Selbstachtung verlieren, vielleicht sogar meinen Verstand, weil irgendwelche wilden Vorfahren, die in Höhlen und Löchern lebten, die monströse Idee ausgeheckt haben, daß die Toten nachts umgehen? – daß …« Deutlich, unmißverständlich hörte Mr. Jarette hinter sich das leichte, leise Geräusch von Fußschritten, bedächtig, regelmäßig, immer näher!

IV

Kurz vor Sonnenaufgang am nächsten Morgen fuhren Dr. Helberson und sein junger Freund Harper langsam durch die Straßen von North Beach, im Coupé des Doktors.

»Haben Sie immer noch dieses jugendliche Zutrauen in den Mut oder die Sturheit Ihres Freundes?« sagte der Ältere. »Glauben Sie wirklich, daß ich diese Wette verloren habe?«

»Ich weiß es«, erwiderte der andere, mit einem Nachdruck, der die Behauptung entkräftete.

»Also, bei meiner Seele, ich hoffe, daß Sie recht haben.«

Dies wurde ernsthaft, fast feierlich gesagt. Einige Momente herrschte Schweigen.

»Harper«, fuhr der Doktor fort; im schwankenden Zwielicht, das von den Laternen, die sie passierten, in den Wagen fiel, blickte er sehr ernst drein; »ich fühle mich überhaupt nicht wohl bei dieser Geschichte. Wenn Ihr Freund mich nicht gereizt hätte mit der Geringschätzigkeit gegenüber meinem Zweifel an seiner Ausdauer – einer rein physischen Eigenschaft – und mit der kalten Unhöflichkeit seines Vorschlags, daß die Leiche die eines Arztes sein sollte, dann hätte ich es gar nicht so weit kommen lassen. Wenn etwas passieren sollte, sind wir ruiniert, was wir, wie ich befürchte, verdienen.«

»Was kann denn passieren? Selbst wenn die Angelegenheit ernst werden sollte, wovor ich überhaupt keine Angst habe, braucht Mancher doch nur ›aufzuerstehen‹ und alles zu erklären. Bei einem echten ›Objekt‹ aus dem Sezierraum, oder bei einem Ihrer verstorbenen Patienten, läge es vielleicht anders.«

Dr. Mancher hatte also Wort gehalten; er war der »Leichnam«.

Dr. Helberson schwieg sehr lange, während der Wagen im Schneckentempo die Straße entlangkroch, die er schon zwei- oder dreimal befahren hatte. Schließlich sagte er: »Nun ja, wir wollen hoffen, daß Mancher, wenn er von den Toten auferstehen mußte, den nötigen Takt aufgebracht hat. Ein Fehler dabei könnte alles nur noch schlimmer statt besser machen.«

»Ja«, sagte Harper, »Jarette würde ihn umbringen. Aber, Doktor« – er blickte auf die Uhr, als der Wagen eine Gaslaterne passierte – »es ist fast vier; endlich.«

Einen Moment später hatten die beiden das Fahrzeug verlassen und gingen schnell zu dem seit langem leerstehenden Haus, das dem Doktor gehörte und worin sie Mr. Jarette eingesperrt hatten, gemäß den Bedingungen der verrückten Wette. Als sie sich dem Haus näherten, kam ihnen ein Mann entgegengerannt. »Können Sie mir sagen«, rief er, wobei er jäh stehenblieb, »wo ich hier einen Doktor finde?«

»Was ist denn los?« sagte Helberson unverbindlich.

»Sehen Sie doch selbst«, sagte der Mann; er begann wieder zu laufen.

Sie eilten weiter. Als sie das Haus erreichten, sahen sie mehrere Leute, die es hastig und aufgeregt betraten. In einigen Häusern in der Nähe und an der Straße waren die Schlafzimmerfenster hochgeschoben; zahlreiche Köpfe ragten heraus. Alle Köpfe stellten Fragen; niemand achtete auf die Fragen der anderen. Einige der Fenster mit geschlossenen Blenden waren erhellt; die Leute in diesen Räumen kleideten sich an, um herabzukommen. Genau gegenüber der Tür des Hauses, zu dem sie wollten, warf eine Laterne ein gelbes, unzureichendes Licht auf die Szene, schien zu sagen, sie könnte viel mehr enthüllen, wenn sie nur wollte. Harper blieb an der Tür stehen und legte eine Hand auf den Arm seines Begleiters. »Alles rausgekommen, Doktor«, sagte er in äußerster Erregung, die sich seltsam von seinen beiläufigen Worten abhob; »das Spiel ist gegen uns gelaufen. Wir sollten da nicht hineingehen; wir sollten uns tot stellen.«

»Ich bin Arzt«, sagte Dr. Helberson ruhig; »vielleicht wird hier einer gebraucht.«

Sie gingen die Stufen zur Tür hinauf und wollten eintreten. Die Tür war offen; die Laterne gegenüber beleuchtete den Gang dahinter. Er war voll von Männern. Einige hatten die Treppe am anderen Ende betreten, oben keinen Einlaß gefunden und warteten auf eine zweite Chance. Alle redeten, niemand hörte zu. Plötzlich gab es großen Tumult auf dem oberen Absatz; ein Mann war aus einer Türe herausgesprungen und riß sich los von denen, die versuchten, ihn festzuhalten. Er kam herunter, durch die Masse entsetzter Schaulustiger, schob sie beiseite, rammte sie gegen die Wand an der einen Seite oder zwang sie, sich am Geländer an der anderen festzuhalten, packte sie am Hals, drosch wüst auf sie ein, stieß sie rückwärts die Treppe hinunter und lief über die Gestürzten. Seine Kleidung war durcheinander, er trug keinen Hut. Seine Augen, wild und unstet, bargen etwas, das noch erschreckender war als seine scheinbar übermenschliche Kraft. Sein Gesicht, glattrasiert, war blutleer, sein Haar weiß wie Rauhreif.

Als die Leute am Fuß der Treppe, die mehr Bewegungsfreiheit hatten, auswichen, um ihn durchzulassen, sprang Harper vor. »Jarette! Jarette!« rief er. Dr. Helberson packte Harper am Kragen und zerrte ihn zurück. Der Mann starrte ihnen ins Gesicht, scheinbar ohne sie zu sehen, und sprang durch die Tür, die Stufen hinab, auf die Straße und fort. Ein stämmiger Polizist, der sich den Weg die Treppe hinab mit geringerem Erfolg freigekämpft hatte, kam einen Moment später und machte sich an die Verfolgung; alle Köpfe in den Fenstern – jetzt nur noch die von Frauen und Kindern – kreischten Hinweise.

Nun war die Treppe teilweise frei, da der größte Teil der Menge auf die Straße gestürzt war, um Flucht und Verfolgung zu beobachten; Dr. Helberson stieg hinauf, gefolgt von Harper. An einer Tür im oberen Flur verweigerte ein Polizeibeamter ihnen den

Eintritt. »Wir sind Ärzte«, sagte der Doktor, und sie gingen hinein. Der Raum war voll von Männern, undeutlich zu sehen, die sich um einen Tisch drängten. Die Neuankömmlinge schoben sich nach vorn und blickten über die Schultern der Leute in der ersten Reihe. Auf dem Tisch, die unteren Gliedmaßen mit einem Laken bedeckt, lag der Leichnam eines Mannes, gleißend erhellt vom Strahl aus einer Blendlaterne, die ein am Fußende stehender Polizist hielt. Die anderen, außer denen nahe am Kopfende – auch der Beamte selbst –, standen im Dunkeln. Das Gesicht des Leichnams schien gelb, abstoßend, gräßlich! Die Augen waren halb offen und nach oben gedreht, der Unterkiefer abgesackt; Schaumspuren entstellten die Lippen, das Kinn, die Wangen. Ein großer Mann, offenbar ein Arzt, beugte sich über den Körper; er hatte die Hand unter die Hemdbrust geschoben. Er zog sie hervor und steckte zwei Finger in den offenen Mund. »Der Mann ist seit etwa sechs Stunden tot«, sagte er; »das ist ein Fall für den Coroner.«

Er nahm eine Karte aus seiner Tasche, händigte sie dem Beamten aus und bahnte sich den Weg zur Tür.

»Das Zimmer räumen – raus, alle!« sagte der Beamte scharf, und die Leiche verschwand, wie weggerissen, als er die Laterne bewegte und den Lichtstrahl hier und da auf die Gesichter der Menge warf. Die Wirkung war verblüffend! Die Männer, geblendet, verwirrt, fast entsetzt, stürzten sich in wildem Durcheinander zur Tür, schoben, drängten und stolperten übereinander, als sie flohen, wie die Heerscharen der Nacht vor Apollos Lichtpfeilen. Auf die zappelnde, trampelnde Masse goß der Beamte sein Licht, ohne Erbarmen und ohne Pause. Im Sturzbach gefangen wurden Helberson und Harper aus dem Raum gespült und schossen mit der Kaskade die Treppe hinab auf die Straße.

»Lieber Himmel, Doktor! Habe ich Ihnen nicht gesagt, daß Jarette ihn umbringen würde?« sagte Harper, sobald sie sich von der Menge gelöst hatten.

»Ich glaube ja«, erwiderte der andere, ohne sichtbare Gefühls-
regung.

Schweigend gingen sie weiter, Block um Block. Vor dem grau-
enden Osten zeigten sich als Silhouetten die Behausungen der
Bergstämme. Der vertraute Milchwagen regte sich bereits auf den
Straßen; bald würde der Austräger des Bäckers die Szene betreten; der Zeitungsbote schweifte im Lande umher.

»Es kommt mir so vor, mein Junge«, sagte Helberson, »daß Sie
und ich in letzter Zeit zuviel Morgenluft mitbekommen haben.
Das ist ungesund; wir brauchen Veränderung. Was halten Sie von
einer Reise durch Europa?«

»Wann?«

»Ich bin da nicht sehr eigen. Ich nehme an, daß vier Uhr heute
nachmittag früh genug wäre.«

»Wir treffen uns am Schiff«, sagte Harper.

V

Sieben Jahre später saßen diese beiden Männer auf einer Bank am
Madison Square, New York, in vertraulichem Gespräch. Ein anderer Mann, der sie seit einiger Zeit beobachtet hatte, selbst unbe-
obachtet, näherte sich, hob höflich den Hut von Locken weiß wie
Rauhreif und sagte: »Ich bitte um Vergebung, Gentlemen, aber
wenn man einen Mann getötet hat, indem man selbst wiederaufer-
steht, dann sollte man am besten mit ihm die Kleider tauschen und
bei erster Gelegenheit einen Ausbruch in die Freiheit machen.«

Helberson und Harper wechselten bedeutungsvolle Blicke. Sie
waren offensichtlich amüsiert. Der erstere blickte dann den
Fremden freundlich an und erwiderte:

»Das habe ich schon immer vorgehabt. Ich stimme Ihnen da
völlig zu, was die Vortei …«

Er brach jäh ab, stand auf und wurde bleich. Mit offenem Mund starrte er den Mann an; er zitterte unübersehbar.

»Ah!« sagte der Fremde, »wie ich sehe, sind Sie indisponiert, Doktor. Wenn Sie sich nicht selbst behandeln können, dann kann Dr. Harper sicherlich etwas für Sie tun.«

»Wer zum Teufel sind Sie?« sagte Harper grob.

Der Fremde kam näher, beugte sich zu ihnen und flüsterte: »Manchmal nenne ich mich Jarette, aber ich habe nichts dagegen, Ihnen aus alter Freundschaft zu sagen, daß ich Dr. William Mancher bin.«

Die Offenbarung brachte Harper auf die Beine. »Mancher!« rief er; und Helberson setzte hinzu: »Es stimmt, bei Gott!«

»Ja«, sagte der Fremde; er lächelte vage. »Es stimmt schon, kein Zweifel.«

Er zögerte und schien zu versuchen, sich an etwas zu erinnern, begann dann, eine populäre Melodie zu summen. Offenbar hatte er ihre Gegenwart vergessen.

»Hören Sie mal, Mancher«, sagte der ältere der beiden, »erzählen Sie uns doch, was in der Nacht eigentlich passiert ist – mit Jarette, Sie wissen schon.«

»Oh, ja, Jarette«, sagte der andere. »Komisch, daß ich vergessen habe, es Ihnen zu erzählen – ich erzähle es doch so oft. Wissen Sie, ich wußte, weil ich ihn mit sich selbst habe reden hören, daß er ganz schön schlimme Angst hatte. Deshalb konnte ich der Versuchung nicht widerstehen, aufzuerstehen und mir ein bißchen Spaß mit ihm zu machen – konnte ich wirklich nicht. Das war ganz in Ordnung, aber ganz bestimmt habe ich nicht geglaubt, daß er es sich so zu Herzen nehmen würde; habe ich ehrlich nicht. Und danach – also, es war ziemlich schwer, mit ihm den Platz zu tauschen und dann – verdammt! Ihr habt mich nicht rausgelassen!«

Nichts konnte die Wildheit übertreffen, mit der er diese letzten Worte ausstieß. Besorgt traten die beiden Männer zurück.

»Wir? – wieso – wieso«, stammelte Helberson, der völlig seine Selbstbeherrschung verlor, »wir hatten doch nichts damit zu tun.«

»Habe ich nicht gesagt, Sie seien die Doctores Hellborn und Sharper?« erkundigte sich der Mann lachend.

»Mein Name ist Helberson, ja; und dieser Gentleman hier ist Mr. Harper«, erwiderte ersterer, beruhigt durch das Lachen. »Aber wir sind jetzt keine Ärzte; wir sind – na ja, zum Teufel, alter Freund, wir sind Spieler.«

Und das war die Wahrheit.

»Sehr guter Beruf – wirklich, sehr gut; ach, und übrigens hoffe ich, daß Sharper hier Jarettes Geld ausgezahlt hat, wie ein ehrlicher Bankhalter. Ein sehr guter und ehrbarer Beruf«, wiederholte er versonnen, wobei er sich achtlos entfernte; »aber ich bleibe bei meiner alten Profession. Ich bin Generaloberamtsarzt im Irrenhaus Bloomingdale; es ist meine Pflicht, den Direktor zu heilen.«

Hank Bullock, Jr.
Midnight Rodeo

»Bauern«, schnarrte Morris hämisch vor sich hin. »Debile Bauern.« Er zuckte mit dem Kopf, als wollte er den Gedanken wie kaltes Wasser von sich schütteln, dann beugte er sich vor und suchte im Trüben der Wanne nach seiner Seife. Was war aus diesem Land geworden? Wo war der Westen geblieben? Was sollte daran wild sein? Diese Leute waren lahm und langweilig. Wenn er es darauf anlegte, machten sie ihn noch heute abend zu ihrem Sheriff.

Freighttrain, Texas.

Arsch der Welt.

Einen Moment lang starrte er die pinkfarbenen Kacheln hinter seinen Füßen an, dann fuhr er sich mit der großen, blassen Hand übers Gesicht und wischte den Gedanken weg.

Unsinn.

Immerhin bewunderten sie ihn, auch wenn es erschreckend einfach gewesen war, sich in die Herzen der Bauern zu reiten. Soviel einfacher als das Leben im trüben New Jersey.

Aber schließlich hatte er seine Sache auch gut gemacht. Verdammt gut, um genau zu sein.

Was für ein Ritt!

Er hatte es geschafft, acht Sekunden und vielleicht sogar noch zwei mehr, bis ihn die Pickup Men von dem bockenden Gaul geholt hatten. Zum ersten Mal im Leben auf dem Rücken eines richtigen, eines warmen, lebendigen Pferdes, nicht eine dieser knarrenden, rumpelnden Jahrmarktsmaschinen, und dann das ...

Siebzehn Reiter, und keiner war an seine Punktzahl herangekommen!

Selbst der fette Bürgermeister hatte ihn danach so fest an sein Herz gedrückt, daß er ihm fast die Rippen quetschte.

»Junge«, hatte er geschnauft, »mein Junge ...«

Hätte nur noch gefehlt, daß ihm Butch Brettschneider zur Belohnung eine seiner blonden Töchter schenkte ... dem Mann der Stunde das Recht der ersten Nacht.

Morris rieb mit den Fingern zwischen seinen Zehen herum.

Irgendwo im Hotel plärrte Willie Nelson.

Er legte sich zurück und schloß die Augen.

Das Pferd hieß Fireballs, ein wildes, störrisches Vieh mit großen, wachen Augen, das schon zwei Reiter hart in den Staub geworfen hatte. Morris war der siebzehnte und letzte Bewerber um den klobigen Pokal mit der Gravur »27th Hank Bullock Memorial Rodeo« gewesen. Wahrscheinlich wußte hier kaum noch einer, wer Slick Hank Bullock wirklich gewesen war. War doch immer so. Kaum hatte ein staubiges Kaff mal eine Berühmtheit aus seiner Mitte hervorgepreßt, einen legendären Pitcher, Psychopathen oder Countrysänger, interessierte sich kaum noch jemand dafür, weshalb der Mann eigentlich berühmt war. Man traf sich im »Hank Bullock Community Center«, spazierte durch die »Bully Mall«, aber seine Songs? Wer hörte heute noch »Two Hearts out in the Boondocks« oder »Marry Me, Marie«? Garth Brooks, Reba McEntire ... was anderes fiel denen doch heute nicht mehr ein. Höchstens noch das Willie-Nelson-Revival ...

Hoffentlich spielten sie wenigstens heute abend auf dem Fest ein paar von Hanks alten Songs.

Immerhin war Morris deshalb hergekommen.

Eine Zehntelsekunde, ein kurzes Aufblitzen an diesem staubigen, heißen Nachmittag wollte ihm einfach nicht mehr aus dem Kopf gehen. Da stand dieser Bauernlümmel mit der großen Brille und der Frisur wie ein Toupet am Zaun ... wie der ihn angesehen hatte. Mitch ... Mitch Mitchell. Im karierten Hemd. Na, er sollte sich nicht über die Namen anderer lustig machen. Er wußte, wie es war, wenn man damit aufgezogen wurde. Mit finsterer Miene hatte der Bursche am Zaun gestanden und zugesehen, wie Morris ihm den Sieg nahm.

Haßerfüllt.

Morris grinste, nahm sein Shampoo vom Beckenrand.

Auch Verlieren will gelernt sein.

Mitchs Freundin hatte neben ihm gestanden, ein kinnloses Ding, das ihm kaum bis an die Brust reichte, ein Pferdegesicht mit Namen Porsche.

Morris prustete ins Wasser.

Die Provinz war wirklich eine Reise wert.

Zu Hause in New Jersey würde ihm wieder kein Schwein glauben. Die Typen an der Rodeomaschine in Asbury Park waren aber auch um keinen Deut besser. Hier in Texas war es die Hitze, die den Hinterwäldlern das Hirn austrocknete. Die Waschlappen im Osten hatten sich den letzten Rest Verstand auf mechanischen Bullen aus dem Schädel geschüttelt. Die hatte er schon hundertmal besiegt.

Kinderspiel.

Fireballs hatte gebockt und getreten, sich mit aller Kraft gegen den Mann auf seinem Rücken gewehrt, nur war er Morris einfach nicht gewachsen. Der hatte das Tier in die Knie gezwungen, ihm seinen Willen eingebrannt. Eine Hand am Sattel, die andere siegessicher in die Luft gestreckt, bis er, keine halbe Minute später, noch etwas unsicher auf den Beinen, am Zaun stand, drüben bei Brettschneiders Töchtern, den Drillingen, die Morris unverblümt aus blauen Augen anhimmelten.

Bei dem Gedanken stutzte er, dann wusch er sich gewissenhaft den Schwanz.

Von denen war heute abend eine fällig. Egal welche. Er konnte sie ohnehin nicht auseinanderhalten.

Rose, Rosie und Rosebud.

Ob sie immer zu dritt auftraten?

Morris grinste breit.

Mit nassen Haaren stieg er aus der Wanne, rieb sich mit einem der pinkfarbenen Handtücher trocken, setzte sich auf den pinkfarbenen Plastikhocker, stellte die Füße auf den pinkfarbenen Vorleger und sah in den Spiegel über dem pinkfarbenen Waschbecken.

Jedes Zimmer im Hank's Inn war in einer anderen Farbe gehalten, was vor zwanzig, dreißig Jahren eine tolle Idee gewesen sein mochte. Heute war der Vorleger eher erdfarben als alles andere.

Morris suchte seine schärfste texanische Unterhose, nachtblaue Socken, ein rubinrotes Hemd mit Stickereien heraus und nahm den schlichten, cremefarbenen Anzug aus dem Schrank.

Dann stand er vor dem Spiegel und band die schmale Krawatte, prüfte den gepflegten Dreitagebart und nickte.

Gut, vielleicht war er etwas blaß, aber was er sah, gefiel ihm.

Das hatte doch Gesicht. Slick Hank Bullock hätte es bestimmt gefallen. Zehn Jahre als Herrenausstatter in Sparta, New Jersey, konnten schließlich nicht umsonst gewesen sein.

Die Stiefel knarrten und drückten etwas an den Zehen, als Morris schließlich am Fenster stand und im Licht der Abendsonne sah, wie sich die Bauern unten vor dem Saloon versammelten, einander begrüßten und nickend nacheinander hineingingen. Um seinen Wagen hatten sich ein paar kleine Jungen versammelt, was verständlich war. Wann gab es in Freighttrain, Texas, schon mal einen '64er Buick Wildcat zu sehen? Und dann in dem Zustand ... makellos. Wohlwollend blickte Morris auf seine Stadt hinab.

Heute war sein Tag.

Sie würden ihn lieben.

Die Frau hinterm Tresen hatte Titten wie Dolly Parton, schien aber nur halb so alt zu sein. Bis man ihre Augen sah. Sie wollte etwas sagen, als sie vor Morris einen Jack Daniels auf den Tresen stellte, doch dann überlegte sie es sich anders, lächelte nur mütterlich und stöckelte auf ihren roten Pumps zum anderen Ende der Bar.

Der Laden war knallvoll und verqualmt. Rauch brannte Morris in den Augen, und durch das Yeehaw zahlloser Stimmen waren die schneidenden Klänge von Musik zu hören. Nicht mal ein Hauch von Abendsonne drang in dieses Loch. Im »Bullock's Ball and Grill« war der Teufel los. Die Bühne, hell erleuchtet, zeigte hagere Gestalten mit Banjo, Fiddle und Baß, die jede Nummer zum Honkytonk machten:

»Let's have a hand for that young cowboy

And wish him better luck next time ...«

»Terry Cloth and His Wet Towels« stand auf der Bassdrum, hinter der ein Bursche in blauer Latzhose sein Bestes gab. Der Sänger im karierten Sakko wandte sich der Band zu, beendete den Song mit einer deutlichen Geste seiner Geige.

Morris war enttäuscht. Irgendwie hatte er sich den Abend anders vorgestellt. Die Leute grüßten ihn, standen da, sahen herüber und tuschelten, lächelten, aber keiner traute sich näher als auf drei Schritte heran. Er blieb allein am Tresen, trank Jack Daniels und wich Mitch Mitchells Blicken aus, der sich weiter hinten am Tresen offenbar Mut ansoff. Porsche stand schweigend daneben und schlürfte Cola durch einen Strohhalm.

Die meisten Frauen im Saloon waren in Begleitung, und für alle

Fälle hatte Morris ein Auge auf das Vollweib hinterm Tresen geworfen.

Sie hieß Wilma, soviel hatte er schon rausgefunden.

Während er noch über sie sinnierte, tauchte wie aus dem Nichts eine von Brettschneiders Töchtern auf.

»Rosie?«

»Rosebud«, lachte sie unter ihrem blonden Pony. Die blauen Augen blitzten, und sie kam nah heran.

Ganz nah.

Etwas rundlich war sie, mit stämmigen Beinen und prallem Hintern in weißer Jeans, die schlichte weiße Bluse weiter aufgeknöpft, als man es gemeinhin von Bürgermeisterstöchtern gewohnt war. Sanft lehnte sie sich an ihn und sah zur Bühne. Terry Cloth versuchte sich gerade an Patsy Clines »I Cried All the Way to the Altar«, und Rosebud nickte im Takt dazu.

»Klasse Band.« Morris bemühte sich, das Richtige zu sagen.

»Honkytonk …« Sie zuckte mit den Schultern, warf Morris einen verächtlichen Blick zu und stieß sich von ihm ab. Bevor er irgend etwas stottern konnte, war sie mit ihrem Glas in der Hand schon in der Menge verschwunden.

Er wischte sich die Stirn, winkte Wilma und ließ sich nachschenken.

Plötzlich war Rosebud wieder da, stand neben ihm und rauchte, wippte im Takt der Musik.

Morris räusperte sich, warf einen verstohlenen Blick auf ihre schwankenden Brüste. »Hoffentlich hören sie bald auf da oben.«

Das Mädchen sah ihn an. »Ich find die toll«, sagte sie.

»Ach. Aber … Rosebud?«

»Rosie.«

»Ah.« Morris nickte. »Alles klar. Cheers, Rosie.«

»Averell spielt mit«, sagte sie und deutete auf den Drummer. »Mein Freund.« Damit lehnte sie sich an ihn und preßte einen strammen Schenkel kaum merklich in seine Leistengegend. Das konnte nur Absicht sein.

Auf der Bühne ging ein Song zu Ende. Der Schlaksige im karierten Sakko trat ans Mikro, beugte sich herab.

»Freunde, wenn wir gleich unsere Hymne gespielt haben – ihr wißt schon –, kommen wir zum Hauptprogramm des Abends. Ich hoffe, unser Bürgermeister hat sich inzwischen von seinen japanischen Kleinwagen losreißen können.« Allgemeines Gelächter. »Heute abend kauft doch keiner mehr einen Toyota. Schließlich hat Big Butch eins von seinen Schmuckstücken für unsere Tombola gestiftet. Wozu kaufen, was man auch gewinnen kann? Hm? Hoffentlich habt ihr schon alle Lose. Wenn nicht, achtet auf Mary Jo und die kleine Louise, die Tochter von … ach, was rede ich, ihr kennt sie ja …«

Er trat zurück, zählte an, und die Band legte los.

»I'm old Cowhand from the Rio Grande …«

»Gleich bist du an der Reihe«, hauchte ihm Rosie ins Ohr, und er wollte eben fragen, womit, da hatte sie sich schon losgemacht und verschwand durch eine schwarze Tür neben dem Tresen. Die war ihm noch gar nicht aufgefallen.

Sollte er ihr folgen? War das hier so Sitte? Er nahm sich vor zu warten. Nur nichts überstürzen. Wilma kam, schenkte ihm Jack Daniels nach.

Ganz nüchtern war er nicht mehr. Er sollte sich zurückhalten, damit er später noch reiten konnte. Er grinste breit, als ihm die gerahmten Fotos hinter dem Tresen auffielen, gleich über den Flaschen.

Schwarzweißbilder von strahlenden Siegern.

Sechsundzwanzig Rodeoreiter.

Jedes Jahr ein anderer.

Irgendwie sahen sie trotzdem alle gleich aus.

Etwas verschreckt.

Jemand tippte ihm an die Schulter. Er drehte sich um, und grelles Licht brannte in seinen Augen.

»He, was …?« Als er wieder sehen konnte, erkannte er Porsche, das kinnlose Pferdegesicht, die sich eine Kamera vor die Nase hielt und für das nächste Foto Maß nahm.

»Geht ganz schnell«, leierte sie. »Hier kommt das Vögelchen.« Neben ihm ragte Mitchell auf, hauchte ihm seine Fahne ins Gesicht. Er roch, als hätte er sein Abendessen nicht runtergeschluckt, und schwankte leicht.

»Du … du bist doch nur …« Ein Schluckauf bremste ihn, und er rückte seine Brille zurecht. »Du … du …«

»Hör mal«, sagte Morris. »Ich weiß, du ärgerst dich, weil ich besser bin als du. Sei doch froh.« Hämisch grinste er zu ihm auf. »Lieber ein guter Zweiter als ein schlechter Dritter, oder?« Jovial schlug er seinem Gegenüber auf die Schulter. Der schien zu überlegen, wie das gemeint gewesen war.

Auf der Bühne tat sich was, man sah hinüber. Butch Brettschneider bahnte sich hinkend mit dem Pokal in der Hand einen Weg durch die Menge, und der Sänger im karierten Sakko machte ihm den Platz am Mikro frei.

»Bürger von Freighttrain!« Eine Rückkopplung heulte durch den Raum, und die meisten hielten sich die Ohren zu. Dann kehrte langsam Ruhe ein.

Brettschneider rückte seinen Hut zurecht. »Es ist mal wieder soweit!«

Es wurde applaudiert, einige johlten.

»Wie jedes Jahr an diesem Tag, nach einem fairen …«, Pfiffe kamen aus der Menge, »… harten Kampf auf dem Rücken der Pferde, möchte ich jetzt den Sieger unseres siebenundzwanzigsten Rodeos zu Ehren meines alten Freundes Hank, dem größten Sohn, den unsere Gemeinde je hervorgebracht hat, zu mir auf die Bühne bitten.«

Einige Leute wandten sich zum Tresen um. Morris wurde von hinten geschoben, sah noch Mitchells breites Grinsen, Rosies blaue Augen, dann glotzten ihn Fremde an, machten eine Gasse frei und schoben ihn zur Bühne.

Heiß war es im Licht der Scheinwerfer. Brettschneiders Anzug hatte dunkle Ränder um die Achseln. Er stank wie ein Iltis.

»Da ist er ja!« Big Butch war begeistert. »Unser diesjähriger Held. Die Vorsehung hätte keine bessere Wahl treffen können.« Hart schlug er Morris auf die Schulter.

»Wie fühlt man sich denn so, wenn man die besten Rodeoreiter einer berühmten Stadt wie Freighttrain ausgezählt hat? Hm? Morris?«

Verdammt.

Diesen Auftritt hatte er sich anders vorgestellt. Irgendwie fühlte er sich benutzt. Er spürte, wie erwartungsvolle Blicke auf ihm lagen.

»Na?« drängte Brettschneider.

Morris nickte. »Gut … sehr gut.«

»Na also.« Er drückte Morris den mächtigen Pokal in die Hände und blickte ins Publikum. »Eine Frage hätte ich noch an unseren Helden, bevor wir zum langerwarteten Hauptteil dieses Abends kommen. Bist du bereit für eine persönliche Auskunft, mein Freund?«

Die Leute lachten. Man hörte Gläser klirren.

»Hm?«

»Warum nicht …« Morris runzelte die Stirn.

»Wir haben vorhin über den Anmeldeformularen für das Rodeo gesessen und sind an deinem Vornamen hängengeblieben, den du uns ja bis jetzt leider verschwiegen hast. Eins würde mich ganz besonders interessieren. Wie hat deine Mutter dich gerufen? Philliboy? Oder nur Phil? Oder ist das vielleicht sogar ein Künstlername?«

Ein paar Cowboys im Saal schlugen sich vor Freude auf die Schenkel.

Stocksteif stand Morris da.

»Gut.« Butch Brettschneider wurde ernst. »Spaß beiseite. Wir haben heute abend noch was vor. Wie du wahrscheinlich schon gehört hast, pflegen wir hier in Freighttrain eine Tradition, der wir auch in diesem Jahr gerecht werden wollen.«

»Schön gesagt«, rief jemand vorn an der Bühne.

»Wer schon mal hier bei uns war, weiß, daß jetzt der Höhepunkt des Abends folgt …« Das ließ er etwas wirken. »Das Rodeo des Rodeos!«

Die Leute waren außer sich, schrien, johlten, warfen ihre Hüte. Big Butch drückte Morris an sich, daß dieser sich ganz klein vorkam.

»Keine Sorge, Cowboy«, sagte er. »Deinen Pokal kannst du behalten. Erst mal trinken wir auf Slick Hank.« Er winkte jemandem am Bühnenrand, und ein Glas wurde heraufgereicht. Brettschneider gab es Morris, nahm sein eigenes in die Hand und stieß mit ihm an. Die Leute im Saal hoben ihre Gläser.

»Auf Hank Bullock! Wir werden nie vergessen, wie er umgekommen ist!«

Morris zögerte.

Hier war irgendwas im Busch.

Brettschneider zwinkerte ihm zu. »Trink! Auf Hank«, sagte er.

Zögernd kippte Morris seinen Whiskey.

Das Zeug schmeckte fies. »Das ist kein Jack Daniels«, sagte er, als sich Magensäure auf seiner Zunge sammelte.

Brettschneider lächelte. »Das hat auch keiner behauptet.«

Terry Cloth zählte an, und die Band stieg ein.

»Let's have a hand for that young cowboy.

And wish him better luck next time …«

Auf einmal fing die Welt an, sich zu drehen … ganz langsam

erst, dann immer schneller. Stimmen fegten über ihn hinweg. Die Lichter wurden grell und immer greller.

Morris kam ins Taumeln, und das Glas fiel ihm aus der Hand. Butch fing ihn auf, und die Menge kam näher an den Bühnenrand, nahm ihn in Empfang, und er fühlte sich fast, als kehrte er heim. Wild schunkelte die Band vor sich hin.

Die Bauern schunkelten mit.

Bunte Lichter flammten auf. Fratzen tanzten vor Morris' Augen, Hüte, Gläser, Arme, Mitchell packte ihn im Nacken, Rosie drängte sich an ihn, dann Rosebud, oder war es Rose? Jemand nestelte am Gürtel seiner Hose herum, riß am Reißverschluß, ein anderer hielt schon sein cremefarbenes Jackett in der Hand.

Was sollte das?

Kurz kam Morris zu sich.

Was war das für ein Film?

Es war ein Traum.

Er war zu Hause in New Jersey.

Jetzt riß man ihm die Hose runter, schleppte ihn durch den Saal. Wilma sah er noch, ihr Lächeln, mütterlich besorgt, als er die Stiefel verlor, die Hose in den Kniekehlen, die schmale Krawatte eng um seinen Hals geschnürt, röchelnd, hustend.

Da tauchte Rosebud auf. Oder Rosie?

Warum waren sie noch angezogen?

Man schleppte ihn zu dieser schwarzen Tür, das sah er noch, und was er hörte, war nicht, was er erwartet hatte. Vielleicht war es nur Erinnerung.

Erinnerung woran?

Er schüttelte den Kopf.

Das war kein Jack Daniels.

Schweine.

Kretins.

Bauern.

Sie wollten ihn opfern.

Für Hank.

Hinter der Tür war ein Scharren zu hören. Waren das Hufe? Dann ein Schnauben. Es klang wie …

Morris taumelte. Kalter Wind umwehte seine Beine, als Rose oder Rosie oder Rosebud seine Unterhose in die Menge warf und man ihn durch die schwarze Tür schleifte.

Zwei Männer hielten Fireballs. Und zwischen dessen Beinen, fast bis zum Boden … es glänzte und schimmerte.

»So ist das Leben«, sagte sie. »Das sind die Regeln. Reiten und geritten werden. Jeder ist mal dran, Cowboy …«

Aber warum war ihre Bluse zugeknöpft?

Nancy Collins
Aphra

Die ganze Sache hatte mit der Röntgenbrille angefangen.

Ich kann mich noch an die Anzeige erinnern, selbst jetzt, nach über dreißig Jahren. Sie hatte da zwischen den Seiten des sechsundsechzigsten Bandes von Lucky Ducky sozusagen nur auf mich gewartet. Ich war zu der Zeit acht Jahre alt, und ich hätte lieber die Abenteuer von Batman gelesen, doch meine Mutter wollte mir dieses verdorbene Zeug nie erlauben.

Zwischen die Abenteuer von Lucky Ducky und seinem schwachsinnigen Gegenspieler Bully Dog eingeklemmt, sprang mich also diese ganzseitige Anzeige an und verkündete die Errungenschaften der Olson's Laff-N-Magic Novelties, Inc. in Newark, New Jersey. Die Seite war in mehrere kleine Kästchen unterteilt, und in jedem wurde einer dieser »todsicheren Gags« illustriert.

Zwischen dem Klappergebiß (»Da kann sich keiner das Lachen verkneifen!«) und dem Furzkissen (»Bringt jeden zum Springen!«) stieß ich auf die Röntgenbrille. Die grobe Zeichnung zeigte einen mageren Mann, der die Brille mit den Spiralmustern auf der Nase sitzen hatte und auf dessen Stirn dicke Schweißtropfen perlten, während er voller Abscheu auf seine nun fleischlos erscheinende rechte Hand starrte. Dieses Bild nahm meine Phantasie mehr gefangen, als es die sprechende Ente jemals gekonnt hätte.

Aber was mich dann richtig packte, war die kleine Zeichnung, die in der linken unteren Ecke des Kastens eingefügt war. Sie zeigte den gleichen Mann mit der gleichen Brille, doch diesmal hatte er seinen Blick auf eine Frau in einem wadenlangen Kleid gerichtet. Der Künstler hatte das Kleid vom Knie an durchsichtig gezeichnet, und damit offenbarte sich dem Leser, was der schweißüberströmte Mann im Visier hatte. Dessen Gesicht trug denselben geschockten und angeekelten Ausdruck wie auf der ersten Zeichnung.

Ich wußte, was der schweißüberströmte Mann sehen wollte. Er wollte das sehen, wovon uns unser Sportlehrer, Coach Fischer, immer im Unterricht erzählt hatte. Coach Fischer hatte nämlich gesagt, wir sollten uns nicht an die Turnstange stellen und den Mädchen unter die Röcke schielen. Allerdings hatte ich bis dahin eigentlich nie den Wunsch verspürt, einem Mädchen unter den Rock zu schielen.

Doch jetzt faszinierte mich der Gedanke, bei einem Mädchen das da unten sehen zu können. Mir war klar, daß ich ohne die Röntgenbrille einfach nicht weiterleben konnte.

Drei Wochen lang sparte ich also eisern mein Taschengeld und schickte es dann mit der Bestellung ein. Während ich auf die Ankunft der Röntgenbrille wartete, malte ich mir immer wieder aus, wie ich in der Pause lässig auf dem Schulhof herumstehen und die Mädchen durch meine wundersame Neuerwerbung betrachten würde. Niemand würde mich verdächtigen, daß ich in Wirklichkeit das da unten bei ihnen im Visier hatte. Es war das perfekte Verbrechen.

Sechs bis acht Wochen sollte es dauern, bis die Brille ankam, und in dieser Zeit versuchte ich ständig, mir vorzustellen, wie das da unten bei einem Mädchen aussehen mochte. Ich wußte zwar, daß es anders war als bei einem Jungen, aber damit erschöpfte sich mein Wissen auch schon.

Coach Fischer unterrichtete außerhalb der Footballsaison Gesundheit & Hygiene. Er zeigte uns jede Menge Filme, und in einem dieser Filme ging es darum, wie Menschen unter ihrer Haut aussehen. Nicht, daß mich der Anblick des Fleisches unbedingt abgestoßen hätte.

Doch in diesem Film gab es auch eine mit einer speziellen Röntgenkamera aufgenommene Sequenz, in der ein lebendes Skelett Treppen hochging, aß und sprach. Diese Bilder gingen mir den ganzen Tag nicht mehr aus dem Kopf.

Als ich nach Hause kam, schnappte ich mir heimlich den Anatomieatlas meines Vaters und verzog mich in mein Zimmer, um mir die nackten Frauen darin anzusehen. Was ich allerdings entdeckte, war letzten Endes eine ziemlich fleischige Enttäuschung.

Viele der Zeichnungen stellten Frauen ohne Haut dar, mit entblößten Gesichtern und sich windenden und schlängelnden Eingeweiden. Doch das schiere Fleisch der Muskeln war mir viel zu üppig. Ich mochte die kantigen Formen lieber, die sich im Kern des menschlichen Mechanismus verbargen. Die Vollkommenheit der Knochen ließ meine Hände feucht werden und mein Herz höher schlagen. Ich betrachtete die bis in alle Ewigkeit lächelnden Frauen und stellte mir vor, wie großartig das Leben erst mit meiner Röntgenbrille sein würde.

Nichts würde meinen Augen mehr verborgen bleiben! Ich würde sehen können, was in den Menschen um mich herum vorging! Und vor allem wollte ich herausbekommen, welches Geheimnis die Mädchen da unten versteckten. Ich hatte meinen älteren Bruder belauscht, und daher wußte ich bereits, daß das, was die Mädchen da unten hatten, von herausragender Wichtigkeit war. Allein beim Gedanken daran wurde ich hart. Als ich nun diese namen- und fleischlosen Frauen mit hungrigen Augen anstarrte, wie sie mir ihre Geheimnisse preisgaben, überkam mich plötzlich eine tiefe Erkenntnis.

Und in meiner jugendlichen Unerfahrenheit spritzte sie genau auf das Buch. Aus Angst, erwischt zu werden, riß ich die befleckte Seite heraus und stellte den Anatomieatlas zurück in das Bücherregal. Falls mein Vater die Schändung jemals bemerkt haben sollte, hat er jedenfalls kein Wort darüber verloren.

Und dann war endlich meine Röntgenbrille da. Sie entsprach kaum dem, was ich erwartet hatte. Das Gestell war aus billigem Plastik, und die Gläser bestanden aus einfacher Pappe, auf die ein knallbuntes Pop-Art-Muster gedruckt war. Als ich die Brille auf die Nase setzte, mußte ich durch die beiden winzigen Löcher in den Pappgläsern gucken, die mit rotem Cellophan überklebt waren. Der einzige Effekt der Brille – abgesehen davon, daß sie mein Gesichtsfeld auf ein absolutes Minimum begrenzte und meine Umgebung in die Farbe von Kirschsaft tauchte – waren höllische Kopfschmerzen.

Seltsam, ich dachte, ich hätte das alles vergessen, doch plötzlich drängt jetzt die ganze magere Erregung wieder nach oben.

Ich schätze, ich bin ganz normal aufgewachsen. So normal wie jeder amerikanische Junge, der während des Babybooms geboren wurde. Ich lebte in einer intakten Familie, und meine Eltern haben sich immer ausreichend um mich gekümmert. In der Schule hatte ich viele Freunde; ich war durchaus beliebt. Und ich hatte immer etwas mit Mädchen zu tun.

Die meisten meiner Freunde in der Highschool waren auf Cheerleader scharf, auf diese Mädchen mit großen Titten und vollen Wangen. Ich stand eher auf den hochgewachsenen, gertenschlanken Typ. Der Typ, der unbedingt Model werden wollte.

Als ich später aufs College ging, hatte ich sexuelle Kontakte mit verschiedensten Frauen. In meinem zweiten Studienjahr verlobte ich mich mit einem magersüchtigen Mädchen. Meine Freunde erklärten mich für verrückt. Ein paar Monate vor unserer Heirat erlitt sie einen Herzstillstand und starb in ihrem

Apartment. Diese Sache machte mich einige Zeit lang wirklich fertig. Ich ließ sogar für ein Semester das College sausen.

Danach hatte ich einige Jahre lang mit diesem oder jenem Mädchen zu tun, etwas Festes kam allerdings nie zustande. Bis ich die Frau kennenlernte, mit der ich ein paar Monate später die Ehe schließen sollte.

Damals war sie wirklich eine Schönheit. Sie sah aus wie ein Fotomodell. Bis sie schwanger wurde, sagten die Leute sogar immer, sie solle ihren Job aufgeben und Model werden. Das hätte sie auch ohne weiteres machen können. Nachdem wir uns verlobt hatten, entdeckte ich, daß sie eine Eßstörung hatte; sie war bulimisch veranlagt. Sie konnte riesige Mengen von Essen verdrücken, aber anschließend entschuldigte sie sich und verschwand vom Tisch, um sich den Finger in den Hals zu stecken. Unsere Ehe konnte man durchaus als glücklich bezeichnen, glaube ich. Bis eben zu der Schwangerschaft.

Meine Frau war ausgesprochen aufgeregt, nachdem der Arzt ihr bestätigt hatte, was sie schon vermutete. Sie dachte nicht daran, mich zu fragen, ob ich mir ein Kind wünschte. Was ich wollte oder nicht, war für sie überhaupt kein Thema; sie quasselte ununterbrochen über Namen und über die richtige Farbe für die Babyausstattung. Ich sagte nichts – und sie bemerkte es nicht einmal.

Daß sie immer dicker wurde, schien sie nicht zu interessieren. Mich interessierte das schon.

Ich war erleichtert, als sie eine Fehlgeburt hatte. Das ersparte uns beiden eine Menge Ärger. Meine Frau hingegen sah das ganz und gar nicht so. Die Sache hatte sie völlig aus der Bahn geworfen, wie mir der Arzt ohne Umschweife erklärte. Er deutete an, daß die Ursache für den Verlust des Kindes in ihrer Bulimie liegen konnte. Ich sollte mit ihr Urlaub machen, beharrte er, damit wir gemeinsam einige Zeit verbringen und *über die traurige An-*

gelegenheit hinwegkommen könnten. Also fuhren wir für zwei Wochen nach Florida.

Während unseres Aufenthalts in Florida fand ich ganz in der Nähe unseres Hotels ein Stück Koralle am Strand. Es war weiß wie Knochen. Genau dafür hatte ich es zuerst auch gehalten. Und deshalb hob ich es auch vom Boden auf. Das Korallenstück war zart und ähnelte in Form und Größe dem Finger einer Frau. Dem kleinen Finger. Ich hielt es lange in den Händen. Von nahem sah es kaum noch wie ein echter Knochen aus. Es war viel zu porös, so wie das amputierte Glied einer arthritischen Greisin. Trotzdem spürte ich eine plötzliche Erregung. Als ich wieder im Zimmer war, masturbierte ich unter der Dusche. Meiner Frau habe ich davon nie etwas erzählt.

Nachdem wir aus Florida zurück waren, wurde die Kluft zwischen mir und meiner Frau noch unüberbrückbarer. Täglich interessierte ich mich weniger für sie. Wenn ich an meine Frau denke – und es kommt selten vor, daß ich an sie denke –, sehe ich nur eine winzige, verschwommene Gestalt, so als hätte ich sie sieben Jahre lang verkehrt herum durch ein Fernglas betrachtet.

Die Pfunde, die sie während der Schwangerschaft zugelegt hatte, behielt sie nach der Fehlgeburt. Sie wurde mürrisch, trug dunkle Kleidung und stopfte jede Menge Schokolade in sich hinein. Die meiste Zeit versuchte ich, ihr aus dem Weg zu gehen.

Eines meiner Hobbys sind Garagenverkäufe. Ich genieße es, hinter dem Lenkrad zu sitzen und mit Hilfe eines Stadtplans und den angestrichenen Anzeigen die beste Route herauszusuchen, um alle Garagenverkäufe abzugrasen. Manchmal habe ich dabei schon Gegenden entdeckt, von denen ich nicht einmal ahnte, daß sie existieren. Das kam mir immer vor wie eine Abenteuerreise durch den eigenen Hinterhof.

An einem Samstagnachmittag, als ich wieder mal meiner Frau aus dem Weg gehen wollte, stieß ich zufällig auf einen Garagenverkauf, der mein Leben verändern sollte. Das hört sich vielleicht übertrieben an, aber es war tatsächlich so.

In der Zeitung war er gar nicht aufgeführt, und auch an die Bäume oder Telegraphenmasten in der Umgebung hatte niemand die sonst üblichen selbstgemalten Schilder getackert. Eigentlich war es nur ein wild aufgehäuftes Durcheinander von Krimskrams im Vorgarten eines alten zweigeschossigen Hauses. Ein gelangweilter junger Mann saß auf einem Klappstuhl neben der Einfahrt.

In dieser Gegend hatte ich mich vorher noch nie länger aufgehalten, doch ein Paar ausgestopfter Eulen auf einem Stapel abgelegter Kleidungsstücke zog mein Interesse auf sich. Das alte Haus mußte, wie die meisten anderen in diesem Block, am Anfang des Jahrhunderts einer wohlhabenden Familie gehört haben. Jetzt hatte es eine komplette Renovierung nötig.

»Äh … ist das Ihr Zeug?« fragte ich den gelangweilten jungen Mann.

Er sah von seinem zerlesenen Stephen-King-Taschenbuch auf und zuckte gleichgültig mit den Schultern. »Könnte man so sagen. Eigentlich hat der ganze Scheiß meinem Onkel gehört. Er ist vor zwei Monaten gestorben.«

»Tut mir leid.«

Der junge Mann zuckte wieder mit den Schultern. »Ich hab gar nicht gewußt, daß er noch lebte, bis er gestorben ist und mir diesen Müllhaufen vererbt hat.«

»Oh.«

»Ich bin auch nur übers Wochenende hier, um den ganzen Scheiß zu verkaufen, bevor ich das Haus einem Immobilienmakler übergebe. Der glaubt, er kann jemanden finden, der daraus Apartments macht.«

Ich brummte etwas vor mich hin und begann, mich durch die Stapel von angegammelten Kartons und verschimmelten

Schrankkoffern zu wühlen. Ich entdeckte einige in Leder gebundene Bücher, meist in Latein, die zwischen den verknitterten
Ausgaben von *Fate* und *Cat Fancy* steckten. Wenn Staub ein
Maßstab für das Alter einer Sache sein kann, dann mußten sie wenigstens hundert Jahre alt sein.

Des weiteren entdeckte ich einen Schrankkoffer mit verschlos-
senen Einmachgläsern, in denen kleine Haie, ausgewachsene
Schlangen, verschiedene Arten von Tintenfischen und defor-
mierte Hundeföten konserviert waren. Dann fand ich eine Gruppe von Ochsenfröschen mit Mariachi-Instrumenten und winzigen Sombreros auf dem Kopf. Darüber hinaus gab es ein rostiges
Astrolabium, einen gesprungenen Stößel und einige Schachteln,
in denen seltsam geformte Glasröhrchen steckten, die an das Labor eines verrückten Wissenschaftlers aus dem Nachtprogramm
erinnerten. Der Onkel des Erben hatte offensichtlich einen recht
ausgefallenen Geschmack gehabt.

»Wie hieß Ihr Onkel denn mit Nachnamen?« fragte ich,
während ich einen ausgestopften Baby-Alligator in der Hand
hielt; das Tier war mit einer winzigen Badehose bekleidet und auf
einem Miniatursurfbrett befestigt.

»Drayden«, gab der junge Mann zurück, ohne von seinem
Buch aufzusehen.

Ich erinnerte mich daran, in der Zeitung einen Artikel über einen Mann namens Drayden gelesen zu haben. Er war ein Ein-
siedler gewesen, der mit mehreren Dutzend Katzen in einem her-
untergekommenen Haus gelebt hatte. Als er schließlich tot um-
gefallen war, hatten die Nachbarn mehrere Wochen gebraucht,
um es mitzubekommen. Dann hatten sie die Haustür aufgebrochen, und die Katzen des alten Mannes waren über die Tür-
schwelle geschossen und in die Nachbarschaft geflüchtet. Sie hatten die Leiche des Alten ziemlich übel angefressen.

Ich sah genau in dem Moment auf, als eine Katze über das Dach der Garage kroch. Ihre Augen waren gelbgrün und leuchteten wild. Angeekelt wandte ich mich ab und kramte weiter in den Besitztümern des verstorbenen Mr. Drayden.

Sie lag in einer alten Holzkiste, eingewickelt in verblichenes gelbes Seidenpapier wie der zerbrechliche Weihnachtsschmuck, den meine Mutter aus Deutschland mitgebracht hatte, als ich noch ein Kind war.

Ich wußte sofort, daß sie weiblich war. Ich bin mir zwar nicht sicher, warum ich das wußte, aber es war so. Ich griff in die Kiste und fuhr mit zitternden Fingern über die elfenbeinerne Sanftheit ihres Schädels. Die leeren Augenhöhlen starrten mich an und boten mir einen ungehinderten Einblick in das Innere ihres Kopfes. Dieser einmalige, geheimnisvolle Anblick erinnerte mich an die hauchdünnen Schalen von Perlbooten, wie sie den Touristen in Florida als Schlüsselanhänger angedreht werden.

Abgesehen von der Naht an der Stelle, wo sie ihn geöffnet hatten, um das Gehirn zu entfernen, war der Schädel in einwandfreiem Zustand. In die Schädeldecke hatte man eine Öse aus rostfreiem Stahl eingelassen, an der man das zusammengesetzte Skelett aufhängen konnte. Eine kurze Überprüfung des Kisteninhalts bestätigte mir, daß das Skelett vollständig war, obwohl Arme, Beine und Rumpf in ihre Einzelteile zerlegt waren und jedes Teilchen für sich verpackt war. Ich kam mir vor wie ein kleines Kind, das am Weihnachtsmorgen eine Spielzeugeisenbahn unter dem Weihnachtsbaum findet.

»Was wollen Sie dafür haben?« Ich versuchte, meine Aufregung zu unterdrücken, doch meine Stimme bebte. Der Neffe des alten Drayden warf einen Blick auf das zerlegte Skelett und kratzte sich am Kopf.

»Ach, das alte Ding! Ähm ... dreißig Mücken? In der Garage gibt es, glaub ich, noch den passenden Ständer dazu.« Ich reichte dem Neffen drei druckfrische Zehn-Dollar-Noten und versuchte, mein Entzücken so gut wie möglich zu verbergen. »Das Ding steht direkt hinter der Tür. Können Sie gar nicht verfehlen. Gehen Sie ruhig, ist nicht abgeschlossen.«

Ich machte mich über die schlechtgepflasterte Einfahrt zu der separat stehenden Garage auf, die im Schatten des Hauses lag. Die Tür quietschte, als ich sie öffnete. Etwas Kleines, Pelziges auf dem Boden drückte sich noch tiefer in die Dunkelheit. Der Geruch von Katzenpisse ließ mich würgen. Es half wenig, daß ich durch den Mund atmete, doch zumindest machte es den Gestank erträglich genug, damit ich mich im Halbdunkel zurechtfinden konnte.

Ich zerrte den Metallständer des Skeletts durch die Garagentür nach draußen. Er war schwerer, als ich vermutet hatte, und nahezu genauso groß wie ich. Es würde zwar einige Umstände bereiten, aber ich würde ihn schon in meinen Wagen bekommen.

Anschließend verstaute ich meinen Schatz im Kofferraum und fuhr davon. Der Neffe des alten Drayden beobachtete mich mit gelangweilten Schweinsaugen. Seltsam, vorher hatte ich gar nicht bemerkt, wie pummelig er eigentlich war.

Mein Arbeitszimmer ist eigentlich kein richtiges Arbeitszimmer, eher ein halbfertiger Keller. Der Makler, der meiner Frau und mir das Haus zeigte, wollte ihn uns als Spielzimmer verkaufen. Beim Einzug beschloß meine Frau, es solle mein Arbeitszimmer werden. Ich habe da unten einen Schreibtisch, zwei Stühle und eine alte Schlafcouch. Außerdem gibt es ein winziges Badezimmer und einen separaten Eingang, der in die Garage führt. Dort verkrieche ich mich immer, wenn meine Frau niedergeschlagen und mitgenommen ist.

Ich brauchte mehrere Stunden, um das Skelett zusammenzubauen. Es war keineswegs so einfach, wie es zunächst ausgesehen hatte. Die Knochen wurden von kleinen Bolzen und Flügelmuttern zusammengehalten, und ich brauchte einige Zeit, ehe ich genau verstanden hatte, wie die einzelnen Teile zusammengehörten. Außerdem waren da meine vor Aufregung zitternden Hände, die die Sache noch erschwerten.

Nach drei Stunden konzentrierter Arbeit war ich so deprimiert, daß ich in Tränen ausbrach. Ich muß ziemlich laut gewesen sein, denn meine Frau kam nach unten und wollte nachsehen, was mit mir los war. Als ich sie die Treppe herabsteigen hörte, sprang ich auf und eilte ihr entgegen, bevor sie einen Blick auf das werfen konnte, mit dem ich gerade beschäftigt war. Ich weiß nicht, warum ich nicht wollte, daß sie es sah; ich wollte es einfach nicht.

Als meine Frau bemerkte, daß ich weinte, warf sie mir die Arme um den Hals und begann, selbst zu weinen. Sie sagte immer wieder, es sei richtig, daß ich meine Gefühle zeige und daß wir beide noch jung genug seien, um noch einmal von vorn anzufangen. Ich gab ihr in allem recht, um sie möglichst schnell wieder loszuwerden. Sie bestand jedoch darauf, Sex zu machen. Sie zerrte mich ins Schlafzimmer und verschwendete eine Stunde mit dem Versuch, ihn steif zu bekommen. Nichts funktionierte. Am Ende lag sie da und weinte sich in den Schlaf. Ich zog mich an und ging wieder nach unten.

Wie ich schon sagte, ich wußte von Anfang an, daß sie weiblich war. Die meisten Leute können männliche und weibliche Skelette nicht auseinanderhalten. Seltsam. Stellen Sie sich vor, Sie würden den Unterschied zwischen einem nackten Mann und einer nackten Frau nicht erkennen. Und glauben Sie mir, nackter kann man gar nicht sein.

Bevor ich meine Errungenschaft aufhängte, säuberte ich den Ständer. Dabei erfuhr ich ihren Namen. Er war in eine kleine Kupferplatte graviert, die am Fuß des Ständers angebracht war. Erst dachte ich, es sei das Zeichen des Herstellers oder der Name eines Unternehmens für medizinische Instrumente, aber nach einer eingehenden Reinigung mit Metallpolitur stellte sich heraus, daß es sich um eine ausgesprochen künstlerische Gravierung handelte. Alles, was darauf stand, war *Aphra.*

Ich nahm an, es wäre ihr Name. Er gefiel mir; er klang exotisch und geheimnisvoll. Ich fragte mich, wer oder was Aphra gewesen war, als sie noch Haut getragen hatte. War sie eine Obdachlose oder eine Priesterin gewesen? Eine Arme oder eine Prostituierte? Daß die meisten menschlichen Skelette für den modernen Anatomieunterricht aus Übersee – zum Beispiel aus Bangladesch – importiert wurden, wußte ich, aber Aphra war größer gewachsen als der durchschnittliche Bewohner der Dritten Welt. Sie war sehr alt und trotzdem für alle Zeiten jung. Vielleicht war sie eine glücklose Verbrecherin zu Queen Victorias Zeiten gewesen, deren herrenlosem Körper man das Fleisch abgezogen hatte und die dann Opfer des postmortalen Mädchenhandels geworden war, um wenigstens etwas von den Aufwendungen für sie wieder in die Kasse zu bekommen.

Die Geräusche, die meine Frau auf der Treppe verursachte, schreckten mich aus meinen verstiegenen Träumereien. Als sie Aphra entdeckte, schrie sie vor Ekel auf.

»Mein Gott, Reg – was, zum Teufel, ist das?«

»Das ist, äh, ein Skelett, Liebling.«

»Das sehe ich auch! Aber was macht es hier?«

»Ich hab es heute bei einem Garagenverkauf gefunden …«

Meine Frau starrte mich an und schlang sich die Arme um den Leib, als wäre ihr kalt. »Bist du völlig verrückt geworden?«

»Liebste, ich kann es dir erklären …«

»Ich will überhaupt nichts davon wissen. Ich will nur, daß dieses schreckliche Ding aus meinem Haus verschwindet. Hast du mich verstanden?«

»Aber Liebling, es ist nur ein Skelett. Es ist vollkommen harmlos …«

»Das ist mir völlig egal, Reg! Es ist doch nicht normal, daß du solche Sachen kaufst. Es ist krankhaft!«

»Liebling …«

»Ich habe gesagt, ich will es nicht im Haus haben, ist das klar?« Sie drehte sich um und verschwand. Ende der Diskussion. Ich wußte, es hatte keinen Sinn, weiter mit ihr zu streiten.

Ich warf Aphra einen schuldbewußten Blick über die Schulter zu.

Sie grinste mich an. *Was sie nicht weiß, macht sie nicht heiß, Reg.*

Danach bewahrte ich Aphra im Wandschrank auf und holte sie nur heraus, wenn ich sicher war, daß meine Frau schlief. Jede Familie hat eine Leiche im Keller.

Ich setzte Aphra gern in die Ecke hinter meinem Schreibtisch, damit sie mir bei der Arbeit zusehen konnte. Es behagte mir sehr, sie da zu wissen. Ich konnte sie anschauen, wann immer ich wollte; sie beschwerte sich nie. Bald fing ich an, in Gedanken die Rundung ihres Beckens zu streicheln. Sie warf mir diese Unverfrorenheit nie vor, selbst dann nicht, wenn ich ihr über das Steißbein fuhr.

Was ist diese bloße oberflächliche Schönheit im Vergleich mit der Poesie der Gebeine, dem erhabenen Spiel der Gelenke, der Vollkommenheit der Handwurzel?

Ich brachte mehr und mehr Arbeit mit nach Hause. So hatte ich eine Ausrede dafür, bis spät aufzubleiben und zu warten, bis meine Frau zu Bett gegangen war.

Aphras glatte Vollkommenheit ließ mich die Unzulänglichkeiten meiner Frau immer deutlicher erkennen. Die natürliche Schönheit, die mich einst zu ihr hingezogen hatte, verschwand jetzt hinter dicken Fettschichten. Es machte mich krank, ihren Körper nackt zu sehen. Ich begann, auf der Schlafcouch in meinem Arbeitszimmer zu übernachten.

Während dieser Zeit lebte ich keusch, während sich meine Phantasie in exotischen Vorstellungen verzerrte. Obwohl meine Libido bis zum Äußersten angespannt war, kamen mir die Frauen auf der Arbeit mit einem Mal entsetzlich *fett* vor. Selbst diejenigen, mit denen ich gelegentlich in der Teeküche geflirtet hatte, mochte ich mit ihrem wabbelnden Speck kaum noch ansehen.

Ich ging zum Mittagessen nicht mehr in die Kantine. Beim Anblick der beleibten Sekretärinnen, die sich ihren Hüttenkäse in die aufgerissenen Mäuler stopften, verging mir restlos der Appetit. Ich konnte das Ende des Tages kaum erwarten, wenn ich endlich in die Behaglichkeit meines Arbeitszimmers zurückkehren konnte, wo mir die stille Aphra Trost spendete.

Trotzdem blieb ich ein Mann. Ein Mann mit Bedürfnissen. Mit Bedürfnissen, die gestillt werden wollen, wenn er ein halbwegs gesundes Leben führen will.

In der Nähe meines Arbeitsplatzes beginnt eines der heruntergekommeneren Viertel der Stadt. Tagsüber sieht es gar nicht danach aus, doch im Zwielicht der Dämmerung bevölkern sich die Gehsteige mit dem Treibgut der modernen Stadt; da stößt man auf Zuhälter, Huren, Junkies, Penner und Mondsüchtige jeden Alters, jeder Rasse und jeder sexuellen Abart. Wenn Sie ihnen in die Augen sehen, wird Ihnen klar, daß sie nichts als Fleisch sind. Fleisch, dem man aus dem Weg geht, oder Fleisch, das man benutzt.

Sie stand an einer Straßenecke und sah gelangweilt in die Gegend, wie in einem schlechten Film. Ich mußte sie haben. Sie war kleiner als einen Meter sechzig, aber ihre extreme Magerkeit ließ sie größer erscheinen. Sie war ein Junkie, ihre Arme und Beine waren lang, ihre Ellbogen und Knie widersinnig groß. Sie hatte ein Pferdegesicht, und ihre Wangenknochen drückten sich durch die verhärmte Haut. Sie trug die obligatorische Kleidung einer Nutte, Hot pants und ein rückenfreies Oberteil, das ihre knochigen Rippen preisgab. Unmittelbar bekam ich eine heftige Erektion.

Sie beugte sich in das heruntergekurbelte Beifahrerfenster und blickte mich so gleichgültig an wie eine Bedienung bei McDonald's. Über eine Million zufriedener Kunden.

Die Verhandlung war kurz und sachlich. Sie stieg in den Wagen, und ich nahm sie mit nach Hause. Abgesehen von dem Wortwechsel über den Preis gab sie keinen Ton von sich.

Es war spät. Meine Frau schlief. Wir würden nicht gestört werden.

Nur ein einziges Mal zeigte sich eine menschliche Regung auf dem Gesicht der Hure – als ich Aphra aus dem Wandschrank holte und sie am Fußende des Betts aufstellte.

Einmal nackt, wurde die Sucht der Hure schmerzhaft offenbar. Die Venen in ihren Armen waren zerschunden, und zwischen ihren Zehen sah man die roten Nadelstiche der selbstgesetzten Schüsse. Ihre Brüste waren klein und flach auf den knochigen Rippen. Das einzige, was an ihr lebendig wirkte, war das dunkle Dreieck ihres Schamhaars zwischen ihren vogelähnlichen Beinen. Dessen Lebendigkeit war, verglichen mit dem verbrauchten Rest darum, fast obszön.

Als ich in sie eindrang, war sie trocken. Sie lag unter mir und paßte sich kläglich dem Rhythmus meiner brutalen Stöße an. So schwach war sie, daß jede Bewegung meiner Hüften sie wie eine Flickenpuppe zappeln ließ. Ich bearbeitete sie hart und holte mir an ihren hervorstehenden Hüften blaue Flecken.

Einen Sekundenbruchteil vor dem Orgasmus erschien mir ihre Haut plötzlich transparent, und ich konnte meinen Blick nicht von dem flachen Flattern ihrer Lunge und dem rhythmischen Pumpen ihres Herzmuskels abwenden. Dann zerstörte mein Dreißig-Dollar-Orgasmus die Vision, und ich zog mich schaudernd aus ihr zurück.

Nach Befriedigung meines Triebs stieß mich der Anblick der Hure ab. Welches Verlangen hatte mich dazu gebracht, mich in dieser fettleibigen Frau zu entleeren? Sie sah aus wie eine jener scheußlich aufgedunsenen Fruchtbarkeitsgöttinnen in den Museen; schwabbelnder Hintern und hängende Titten. Ich konnte nicht begreifen, wie ich mich hatte hinreißen lassen können, sie als Ersatz für Aphras bloße Sinnlichkeit anzunehmen. Eilig brachte ich die Hure zurück in die Stadt und ließ sie an einer belebten Straßenecke aussteigen.

Ich hielt bei einem Drugstore, der noch geöffnet hatte, und kaufte eine Flasche billigen Whiskey, der mir die Erinnerung an die Umklammerung ihrer schweren Schenkel aus dem Gedächtnis brennen sollte.

Als ich zu Hause ankam, hatte ich bereits das erste Viertel der Flasche geleert. Das kurze Tête-à-tête hatte die sexuellen Spannungen, die sich in mir aufgestaut hatten, entladen, doch immer noch drängte mich etwas zu ihrer Vervollkommnung. Es war ein Hunger, der über körperliche Bedürfnisse hinausging und in meinem Herzen tobte wie ein gefangenes wildes Tier.

Aphra stand an der gleichen Stelle, wo ich sie verlassen hatte; leere Augenhöhlen starrten auf die befleckten Laken der Schlafcouch. Schuld und Trauer übermannten mich. Ich begann zu weinen. Ich weinte noch, während ich in die Dusche stieg und dem Wasser erlaubte, meine Tränen in den Abfluß zu spülen.

Ehe ich ins Bett ging, stellte ich Aphra an ihren Platz im Wandschrank zurück. Als ich die Tür schließen wollte, beugte ich mich vor und drückte meine Lippen auf die kalte Fläche ihrer Wange. Ich hatte ihr nie zuvor einen Gutenachtkuß gegeben. Ich weiß nicht, warum. Es war das Natürlichste der Welt.

Einige Stunden später weckte mich ein Klopfen. Ich lag still, meine Sinne waren noch vom Alkohol vernebelt, und ich versuchte herauszubekommen, wer das Geräusch machte und wo es herkam. Mein Herz blieb fast stehen, als ich erkannte, daß es aus dem Wandschrank kam.

Ich setzte mich auf, krallte meine Finger in die Bettdecke, bis die Knöchel weiß hervortraten, und starrte auf den Türknopf, der sich langsam drehte. Es klapperte heftig im Wandschrank, dann war auf einmal Ruhe. Der Türknopf bewegte sich nicht mehr. Ich fragte mich, ob sie der Haken an ihrem Kopf bei ihrem Ausbruchsversuch behinderte. Doch ehe ich mich überhaupt entscheiden konnte, ob ich wachte oder träumte, ging die Tür des Wandschranks auf, und Aphra trat ins Zimmer.

Der bleiche Mond schien durch die Gardinen, hüllte ihr schneeweißes Schlüsselbein in weiches Licht und beschattete den Raum zwischen ihren Rippen. Es erstaunte mich, über dem leeren Dreieck ihrer Nase ein paar leuchtender grüngelber Augen zu entdecken. Da sie keine Lider hatte, war Aphras Blick so durchdringend, als könnte sie auf den Grund meiner Seele starren.

Sie kam auf mich zu; jedem Schritt wohnte eine langsame, einstudierte Grazie inne. Ihre Knochen klickten klingelnd als weicher Kontrapunkt zu ihren Bewegungen. Sie lächelte mich an, während sie ihre wundervoll geformten Hände wie flehend nach mir ausstreckte.

Ich wußte, es war unmöglich. Das alles war nichts weiter als ein verrückter Traum. Aber ich wollte, daß er wahr wurde. Nein, eher *brauchte* ich, daß er wahr wurde. Ich bewegte mich nicht, als sich Aphra an das Fußende des Bettes setzte – aus Angst, ich könnte den Zauber brechen und aufwachen. Wenn das ein Traum war, wollte ich ihn so lange wie möglich festhalten, bevor ich der Wirklichkeit wieder ins Gesicht sehen mußte.

Ich wollte ihr sagen, daß mir die Hure nichts bedeutet hatte; daß ich niemanden, nicht einmal meine Frau, jemals so sehr geliebt hatte wie sie. Ich öffnete den Mund, aber sie legte mir ihren Zeigefinger auf die Lippen. Sie wußte es. Ich konnte es sehen.

Daran, wie sie den kahlen Kopf gelassen neigte; daran, wie ihre lidlosen Augen wach und wissend blickten. Wir würden uns nicht gegenseitig beschuldigen.

Mein Puls beschleunigte sich, als sie sich vorbeugte und das Laken fortzog, das meine Nacktheit verbarg. Ihr bleiches, fleischloses Gesicht berührte meines, das kalte Elfenbein ihrer Zähne drückte sich an meine Lippen. Ich streichelte die Rundung ihres Beckens. Als meine zitternde Hand über die glatte Härte ihres Oberschenkels fuhr, begegnete sie mir mit einem Schaudern. Der Klang ihres Bebens erinnerte mich an den Perlenvorhang, den ich zu Collegezeiten besessen hatte.

Ich keuchte, als sich Aphras Finger um meinen erigierten Penis schlossen, begleitet von einem Klicken wie fallende Würfel. Es war intensiver als alles, was ich je zuvor erlebt hatte; pulsende Tropfen von Dunkelheit löschten die Welt vor meinen Augen aus.

Ich muß ohnmächtig geworden sein. Jedenfalls nahm ich als nächstes Tageslicht wahr, und meine Frau, die vor mir stand, mich wie eine Besessene anbrüllte und hysterisch schluchzte. Ehe ich begriffen hatte, was vor sich ging, hatte sie mich bereits zum wiederholten Mal geohrfeigt. Dann fand ich den Grund für ihre Aufregung heraus; Aphra lag noch immer neben mir im Bett.

Meine Frau verließ mich am selben Tag. Ich habe sie seitdem nicht mehr gesehen, allerdings finde ich immer wieder Briefe von ihrem Anwalt in meiner Post.

Jedenfalls brauchte ich Aphra nicht länger im Wandschrank zu verstecken. Stolz trug ich sie nach oben ins Schlafzimmer, an ihren rechtmäßigen Platz. Ich konnte genau spüren, wie sie sich freute.

Zunächst versuchte ich wie gewohnt meiner Arbeit nachzugehen, doch es war nur eine Frage der Zeit, bis die Neuigkeit die Runde machte, daß mich meine Frau verlassen hatte. Ich wußte es. Mein Chef gab unqualifizierte Kommentare über mein Äußeres ab. Er fragte mich, ob ich genug aß. Ich konnte mir nicht vorstellen, worauf er hinauswollte.

Als die Sache mit der Trennung schließlich durch alle Büros gegangen war, wurde ich mit weiblicher Zuwendung überhäuft. Einige der Sekretärinnen gingen sogar so weit, daß sie sich auf die Kante meines Schreibtisches setzten, um mir ihre prallen, von Zellulitis gezeichneten Oberschenkel zu enthüllen. Ich mußte mit Mühe die in mir aufsteigende Übelkeit unterdrücken. Nach ein paar Wochen hatten sie verstanden und ließen mich in Ruhe. Manche äußerten sich besorgt über mein Eßverhalten. Ich schwieg, weil ich wußte, daß sie die Wahrheit – ich interessierte mich einfach nicht mehr für Essen – doch nicht verstanden hätten.

Einen Monat nachdem mich meine Frau verlassen hatte, ließ mich mein Chef, dieser fette Schweinepriester, zu sich ins Büro kommen. Er *machte sich Sorgen um mich*. Er glaubte, *ich bräuchte Erholung*. Etwas Zeit, *um in Ruhe nachzudenken*. Er verordnete mir Urlaub. Ich widersprach ihm nicht. Schließlich war es schon eine unsägliche Qual für mich, auch nur einige Minuten von Aphra getrennt zu sein.

Das war vor – wann? – vor zwei, vielleicht drei Monaten. Ich fürchte, ich habe mehr und mehr Schwierigkeiten, mir genaue Daten zu merken. Zeit bedeutet mir nichts, wenn ich mit meiner unsterblichen Geliebten zusammen bin.

Ich gehe nicht mehr ans Telefon, höre nur noch gelegentlich den Anrufbeantworter ab. Mein Boß hat seit langem nicht mehr angerufen. Was soll's? Ich werde sowieso nicht wieder zur Arbeit gehen. Ich wußte das schon, als ich in Urlaub gegangen bin, wollte es mir aber nicht eingestehen.

Aphra ist jetzt wesentlich aktiver als zu Beginn unserer Beziehung. Am Anfang wollte sie nur nach Einbruch der Dunkelheit allein herumgehen. Jetzt macht sie das den ganzen Tag lang. Ich achte darauf, daß die Vorhänge geschlossen sind. Die Nachbarn machen mir schon genug Ärger wegen des verwilderten Gartens, da brauchen sie nicht auch noch zu sehen, wie Aphra nackt vor den Fenstern herumspaziert.

Ich gehe kaum noch aus. Ich vermisse die Welt draußen nicht, wirklich. Das letzte Mal, als ich das Haus verlassen habe, waren die Straßen voll von gigantischen, aufgequollenen, in Anzüge oder geschlitzte Röcke gezwängten Larven. Ich mußte mich hinter einer Hecke übergeben und bin sofort wieder nach Hause gegangen, den Blick starr auf den Asphalt gerichtet.

Das Mal davor blieb ich bei dem alten Haus stehen, in dem ich Aphra entdeckt hatte. Ich wollte wissen, was mit Draydens anderen Besitztümern geschehen war. Doch dort gab es nur noch eine verkohlte Ruine, deren Fenster und Türen mit Sperrholz vernagelt waren.

Manchmal hat Aphra Spaß daran, die zurückgelassenen Kleider meiner Frau auszuprobieren. (Keins paßt ihr. Meine Frau war wirklich ein richtiger Elefant!) Aphra mag die alten Nachthemden meiner Frau – diejenigen, die sie vor ihrer Schwangerschaft getragen hat. Jetzt, in dem Moment, in dem ich dies schreibe, trägt sie eins; ein Pariser Modell aus malvefarbenem Chiffon mit Seide am Kragen. Ich habe es immer sehr gern gemocht.

Aphra sitzt am Schminktisch; sie spielt mit der versilberten Bürste, die mir meine Frau zum sechsunddreißigsten Geburtstag geschenkt hat. Ich kann mich im Spiegel sehen, während Aphra sich wieder und wieder durch ihr Phantomhaar streicht.

Meine Haut ist bleich geworden, außer an den geröteten Stellen an Schenkeln, Schultern und Leisten. Am schlimmsten ist die Entzündung auf meiner Stirn, obwohl die Bißwunde an meiner Schulter ebenfalls ziemlich übel ist. Meine Aphra ist eine leidenschaftliche Frau. Viel leidenschaftlicher, als meine Frau jemals war oder irgendeine Frau jemals sein könnte.

Heute morgen auf der Treppe war ich so schwach, daß ich beinahe ohnmächtig geworden wäre. Unten angekommen fand ich in der Post die Mitteilung der Elektrizitätswerke, daß sie den Strom abschalten werden. Draußen müßte es mittlerweile Dezember geworden sein. Vielleicht ist auch schon das neue Jahr angebrochen.

Aphra hat ihre Abendtoilette beendet. Sie wendet sich vom Spiegel ab und lächelt mich an. Sie hat noch nie ein Wort gesagt, trotzdem verbindet uns eine tiefere Intimität, als sie jemals durch Sprache ausgedrückt werden könnte.

Ich fühle mich, als stünde ich vor einem großen Geheimnis, dessen Enthüllung allein in meinen Händen liegt. Je schwächer ich werde, desto mehr verstehe ich. Es wird nicht mehr lange dauern, bis ich alle Antworten kenne. Keine weiteren Geheimnisse. Die Leichtigkeit des Seins, die mit wahrer Liebe einhergeht, hat mich zum Philosophen gemacht.

Es hat mich drei Tage gekostet, das alles hier niederzuschreiben. Und ich werde nichts mehr hinzufügen. Es strengt mich zu sehr an, die Feder zu halten. Ich bin sogar zu müde, um den Anfang noch einmal zu lesen, um nachzusehen, ob alles stimmt. Nicht, daß es etwas bedeuten würde.

Sie kommt zu mir. Das Negligé hüllt sie ein wie ein farbiger Nebel, ihre Zähne klappern, sie freut sich darauf, mit mir Liebe zu machen. Meine Haut brennt, erwartet ihre schroffe Liebkosung.

Sie verspricht mir Vollkommenheit; unwandelbar, unendlich.

Bald. Hoffentlich bald.

JÖRN INGWERSEN

Verwandte Seelen

Er fühlte sich nicht schuldig, keine Spur. Warum auch?

Er war ein neuer Mensch. Wiedergeboren.

Tot war er lange genug gewesen.

Tot und begraben.

Jetzt stand er auf den Stufen seines Ladens und verschränkte die Arme, wippte zufrieden in den Kniekehlen, betrachtete das geschäftige Treiben auf der Straße. Die Sonne wärmte sein Gesicht. Nicht mal die Gören vor der Eisdiele nebenan konnten ihm etwas anhaben. Wieso war er nicht früher darauf gekommen? Er lächelte und streckte sich, warf einen mitleidigen Blick auf die Urnen in seinem Schaufenster.

Ob das Zeug schon wirkte?

Er hatte die Portionen genau berechnet. Jeden Tag ein paar Milligramm mehr, geschmacksneutral im Morgentee. Es war die einzige Möglichkeit. Sie oder er.

Wie lange ging das schon? Sieben Jahre, acht? Wie lange konnte ein Mensch das aushalten? Sie und ihre nichtsnutzigen Freundinnen, der gackernde Pulk von Weibern in den Wechseljahren. Mit fünfzig war sie zum Buddhismus übergetreten oder zu irgendeiner anderen dieser östlichen Religionen, die ihm fremd waren und blieben. Sie selbst schien übrigens auch nicht viel davon zu verstehen. Erklären konnte sie ihm jedenfalls nichts. Ihr fehlte Arbeit, das war alles.

Und bei allem dieser kalte Blick. Mitleid für sein Karma.

Eine Radiosendung hatte ihn auf die richtige Idee gebracht: Tips für den Gartenfreund, Thema Schädlingsbekämpfung. Ratten und Kaninchen. Er hatte ganz genau mitgeschrieben.

Sie würde kaum leiden müssen. Ein paar Tage vielleicht. Sie würde blasser und blasser werden, nichts Schlimmes, sie brauchte keinen Arzt. Aufsteigende Hitze. Ihre Freundinnen kannten das. Die würden sich um sie kümmern, Händchen halten, Tee kochen. Dann würde sie sanft entschlafen. Ganz einfach.

Und kaum nachzuweisen.

Ein paar Spatzen hüpften über die Gehwegplatten, zwitscherten, sahen zu ihm auf. Behäbig stieg er die drei Stufen hinunter und trat seine Zigarette aus.

Normalerweise machten sie einen großen Bogen um ihn.

Alles eine Frage der Ausstrahlung.

Er lächelte.

Als erstes kam der Laden weg.

Nie wieder Leichen waschen. Nie wieder heulende Witwen am Grab. Nie mehr diese Anspielungen. Wer hatte ihn denn gefragt, ob er das Geschäft übernehmen wollte, als seine Eltern nicht mehr konnten?

Damals.

Leute sterben immer, hatten sie gesagt. Und seinen Hobbys kann man auch abends nachgehen.

Er sah an der maroden Fassade hoch.

Ihr Schlafzimmerfenster stand offen. Der Fernseher lief, man hörte Musik. Im Schaufenster, zwischen den Urnen, spiegelte sich sein runder Kopf.

»GEBOREN ZUM STERBEN – GEBOREN ZUM LEBEN« stand links auf dem Emailleschild. Daneben ein schlichtes Kreuz.

Bestattungen Liebezeit – Partner in der Not.

Er strich den graubraunen Pullunder glatt, zog seine Hosen

hoch und betrachtete sich, die knollige Nase, den schmalen Mund. Ging etwas in die Knie, um sich besser sehen zu können. Die dicke Brille blitzte in der Scheibe auf.

Er war nicht mehr der Jüngste.

Zugegeben.

Die Lebensversicherung für den Fall ihres Todes hatte er schon vor Wochen storniert, damit keiner auf dumme Gedanken kam. Die Raten waren sowieso kaum bezahlbar. Aber er konnte den Leichenwagen verkaufen – der hatte antiquarischen Wert – die Särge aus dem Sortiment, die schweren Eichenmöbel. Es blieb ihm genug, es noch ein letztes Mal anzugehen.

Das Leben.

Jersey sollte hübsch sein, oder Guernsey, die kleine Insel mitten im Kanal. Kein Lärm, keine Autos. Ein schiefes Grinsen glitt über sein Gesicht.

Im dunkel getäfelten Flur hinter dem Laden kam ihm Abbo entgegen und wedelte wild mit dem Schwanz. Der arme Kerl hatte Hunger. In seinem Alter konnte er nur noch kleine Mahlzeiten zu sich nehmen. Eigentlich war es ja *ihr* Hund, aber sich um das Tier zu kümmern, irgendeine Art von Verantwortung zu übernehmen, das konnte man von Hannelore nicht erwarten.

Zeitverschwendung.

»Komm, wir suchen dir was. Komm, komm mit!« Er schnippte mit den Fingern.

Der Dackel kläffte kurz und quälte sich schwerfällig durch den Flur voraus, blieb an der Tür stehen, sah sich um, ob er ihm auch folgte.

»*Ottmar!* Wo bleibst du denn? Trinkst du schon wieder?«

Er seufzte, legte eine Hand auf den morschen Pfosten der Treppe und sah nach oben. »Willst du noch Tee?«

»*Frühstück!* Du hast was von *Frühstück* gesagt!«

Er lächelte. Sie sollte ihr Frühstück bekommen.

Abbo schmatzte zufrieden an seinem Dosenfutter herum und versuchte, mit seinen letzten Zähnen die Knochenstücke kleinzukriegen, während Herrchen am Vorratsschrank stand, den Roggentoast aus dem Korb nahm und zwei Scheiben in den Toaster schob. Er sah auf das Tablett.

Fehlte nur noch der Aufschnitt.

Er streckte eine Hand zum Kühlschrank aus.

Ein greller Blitz riß ihn nach hinten.

Weiß.

Und rot.

Er taumelte und bebte.

Dann wurde alles schwarz.

Sein Kopf! Er wollte schreien.

Ein Schlag riß ihm mit Wucht die Beine weg.

Dann hockte er am Boden.

Die Hände.

Er kriegte sie nicht auseinander.

Total verkrampft.

Wie eingeschweißt.

Der Dackel heulte leise in seiner Ecke, würgte Knochenstücke hervor.

Seine Brille lag am Boden, ein Glas war zersprungen.

Der Hintern tat ihm weh. Alles war verschwommen. Er wischte sich den Schweiß von der Stirn, betrachtete die zitternden Hände, noch immer krumm, wie gichtbefallen.

Dann sah er auf.

Der alte Bauknecht. Irgendwo mußte ein blankes Kabel sein.

Verdammt.

»*Ottmar!* Was treibst du da unten eigentlich?«

Ächzend kam er auf die Beine, mühsam. Das Herz hämmerte in seiner Brust. Er fegte die Splitter auf, sammelte die Reste seiner Brille zusammen, riß den Stecker aus der Wand. Dann tippte er mit spitzem Finger an die Metalltür, ängstlich, zögernd. Nichts passierte. Seufzend nahm er die Dose mit dem Aufschnitt heraus.

So stellte er sich einen Infarkt vor. Stromschläge.

Scheißding.

Auch so ein Erbstück.

Seine Hände zitterten immer noch, als er das kalte Brot aus dem Toaster nahm. Ärgerlich klatschte er drei Scheiben Bierschinken auf den Teller, legte ein älteres Stück Brie daneben, stellte Orangenmarmelade dazu.

Die alte Treppe knarrte bei jedem Schritt, als er das Tablett hinaufbalancierte. Abbo kämpfte sich hinter ihm die Stufen hinauf.

»Darf ich reinkommen?« Zaghaft klopfte er mit dem Fuß gegen die weiße Tür. Räusperte sich.

»Nicht dieses Vieh in meinem Schlafzimmer! Wehe!«

Er schob sich hinein. Der süßliche Geruch von Räucherstäbchen hing im Raum, in der Wäsche, im Teppich. Grauenvoll.

Aufgeplustert wie eine Henne, hockte sie in ihrem schneeweißen Bett, hinter sich das offene Fenster. Straßenlärm drang herein. Es war das schönste Zimmer im Haus, das einzige, in das Licht fiel. Und sie war nicht gewillt, sich stören zu lassen, deutete mit einer unwirschen Handbewegung auf das Fußende des Bettes.

Feist und selbstgefällig.

Er stellte das Tablett aufs Bett, schlurfte betont langsam durch ihr Blickfeld.

Blaß wirkte sie, weiß wie ein Laken. Abgespannt. Konnte einem fast leid tun. Der fleischige Hals lag bloß, Schweißperlen auf der Stirn. Rote Flecken auf den Wangen. Ihre großen, grauen Augen wirkten müde, das Haar trotz der Zöpfe strähnig und fahl.

Er lächelte.

Dann nahm er den leeren Teebecher vom Nachttisch und schenkte ihr nach. Sah auf sie herab, wartete.

»Was ist? Noch nie 'ne Frau im Bett gesehen?«

Sie schnaubte verächtlich.

Wenn sie nur nicht immer die Mundwinkel so zusammenkneifen würde. Mit Anstand zu altern war eine Kunst, die sie nicht beherrschte.

Sie zog das Tablett herüber, fing an, Marmelade auf dem Toast zu verschmieren. Starrte stumm auf den Bildschirm. Ein Film über Tiere in Australien. Sielmann sprach in die Kamera. Neben ihm versuchte ein Känguruhjunges vergeblich, die langen Beine im Beutel der Mutter unterzubringen.

Ottmar sah aus dem Fenster.

Im Waffenladen auf der anderen Straßenseite wurden die Stahlgitter vor den Fenstern hochgedreht. In der Tür tauchte dieser Angeber auf, der Besitzer. Kleinkariertes Sakko, italienische Slipper mit Troddeln. Legte die Kette zurück und sah herüber, grüßte. Der smarte Witwer.

Hubertus von Harnack, Jagdwaffen für jedermann.

Von Harnack.

Arschloch.

»Willst du da jetzt so stehenbleiben?« Sie sprach mit vollem Mund.

Es dauerte einen Moment, dann schüttelte er den Kopf. Wartete einen Augenblick. »Nein, will ich nicht.« Zog die Nase hoch. »Der alte Kröger ist gestorben. Gestern abend.«

Sie sah zu ihm auf. »Und? Weißt du nicht mehr, was du zu tun hast? Wenn du meinst, ich helf dir, hast du dich geschnitten.«

Er lehnte sich an die Fensterbank. Vielleicht sollte er ihr einfach das Kissen aufs Gesicht drücken.

»Was ist mit deiner Brille passiert?« Als ob es sie interessierte.

»Unser Kühlschrank. Ich hab einen ziemlichen Schlag bekommen.«

»Na, du wirst es überleben.« Sie schüttelte den Kopf über seine Ungeschicklichkeit, schnaubte, glotzte blaß auf die Mattscheibe.

Er nickte. »Ich habe noch meine alte.«

»Na, wunderbar. Dann siehst du ja endlich aus wie dein eigener Vater.« Biß ein großes Stück aus ihrem Toast.

Der Dackel steckte seine graue Schnauze herein und trommelte beim Wedeln mit dem Schwanz gegen die Tür.

»Nimm bloß dieses Vieh mit runter, wenn du gehst.«

Er nickte, warf noch einen Blick auf ihren vollen Becher, dann ging er. Sie hatte es nicht anders verdient.

Trübe stieg er die knarrende Treppe hinunter.

Wie sagte sie immer, wenn jemandem etwas zustieß?

Der wird schon wissen, warum.

Die Welt war wirklich ungerecht.

Und morgen kam nun der alte Kröger unter die Erde.

Den kannte er schon ewig. Auch so ein Erbstück seiner Eltern. Aber das war doch irgendwie ein wertvoller Mensch gewesen. Der hatte was aus seinem Leben gemacht, hatte gewußt, wie man sich durchsetzt. Gut, bei den Nazis war er nicht ganz astrein gewesen. Aber sauber durchgekommen. Vierundachtzig war er geworden.

Und dann?

Im Krankenhaus infiziert, Lungenentzündung, aus.

Ein Scheißberuf war das. Deprimierend.

Er machte sich an die Arbeit.

Abends saß er im Eßzimmer am großen Eichentisch und versuchte, die Gedanken an den toten Greis loszuwerden, den er am Nachmittag im Leichenhaus zurechtgemacht hatte. Dauernd sah er den kalkweißen Körper vor sich, den kantigen Schädel, die gelben Zehennägel.

Aus dem Recorder erklangen Schubertlieder, ein Weihnachtsgeschenk seiner Schwester. Rudolf Schock, stille, besänftigende Musik, aber seine Hände wollten ihm nicht gehorchen, schienen eigenen Vorstellungen zu folgen, während er versuchte, die winzigen Motorteile des silbernen Rennwagens zusammenzukleben. Bernd Rosemeyers Auto-Union von 1936. Ein echter Klassiker. Der Motor hatte sechzehn Zylinder.

Scheußliche Fummelarbeit.

Von oben hörte man den Fernseher. Zwei ihrer Betschwestern waren gekommen, um sich um sie zu kümmern, hatten Kekse und Wein mitgebracht.

Aber heute wurde nicht so viel gegackert wie sonst.

Seltsam drückend war es. Die Luft stand im Raum. Sogar die Standuhr schien langsamer zu ticken.

Er sah auf.

Zehn vor neun. Im Flur klapperte irgendwas, der Dackel zwängte sich durch die Tür. Senkte den graubraunen Kopf und legte seine Stirn in Falten.

Gassi gehen.

Das heisere Kläffen klang mehr wie ein Husten. Der arme Kerl machte es auch nicht mehr lange.

Müde schraubte er den Kleber zu, legte die Plastikteile mit der Pinzette nebeneinander auf die Zeitung und betrachtete sein halbfertiges Werk.

Die rechte Freude wollte nicht aufkommen.

In der Küche schmierte er sich eine Stulle, nahm den Rest Salami aus dem abgetauten Kühlschrank und wickelte beides in Brotpapier. Falls er doch noch Appetit bekam.

Abbo wartete schon zwischen den Särgen an der Ladentür, wedelte mit dem Schwanz, wippte mit den Vorderbeinen, als wollte er vor Freude springen. Wollte er wahrscheinlich auch.

Armes Viech.

Draußen war es diesig, immer so, als wollte es gleich regnen. Abbo blieb gleich am ersten Fahrrad stehen und hob sein Bein, soweit es ging. Ein dünner Strahl ergoß sich über die Felge.

Zwei, drei Tage. Viel länger konnte sie es eigentlich nicht mehr machen. Allerhöchstens vier.

Er schüttelte den Kopf und wischte sich mit einer Hand über die halbe Glatze.

Es war kein gutes Omen, das neue Leben so zu beginnen. Vielleicht sollte er ihr ein letztes Mal die Scheidung anbieten. Schließlich hatte sie es sich nicht wirklich ausgesucht, mit ihm verheiratet zu sein. Anfang vierzig waren sie beide gewesen. Er war allein, sie war allein. Es hätte die perfekte Partie werden können, er mit seinem Institut, sie mit Vaters Schreinerei, aber am Ende war sie nur noch Konkursmasse gewesen, als ihr Vater pleite ging, bevor Ottmar den Laden übernehmen konnte.

Hatte sie nicht auch nur Pech gehabt?

Er fummelte seine HBs aus dem Mantel hervor, steckte sich eine an, atmete den Rauch tief ein, tippte nervös am Filter herum, bis er es merkte. Dann ließ er es sein.

Auf dem Rückweg blieb er vor dem Waffenladen stehen, sah sich die Auslage an. Stahl blitzte und blinkte. Dieser Harnack hatte es richtig gemacht. Arschloch oder nicht. Hatte kurz und bündig um seine Frau getrauert. Die meiste Zeit in Südafrika oder sonstwo bei den Schwarzen. Jedenfalls war er braungebrannt zurückgekehrt.

Im vergitterten Schaufenster lagen genug Waffen, um Rhodesien für die Weißen zurückzuerobern. Pistolen, Karabiner, ganz vorn die Messer, massenhaft, an der Wand dahinter Jagdflinten, meist doppelläufig.

Wenn er nicht genau gewußt hätte, daß Harnacks Frau vor einem Jahr bei einem stinknormalen Verkehrsunfall ums Leben gekommen war … Aber nein, dieser Harnack war nicht der Typ, der einen Mord beging. Zu weich.

Mit seinen englischen Jacketts, den englischen Manieren, dem englischen Sportwagen …

Abbo schnüffelte an den Speichenrädern herum, suchte sich eine passende Stelle. Der Jaguar war ein Prachtstück, weinrot mit hellem Verdeck und schwarzem Leder. Er selbst hatte so einen mal als Modell gebaut. Ein E-Type. *Schwanz auf Rädern* hatte man in den Sechzigern dazu gesagt. Drinnen war nichts zu erkennen, zu dunkel.

Abbo hob das Bein.

Dann sah er zu Herrchen auf und wedelte mit dem Schwanz, hechelte wie verrückt.

Braver Hund.

Er kraulte ihm das Ohr, griff in seine Manteltasche und zog die Salamistulle hervor. Abbo fing an zu springen, versuchte vergeblich, Männchen zu machen. Roch die Wurst, schnappte nach der Stulle, würgte alles unzerkaut hinunter.

Wedelte, wollte mehr.

»Alter Gierschlund.« Er zuckte mit den Schultern. Einen alten Dackel konnte keiner mehr ändern.

Oben in ihrem Schlafzimmer brannte noch Licht. Wahrscheinlich würde wieder bis in die Puppen der Fernseher laufen. Ein Schatten strich über die Vorhänge, langsam, breitete die Arme aus.

Eine von ihren Freundinnen. Gesa oder Irmtraud.

Hauptsache, sie holten keinen Arzt.

Langsam überquerte er die verlassene Straße, wartete auf den Hund, der am Bordstein stand, als wäre dieser zu hoch für ihn. Schob sich zwischen den parkenden Autos durch.

»Komm!« Er klopfte aufmunternd an seinen Schenkel. »Komm, alter Mann. Komm nach Haus. Sind ja fast da.«

Vielleicht sollte er ihn besser einschläfern lassen.

Bevor er sich quälte.

Drinnen rollte sich Abbo gleich im Körbchen zusammen und legte seine Schnauze zwischen die Pfoten.

Hundemüde.

Die folgende Nacht war scheußlich.

Bis in den frühen Morgen hinein hatte sie die Glotze aufgedreht. Höllisch laut. Wahrscheinlich war sie längst eingenickt. War ihr doch egal, ob er bei dem Krach Ruhe fand oder nicht.

Plötzlich schreckte er hoch.

Wie gerädert.

Als hätte er drei Tage durchgeschlafen.

Wieso hatte der Wecker nicht geklingelt?

Um elf mußte er in Husum sein. Der Pastor, die Blumen, die Sänger, alles war bestellt.

Schlaf wohl nun, Kamerad.

Krögers letzter Wunsch.

Dann sah er, wie früh es noch war. Kaum halb sechs.

Er wischte sich übers Gesicht.

An seinen Traum konnte er sich nicht erinnern, aber weiterträumen wollte er ihn auch nicht.

Er stand auf, wankte schlaftrunken durch die Wohnung, stand einen Moment im dunklen Eßzimmer am Fenster, lauschte dem Ticken der Standuhr, sah durch die Vorhänge auf den Hinterhof hinaus.

Wenn er Glück hatte, war heute abend alles vorbei.

Er seufzte.

Eher nicht.

Dann schlich er in die Küche. Abbos Körbchen in der Ecke stand leer. Er setzte Teewasser auf, nahm eine Dose Hundefutter und suchte in der Schublade nach dem Öffner. Das war normalerweise das Zeichen.

Er wartete.

Keine Reaktion.

Er sah in der Waschküche nach, im Eßzimmer, dann im Bad.

Vorn im Laden fand er ihn, bei der Tür, zwischen zwei Särgen.

Lag auf der Seite, mit langem Hals, die Beine von sich gestreckt, ein Ohr verdeckte das Auge.

Er strich das Ohr zurück.

Das Auge war leer, verdreht. Nur Weißes war zu sehen.

Schwer wie ein Stein sackte er auf die Knie, krallte sich in das lockige Fell, schüttelte den treuen Freund.

Das arme Viech.

Verdammt noch mal. Als hätte er den bösen Blick. Hatte er nicht gestern erst ans Einschläfern gedacht? Daß es besser wäre? Vielleicht lag es tatsächlich an seinem Karma. Vielleicht hatte Hannelore auch noch recht damit.

Bedrückt hob er das tote Tier vom Boden auf, kraulte die kalten Ohren, drückte es an sich. Er hätte gern geweint.

In der Küche kochte das Wasser.

Er legte den Hund in sein Körbchen, stellte den Herd ab, dann trug er den Korb im Bademantel durch die Waschküche in den Garten hinaus. Es dämmerte.

Dienstagmorgen.

In einigen Fenstern brannte Licht. Er legte das Tier ins feuchte Gras am Zaun, etwas abseits der Sandkiste der Nachbarskinder.

Dann holte er den Spaten.

Fing an zu graben.

Grimmig.

Dieser Beruf verfolgte ihn.

Die Erde war fest und hart. Er mußte seine ganze Kraft aufbringen, bis das Loch gut einen Meter tief war. Dann wischte er sich die Stirn mit dem Ärmel trocken und nahm das Tier vom Boden auf, kniete vor der Grube nieder und legte den Kadaver vorsichtig hinein, vorsichtiger, als er zu Lebzeiten mit ihm umgegangen war.

Da unten lag er.

Modriger Geruch stieg auf.

Vielleicht hätte er ihn besser verbrennen sollen. War ja auch verboten, ein totes Tier einfach so zu begraben.

Einen Moment lang stand er da und sah hinunter. Schließlich nahm er den Spaten und warf Erde in die Grube. Trat sie fest. Dann schlurfte er in die Küche zurück und setzte ein zweites Mal Teewasser auf.

Ein Scheißleben war das.

Furchtbar still wurde es im Haus, stiller als sonst. Nur das morsche Parkett ächzte unter seinen Schritten, und von oben hörte man leise den Fernseher plappern. Mechanisch hängte er das Sieb in die Kanne, gab drei Löffel schwarzen Tee hinein, streute etwas von dem feinkörnigen Pulver aus einer unbeschrifteten Dose darüber und goß die Kanne randvoll mit siedendem Wasser. Eine Prise Zimt dazu, so, wie sie es am liebsten hatte.

Dauernd mußte er an Abbo denken.

Die knarrende Treppe hatte ihn längst verraten, als er mit dem Fuß leise gegen ihre Tür trat, in der einen Hand Milch, Süßstoff und Becher, in der anderen die Kanne.

Sie lächelte schief, als er eintrat, erwartete ihn schon.

Im Fernseher führte jemand Yoga-Übungen vor, die sie im Sitzen nachahmte.

»Aaah, der Tee!«

Sie sah ziemlich mitgenommen aus, die schöne Hannelore, dunkle Ränder unter den Augen, die Nase rotgerieben, Schweiß und Flecken auf Stirn und Wangen.

Fiebrig.

»Wie geht es dir heute morgen?« Sie setzte sich auf, interessiert, machte ihm Platz. »Gut geschlafen?« Etwas Provozierendes lag in ihrer Stimme.

Er stellte den Becher ab, schenkte ein, Süßstoff dazu, Milch untergerührt. Roch daran.

Perfekt.

»Abbo ist heute nacht gestorben. Ich mußte ihn unten im Garten begraben. Gerade eben erst.« Er rieb die Hände an seiner Hose, als wären sie schmutzig.

Mit großen Augen glotzte sie ihn an. »Abbo?«

»Muß ganz friedlich eingeschlafen sein.«

Ihr Mund stand offen.

Sollte sie Mitleid empfinden?

Das wäre neu.

Er schob seine schwere Brille die Nase hoch, setzte sich neben sie aufs Bett, daß es schwankte.

»Hannelore.«

Er nahm ihre Hand, fordernd, drückte sie. »Ich habe in den letzten Tagen lange über uns nachgedacht.«

Sie runzelte die Stirn.

»Es hat sich viel verändert zwischen uns. Alles eigentlich.« Er zwang sich, ihr in die Augen zu sehen, hob die Schultern, stieß Luft durch die Nase. »Bitte, Hannchen, so kann es doch nicht weitergehen.«

Sie fuhr sich mit der Zunge über die Lippen, atmete tief.

»Laß uns doch in Frieden auseinandergehen. Wir verkaufen alles, zahlen die letzten Rechnungen und teilen den Rest. Dann macht jeder, was er will. Wir haben doch unser Leben noch vor uns. Wir könnten es doch noch mal versuchen, oder? Jeder für sich? Was hältst du davon?«

Sie spitzte die Lippen, sah mit roten Augen zu ihm auf. Stierte zum Fernseher, dann auf ihre Hände, zitterte, schüttelte ganz leicht den Kopf.

»Aber ...«

»Du willst mich nur loswerden. Nach all der Zeit, die ich zu dir gehalten habe, verdient oder unverdient. Meine besten Jahre. Verschenkt. Und kaum geht es mir mal schlecht, kaum bin ich auf dich angewiesen ...«

Seine Hände wurden feucht. Er spürte, wie ihm das Blut in die Ohren stieg. »Nein … nein, so ist das nicht …«

»Ich weiß es doch. Du bist ein Feigling, ein Jammerlappen. Ein richtiger Mann läßt seine Frau nicht so sitzen.« Sie sammelte ihre ganze Kraft zusammen. Mit roten Augen. »So leicht wirst du mich nicht los.«

Er nickte.

Und nickte.

Konnte gar nicht wieder aufhören.

Auch gut.

Einen Moment saßen sie sich noch gegenüber, unbeweglich, wie Bäume, die sich mit ihren Wurzeln erdrückten.

»Wie du willst.« Er stand auf, zog den Bademantel fester und deutete auf ihren Becher. »Trink, bevor er kalt wird.«

Sie sah ihm bis zur Tür hinterher, bleich, starr.

Allein.

Ihr Todesurteil. Sie hatte es selbst ausgesprochen. Niemand konnte sagen, er hätte nicht ehrlich versucht, es abzuwenden, für sie zu sprechen, ihr das Leben zu retten.

Aber so …

Er fühlte sich schwer, wie Blei.

Draußen schien die Sonne, aber seine Miene wollte sich nicht aufhellen. Während sein Wagen im Hof des Leichenschauhauses beladen wurde, trank er im engen Büro eine Tasse Kaffee mit dem Pathologen, der ihm glaubhaft versicherte, daß der alte Kröger so sanft entschlafen war, wie man nur sanft entschlafen konnte. Der Innenraum des alten Opels war heiß wie ein Ofen im Krematorium. Ottmar kurbelte das Beifahrerfenster herunter und warf einen Blick nach hinten in den abgetrennten Laderaum. Gut, daß der Deckel auf dem Sarg war.

Bei der Hitze.

Anderthalb Stunden Fahrt.

Und zehn Minuten Pause am Straßenrand. Die brauchte er immer, um sich zu sammeln. Vorher.

Hinter Schnelsen bogen die meisten in Richtung Flensburg ab. Die neue Westküstenautobahn war kaum befahren.

Er blieb auf der rechten Spur und hielt den Opel bei hundertzwanzig. Drehte am Radio, bis er den Klassiksender gefunden hatte. Schwermütige Geigen. Sibelius. Genau das Richtige zur Einstimmung. Ein letztes Mal noch betreten daneben stehen, faltige Hände tätscheln. Hoffentlich kannte er nicht so viele unter den Trauergästen. Das machte es immer noch schwerer.

Er dachte an Hannelore in ihrem Bett, wie tot in den schneeweißen Kissen, den Becher in der Hand.

Ahnungslos.

Wieso war sie nicht auf seinen Vorschlag eingegangen? Was war los mit ihr? Gut, wäre sie zum Katholizismus übergetreten. Aber so? Was versprach sie sich davon? Irgendwas war doch passiert. Vor ein paar Monaten. Seitdem war sie endgültig unerträglich. Sie behandelte ihn wie Scheiße, aber ihm wollte nicht einfallen, was der Auslöser gewesen sein mochte.

Alles war gewesen wie immer.

Vielleicht war das der Grund.

Er dachte an Abbo.

In seiner Grube. Hoffentlich buddelten ihn die Nachbarsgören nicht wieder aus. Das hätte gerade noch gefehlt. Vierzehn Jahre war er geworden. Mal sieben. Das wären …

Er nahm die HB von der Ablage und zündete sich eine an, atmete tief ein, blies den Rauch aus der Nase.

… achtundneunzig. Älter als Kröger.

Er setzte den Blinker, um einen Laster zu überholen, hielt stur seine hundertzwanzig. Im Rückspiegel blitzten Scheinwerfer auf. Jemand schoß von hinten heran, wollte ihn mit der Lichthupe zur Seite drängen.

Ottmar sog an seiner Zigarette, ließ sich nicht beirren. Der dicke BMW im Spiegel ging auf Abstand. So ein Leichenwagen hatte auch Vorteile. Hinter dem Laster scherte er wieder ein, ließ den Drängler vorbei.

Wieso war sie bloß so stur?

Drückte die Kippe aus.

Wieso mußte er sie umbringen, um sie loszuwerden?

Wie war er in diese Situation geraten?

Ausgerechnet er?

Scheiße.

Ein blaues Schild kündigte ein Rasthaus an. Tausend Meter. Er sah auf die Tankanzeige, dann auf die Uhr. Kurz vor zehn.

Zeit für seine Pause.

Der Tankwart trug eine rote Baseballmütze und schlich etwas betreten um den Wagen herum, warf einen verschämten Blick in den Laderaum, als er den Tankdeckel aufklappte.

»Super, verbleit, ja?« Leicht unterwürfig.

Ottmar nickte, vertrat sich etwas die Beine.

Hinter den Klohäuschen, fast zwischen den Bäumen verborgen, ragte eine kleine Kapelle auf, ein Kreuz auf dem Dach.

Ein Klumpen sank ihm in die Magengrube.

Feucht und schwer.

Du sollst nicht töten.

Er gab dem Tankwart einen Fünfzigmarkschein, wich dessen Blick aus und stieg ein, ohne auf das Wechselgeld zu warten.

Drüben an der Kapelle hielt er an, ließ die Tür des Opel offen, nahm sein schwarzes Jackett vom Beifahrersitz, strich die Schuppen vom Rücken, zog es über.

Zögernd stieg er die Stufen hinauf. Er öffnete die große Glastür, trat ein, ließ sie hinter sich zufallen, schloß den Lärm der Straße aus.

Stand in der kühlen Stille vor dem Altar.

Rötliches Licht fiel durch die Fenster auf das Kreuz. Ein geschnitzter Jesus hing daran, modern, geschunden, angenagelt, der Kopf seitlich herabgesunken, eine blutende Wunde in der Brust.

Ottmar sah zu Boden.

Auf seine Schuhspitzen.

Ich bin kein schlechter Mensch.

Seine Augen wurden feucht. Er schämte sich, daß er mehr Mitleid mit sich als mit allen anderen hatte, schluchzte zwei-, dreimal, sah sich um, ob jemand ihn beobachtete.

Dann steckte er eine Kerze an.

Hockte am Boden, wischte sich die Tränen aus dem Gesicht, schneuzte in sein Taschentuch.

Er starrte in die Flamme.

Irgendwann fiel ihm der alte Kröger ein, draußen im Wagen, und er sah auf seine Uhr.

Es wurde Zeit.

Seine Schritte knirschten auf dem steinigen Boden. Er konnte sich nicht trennen, sah noch einmal in die Runde.

Vorn an der Tür stand ein Pult, darauf ein offenes Buch. Man konnte seine Wünsche eintragen. Man konnte Gott um Vergebung bitten, ihm für seine Gnade danken. Sofern sie einem erwiesen wurde.

Er stand davor.

Erstaunlich viele trugen sich ein. Baten um Gesundheit, Frieden und darum, unversehrt nach Haus zu kommen. Heute allein schon fünf. Er fing an zu blättern.

Weiter vorn bat jemand darum, daß der schreckliche Bürgerkrieg auf dem Balkan endlich zu Ende gehen möge. Er atmete tief. Ein anderer suchte Arbeit, damit er seine Kinder durchbringen konnte. Die Frau war ihm weggelaufen. Eine rundliche Schrift breitete sich auf einer Seite aus, beanspruchte ein ganzes Blatt für sich.

Bitte, Herr, Vater aller Menschen, Geist, der uns durch-dringt ...

Die Schrift kam ihm irgendwie bekannt vor.

... sei gnädig und schenke uns das neue Leben, von dem wir schon so lange träumen ...

Er wischte sich die Tränen aus den Augen. Diese geschwungenen Buchstaben, etwas kindlich, krakelig, aber entschlossen ...

... Befreie einen verirrten Geist aus dem Kreislauf der Karmen, den er ohnehin nicht begreift. Nimm ihm die Last der Wiedergeburt. Er hat genug gelitten.

Aber ...

Sei ein guter Gott. Belohne uns mit der Zukunft!
                                        Hannelore und Hubertus

Er schüttelte den Kopf.
  Hannelore und Hubertus.
  Ein schlechter Scherz. Ein ganz schlechter.
  Aber die Namen stimmten.
  Er las alles noch mal.
  Es war ihre Schrift.
  Er hat genug gelitten.
  Das Datum darunter war zwei Wochen alt.
  Und plötzlich war ihm alles klar.
  Der Dackel. Der Kühlschrank.
  Was noch?
  Sie wußte Bescheid. Das Gift. Sie hatte es gemerkt.

Sie spielte die Krankheit nur.

Die falsche Schlange.

Und jetzt?

Er riß an seinem Kragen, zerrte die Krawatte auf, wütend, panisch, als wäre sie ein Strick. In großen, roten Kreisen schien sich die Kapelle um ihn herum zu drehen, als er die Glastür nach innen zog und hinaus ins grelle Sonnenlicht trat.

Die Heckklappe des Leichenwagens stand offen. Der Sargdeckel war hochgeklappt, weiße Laken hingen heraus, als erwarteten sie einen Gast.

Wo war der alte Kröger?

Im Augenwinkel, den Türgriff in der Hand, sah er noch, wie hinter ihm ein Schatten auftauchte, wollte sich umdrehen. Der Knüppel traf ihn hart am Hinterkopf. Er bebte wie ein Gong. Taumelte gegen die Heckklappe, hielt sich den Kopf, dann traf ihn das Holz an der Schläfe, dann im Kreuz, dann die Stirn. Wehrlos, hilflos, er steckte ein, als hätte er es verdient, wunderte sich nicht, hielt stöhnend seinen Kopf und glaubte, gerade eben noch etwas erkennen zu können, ganz nah, wie greifbar, als er seine Wange am rauhen Asphalt blutig riß und kräftige Hände versuchten, ihn hinten in den Wagen zu zerren.

Karos, kleine Karos sah er.

Aber sicher war er nicht.

Tanja Kinkel
Ripper

Der alte Mann erkannte sie auf den ersten Blick. »Das ist Schwester Madeline«, sagte Dr. Lanyon, der völlig überlastete Arzt des kleinen Hospitals, »sie hat die Nachtschicht.« Er wandte sich bereits dem nächsten Patienten zu, als er den alten Mann lachen hörte. Das gurgelnde Kichern ging in ein Husten über, als der Arzt sich noch einmal umdrehte. Dann rief jemand nach ihm, und Dr. Lanyon zuckte die Achseln und hastete weiter. Der Husten des alten Mannes hörte abrupt auf. Er kniff die Augen zusammen und musterte die blasse, rothaarige Frau, die bereits begonnen hatte, den Verband an seinem gebrochenen Bein zu wechseln.

»So ein Glück hat auch nur der alte Joe Harding«, sagte er krächzend. »Kriegt einen Vampir als Bedienung. Weißt du, Herzchen, ich kann Vampire nicht ausstehen.«

Ohne innezuhalten oder ihn anzusehen, fragte sie kühl: »Warum nicht?«

Das verriet ihm einiges. Sie mußte noch sehr jung und unerfahren sein, denn sie schien es tatsächlich nicht zu wissen. Der Blickwechsel zwischen ihnen, als der Arzt ihren Namen genannt hatte, war der von zwei nichtmenschlichen Kreaturen gewesen, aber mehr konnte sie nicht erkennen.

»Warum sollte ich?« fragte Harding zurück und spie aus. »Erinnern mich an die geschniegelten und gestriegelten Offiziere, allesamt. Haben alle Vorteile im Krieg, und kaum einen Nachteil. Unsereins wird alt, Mädchen, alt und krank, und verwandelt sich trotzdem jeden verfluchten Monat in einen Wolf. Schau dich an. Du hast die ewige Jugend gepachtet, und wenn meine Knochen längst vermodern, bist du immer noch auf der Pirsch.«

Sein gurgelndes, feuchtes Kichern kam zurück. »Aber daß sich einer von euch hier abrackert, ist doch neu. Glaubst du, das rettet dir deine Seele, Vampir? Gib dir keine Mühe. Wir fahren alle beide zur Hölle, du und ich. Der einzige Unterschied ist, daß der alte Joe die Reise etwas eher unternimmt, das ist alles.«

Mit einer Schnelligkeit, die er ihr nicht zugetraut hätte, legte sich ihre linke Hand um seinen Hals, während die rechte noch das letzte Stück seines neuen Verbandes feststeckte. Ihre grünen Augen, die in der miserablen Beleuchtung des Hospitals viel zu gut sahen, strahlten Feindseligkeit aus.

»Die Reise unternehmen Sie eher, als Sie denken, Mr. Harding«, sagte Madeline, »wenn Sie mich weiter belästigen.«

Der alte Mann rührte sich nicht, aber die Belustigung brach aus seiner rauhen Stimme wie ein Steinschlag. »Sachte, sachte. Vampire, ha! Wir sind die, die sich verwandeln, aber ihr seid allesamt so empfindlich wie die Katzen. Mach was du willst, Kindchen, mich stört es nicht.«

Die Hand an seiner Kehle entspannte sich etwas. »Es ist ein guter Ort, um Opfer zu finden«, sagte das rothaarige Mädchen, und ihre Stimme klang beinahe begütigend, »das ist alles. Der Arzt hier weiß, wer die Nacht nicht überleben wird, und er wundert sich nicht, wenn er am nächsten Morgen Leichen findet.«

Damit ließ sie ihn los und verschwand. Harding sah ihr nach und grinste. Oberflächlich betrachtet, hatte sie recht. Die Zustände in den Hospitälern im Londoner East End waren so katastrophal, daß einige Patienten erst Stunden nach ihrer Einlieferung behandelt werden konnten. Chinin war ein Luxus, und ausgebildete Ärzte und Schwestern ebenso. Und nirgendwo stand es schlimmer als hier in Whitechapel. Einige tote Patienten mehr oder weniger fielen nicht weiter auf. Aber, dachte Harding und beobachtete Madeline, wie sie Verbände erneuerte und faulige Glieder wusch, ein Vampir hatte es nicht nötig, für einige leichte Opfer die ganze Nacht lang Florence Nightingale zu spielen. Flüchtig erinnerte er sich an Miss Nightingale, die er gekannt hatte. Er spie erneut aus. Es würde nicht lange dauern. Sie war vermutlich nicht viel älter, als sie aussah. Vorsichtig betastete er seinen Hals. Noch einige Jahre, und die grünäugige Madeline würde Orte wie diesen nicht einmal mehr aufsuchen, wenn sie wirklich hungerte. Falls sie überlebte. Seine Lippen verzerrten sich zu einem Lächeln, das verschwand, als ein Neuankömmling den Raum betrat.

Harding spürte, wie seine Haare sich aufstellten. So, wie er Madeline erkannt hatte, wußte er, was der Mann war, der sich den Weg zu Doktor Lanyon bahnte, an der erschöpften Schwester Agnes vorbei, die in wenigen Minuten gehen würde und ihn ignorierte. Harding schaute wieder zu Madeline, die Lanyon und dem Eindringling den Rücken zuwandte, während sie einer Frau den Arm schiente. Wäre nicht die sehr gerade, geradezu unnatürliche Haltung ihres Kopfes, so hätte er geglaubt, daß sie nichts bemerkt hatte.

Er ließ sich in sein Bett zurücksinken. Einem Werwolf bereitete es keine Mühe, Lanyon zu belauschen, wie er irritiert und nur mühsam höflich fragte:

»Was kann ich für Sie tun, Sir?«

»Es geht um meine Tochter«, entgegnete der Fremde, und in der dunklen, ebenmäßigen Stimme schwang der Waliser Akzent, den Madeline so entschlossen unterdrückte. »Angesichts der Ereignisse der letzten Tage, Doktor, halte ich es für besser …«

Lanyons Ringen um Höflichkeit brach zusammen. »Oh ja, die

Ereignisse der letzten Tage«, unterbrach er bitter. »Seit Jahren bemühen wir uns, die Öffentlichkeit über das Elend im East End zu unterrichten, und niemand hört uns zu. Dann kommt ein Verrückter, der ein paar bedauernswerte Frauen umbringt, und ganz London fließt über vor Besorgnis. Sir, wir sind hier auf unsere freiwilligen Helferinnen angewiesen. Ich habe kein Geld, um Pflegekräfte zu bezahlen.«

Harding grinste in sich hinein und überlegte, ob Lanyon wohl das beschleunigte Dahinscheiden einiger todkranker Patienten in Kauf nehmen würde, um die Hilfe seiner Freiwilligen für den Rest zu behalten. Schwer zu sagen. Im Moment wirkte er fast zu müde, um überhaupt etwas zu entscheiden, was Harding nicht wunderte. Als man ihn am Morgen in das Hospital gebracht hatte, war der Doktor bereits ein paar Stunden auf den Beinen gewesen.

»Das läßt sich ändern«, sagte Lanyons Gegenüber, und Hardings Ohren verrieten ihm, daß der Mann seine Börse hervorzog und einige Geldscheine den Besitzer wechselten. Ein Unterton von Spott lag in seiner Stimme, als er fortfuhr: »Ich bin durchaus gewillt, regelmäßige Beiträge für das Wohl meiner Mitbürger zu leisten, Sir.«

Lanyon kämpfte noch einige Augenblicke mit sich, dann rief er: »Miss Usher!«

Die Versuchung, sich aufzusetzen, um das Geschehen beobachten zu können, war groß, doch Harding unterdrückte sie. Er legte keinen Wert darauf, von einem Vampir mit dieser Aura erkannt zu werden. Madeline genügte. Ihre Röcke schleiften auf dem Boden, bis sie vor Lanyon zum Stehen kam. Als sie zu sprechen begann, klang ihre Stimme sanft und liebevoll, aber Harding war bereit, darauf zu wetten, daß sie sich die Mühe nur Lanyons wegen gab. Unglücklicherweise konnte er kein Wort von dem verstehen, was sie sagte. Sie sprach Walisisch, und der Mann antwortete ihr in der gleichen Sprache. Zum Teufel mit allen Kelten!

dachte Harding. Warum können sie nicht Englisch reden! Nach einer Weile schien Lanyon das gleiche zu denken. Er räusperte sich und begann: »Miss Usher ...«

»Oh, Doktor«, sagte Madeline in dem gleichen sanften Tonfall, »mein Vater hat mir gerade eröffnet, daß er unsere Arbeit hier unterstützen möchte. Ist das nicht großzügig von ihm? Ich habe darum gebetet, und nun hat Gott ihn erleuchtet.«

»Ja, nun«, erwiderte Lanyon äußerst verlegen, »es tut mir wirklich leid, Sie zu verlieren. Sie waren mir in den letzten Wochen eine solche Hilfe, und ...«

»Aber Sie werden mich nicht verlieren, Doktor. Ihre Worte haben meinen Vater überzeugt, und er ist nun einverstanden, mich hier arbeiten zu lassen.«

Die Versuchung, einen Blick zu riskieren, wuchs ins Unerträgliche, doch Harding war nicht alt geworden, ohne Disziplin erlernt zu haben.

»So lange du sicher nach Hause kommst, mein Kind«, sagte der zweite Vampir. Dann lachte er und fügte etwas auf Walisisch hinzu. Harding hörte Madelines rasch eingesogenen Atem. Sie sagte nichts mehr, auch, als der Mann sich von ihr und dem verwirrten Dr. Lanyon verabschiedete. Als die Tür hinter ihm zufiel, setzte Harding sich wieder auf. Madeline stand neben Lanyon.

»Nun, dann ist ja alles gut, Schwester Madeline«, sagte Lanyon und schüttelte den Kopf, während Madeline sich von ihm abwandte. Keine Miss Usher mehr, wie? dachte Harding. Er hatte Madelines Augen gesehen. Verglichen damit hatte sie ausgesprochen freundlich dreingeblickt, als ihre Hand an seiner Kehle lag.

»Schwester!« rief er. »Schwester, bitte, ich habe Durst!«

Als Madeline ihm ein Glas Wasser brachte, zitterte sie immer noch vor Zorn.

»Weißt du, mein Kind«, meinte Harding, »du brauchst da nicht mitzuspielen. Ich will ja nichts gesagt haben, aber die Vampire, die ich gekannt habe, waren zu klug, um sich als die Väter von irgendwem auszugeben.« Er rümpfte die Nase. »Viel zu leicht überprüfbar, besonders, wenn du noch vor kurzer Zeit am Leben warst. Deine Papiere stimmen alle noch, du brauchst sie noch nicht einmal zu fälschen.«

Sie leugnete nicht, vor kurzer Zeit noch am Leben gewesen zu sein, aber sie schüttelte den Kopf.

»Er ist mein Vater«, sagte sie.

»Red keinen Unsinn«, antwortete Joe Harding, trank und rülpste befriedigt. »Ich hab dir doch gezeigt, daß ich euch erkennen kann. Der Kerl ist ein Vampir, genau wie du.«

Er sagte nicht, daß es sich um einen ungleich mächtigeren Vampir handelte. Es bestand kein Grund, ihr zu offenbaren, *wie* gut er ihre Art erkennen konnte.

»Ja«, sagte sie, weiter nichts, und nahm ihm das Glas wieder ab. Sie betrachtete es. Die Knöchel ihrer Hand zeichneten sich immer deutlicher ab. Harding zuckte zusammen, als das Glas zersprang, aber Madeline beachtete ihn nicht. Sie ballte die Hand zu einer Faust, und obwohl Harding wußte, daß sie es nicht spürte, zog sich etwas in ihm zusammen, als die Splitter sich tief in ihr Fleisch schnitten. Dann öffnete sie ihre Hand wieder. Ein feiner Regen aus Blut und Glas fiel auf den Boden, aber die aufgerissene Haut ihrer Handfläche begann sich bereits wieder zu schließen. Nach einigen Sekunden war sie so blaß und glatt wie zuvor.

Harding sagte nichts dazu. Ihr Vater und ihr Schöpfer, dachte er, und dann fügten sich einige Gerüchte, die er gehört hatte, zusammen, und er stieß einen Pfiff aus.

»*Der* Gwydion Usher!«

Madeline zog eine Augenbraue hoch. »Ich dachte, Werwölfe könnten Vampire nicht ausstehen«, sagte sie sarkastisch, »und nun zeigen Sie sich beeindruckt von einem gewissen Ruhm, Mr. Harding?«

»Jedem, der es schafft, Octavius *und* Livia zu erledigen, gebührt die Hochachtung dieses alten Kadavers, Täubchen«, erwiderte Harding. »Kein Wunder, daß du dir die Mühe mit dem Hospital machst. Nach dem Zirkus im letzten Jahr müßt ihr ja auf leisen Sohlen schleichen, um die Polizei nicht noch mißtrauischer zu machen. Kann sein, daß heutzutage keiner mehr an euch und uns glaubt, aber nach dem, was da passiert ist ...«

Er ließ seinen Satz mit einer Aufforderung zum Erzählen ausklingen. Sie verstand ihn sehr gut, aber sie schwieg. Harding seufzte.

»Mach einem alten Mann die Freude«, fuhr er fort, »und erzähl ihm von dem großen Machtkampf unter den Vampiren von London.«

Madelines Gesicht blieb ausdruckslos, als sie zurückgab: »Ich glaube nicht, daß Sie das wirklich wissen wollen, Mr. Harding. Haben Sie in Ihrem Leben nicht genug eigene Kämpfe erlebt?«

Harding warf ihr einen mißtrauischen Blick zu, aber sie schien nicht mehr zu meinen, als sie sagte, also antwortete er in seinem gutmütigsten Tonfall: »Darauf kannst du wetten. Mit dem Krimkrieg hat alles angefangen. Ich wünschte, ich hätte die verfluchten Russkis nie zu Gesicht bekommen. Einer von denen hat mich gebissen, und danach war's aus und vorbei mit dem Dienst fürs Vaterland. Ich war ein guter Soldat, das kannst du mir glauben, aber was will die Königin mit einem Kerl, der jedesmal, wenn der Mond voll wird, auf vier Pfoten herumläuft? Aus und vorbei und zurück nach Soho mit Joe Harding, das war's.«

Er sah etwas wie Mitleid in Madelines Blick flackern und hakte sofort nach. »Also erzähl schon, wie sie sich gegenseitig ans Leder gegangen sind!«

Das Mitleid verschwand. Sie erhob sich von seiner Bettkante. Vampire, dachte der alte Mann und spürte den Haß in sich aufwallen. »Ihr müßt ja wirklich sehr froh sein«, setzte er boshaft hinzu, »daß dieser verrückte Hurenmörder unterwegs ist. Die komischen verbrannten Leichen sind Schnee von gestern. Jeder spricht nur noch von Jack the Ripper.«

Als Madeline am nächsten Abend erwachte, war ihr Zorn noch nicht verklungen. Sie brauchte nicht lange, um Gwydion zu finden. Die meisten Vampire, die sie kannte, waren Einzelgänger, die es vorzogen, ihre Verstecke mit niemandem zu teilen, trotz der Gemeinschaft mit ihren Regeln, zu denen die Notwendigkeit sie zwang. Gwydion wechselte seinen Unterschlupf häufiger als jeder andere, und er hatte allen Grund dazu. Aber er unterhielt ein Haus am Belgrave Square für die Fälle, in denen er etwas Repräsentatives brauchte, und sie wußte, daß er heute dort sein würde.

Als sie die Bibliothek betrat, stand er mit dem Rücken zu ihr über einen Tisch gebeugt und las in dem Buch, das dort aufgeschlagen lag. Unter anderen Umständen hätte sie das Bild dazu gebracht, innezuhalten, denn sie hatte ihn hunderte Male so gesehen. Doch das war in einer Zeit gewesen, in der die Sonne geschienen hatte. Madeline zog das kleine Messer, das er ihr selbst gegeben hatte, aus den Falten ihres Umhangs hervor, und warf mit der Präzision einer Unsterblichen. Es bohrte sich direkt neben seiner Hand in das alte, sorgsam polierte Kirschbaumholz. Gwydion lachte.

»Madeline, Madeline, das kannst du doch besser.«

Er drehte sich um, ging zu ihr und legte ihr die Hände auf die Schultern. Er mußte sich trotz der frühen Stunde bereits genährt haben; die Wärme seiner Finger teilte sich ihrer kalten Haut mit, als er die Haken ihres Umhangs löste. »Es besteht kein Grund, dein Licht unter den Scheffel zu stellen und plumpe Instrumente zu gebrauchen, *Cariad*. Wir wissen doch alle, wie gut du darin bist zu töten.«

Aus den Tiefen der Bibliothek ließ sich eine zweite amüsierte

Stimme vernehmen. »In der Tat.« Rochester erhob sich aus dem Sessel, in dem er geruht hatte, und verbeugte sich spöttisch vor Gwydion und Madeline. »Verzeih, Usher, aber so unterhaltsam es ist, dich und deine ... Tochter beim Streiten zu beobachten, ich habe heute nacht noch andere Dinge zu tun.«

Die Provokation in seiner Stimme war nicht zu überhören; er gebrauchte Gwydion gegenüber den Tonfall, in dem er mit seinen Bediensteten geredet haben mochte, damals, als er noch ein Pair am Hof Charles II. war. Gwydion verzog keine Miene, aber er hob eine Hand und machte eine winzige entlassende Geste.

»Geh nur«, sagte er gleichmütig. »Ich brauche dich heute nicht mehr ... Johnnie.«

Die Feindseligkeit in Rochesters zweiter Verbeugung blieb wie ein Schatten im Raum zurück. »Er haßt dich«, sagte Madeline, als er gegangen war. »Sie hassen dich alle. Niemand wünscht Octavius und Livia zurück, aber sie werden dir nie verzeihen, daß du etwas fertiggebracht hast, wozu sie jahrhundertelang nicht in der Lage waren.«

Sie fröstelte, eine unwillkürliche Reaktion, die ihr die letzten Jahre noch nicht genommen hatten, obwohl Kälte wie Hitze ihrem Körper nichts mehr ausmachten. Gwydions Hand blieb noch einen Moment auf ihrer Schulter.

»Haß kann sehr unterhaltend sein«, antwortete er gedehnt. »Das wissen wir auch beide, nicht wahr?« Sie wünschte sich plötzlich, sie hätte ihr Messer nicht an das Kirschbaumholz verschwendet. Messerstiche machten den Unsterblichen im allgemeinen nichts aus und heilten sofort, aber die Klinge dieses Messers bestand aus Silber, und sich von Silberstichen zu erholen, dauerte lange und war schmerzhaft.

»Warum bist du gestern in das Hospital gekommen?« fragte sie gepreßt. »Du hast versprochen, mich allein zu lassen, wenn ich jage.«

»Das, was du da tust, kann man kaum Jagen nennen. *Verschwendung* wäre ein besseres Wort.«

»Du bist derjenige, der uns allen befohlen hat, so vorsichtig wie nur möglich zu sein!«

Gwydion neigte den Kopf, und die Spannung in Madeline löste sich etwas. »Das ist wahr. Aber wenn du wirklich vorsichtig sein willst, dann hältst du dich von Whitechapel fern.«

Nun war es an ihr, zu lachen, und sie wirbelte aus seiner Reichweite. Als sie wieder zu Atem gekommen war, bemerkte sie knapp: »Es gibt niemanden in Whitechapel, der gefährlicher ist als ich. Ich hätte nicht gedacht, daß du dich so von der Angst der Sterblichen anstecken läßt.«

Entgegen ihrer Erwartung brauste Gwydion nicht auf. Er schüttelte nur den Kopf. Das Lachen wich aus ihrem Gesicht. »Er ist nicht der erste Wahnsinnige, der Frauen ermordet«, sagte sie. »Seit ich nach London gekommen bin, hat es mindestens vier gegeben. Über diesen schreiben die Zeitungen mehr, aber das verleiht ihm nicht die Macht, mit einem von uns fertig zu werden. Ich begreife nicht, was …«

»Du begreifst nicht nur nicht, du denkst auch nicht nach«, unterbrach sie Gwydion ungeduldig. »Ganz abgesehen von allem anderen bildet schon die öffentliche Hysterie einen Grund, Whitechapel einige Zeitlang zu meiden. Die Leute sind dort Fremden gegenüber jetzt sehr mißtrauisch. Aber mich beunruhigt etwas ganz anderes. Ich glaube nicht, daß dieser Ripper auf der Suche nach Dirnen ist. Ich glaube, er sucht Vampire.«

Er wies auf die Zeitungen, die überall auf dem Boden verstreut lagen. »Wir sind nicht einfach zu töten«, fuhr er ernst fort, »aber gerade du und ich haben allen Grund zu wissen, daß es machbar ist. Die inneren Organe zu entfernen, so wie bei diesen Frauen, stellt eine Möglichkeit dar.«

Sie sank auf die Knie und berührte eine der Zeitungen. »Aber jeder Vampir würde einen Sterblichen bereits nach dem ersten Schnitt erledigen.«

»Nicht, wenn der Angreifer eine Waffe aus Silber verwendet. Und nicht, wenn der Angreifer selbst ein Unsterblicher ist.«

Die schwarzen Druckbuchstaben tanzten vor ihren Augen, doch Madeline weigerte sich, dem plötzlichen Aufwallen von Furcht nachzugeben. »Warum bringt er dann diese Frauen um?« fragte sie zweifelnd. »Keine von ihnen war eine von uns, oder?« Unbewußt glättete sie das zerknitterte Papier vor sich.

Gwydion kniete sich neben sie. »Nein. Aber ich glaube, daß er nur von seinem Ziel ablenken will.« Er sah sie direkt an. »Alicia und Richmond sind tot.«

Seit ihrer Wandlung hatte sie keine Freunde mehr; was sie mit den anderen ihrer Art verband, war nicht mehr menschlich genug, um Freundschaft genannt zu werden. Aber sie spürte die instinktive Betroffenheit einer Spezies, die von einer anderen bedroht wird.

»Und sie wurden auf die gleiche Art getötet wie die Frauen von Whitechapel?«

»Bei Alicia war ich mir nicht sicher. Sie war noch zu jung, ihr Körper verbrannte, als die Sonne aufging. Aber Richmond ließ genügend zurück. Niere, Herz und Leber fehlten, und nicht etwa, weil sie stärker verkohlt waren als der Rest von ihm«, entgegnete Gwydion grimmig. Er hatte die sorgsame klassenlose Aussprache verloren, um die er sich während der letzten fünfzehn Jahre bemüht hatte, und sprach in dem Akzent der Arbeiterklasse, etwas, das er sich gewöhnlich nie gestattete. Sie sah ihn an und erkannte den tödlichen Ernst in seinen Augen.

»Ich weiß nicht, wer es ist, Madeline, einer von uns oder ein Sterblicher, der zuviel weiß und zu gut mit seinen silbernen Instrumenten umgehen kann. Aber bis ich es herausfinde, möchte ich, daß du in meiner Nähe bleibst.«

Über dem geglätteten Zeitungspapier berührten sich ihre Fingerspitzen; dann sagte Madeline absichtlich in Walisisch: »Nein, Vater, denn siehst du, ich habe eine Arbeit, zu der ich zurückkehren muß.«

Den ganzen Weg bis nach Whitechapel lang verwünschte sie ihre störrische Natur; sie wußte, daß sie sich töricht benahm, aber sie hatte der Chance, Gwydion zu verletzen, nicht widerstehen können. Doktor Lanyon war zu beschäftigt, um sie für ihre leichte Verspätung zu tadeln, doch der alte Mann, der sie in der Nacht zuvor erkannt hatte, rief nach ihr, sowie sie in seine Nähe kam. Er saß aufrecht in seinem Bett und wirkte vergnügt; stärker noch als in der vorherigen Nacht nahm sie den Geruch wahr, der an ihm haftete und nichts mit seinem sorgfältig verbundenen Bein zu tun hatte. Schon daran, dachte sie leicht verärgert, hätte sie ihn erkennen müssen; allerdings war sie noch nie zuvor einem Werwolf begegnet.

»Ist das nicht nett für den alten Joe«, sagte Harding trocken. »Ich hatte schon Angst, ich kriege dich nicht mehr zu sehen, Prinzessin. Morgen früh werfen sie mich hier raus. Das Bett wird gebraucht.«

»Ihr Bein ist noch nicht verheilt«, sagte Madeline leicht konsterniert und hätte sich am liebsten auf die Zunge gebissen, denn Harding warf ihr einen aufmerksamen Blick zu. »Das klingt besorgt … Schwester Madeline«, stellte er erheitert fest. »Danke, mein Täubchen. Aber übermorgen ist Vollmond, und dann ist es ohnehin besser, wenn meine müden Knochen nicht mehr hier ruhen. Im übrigen heilt alles, wenn ich mich verwandle. Ein paar Vorteile hat unsereins doch von der ganzen Geschichte.«

Es mußte an der Auseinandersetzung mit Gwydion liegen; Madeline hörte sich fragen: »Mr. Harding, wenn Sie zurückkehren könnten, in die Zeit vor Ihrer Wandlung … wenn Sie Ihr altes Leben zurückhaben könnten …«

Der Körper des alten Mannes spannte sich an, und seine Gebrechlichkeit wurde plötzlich zur Illusion. »Das ist die verbotene Frage, Prinzessin«, sagte er kalt. »Hat keinen Sinn, sie zu stellen. Keiner von uns kann zurück. Ihr nicht und wir auch nicht.«

Ehe Madeline etwas darauf erwidern konnte, hörten sie beide den Tumult im Vorraum. Dann rief Lanyon nach ihr. Madeline fand ihn mit mehreren Polizeibeamten neben einer Bahre stehend vor, die eben vorsichtig auf den Operationstisch gesetzt wurde. Sie sah die entsetzlich zugerichtete Frau auf der Bahre, und ungläubig dachte sie: Sie lebt noch. Diese hier lebt noch.

»Bringen Sie die Frau zu Bewußtsein!« sagte einer der Beamten drängend zu Lanyon. Lanyon kümmerte sich nicht um ihn, sondern erteilte Madeline hastig Anweisungen. Sie reichte ihm seine Instrumente und spürte das unangenehme, eigentümlich kalte Brennen, das Silber auf der Haut verursachte. Ihre Knie fühlten sich schwach an. Eigentlich hatte sie sich an den Anblick von Wunden gewöhnt, sie erfüllten sie nicht länger mit der unbedingten Begierde nach dem Blut, das aus ihnen hervorquoll; die Arbeit in diesem Hospital machte einen dagegen immun. Außerdem störte sich ihr ästhetisches Gefühl daran, einen offenen Magen oder aufgesplitterte Knochen als Nahrungsquelle anzusehen. Doch Gwydions Eröffnungen hatten ihre Spuren in ihr hinterlassen; sie starrte auf die stöhnende Frau und sah für den Bruchteil einer Sekunde sich selbst auf diesem Tisch.

Der Polizeibeamte redete noch einige Minuten lang vergeblich auf Lanyon ein, dann gab er es auf und wandte sich an Madeline. »Miss«, sagte er, »wir müssen diese Frau zu Bewußtsein bringen, bevor sie stirbt. Sie ist das erste Opfer des Rippers, das noch lebend vorgefunden wurde!«

»Doktor Lanyon tut, was er kann«, erwiderte Madeline mit der beschwichtigenden Krankenschwesterstimme, die sie sich angeeignet hatte.

»Den Teufel tut er! Ich muß mit dieser Frau sprechen!«

Ein anderer Beamter meinte beschwichtigend: »Inspektor, das hat doch keinen Sinn.«

Nach einer Weile ließen sich die Polizisten einschließlich ihres ungeduldigen Inspektors darauf vertrösten, gerufen zu werden, falls das fünfte bekannte Opfer des Rippers das Bewußtsein wiedererlangen sollte. Man sah ihnen an, daß sie wußten, wie unwahrscheinlich das war. Madeline spürte den allgegenwärtigen Blutgeruch allmählich an ihrer Selbstkontrolle zerren. *Ich könnte sie retten*, dachte sie abwesend und leicht überrascht. *Dieser hier konnte er nur die Niere nehmen. Danach ist eine Wandlung immer noch möglich.* Doch der Impuls erstarb so rasch, wie er gekommen war.

»Das war's«, sagte Lanyon erschöpft. »Mehr kann ich nicht tun.« Mit einem Unterton von Erstaunen fuhr er fort: »Unglaublich, daß sie immer noch am Leben ist. Aber es kann nicht mehr sehr viel länger dauern. Sie wird die Nacht nicht überleben.«

Nein, Doktor, dachte Madeline. *Das wird sie nicht.*

Als sie in den Raum zurückkehrte, in dem die Kranken und Verwundeten lagerten, flirrte der Tod der Frau immer noch vor ihren Augen und nahm ihr die Sicht. Mit dem Blut waren die Empfindungen gekommen, und wirre Gedankenfetzen: *Kälte, Kälte, mir ist so kalt, ich will wieder in die Schenke zurück aber er hat gesagt nicht ohne einen Kunden Lizzie hat er gesagt und da da ist einer so allein Sir? Laß mich laß mich tut weh so weh oh mein Gott und da schon wieder! Da ist es wieder!*

»Vampir!« rief die heisere, flüsternde Stimme von Joe Harding. »He! Vampir!«

Ihr Blickfeld klärte sich wieder. Ärger flackerte auf. Warum rief er nicht noch etwas lauter, so daß die Polizisten ihn auch noch hören konnten? Sie ging zu ihm, aber der belebende, erfüllende

Geschmack des Bluts der Toten brannte noch immer in ihrem Mund. Liz, dachte sie und spürte die Zärtlichkeit, die sie für manche ihrer Opfer empfand. In dem Haar war trotz all der Metzelei noch ein Hauch von Parfüm gehangen; einige der Gedanken an das Gelächter und die Freundinnen in der Schenke leuchteten in einem freundlichen Orange, das sie wärmte. Aber zuviel war auf die Begegnung mit dem Ripper konzentriert gewesen, Schrecken, Schmerz, und es war so gegenwärtig, daß Madeline einmal die Hand ausgestreckt hatte, um ein nicht existentes Messer abzuwehren. Aber warum sollte Liz an etwas anderes denken als an ihren Mörder? Schließlich wurde sie gerade zum zweiten Mal ermordet. Übelkeit erfaßte sie, und Madeline setzte sich auf den kleinen Schemel neben Joe Hardings Bett.

»Der Ripper, wie?« fragte Harding teilnahmsvoll. »Ich hab einiges hören können. War mir klar, daß du ihr den Rest gibst.«

Madeline erwiderte eine Zeitlang nichts, dann sagte sie: »Da war etwas ... ich konnte sein Gesicht nicht sehen. Aber als ich ihr Leben nahm, hat sie ihn wieder gespürt. Ich wünschte, sie hätte etwas anderes gefühlt.«

»Warum sollte sie?« meinte Harding unsentimental. »Wach auf, Mädchen. Niemand ist dankbar für seinen Tod.«

Der Gedanke, der sie schon die ganze Zeit geplagt hatte, schälte sich immer deutlicher hervor. »Nein. Ich meine etwas anderes. Es lag nicht nur daran, daß ich sie tötete. Es lag an dem, was ich war.«

Hardings Gesicht sah im Licht des fast vollen Mondes, der durch die Fenster des Hospitals schien, sehr dunkel aus.

»Gwydion hat recht«, sagte Madeline. »Es muß einer von uns sein. Und er tötet diese Frauen nur, um von seinem eigentlichen Ziel abzulenken.«

Harding schien zu begreifen. Er spie aus. »Üble Geschichte«, meinte er.

»Aber warum?«

Sein Grinsen entblößte die Zähne, die seit gestern merklich gewachsen waren.

»Oh, das ist schwer. Warum bringt wohl jemand so ein gutes, freundliches, hilfsbereites Wesen wie einen Vampir um?«

Wider Willen mußte sie ebenfalls lächeln.

»Natürlich geht ihr euch nach allem, was ich weiß, gewöhnlich nicht gegenseitig an die Gurgel, aber wenn einmal einer damit anfängt ...«

Er schnalzte mißbilligend mit der Zunge und starrte sie listig an. »Und so war es doch im letzten Jahr, nicht wahr?«

Ich verfluche dich, hatte Livia hervorgestoßen, als sie begriffen hatte, und ihr vogelheller Blick hatte sich bis zum Schluß nicht von Gwydion gelöst. *Du weißt nicht, was du begonnen hast, und dein Unwissen wird dich zu Fall bringen.*

»Das ist vorbei«, sagte Madeline abwehrend und lauschte den ruhigen, menschlichen Atemzügen um sie herum, die kein Echo von Unsterblichkeit mit sich trugen.

»Und wer läuft dann mit einem Silbermesser durch London?«

Einige der Zeitungen vermuteten, daß es sich um einen Arzt handelte, etwas, das sie Harding gegenüber erwähnte, während sie über die anderen Vampire von London nachgrübelte. Der alte Mann schnaubte verächtlich.

»Ja, ja, am Schluß wird sich schon herausstellen, daß es unser Lanyon war, im Delirium wahrscheinlich. All die Überstunden haben ihm übermenschliche Kräfte verliehen, so daß er noch ein paar Operationen an ein paar Huren durchführen wollte. Nein, mein Kind, die Ärzte hier im East End sind viel zu erledigt, um so etwas durchziehen zu können.«

Madeline biß sich auf die Lippen und sprach ihre Überlegungen laut aus. »Aber wenn sich einer von ihnen an Gwydions Stelle zum Anführer machen will, dann gibt es keinen Grund, Alicia und Richmond zu töten. Das ändert nichts an Gwydions Macht. Warum greift ihn der Ripper nicht direkt an?«

»Schon mal was von Zermürbetaktik gehört?« entgegnete Harding achselzuckend. »Aber wenn du mich fragst«, seine Stimme wurde härter, »mir kommt da was ganz anderes in den Sinn. Wenn ich mich zum Herrscher über so einen empfindlichen und rachsüchtigen Haufen, wie ihr das seid, gemacht hätte, und wüßte, daß keiner mir wohl will, dann käme es mir vielleicht am klügsten vor, den ganzen Haufen einfach zu erledigen. Der einzige Hahn im Korb zu sein. Der einzige Vampir in London. Auf eine Art, daß keiner mich verdächtigt, bis es zu spät ist.«

Das Elend um sie herum drohte sie zu überwältigen. Sie folgte dem Strahl des Mondlichts aus dem Fenster heraus zu seinem Ursprung und wünschte sich verzweifelt, dort draußen zu stehen, in dieser kalten, klaren Nachtluft, nicht umgeben von Kranken und Sterbenden. Von neuem überwältigte sie die schwarze Furcht, die Liz empfunden hatte, und sie kämpfte um ihre Beherrschung. Was ich hier tue, ist falsch, dachte sie. Wem mache ich etwas vor? Besser, ja weitaus besser, auf den Straßen zu jagen, als hier auf die Stufe eines Blutegels herabzusinken. Etwas würgte in ihrer Kehle, und erst da sickerte die Bedeutung dessen, was Harding gesagt hatte, in ihr Bewußtsein. Der alte Werwolf sah sie erwartungsvoll an.

»Das würde er nie tun«, murmelte Madeline. »Wir töten, um am Leben zu bleiben, nicht …«

»Ihr tötet, weil es in eurer Natur liegt«, stellte Harding fest. »Du mußt natürlich am besten wissen, ob es etwas gibt, das er nicht tun würde, mein Kind, aber du sitzt hier mitten in der Nacht mit einem Werwolf zusammen und führst ein nettes kleines Gespräch unter Mördern. Wer hat dich in die Lage gebracht, häh? Erzähl mir nicht, daß es dein Einfall war.«

Madeline wollte sich erheben und stellte überrascht fest, daß

Harding ihre Hand festhielt, nicht grob, sondern dringlich; er wirkte tatsächlich besorgt, als er hinzufügte: »Paß auf dich auf, Vampir. Wie ich schon sagte, wir fahren alle in die Hölle, aber laß dir noch ein bißchen Zeit, bis du dort ankommst.«

Der Nebel, der von der Themse aufgestiegen war, legte sich so dicht wie ein feinmaschiges Fischnetz über Whitechapel. Soviel zum Traum von einer klaren Nacht, dachte Madeline, während sie sich aus dem kleinen Bereich zurückzog, den die Straßenlaterne erhellte. Sie war in dieser Nacht mit dem festen Entschluß aufgewacht, nicht mehr in das Hospital zurückzukehren, doch ehe sie Whitechapel verließ, wollte sie dem Gespenst, das sie verfolgt hatte, ein Ende setzen. Harding hatte recht. Es lag in ihrer Natur; sie gehörte nicht mehr zu den Opfern, sondern zu den Jägern. Und in dieser Nacht würde sie den Ripper jagen, wer auch immer er war.

Sie hatte sich ihren Dolch aus dem Haus am Belgrave Square geholt; Gwydion war nicht dort gewesen, aber er hatte ihr eine kurze Nachricht hinterlassen. *Madeline, vergiß ihn nicht wieder.* Unter anderen Umständen hätte es sie ärgerlich gemacht.

Es war erstaunlich schwer gewesen, einige leere Gassen in Whitechapel zu finden; das ganze Viertel, so schien es, war auf den Beinen, aufgerüttelt durch den Agitator John White, der Polizei und Regierung anklagte, nichts zu tun, um die Bewohner des East Ends zu schützen. Aus der Ferne konnte sie die Menge noch immer *»Nieder mit Comissioner Warren!«* rufen hören. Die vielen Polizeikräfte, welche die unruhige Menge im Zaum halten sollten, stellten ein zusätzliches Problem dar. Sie hatte nicht die Absicht, von einem Polizisten zu ihrer eigenen Sicherheit verhaftet zu werden. Madeline sah an sich herunter. Sie hatte die unauffälligen, braunen Baumwollgewänder, die sie in dem Hospital getragen hatte, mit dem herausforderndsten Kleid vertauscht, das sie finden konnte. Das dunkle Rot schien fast schwarz in dem schwachen Licht, das durch den Nebel drang, und ihre weiße Haut hob sich scharf von dem Satin ab. Schließlich bestand immer noch die winzige Möglichkeit, daß sie sich irrte, daß es sich bei dem Ripper nur um einen gewöhnlichen Sterblichen mit ungewöhnlichen Methoden und zuviel Wissen handelte, und dann würde er nach einer Prostituierten suchen. War er dagegen ein Wesen der Nacht wie sie selbst, dann spielte es keine Rolle, was sie trug; er würde sie sofort erkennen.

Sie hörte Schritte und zog sich noch etwas weiter in die Schatten zurück. Der Mann, der aus dem Nebel auftauchte, war kein Polizist, doch seine blankpolierten Stiefel, das erste, was sie sah, verrieten ihr, daß es sich nicht um Bewohner von Whitechapel handeln konnte. Sie trat einen Schritt aus dem Nebel hervor.

»Sir«, rief sie und verlieh ihrer Stimme den verführerischen Unterton, den Liz in ihrer Erinnerung gehabt hatte. »So allein, Sir?«

Der Mann blieb stehen und musterte sie. Ein Grinsen breitete sich über sein Gesicht. »Ja«, erwiderte er langsam, »ganz allein, junge Dame.«

Er blickte sich hastig um, dann kam er zu ihr. Der erste, weinschwangere Kuß gab ihr die Gelegenheit, festzustellen, daß er keine Waffen trug. Nur ein gewöhnlicher Sterblicher ohne mörderische Absichten. Sie löste ihre Arme von ihm und stemmte sie gegen seine Brust. »Sir«, sagte sie und versuchte, weinerlich zu klingen. »Ich hab's mir überlegt, Sir, ich glaube, mir geht es heut nicht so gut.«

Der Mann zog seine Hand von ihrem Ausschnitt zurück und versetzte ihr einen erstaunlich heftigen Schlag ins Gesicht. »Überlegt, wie?« knurrte er. »Aber ich hab es mir nicht überlegt, Miststück!« Er griff nach ihren Schultern und preßte sie gegen die Laterne. »Ich will es gleich hier und jetzt!«

»Aber gewiß doch«, sagte Madeline langsam, »gleich hier und jetzt.« Sie spürte das erstaunte Erstarren, die verblüffte heftige Gegenwehr, als sie ihn mit einem Ruck zu sich zog und ihre Zähne in seinen Hals schlug. Aber aus der Umarmung eines Vampirs gab es kein Entkommen, nicht für einen gewöhnlichen, waffenlosen Sterblichen. Der Haß, die Wut, die ihr entgegenschlug, erfüllte sie mit lebendigem Feuer. Es war ungemein befriedigender als die traurige Resignation all der Sterbenden, die sie in den letzten Monaten zu sich genommen hatte. Sie ließ ihn los, sah ihn auf die Erde sinken und lachte.

»Oh«, rief sie und kümmerte sich nicht darum, ob der Nebel ihre Stimme weitertrug, »das ist soviel besser!«

Wie ein Echo kam eine Stimme aus der Dunkelheit, die so wenig menschlich war wie ihre eigene. »Viel, viel besser, Madeline«, sagte sie.

Jäh ernüchtert drehte sie sich zu ihm um und wollte ihn fragen, ob er ihr gefolgt war, doch der Nebel wurde durch eine dritte Stimme zerteilt, die zwischen sie fuhr wie ein Schwert, scharf und metallisch.

»Vampir! He, Vampir!«

Madeline runzelte die Stirn. Sie konnte Gwydion im Nebel erkennen und einige Meter von ihm und ihr entfernt, in einer Sackgasse, die in diese Straße mündete, eine weitere Gestalt, die ihr vage vertraut vorkam.

»Mr. Harding?« fragte sie unsicher. Es *war* Hardings Stimme, doch tiefer und jünger, als sie sie im Hospital gehört hatte. Die Gestalt im Nebel hatte seine Größe, ging jedoch aufrecht und ohne die Gebrechlichkeit eines alten Mannes, und sie humpelte nicht, wie es jedes Wesen mit einem gebrochenen Bein hätte tun müssen. Doch er hatte gesagt, daß der Vollmond seine Verletzungen heilen würde. Sie konnte immer noch nur die Umrisse ausmachen, und den starken Wolfsgeruch.

»Geh nicht näher an ihn heran! Er ist es! Ich habe ihn dabei beobachtet!«

Gwydion sagte dies in der gefährlich ruhigen Weise, die bei ihm gewöhnlich einem Ausbruch voranging: »Madeline, komm sofort hierher.«

Sie schaute von ihm zu Harding, der immer noch vom Nebel halb verborgen blieb. Ein Mensch, ging es ihr flüchtig durch den Kopf, hätte keinen von ihnen dreien erkennen können. Plötzlich fügten sich in ihrem Kopf die einzelnen Teile zu einem Ganzen zusammen.

Und wer läuft dann mit einem Silbermesser durch London?

»Mr. Harding«, sagte sie leise in den Nebel hinein und schätzte den Abstand zwischen sich und Gwydion, »ich glaube Ihnen gerne.« Sie ließ sich zusammensacken, dann bewegte sie sich so schnell sie nur konnte. »Aber woher wußten Sie, daß der Mörder Silber benutzt?«

Sie erreichte Gwydion den Bruchteil einer Sekunde, ehe der Werwolf zum Sprung ansetzte. Dann kamen sie aus allen Richtungen; Harding war nichts als eine Vorhut gewesen. Während sie sprangen, verloren sie die letzten Reste ihrer menschlichen Gestalt, doch was nach ihrer Kehle schnappte, glich keinem Tier, das sie je gesehen hatte. Sie stieß mit dem Messer, das sie in ihrer Hand verborgen gehalten hatte, zu, spürte eine momentane Schwäche und grub die Nägel ihrer anderen Hand in die hell leuchtenden, unirdischen Augen. Der Werwolf fiel mit einem markerschütternden Aufjaulen zurück; ein anderer nahm seinen Platz ein, aber diesmal fing sie eines der Vorderbeine im Sprung und riß mit ihrer eigenen unmenschlichen Kraft daran. Sie hatte keine Zeit, auf ihren Rücken zu achten, aber sie spürte Gwydion dort mehr, als sie ihn sah. Die Nacht war erfüllt von Fell, Blut und reißendem Fleisch, einiges davon ihr eigenes. Schließlich traf sie etwas von der Seite, dem sie nicht mehr ausweichen konnte. Sie stürzte, fühlte den heißen Atem des Wolfes über sich und erstarrte, während sich alles in ihr für einen letzten Versuch spannte. Die rauhe, warme Zunge des Wolfes fuhr ihr über das Gesicht, eine deutliche Geste des Spottes, dachte Madeline, die zu seiner letzten werden sollte. Sie entblößte blitzschnell ihre eigenen Zähne und biß zu, biß in die feuchte, heiße Masse und riß sie dem Wesen aus dem Mund.

Als sie aufstand, sah sie, wie Gwydion eben dem letzten seiner Wölfe das Genick brach und ihm die Kehle aufriß, um sicher zu gehen. Der Nebel wurde ein wenig dünner. Um sie herum lagen die Körper von zehn riesigen Tieren, die sich im Tod allmählich wieder in Menschen verwandelten.

»Es ist vorbei«, sagte Gwydion schwer atmend.

Madeline schüttelte den Kopf. Sie brauchte nicht lange, um Harding zu finden; er mußte der Wolf gewesen sein, dem sie die Augen zerdrückt hatte. Sein Brustkorb hob und senkte sich noch. Sie kniete neben ihm nieder.

»Mr. Harding«, sagte sie, »warum?«

Er verstand sie, und sein altes gurgelndes Gelächter ging allmählich in Worte über.

»Es ist Krieg, Vampir«, stieß er hervor, »ein uralter Krieg. Ich hab dir doch erzählt, daß ich ein alter Soldat bin. Und als wir hörten, daß ein Machtwechsel stattgefunden hat, daß der neue Meistervampir von London nichts von den alten Fehden wissen konnte und die anderen ihm wohl auch nichts erzählen würden, da wußten wir, daß es wieder an der Zeit war, zuzuschlagen.«

»Aber Sie lagen im Hospital«, sagte Madeline, und etwas in ihr registrierte verwundert, daß sie sich protestierend anhörte. »Sie können diese Frauen nicht umgebracht haben.«

Die blinden, blutigen Augen starrten zu ihr hoch. »Ich hab gleich gemerkt, daß du auch nichts von Werwölfen weißt, Täubchen«, murmelte er. »Noch nicht einmal, daß wir niemals allein sind. Ein Rudel, wie in den alten Zeiten, wie in der Armee. Jeder tut seinen Teil. Und wenn wir gewinnen, ah, wenn wir gewinnen ...«

Blut drang aus seinem Mund, er hustete, und seine Stimme ging in ein Flüstern über. »Dann bleibt uns die Hölle erspart. Wenn wir die Vampire von Gottes Erdboden vertilgen, dann sind wir frei von unserem eigenen Fluch. Das verstehst du doch, mein Kind?«

Madeline hob den Kopf, und über dem zerschlagenen Körper von Joe Harding trafen sich ihre und Gwydions Augen. »Ja«, erwiderte sie emotionslos, »das verstehe ich.« Dann beugte sie sich wieder zu Harding nieder, suchte seine Schlagader und tötete den letzten lebenden Werwolf von London.

Dean R. Koontz
Einführung zu »Gehetzt«

Geschichten brauchen selten Einführungen. Einführungen sind zum Gähnen. Lästig sind sie, ich weiß, ich weiß. Aber wenn Sie weiterlesen, werden Sie verstehen, warum ich diese Story mit einer Einführung versehen habe.

Eine große Zeitschrift, die ich hier nicht nennen will, fragte bei meinem Agenten an, ob ich eine zweiteilige Erzählung zum Thema Genmanipulation schreiben könnte; die Geschichte sollte Schauder erzeugen, ohne dabei allzu blutrünstig zu sein, und darüber hinaus ein paar der Elemente meines Romans *Watchers* enthalten. Das angebotene Zeilenhonorar war hervorragend; des weiteren würde die Story, die in zwei aufeinander folgenden Nummern erscheinen sollte, Millionen von Lesern erreichen. Die Idee zu »Gehetzt« war mir schon lange im Kopf herumgegangen; tatsächlich hatte ich sie bereits vor den *Watchers* gehabt, dann aber wegen der Ähnlichkeiten wieder verworfen, nachdem ich den Roman zu Papier gebracht hatte. Aber jetzt wollte jemand diese Erzählung *wegen* der Ähnlichkeiten.

Nun ja, Kismet. Es schien mein Schicksal zu sein, diese Story zu schreiben. Keine schlechte Abwechslung zwischen zwei umfangreichen Romanen. Nichts einfacher als das, oder?

Jeder Schriftsteller ist im Grunde seines Herzens ein Optimist. Selbst wenn sich seine Werke mit Zynismus und Verzweiflung befassen, selbst wenn er die Welt wirklich satt hat und auf dem tiefsten Grund seiner Seele nichts als Eis fühlt, ist jeder Autor sicher, daß er das Ende des Regenbogens zum Erscheinungstermin seines nächsten Buches sehen wird. Vielleicht wird er sagen, daß das Leben ein Haufen Scheiße ist, und es auch wirklich meinen, aber im nächsten Moment wird er davon träumen, wie er von Kritikern in das Pantheon der amerikanischen Literaten erhoben wird und an der Spitze der New-York-Times-Bestsellerliste steht.

Das besagte Magazin stellte allerdings ein paar Bedingungen. Die Erzählung sollte 22 000 bis 23 000 Worte haben. Sie sollte problemlos in zwei Hälften zu teilen sein. Kein Problem. Ich machte mich an die Arbeit und lieferte die Geschichte termingerecht ab, ohne sie strecken oder kürzen zu müssen.

Den zuständigen Redakteuren gefiel sie, und wie. Sie konnten es gar nicht abwarten, sie zu veröffentlichen. Ich konnte mich kaum retten vor Streicheleinheiten; sie benahmen sich fast wie eine Großmutter, die sich wie ein Schneekönig freut, daß man so gute Noten hat und nicht – wie all die anderen Achtjährigen – auf Satansrock und Menschenopfer steht.

Dann kreuzten sie nach ein paar Wochen wieder auf und schlugen ganz andere Töne an: »Hören Sie, wir finden Ihre Geschichte wirklich so ausgezeichnet, daß wir nicht mehr vorhaben, sie in der Mitte auseinanderzureißen. In einer Einzelnummer würde sie sich viel besser machen. Aber Sie wissen ja, daß wir nicht soviel Platz im Blatt haben. Sie müßten die Geschichte kürzen.« Kürzen? Um wieviel? »Um die Hälfte.«

Nachdem ich die Geschichte ja nun auf genau die richtige Länge für zwei Nummern getrimmt hatte, wäre es wahrscheinlich legitim gewesen, ziemlich sauer auf diesen Vorschlag zu reagieren und alle weiteren Diskussionen abzublocken. Statt dessen schlug ich mit dem Kopf gegen die Schreibtischplatte, so fest ich konnte, und zwar für … oh, für bestimmt eine halbe Stunde. Vielleicht auch vierzig Minuten. Nun, möglicherweise eine Dreiviertel-

stunde, aber bestimmt nicht länger. Dann, leicht benommen und
mit Eichensplittern in der Stirn, rief ich meinen Agenten an und
machte ihm einen Alternativvorschlag. Wenn ich mich noch eine
Woche mit der Story befaßte, konnte ich sie vielleicht auf 18 000
Worte herunterkürzen, aber das wäre wirklich das äußerste der
Gefühle.

Die Redakteure überlegten sich das Ganze und kamen dann zu
dem Schluß, daß die Sache funktionieren würde, wenn sie einen
kleineren Satzspiegel benutzten. Also setzte ich mich wieder an
meinen Computer. Eine Woche später hatte ich es geschafft – und
dazu noch ein paar Eichensplitter mehr in der Stirn, vom Chaos
auf meinem Schreibtisch ganz zu schweigen.

Nachdem ich die neue Version abgeliefert hatte, waren 18 000
Worte immer noch zuviel, und die Idee mit dem kleineren Satz-
spiegel erschien ihnen auf einmal doch zu problematisch. Die
Story müßte noch mal um 5000 bis 6000 Wörter gekürzt werden.
»Keine Sorge«, beschwichtigten sie mich, »das machen wir dann
schon.«

Eine Viertelstunde später brach der Schreibtisch unter meinen
Schlägen zusammen (seitdem muß ich meine Stirn einmal die
Woche mit Holzpolitur pflegen, weil der obere Teil meines Gesichts laut Gerichtsbeschluß als Teil meines Wohnmobiliars anzusehen ist).

Offensichtlich treiben große Magazine öfter Schindluder mit
den Werken von Autoren, und vielen Schriftstellern mag das auch
nichts ausmachen. Mir aber wohl, und ich sehe ganz und gar nicht
ein, warum andere Leute meine Stories nach ihrem Gusto bear-
beiten sollen. Deshalb bat ich die Redaktion, mir mein Manu-
skript zurückzuschicken, teilte ihnen mit, daß sie ihr Geld behalten könnten, legte »Gehetzt« erst einmal ins Regal und sagte
mir, daß ich meine Zeit keineswegs verschwendet, sondern aus
der Angelegenheit sogar etwas gelernt hatte. Aber merken Sie sich

eins: Schreiben Sie nie für auflagenstarke Zeitschriften, solange Sie nicht den kleinen Liebling des Herausgebers als Geisel halten, und zwar so lange, bis die betreffende Nummer erschienen ist.

Kurz darauf rief mich der Herausgeber dieser Anthologie an, und fragte, ob ich nicht eine Story für ihn hätte. Was glauben Sie, welche Erzählung mir da plötzlich einfiel?

Kismet.

Vielleicht macht es ja doch Sinn, ein ewiger Optimist zu sein.

Wie auch immer, das ist die Entstehungsgeschichte dieser Erzählung, deshalb ist sie den *Watchers* so ähnlich, und eben deshalb werden Sie, falls Sie mich eines Tages treffen sollten, auch diesen Schimmer von polierter Eiche auf meiner Stirn bemerken. Ich schreibe verschiedenste Geschichten. Manche sind stilistisch und konzeptionell ziemlich *mainstream*. Andere wiederum handeln von merkwürdigen Ereignissen, mögen zuweilen auch einen belehrenden Ton haben (kein Wunder, da drei der Schriftsteller, die auf mich den größten Einfluß hatten – John D. MacDonald, Robert Heinlein und Charles Dickens –, ebenfalls bis zu einem gewissen Grad belehrend sind). Und dann schreibe ich noch Stories wie diese – ganz und gar traditionell gesponnene Erzählungen, die aus reinem Spaß am Geschichtenerzählen entstanden sind. Aber eines können Sie mir glauben. Daß das Erzählen von Geschichten, egal welchen Grad von Komplexität sie nun erreichen, ganz bestimmt nicht einfach ist.

Es passierte in der Nacht. Der gesamte Nordosten wurde von einem Blizzard heimgesucht. Kreaturen, die es vorzogen, erst nach Einbruch der Dämmerung hervorzukommen, hatten es diesmal nicht nur mit der Dunkelheit, sondern auch mit dem Sturm zu tun.

Im Zwielicht begann Schnee zu fallen, als Meg Lassiter mit ihrem Sohn Tommy vom Arzt nach Hause fuhr. Weiße Flocken rieselten vom eisengrauen Himmel, fielen zunächst auf geradem Wege durch die kalte Luft. Als Meg acht Meilen hinter sich gebracht hatte, kam ein starker Wind im Südwesten auf und ließ die Flocken vor den Scheinwerfern ihres Jeeps herumwirbeln.

Hinter ihr auf dem Rücksitz versuchte Tommy, es sich mit seinem Gipsbein so bequem wie möglich zu machen, und seufzte. »Jetzt ist's wohl Essig mit Schlittenfahren und Skilaufen – und mit Eislaufen wird's auch nichts mehr.«

»Komm, der Winter hat ja gerade erst angefangen«, sagte Meg. »Bis zum Frühling hast du das Ganze schon wieder vergessen.«

»Ja, vielleicht.« Er hatte sich vor zwei Wochen das Bein gebrochen, und der heutige zweite Besuch bei Dr. Jacklin hatte ergeben, daß das Bein weitere sechs Wochen in Gips bleiben mußte. Ein Splitterbruch, es würde noch einige Zeit dauern, bis er wieder verheilt war.

Meg warf einen Blick in den Rückspiegel und lächelte ihm aufmunternd zu. »Du bist gerade zehn Jahre, Schatz. In deinem Alter hat man noch unzählige Winter vor sich – jedenfalls beinahe.«

»Das stimmt nicht, Mam. Bald gehe ich aufs College, und dann habe ich nicht mehr so viel Zeit zum Spielen, weil ich ja dann mehr lernen muß, und …«

»He, das ist in acht Jahren!«

»Du sagst doch selbst immer, daß die Zeit um so schneller vergeht, je älter man wird. Und nach dem College muß ich arbeiten und meine Familie ernähren.«

»Glaub mir, Schatz, bevor du dreißig wirst, merkst du kein bißchen, wie die Zeit vergeht.«

Obwohl er genauso unternehmungslustig wie jeder andere Zehnjährige war, legte er von Zeit zu Zeit eine merkwürdige Ernsthaftigkeit an den Tag. Seit dem Tod seines Vaters vor zwei Jahren war er immer stiller und ernster geworden.

Sie hielt vor der letzten Ampel an der Ortsgrenze. Es waren

noch sieben Meilen bis zu ihrer Farm. Meg schaltete die Scheibenwischer ein, die den feinen, trockenen Schnee von der Windschutzscheibe fegten.

»Wie alt bist du, Mam?«

»Fünfunddreißig.«

»Wow, wirklich?«

»Du tust ja, als ob ich uralt wäre.«

»Gab es schon Autos, als du zehn warst?«

Er lachte hell. Meg liebte den Klang seines Lachens, vielleicht, weil sie ihn in den letzten zwei Jahren so selten gehört hatte.

An der Ecke rechts von ihnen standen zwei Wagen und ein Pick-up vor den Zapfsäulen der Shell-Tankstelle. Eine knapp zwei Meter hohe Kiefer lag quer auf der Ladefläche des Pick-ups. Es waren nur noch acht Tage bis Weihnachten.

Zur Linken lag Haddenbeck's Tavern, eingerahmt von in den Himmel ragenden Fichten. Im fahlen Licht der Dämmerung sah der Schnee aus wie Ascheteilchen, die nach einer unsichtbaren Explosion zu Millionen vom Himmel herabregneten, aber weiter unten, im bernsteinfarbenen Licht aus den Fenstern der Raststätte, sahen die Flocken wie Goldstaub aus.

»Weißt du, wie ich drauf komme«, sagte Tommy vom Rücksitz, »daß es noch keine Autos gab, als du zehn warst? Ich meine, das Rad ist doch erst erfunden worden, als du elf warst.«

»Weißt du, was es heute zum Abendessen gibt? Wurmkuchen und Käfersuppe.«

»Du bist die gemeinste Mutter der Welt.«

Sie warf wieder einen Blick in den Rückspiegel und sah, daß der Junge trotz seines scherzhaften Tons nicht mehr lächelte, sondern düster zur Raststätte hinüberstarrte.

Vor etwas mehr als zwei Jahren, als Jim Lassiter wegen der Gründung eines Hilfsfonds zur St. Paul's Church unterwegs gewesen war, hatte kurz vorher ein Betrunkener namens Deke Slater Haddenbeck's Tavern verlassen, und Slaters Buick war auf der Black Oak Road frontal mit Jims Wagen zusammengestoßen. Jim war sofort tot gewesen, Slater saß seitdem im Rollstuhl – vom Hals abwärts gelähmt.

Wenn sie bei Haddenbeck's vorbeikamen – und durch die Kurve fuhren, in der Jim umgekommen war –, versuchte Tommy manchmal, seine anhaltende Traurigkeit damit zu überspielen, daß er Meg mit spitzfindigen Bemerkungen aufzog.

»Die Ampel ist grün, Mam.«

Sie fuhr über die Kreuzung, ließ die Ortsgrenze hinter sich. Die Hauptstraße ging in eine zweispurige Landstraße über, die Black Oak Road.

Es war sehr schwer für Tommy gewesen, den Verlust seines Vaters zu verkraften. Im Jahr nach der Tragödie hatte er oft gedankenverloren am Fenster gesessen, während ihm die Tränen über die Wangen gelaufen waren. In den letzten zehn Monaten hatte sie ihn nicht mehr weinen sehen. Zögernd hatte er den Tod seines Vaters akzeptiert. Er würde darüber hinwegkommen.

Was nicht hieß, daß er ganz über den Berg war. Sie konnte das Gefühl der Leere spüren, die ihn beherrschte, und es war nicht absehbar, wann es wieder verschwinden würde. Jim war ein wunderbarer Mann gewesen, aber ein noch besserer Vater, und die Zuneigung zu seinem Sohn war so groß gewesen, daß sie beide ein Teil des anderen gewesen waren. Wie eine Revolverkugel hatte Jims Tod ein Loch in Tommy hinterlassen, mit dem Unterschied, daß es entschieden länger dauern würde, bis die Wunde verheilt war.

Meg wußte, daß nur die Zeit diese Wunde heilen konnte.

Sie verlangsamte das Tempo, als das Schneegestöber zunahm und die hereinbrechende Dunkelheit die Sicht erschwerte. Auch wenn sie sich über das Steuer lehnte, konnte sie kaum zwanzig Meter weit sehen.

»Ist ja echt beschissen«, sagte Tommy.

»Hab' schon Schlimmeres gesehen.«

»Wo? Am Yukon?«

»Genau. Im Winter 1849, während des Goldrauschs. Hast du vergessen, wie alt ich bin? Ich bin bereits mit Hundeschlitten gefahren, als die Hunde noch gar nicht erfunden waren.«

Tommy lachte, wenn auch eher pflichtbewußt.

Meg konnte weder die weiten Wiesen zu beiden Seiten der Straße noch das gefrorene Silberband von Seeger's Creek erkennen, obwohl sie die Umrisse der knorrigen Stämme und der schneebeladenen Äste der mächtigen Eichen wahrnahm, die diesen Abschnitt der Straße zu beiden Seiten flankierten. Die Bäume sagten ihr, daß sie etwa eine Viertelmeile von der Stelle entfernt waren, wo Jim gestorben war.

Tommy verfiel in Schweigen.

Dann, als es nur noch Sekunden bis zu der Kurve waren, sagte er: »Eigentlich vermisse ich das Rodeln und das Schlittschuhlaufen gar nicht so sehr. Es ist bloß … Ich fühl' mich so hilflos in diesem Gips … so *gefangen*.«

Das Wort *gefangen* gab Meg einen Stich; seine Angst, sich nicht richtig bewegen zu können, hatte mit dem Tod seines Vaters zu tun. Jims Chevy war durch den Aufprall so zerquetscht worden, daß die Polizei und die Leute von der Ambulanz mehr als drei Stunden gebraucht hatten, um seine Leiche aus dem Wrack zu bergen; sie hatten seinen Körper mit Schweißgeräten herausholen müssen. Sie hatte ihr Bestes getan, daß Tommy nichts von den entsetzlichen Details zu Ohren kam, aber als er dann schließlich wieder zur Schule gegangen war, hatten es sich seine Schulkameraden, getrieben von einer morbiden Neugier und jener unschuldigen Grausamkeit, die manchen Kindern eigen ist, nicht nehmen lassen, ihn mit der Nase auf die schauerlichsten Fakten zu stoßen.

»Du bist nicht in dem Gips gefangen«, sagte Meg, während sie den Jeep in die lange, verschneite Kurve lenkte. »Ich bin doch bei dir.«

An seinem ersten Schultag nach der Beerdigung war Tommy früh nach Hause gekommen und hatte sie angeschrien: »Daddy war im Auto gefangen, er konnte sich nicht bewegen, er war eingequetscht in all dem Blech, sie mußten ihn herausschneiden, er war *gefangen*!« Meg hatte ihn beruhigt und ihm erklärt, daß Jim durch den Aufprall sofort tot gewesen war, daß er nicht gelitten hatte. »Liebling, es war nur sein Körper, der gefangen war, nichts als eine leere Hülle. Seine Seele, dein *wirklicher* Daddy, war da schon im Himmel.«

Meg bremste, als sie sich dem Scheitelpunkt der Kurve näherten, jener Kurve, die nichts von ihrem Schrecken verloren hatte, so oft sie seitdem auch hindurchgefahren waren.

Plötzlich wurde Meg von zwei wie aus dem Nichts auftauchenden Scheinwerfern die Sicht genommen. Der ihnen entgegenkommende Wagen fuhr viel zu schnell für die Straßenverhältnisse, war zwar nicht außer Kontrolle, aber von einer sicheren Straßenlage konnte bestimmt keine Rede sein; das Heck brach aus, schleuderte über die doppelt gezogene Mittellinie. Meg steuerte hart nach rechts und fürchtete, den Jeep in den Straßengraben zu lenken, als sie auf die Bremse ging. Trotzdem bremste sie weiter, während die Räder Straßendreck und Kiesel aufwirbelten, die gegen den Unterboden der Karosserie prasselten. Der entgegenkommende Wagen schrammte um Haaresbreite an ihnen vorbei und verschwand in Schnee und Nacht.

»Idiot!« sagte sie wütend.

Hinter der Kurve fuhr sie an den Straßenrand und hielt an. »Bist du okay?«

Tommy hatte sich in der Ecke zusammengekauert und den Kopf wie eine Schildkröte in den Kragen seines schweren Wintermantels gezogen. Bleich und zitternd nickte er. »Y-Yeah. Okay.«

Obwohl der Motor lief, der Wind heulte und der Scheibenwischer hektisch hin- und herschlug, schien eine merkwürdige Stille von der Nacht auszugehen.

»Mit diesem verantwortungslosen Scheißkerl würd' ich gern mal ein Wörtchen reden.« Sie schlug mit der geballten Faust gegen das Armaturenbrett.

»Es war ein Wagen von Biolomech.« Tommy meinte die Firma, deren Forschungslabors auf dem riesigen Gelände eine halbe Meile südlich von ihrer Farm lagen. »Der Name stand auf der Seite. Biolomech.«

Sie holte wieder tief Luft. »Bist du wirklich okay?«

»Yeah. Alles in Ordnung. Ich will bloß ... nach Hause.«

Es war noch stürmischer geworden. Es war, als befänden sie sich unter einem Wasserfall, nur daß es Kaskaden von Schnee waren, Millionen und Abermillionen von pulverigen Flocken, die im Wind taumelten und auf sie herunterrieselten.

Sie setzten ihren Weg fort und krochen mit fünfundzwanzig Meilen über die Black Oak Road. Das Wetter ließ keine höhere Geschwindigkeit zu.

Zwei Meilen weiter, auf der Höhe des Biolomech-Geländes, war die Nacht von seltsamem Licht erhellt. Hinter dem annähernd drei Meter hohen Drahtgeflechtzaun warfen Natriumdampflampen einen unheimlichen, im Schneetreiben seltsam verwaschenen Schein über das Gelände. Obwohl die an sechs Meter hohen Masten befestigten, in Fünfzig-Meter-Abständen verteilten Strahler die flachen Bürogebäude und die Forschungslabors sicherten, waren sie selten in Betrieb; in den letzten vier Jahren hatte Meg das Gelände nur einmal beleuchtet gesehen.

Die Gebäude lagen abseits der Straße hinter einer Baumreihe. Selbst bei Tageslicht und gutem Wetter waren sie auf die Distanz nur schwer auszumachen. Die mehr als hundert Lichthöfe ringsherum ließen jetzt überhaupt nichts erkennen.

Männer in schweren Mänteln bewegten sich an der Peripherie des Geländes, leuchteten mit Taschenlampen herum und konzentrierten sich augenscheinlich auf den schneebedeckten Boden entlang der Einfriedung, als würden sie nach einem Loch im Zaun suchen.

»Da wollte bestimmt jemand einbrechen«, sagte Tommy.

Das Haupttor war von einer Reihe firmeneigener Wagen und Transporter versperrt. Blaulichtketten säumten beide Seiten der Black Oak Road und führten zu einer Straßensperre, an der drei Männer mit Taschenlampen standen. Drei andere hielten Schrotflinten in ihren Händen.

»Wow!« sagte Tommy. »Da muß was Großes passiert sein.«

Meg ging auf die Bremse, hielt und kurbelte ihr Fenster hinunter. Schneidend kalter Wind drang ins Wageninnere.

Sie erwartete, daß einer der Männer zum Auto kommen würde. Statt dessen näherte sich ein Mann in Stiefeln, einer grauen Uniformhose und einem schwarzen Mantel mit dem Biolomech-Firmenzeichen von der anderen Seite; er trug eine Stange bei sich, an deren Ende eine von Spiegeln umgebene Lampe befestigt war. Ein größerer, ähnlich gekleideter Mann mit einer Schrotflinte begleitete ihn. Der kleinere Wachmann schob die Stange unter den Jeep und überprüfte den Unterboden mit den Spiegeln.

»Die suchen nach Bomben!« sagte Tommy.

»Bomben?« gab Meg ungläubig zurück. »Das glaubst du selbst nicht.«

Der Mann mit der Stange kam langsam um den Wagen herum, während der bewaffnete Begleiter in seiner Nähe blieb. Selbst im Schneetreiben konnte Meg Furcht auf ihren Gesichtern lesen.

Als die beiden um den Jeep herumgegangen waren, gab der Bewaffnete den Leuten an der Sperre ein Handzeichen, daß alles okay sei. Dann kam einer der Männer zum Wagen. Er trug Jeans und eine ausgebeulte braune Lederjacke mit einem Schaffellkragen, aber ohne den Biolomech-Aufnäher. Eine dunkelblaue, schneebedeckte Pudelmütze hatte er sich halb über die Ohren gezogen.

»Sorry, daß wir Ihnen Unannehmlichkeiten bereiten müssen«, sagte er, während er sich in das offene Wagenfenster lehnte.

Er war gutaussehend und hatte ein gewinnendes – wenn auch falsches – Lächeln. Die graugrünen Augen ließen keinen Zweifel daran, daß sich das Lächeln auf seine Lippen beschränkte.

»Was ist denn passiert?« fragte sie.

»Nur eine Sicherheitsprüfung«, sagte er, während sein Atem in der eiskalten Luft zu sehen war. »Könnte ich bitte mal Ihren Führerschein sehen?«

Es war offenkundig, daß er kein Polizist, sondern ein Firmenangestellter war, aber Meg sah keinen Grund, ihm den Führerschein nicht zu zeigen.

Während der Mann ihn überprüfte, fragte Tommy: »Hat jemand versucht, sich einzuschleichen? Etwa russische Spione?«

Wieder spielte das falsche Lächeln um die Lippen des Mannes, als er antwortete: »Wahrscheinlich nur ein Kurzschluß im Alarmsystem, Sohn. Hier gibt's nichts, woran die Russen interessiert wären.«

Biolomechs Geschäft war die DNA-Forschung und die Nutzung ihrer Forschungsergebnisse für kommerzielle Zwecke. Meg wußte, daß Genmanipulationsexperimente in den letzten Jahren einen Virus hervorgebracht hatten, der reines Insulin absonderte, darüber hinaus eine ganze Reihe von Wunderdrogen und anderen Segnungen. Aber sie wußte auch, daß dieselbe Wissenschaft mit der Entwicklung biologischer Kampfstoffe beschäftigt war – mit neuen Krankheiten, die genauso tödlich waren wie die Atombombe –, auch wenn sie über eine mögliche Verwicklung Biolomechs in solche Geschäfte nie weiter nachgedacht hatte, obwohl sich die Firma nur eine halbe Meile von ihrem Anwesen befand. In der Tat war vor ein paar Jahren das Gerücht aufgekommen, daß Biolomech Lieferant des Verteidigungsministeriums sei, wenngleich die Firma klar und eindeutig versichert hatte, daß sie ihre Forschung niemals in den Dienst der bakteriologischen Kriegsführung stellen würde. Der Gitterzaun und das Sicherheitssystem erregten allerdings einen weit abschreckenderen Eindruck, als es eine dem Gemeinwohl verpflichtete Firma nötig gehabt hätte.

Während er sich Schnee von den Schultern strich, sagte der Mann in der schaffellverbrämten Jacke: »Leben Sie hier in der Nähe, Mrs. Lassiter?«

»Auf der Cascade Farm«, sagte sie. »Etwa eine Meile die Straße runter.«

Er reichte ihr die Brieftasche durchs Wagenfenster zurück.

Hinter ihr sagte Tommy: »Suchen Sie nach Bomben? Sind Sie hinter Terroristen her, die das Gelände in die Luft jagen wollen?«

»Bomben? Wie kommst du auf die Idee, Sohn?«

»Na, wegen den Spiegeln an der Stange«, sagte Tommy.

»Ah! Das ist reine Routine bei einer Sicherheitsüberprüfung. Wie ich schon sagte, es handelt sich wahrscheinlich lediglich um falschen Alarm.« Zu Meg sagte er: »Bedaure, daß ich Sie aufhalten mußte, Mrs. Lassiter.«

Während er sich umwandte und davonging, warf Meg einen Blick auf die Wachmänner mit den Schrotflinten und die weiter entfernten Gestalten, die das gespenstisch beleuchtete Gelände durchkämmten. Falscher Alarm – das glaubten die doch selbst nicht. Man brauchte nur ihre Gesichter zu sehen, um zu wissen, daß irgend etwas ihnen ernste Sorgen machte, und auch die Hektik, mit der sie durch das Gelände streiften, verriet ihre Unruhe.

Sie kurbelte das Fenster hoch und legte den Gang ein.

Als sie losfuhr, sagte Tommy: »Glaubst du, daß er gelogen hat?«

»Das geht uns nichts an, Liebling.«

»Russen oder Terroristen«, sagte Tommy mit jener Begeisterung für gravierende Krisen, wie sie nur Jungen seines Alters aufbringen können.

Sie kamen am Nordende des Biolomech-Geländes vorbei. Der Schein der Natriumdampflampen hinter ihnen wurde schwächer und schwächer, während sie von allen Seiten wieder von Schnee und Dunkelheit eingeschlossen wurden. Die Scheinwerfer des Jeeps malten kurzlebige, huschende Schatten auf die Stämme der Eichen am Straßenrand.

Zwei Minuten später bog Meg von der Landstraße auf den Weg zur Farm ein. Noch etwa eine Viertelmeile. Sie war erleichtert, zu Hause zu sein.

Die Cascade Farm – benannt nach drei Generationen der Cascade-Familie, die einst dort gelebt hatten – lag auf einem etwa fünf Hektar umfassenden Gebiet im ländlichen Connecticut. Der ehemalige Farmbetrieb war stillgelegt. Sie und Jim hatten das Anwesen vor vier Jahren gekauft, nachdem er aus seiner New Yorker Werbeagentur ausgestiegen war und sich von seinen beiden Partnern hatte auszahlen lassen. Die Farm hatte so etwas wie der Beginn eines neuen Lebens sein sollen. Jim hatte sich seinem Traum, dem Schreiben, widmen wollen, während Meg sich darauf gefreut hatte, der Malerei in einer ruhigen, friedlichen Umgebung nachgehen zu können.

Vor seinem Tod hatte Jim zwei halbwegs erfolgreiche Kriminalromane auf der Cascade Farm geschrieben. Meg hatte währenddessen einen anderen Stil entwickelt: sie hatte leichtere Töne verwendet, in klareren Farben zu einem neuen Ausdruck gefunden; dann, nach Jims Tod, waren ihre Bilder so düster und trübsinnig geworden, daß sie von ihrem New Yorker Galeristen darauf hingewiesen worden war, ihr veränderter Stil wirke sich mehr und mehr auf den Verkauf aus.

Das einstöckige Haus lag etwa hundert Meter vor der Scheune. Es hatte acht Zimmer, dazu eine geräumige, modern eingerichtete Küche, zwei Badezimmer, zwei Kamine sowie zwei Veranden, auf denen man im Sommer den Tag ausklingen lassen konnte.

Selbst jetzt, in Sturm und Dunkelheit, mit verschneitem Dach und ohne ein einziges erleuchtetes Fenster an der Vorderseite, sah das Haus im Scheinwerferlicht des Jeeps einladend und heimelig aus.

»Endlich zu Hause«, sagte sie. »Magst du Spaghetti zum Abendessen?«

»Kannst du so viele machen, daß ich morgen noch kalte zum Frühstück habe?«

»Klar.«

»Kalte Spaghetti schmecken toll zum Frühstück.«

»Du bist schon ein verrückter Bursche.« Sie fuhr vors Haus, hielt neben der rückwärtigen Veranda und half ihm aus dem Wagen. »Laß die Krücken liegen!« schrie sie gegen den heulenden Wind an. »Halt dich an mir fest!« Die Krücken waren auf dem schneebedeckten Boden sowieso nicht von großem Nutzen. »Ich bring' sie dir rein, sobald ich den Wagen in der Garage habe.«

Wenn der schwere Gips um sein rechtes Bein nicht von den Zehen bis übers Knie gereicht hätte, wäre sie vielleicht imstande gewesen, ihn zu tragen. Statt dessen hielt er sich an ihr fest und hüpfte auf seinem gesunden Bein.

Sie hatte das Licht in der Küche für Doofus, ihren vier Jahre alten schwarzen Labrador, angelassen. Hinter den eisblumenübersäten Fenstern schimmerte bernsteinfarbenes Licht und warf gedämpften Schein auf die Veranda.

Tommy lehnte sich gegen die Hauswand, während Meg die Tür aufschloß. Als sie die Küche betrat, kam ihr der Hund nicht wie gewöhnlich mit aufgeregt wedelndem Schwanz entgegengelaufen.

Statt dessen kam er mit eingekniffenem Schwanz angeschlichen; er hielt den Kopf gesenkt und beäugte sie mit argwöhnischem Blick.

Sie schloß die Tür hinter sich und half Tommy auf einen Stuhl am Küchentisch. Dann zog sie ihre Boots aus und stellte sie in die Ecke hinter der Tür.

Doofus zitterte, als ob ihn fröstelte, obwohl es in der Küche warm war. Der Ölofen bullerte. Der Hund gab ein seltsames, winselndes Geräusch von sich.

»Was ist los, Doofus?« fragte sie. »Was hast du verbrochen? Eine Lampe umgeworfen? Hm? Ein Sofakissen gefressen?«

»He, er ist ein braver Köter«, sagte Tommy. »Wenn er 'ne Lampe umwirft, zahlt er für den Schaden. Nicht wahr, Doofus?«

Der Hund wedelte mit dem Schwanz, wenn auch nur zögernd. Er sah nervös zu Meg hinüber, dann zurück in Richtung des Eßzimmers – als würde dort jemand in den Schatten lauern, jemand, vor dem er zuviel Angst hatte, um zu bellen.

Und dann verstand Meg plötzlich.

Ben Parnell entfernte sich von der Straßensperre und lenkte seinen Chevy Blazer Richtung Labor Nummer drei, das im Herzen des Biolomech-Komplexes lag. Schnee schmolz auf seiner Pudelmütze und rann ihm in den Kragen der schaffellverbrämten Lederjacke.

Überall suchten Leute im schwefelgelben Schein der Strahler das Gelände ab. Wie sie da mit hochgezogenen Schultern und gesenkten Köpfen durch die Nacht trotteten, erinnerten sie eher an Dämonen als an menschliche Wesen.

In gewisser Weise war er froh über die plötzliche Krise. Andernfalls hätte er zu Hause herumgesessen und so getan, als würde er lesen oder fernsehen, obwohl ihm nichts anderes im Kopf herumging als Melissa, sein vielgeliebtes Kind, das er an den

Krebs verloren hatte. Und wenn seine Gedanken nicht um Melissa gekreist wären, hätte er statt dessen über Leah gegrübelt, seine Frau, die er ebenfalls verloren hatte.

Weswegen? Er verstand immer noch nicht ganz, warum ihre Ehe nach dem Unglück mit Melissa zerbrochen war. Soweit er es begreifen konnte, hatte es im Grunde nichts Trennendes zwischen ihnen gegeben als Leahs Trauer, die mehr und mehr von ihr Besitz ergriffen, schwerer und schwerer auf ihr gelastet hatte, bis sie nicht länger fähig gewesen war, überhaupt noch ein anderes Gefühl aufzubringen, geschweige denn Liebe für ihn. Möglich, daß ihre Trennung schon länger in der Luft gelegen hatte und durch Melissas Tod nur beschleunigt worden war; trotzdem hatte er Leah geliebt. Und er liebte sie immer noch, wenn auch nicht mit der einstigen Leidenschaft, sondern eher auf die melancholische Art und Weise, wie man seinen Traum vom Glück träumt, selbst wenn man weiß, daß er niemals wieder Wirklichkeit werden kann. Genau das war es, was Leah während des vergangenen Jahres für ihn geworden war: keine Erinnerung, ob nun schmerzhaft oder glücklich, sondern ein Traum – der Traum von etwas, das es nie geben würde.

Er parkte den Wagen vor dem Labor, einem fensterlosen Flachbau, der wie ein Bunker aussah. Die Außentür schloß sich mit einem Zischen hinter ihm, und er zog die Handschuhe aus, während er vor der Innentür und der darüber angebrachten Kamera stand. Die Elektronik gab eine in die Wand eingelassene, grün beleuchtete Glasfläche frei, auf der die Umrisse einer Hand zu sehen waren. Ben legte seine Hand auf die Fläche und ließ seine Fingerabdrücke vom Computer überprüfen. Sekunden später, nachdem seine Identität bestätigt worden war, öffnete sich die Innentür zum Hauptflur, der zu den Büros und Labors führte.

Minuten vorher war Dr. John Acuff, der Leiter des Blackberry-Projekts, auf dem Gelände eingetroffen. Ben entdeckte Acuff in einem Korridor des Ostflügels, wo er mit ernster Miene auf drei am Projekt beteiligte Forscher einredete.

Als Ben auf ihn zuging, bemerkte er, daß Acuff der kalte Schweiß auf der Stirn stand. Der Wissenschaftler – ein hagerer Mann mit schütterem Haar und einem Pfeffer-und-Salz-Bart – war weder ein zerstreuter Professor noch ein kalter Analytiker, entsprach in keiner Weise den üblichen Stereotypen, die man Wissenschaftlern gern zuordnete, besaß tatsächlich eine ganze Menge Sinn für Humor; gewöhnlich waren in seinen Augenwinkeln lebensbejahende, sympathische Lachfältchen zu sehen. Wie auch immer, heute nacht schien ihm das Lächeln restlos vergangen zu sein.

»Ben! Haben Sie unsere Ratten gefunden?«

»Nicht die geringste Spur. Ich brauche dringend ein paar Informationen. Haben Sie irgendeine Ahnung, wohin sie verschwunden sein könnten!«

Acuff griff sich mit einer Hand an die Stirn, als wollte er prüfen, ob er Fieber hatte. »Wir müssen alles tun, was in unserer Macht steht, Ben. Wenn wir sie nicht finden ... wird es schreckliche Folgen haben.«

Der Hund knurrte zaghaft die unsichtbare Gefahr an, die sich in der Dunkelheit hinter dem Durchgang zum Eßzimmer verbarg, aber schließlich ging das Knurren wieder in ein leises Winseln über.

Zögernd, aber unbeirrt bewegte sich Meg in Richtung des Eßzimmers, tastete an der Wand nach dem Schalter und machte Licht. Die acht Stühle standen ordentlich um den Queen-Anne-Tisch; matt schimmerten die Teller hinter dem facettierten Glas des großen Geschirrschranks; alles befand sich an seinem Platz. Sie hatte erwartet, einen Einbrecher vorzufinden.

Doofus hielt sich zitternd hinter ihr in der Küche. Er war kein

Hund, der sich leicht bange machen ließ, aber irgend etwas mußte ihm einen gehörigen Schrecken eingejagt haben.

»Ma?«

»Bleib da«, sagte sie.

»Irgendwas nicht in Ordnung?«

Nacheinander betrat Meg die anderen Räume, machte Licht
und sah sich um. Sie sah in die Schränke und hinter die größeren
Möbelstücke. Oben hatte sie eine Waffe, die sie aber nicht holen
wollte, bevor sie nicht sicher sein konnte, daß Tommy allein im
Erdgeschoß war.

Megs Sorge um Tommys Gesundheit und Sicherheit war nach
Jims Tod größer geworden, nahm zuweilen übertriebene Formen
an. Sie wußte, daß es so war, aber sie konnte nichts dagegen machen. Sobald er einen Schnupfen hatte, war sie sicher, daß daraus
eine Lungenentzündung würde. Wenn er sich schnitt, schlug ihr
das Herz bis zum Hals, als könnte ihm ein Teelöffel Blut gleich
das Leben kosten. Als er beim Klettern vom Baum gefallen war
und sich das Bein gebrochen hatte, war sie beim Anblick seines
verdrehten Gelenks fast ohnmächtig geworden. Sie liebte Tommy
mit jeder Faser ihres Herzens, und der Verlust ihres Sohnes hätte
bedeutet, auch noch das letzte zu verlieren, was von Jims Leben
geblieben war. Meg Lassiter hatte gelernt, den Tod der ihr am
nächsten stehenden Menschen mehr zu fürchten als ihren eigenen.

Daß Tommy schwer erkranken oder bei einem Unfall umkommen würde, war immer eine ihrer größten Ängste gewesen –
aber obwohl sie sich aus Gründen des Selbstschutzes eine Waffe
gekauft hatte, war sie nie auf die Idee gekommen, daß ihr Sohn
Opfer einer verbrecherischen Absicht werden könnte. *Verbre-
cherische Absicht:* das klang melodramatisch, lächerlich. Schließlich wohnten sie auf dem Land, wo von Gewalt, wie sie in New
York zum alltäglichen Leben gehört hatte, nichts zu spüren war.

Aber irgend etwas hatte den sonst so ausgelassenen und mutigen Labrador verstört. Wenn es kein Einbrecher war – was dann? Sie ging in die Diele und spähte die dunkle Treppe hinauf. Sie drückte auf den Schalter für das Flurlicht im Obergeschoß.

Langsam verließ sie der Mumm. Sie war durch die Räume im Erdgeschoß gestürmt, ohne an ihre eigene Sicherheit zu denken, rein aus Sorge um Tommys Wohlergehen. Jetzt begann sie sich zu fragen, was sie tun sollte, wenn sie plötzlich wirklich Auge in Auge einem Einbrecher gegenüberstand.

Kein Geräusch drang aus der oberen Etage zu ihr herunter. Sie hörte nur das Heulen und Pfeifen des Windes. Trotzdem hatte sie das dumpfe Gefühl, daß sie die Treppe besser nicht betreten sollte.

Vielleicht war es am klügsten, wenn sie den Wagen aus der Garage holten und ihre nächsten Nachbarn aufsuchten, die eine Viertelmeile weiter nördlich lebten. Von dort konnte sie dann auch den Sheriff anrufen und darum bitten, daß ihr Haus durchsucht wurde.

Andererseits war es ziemlich gefährlich, während eines Blizzards mit dem Auto unterwegs zu sein, selbst in einem Jeep mit Allradantrieb.

Außerdem hätte Doofus bei einem Einbrecher wie wild gebellt. Der Hund mochte manchmal etwas tolpatschig sein, aber ein Feigling war er bestimmt nicht.

Vielleicht hatte sein Verhalten nichts mit Angst zu tun; vielleicht hatte sie die Anzeichen nur falsch gedeutet. Sein eingezogener Schwanz, sein hängender Kopf und das Zittern konnten ja auch heißen, daß er krank war.

»Jetzt mach dir nicht gleich in die Hose«, sagte sie wütend und lief die Treppe hinauf.

Der Flur war leer.

Sie ging in ihr Zimmer und holte die zwölfkalibrige Mossberg, eine Schrotflinte mit Pistolengriff und kurzem Lauf, unter dem Bett hervor. Es war die ideale Waffe, was die eigene häusliche Sicherheit anging, leicht zu handhaben, aber gleichzeitig von genug Durchschlagskraft, um potentielle Angreifer nachhaltig abzuschrecken. Man brauchte kein großartiger Schütze zu sein, um mit ihr umgehen zu können, weil die Streuung der Schrotkugeln schon Treffer garantierte, wenn man die Waffe nur in die grobe Richtung des Ziels hielt. Außerdem konnte man einen Angreifer mit leichterer Ladung kampfunfähig machen, ohne ihn gleich zu vernichten. Es lag nicht in ihrer Absicht, irgend jemanden zu töten.

Eigentlich haßte sie Waffen und hätte die Mossberg nie gekauft, wenn sie sich nicht solche Sorgen um Tommy gemacht hätte.

Sie sah im Kinderzimmer nach. Niemand da.

Die beiden Schlafzimmer im hinteren Teil des Hauses waren durch einen großen Türbogen miteinander verbunden und bildeten ihr Atelier. Niemand hatte sich an der Staffelei, dem Zeichenbrett und den weiß lackierten Schränkchen mit ihrem Malzubehör zu schaffen gemacht.

Es lauerte auch niemand in den beiden Badezimmern.

Der letzte Raum, den sie aufsuchte, Jims Büro, war ebenfalls leer. Anscheinend hatte sie sich getäuscht, was das Verhalten des Labradors anging, und ihre Reaktion kam ihr jetzt ziemlich übertrieben vor.

Sie senkte die Schrotflinte, atmete tief durch und ließ ihren Blick durch den Raum schweifen. Sie hatte nichts in Jims Büro verändert, benutzte seinen Computer zum Briefeschreiben und seinen Schreibtisch für die geschäftlichen Angelegenheiten. Aber es gab auch Gefühlsgründe, warum sie seine Sachen unberührt gelassen hatte. Das Zimmer rief ihr in Erinnerung, wie glücklich Jim gewesen war, während er an seinen Romanen geschrieben hatte. Die jungenhaften Züge seines Wesens waren nie sichtbarer gewesen als in jenen Momenten, wenn er über eine neue Idee völlig aus dem Häuschen geraten war. Seit seiner Beerdigung war sie oft in sein Zimmer gegangen, um sich an ihn zu erinnern.

Zuweilen fühlte sie sich wie gefangen, wenn sie an Jims Tod dachte; es kam ihr vor, als wäre eine Tür zugeschlagen und hinter ihm abgeschlossen worden, seitdem er ihr Leben verlassen hatte, und als befände sie sich nun in einem winzigen Raum hinter dieser Tür, ohne jemals wieder daraus zu entkommen.

Wie konnte sie ein neues Leben beginnen oder neues Glück finden, nachdem sie den Mann verloren hatte, den sie so sehr geliebt hatte? Mit Jim war es perfekt gewesen. Wie sollte eine künftige Beziehung all das vergessen machen?

Sie seufzte, löschte das Licht und schloß die Tür hinter sich. Sie brachte die Schrotflinte wieder in ihr Zimmer zurück.

Während sie durch den Flur zur Treppe ging, hatte sie plötzlich das eigentümliche Gefühl, von jemandem beobachtet zu werden. Sie glaubte, den Blick fremder Augen zu spüren, und wandte sich abrupt um. Der Flur war leer. Außerdem hatte sie alle Räume abgesucht. Sie war sicher, daß Tommy und sie allein waren.

Du bist bloß so nervös wegen dem Irren, der dir vorhin beinahe in den Wagen gefahren wäre, beruhigte sie sich.

Als sie in die Küche zurückkam, saß Tommy so, wie sie ihn zurückgelassen hatte, auf dem Stuhl. »Was ist los?« fragte er besorgt.

»Nichts, Schatz. Doofus hat sich nur so komisch benommen, und da dachte ich, daß vielleicht jemand eingebrochen wäre.«

»Hat Doofus irgendwas angestellt?«

»Nein«, sagte sie. »Jedenfalls hab' ich nichts bemerkt.«

Der Labrador schlich nicht länger mit gesenktem Kopf herum. Er zitterte auch nicht mehr. Er hatte auf dem Boden neben Tommys Stuhl gehockt, als Meg hereingekommen war, und kam jetzt schwanzwedelnd auf sie zu und leckte ihr die Finger, als sie ihm die Hand hinhielt. Dann lief er auf den Flur und kratzte mit einer Pfote an der Haustür, um zu zeigen, daß er nach draußen mußte.

»Zieh den Mantel und die Handschuhe aus«, sagte sie zu Tommy, »aber bleib bloß sitzen, bis ich dir die Krücken gebracht habe.«

Sie zog wieder ihre Boots über und ging mit dem Hund nach draußen in den tobenden Sturm. Die Schneeflocken waren kleiner und härter geworden und prasselten mit winzigen, millionenfach klickenden Geräuschen auf das Verandadach.

Doofus stürmte unverdrossen in den Hof.

Meg fuhr den Wagen in die Scheune, die als Garage diente. Als sie aus dem Jeep stieg, warf sie einen Blick hinauf zu den im Dunkel liegenden Dachsparren, die im Sturm knarrten. Die Scheune roch nach verschüttetem Öl und Wagenschmiere; trotzdem lag immer noch ein vager Geruch nach Heu und Vieh in der Luft, den auch all die Jahre nicht ganz hatten verdrängen können.

Als sie Tommys Krücken aus dem Wagen nahm, spürte sie wieder, wie es ihr eiskalt den Nacken hochkroch: ihre körperliche Reaktion auf das Gefühl, beobachtet zu werden. Sie spähte ins Innere der Scheune, das nur von einer schwachen Leuchte über dem Tor erleuchtet wurde. Es hätte sich jemand hinter den Trennwänden der Pferdeboxen an der Südseite verbergen oder oben auf dem Heuboden lauern können, aber sie entdeckte weit und breit nichts, was ihren Verdacht bestätigte und auf einen Eindringling hinwies.

»Meg, du hast in letzter Zeit zu viele Krimis gelesen«, sagte sie laut, versuchte, sich mit dem Klang ihrer Stimme Mut zu machen.

Tommys Krücken in der Hand, verließ sie die Scheune, drückte auf den Knopf für die Torautomatik und sah zu, wie sich die Metallrolläden senkten, bis sie mit einem *Klonk* auf dem Boden aufsetzten.

Auf halbem Weg durch den Hof blieb sie stehen, berührt von

der Schönheit der Winterlandschaft. Der Schnee auf dem Boden schimmerte in einem geisterhaften Glanz, ähnlich dem des Mondes, und ließ trotz des Sturms alles ruhig und friedlich erscheinen. Am nördlichen Ende des Hofs ragten die schwarzen Äste fünf kahler Ahornbäume in die Nacht; Schnee bedeckte ihre rauhe Borke.

Wenn sie Pech hatten, waren sie und Tommy morgen eingeschneit. Jeden Winter war die Black Oak Road ein paarmal wegen Schneeverwehungen nicht befahrbar. Es gab Schlimmeres, als für kurze Zeit von der Zivilisation abgeschnitten zu sein. In bestimmter Hinsicht war es sogar ein reizvoller Gedanke.

Trotz der seltsamen Schönheit der Nacht war es bitter kalt; die sturmgepeitschten Schneeflocken stachen ihr wie Nadeln ins Gesicht.

Sie rief nach Doofus, und der Labrador kam um die Hausecke gelaufen, war nur schemenhaft im Dunkel zu erkennen, mehr ein Phantom als ein Hund. Er schien über den Boden zu *gleiten*, als sei er kein lebendes Wesen, sondern eine zurückgekehrte Totenseele. Völlig unbeeindruckt vom Wetter, japste er und wedelte mit dem Schwanz, genauso munter und unternehmungslustig wie sonst auch.

Meg öffnete die Küchentür. Tommy saß immer noch am Tisch. Hinter ihr verharrte Doofus auf dem obersten Treppenabsatz der Veranda.

»Komm schon, Alter, es ist kalt.«

Der Labrador winselte, als hätte er Angst, zurück ins Haus zu müssen.

»Komm jetzt, es ist Zeit zum Abendessen.«

Er nahm die letzte Treppenstufe und setzte zögernd seine Vorderpfoten über die Schwelle. Er steckte den Kopf durch den Türrahmen und beäugte die Küche mit unerklärlichem Argwohn, witterte in der warmen Luft, schüttelte sich.

Sanft versuchte Meg, den Hund mit dem Fuß in die Küche zu schieben.

Er sah mit vorwurfsvollem Blick zu ihr hoch und bewegte sich nicht vom Fleck.

»Jetzt komm aber endlich, Bursche. Willst du uns hier allein lassen?« sagte Tommy von seinem Stuhl aus.

Langsam kam der Hund über die Schwelle, als hätte er verstanden, daß sein Ruf auf dem Spiel stand.

Meg kam ebenfalls herein und schloß die Tür hinter sich.

Sie nahm ein Handtuch von der Wand und sagte: »Wag bloß nicht, dich hier auszuschütteln, bevor ich dich abgerubbelt habe.«

Als sie sich mit dem Handtuch zu ihm hinunterbeugte, schüttelte sich Doofus energisch, geschmolzener Schnee spritzte ihr ins Gesicht und über die Küchenmöbel.

Tommy lachte, so daß der Hund ihn verwundert ansah, worauf Tommy noch mehr lachen mußte, und als Meg sich auch noch anstecken ließ, faßte Doofus wieder Mut. Er richtete sich auf, wedelte, wenn auch zaghaft, mit dem Schwanz und kam zu Tommy herüber.

Als sie und Tommy nach Hause gekommen waren, hatten sie sich nach dem gerade noch vermiedenen Zusammenstoß auf der Black Oak Road ziemlich angespannt gefühlt, und vielleicht hatte Doofus instinktiv gespürt, daß ihnen immer noch der Schrecken in den Knochen saß, genau wie er sich jetzt von ihrer Fröhlichkeit anstecken ließ. Hunde sind feinfühlige Tiere, die genau spüren, was in einem Menschen vorgeht, und es gab einfach keine andere Erklärung für sein merkwürdiges Verhalten.

Die Fenster waren vereist, draußen heulte der Wind, aber das unfreundliche Wetter ließ das Haus nur noch heimeliger erscheinen.

Meg und Tommy saßen am Küchentisch und aßen Spaghetti.

Doofus benahm sich nicht mehr so komisch wie vorher, war

aber immer noch nicht wieder der alte. Er wich nicht von ihrer Seite, wollte nicht einmal allein fressen. Überrascht und amüsiert beobachtete Meg, wie der Hund seinen Chappi-Napf mit der Nase über den Boden stupste, bis er neben Tommys Stuhl gerutscht war.

»Demnächst will er wahrscheinlich einen Stuhl und einen eigenen Teller«, sagte Tommy.

»Zuerst muß er mal lernen, wie man eine Gabel hält«, sagte Meg. »Seine Tischmanieren sind nicht die besten.«

»Wir schicken ihn zur Schule«, sagte Tommy und drehte Spaghetti auf seine Gabel. »Vielleicht lernt er, auf den Hinterbeinen zu stehen und wie ein Mensch zu gehen.«

»Wenn er erst mal stehen kann, will er bestimmt auch tanzen.«

»Er würde sicher keine schlechte Figur auf dem Tanzparkett abgeben.«

Sie grinsten sich über den Abendbrottisch hinweg an, und Meg genoß das Gefühl der Nähe, das sich einstellt, wenn man einfach hemmungslos herumalbert. In den letzten zwei Jahren war Tommy nur selten in der Laune dafür gewesen.

Doofus war mit seinem Chappi beschäftigt, verschlang es aber nicht wie sonst. Zögernd zerkaute er kleine Bissen, als hätte er keinen Hunger, und zwischendurch hob er immer wieder den Kopf und spitzte die Ohren, als wollte er dem heulenden Wind zuhören.

Später, als Meg das Geschirr wusch und Tommy mit einem Abenteuerroman am Küchentisch saß, sprang Doofus unvermittelt auf und stieß ein unterdrücktes Bellen aus. Stocksteif und mit hoch erhobener Rute fixierte er den Küchenschrank, der sich zwischen dem Kühlschrank und der Kellertür befand.

»Mäuse?« fragte Tommy hoffnungsvoll, weil er nichts so gräßlich wie Ratten fand.

»Hört sich ein bißchen groß für Mäuse an.«

Sie hatten schon früher Ratten gehabt. Immerhin lebten sie auf einer Farm, und Nagetiere suchten immer wieder in der Scheune nach Futter. Obwohl die Scheune nur noch den Jeep und einen anderen Wagen beherbergte, kamen die Ratten jeden Winter wieder, als erinnerten sie sich daran, daß die Cascade Farm einst ihr Zufluchtsort gewesen war.

Aus dem Küchenschrank war ein Kratzen zu hören, gefolgt von einem dumpfen Poltern, als irgend etwas umfiel, und den unverwechselbaren Geräuschen eines geschmeidigen Rattenkörpers, der zwischen den Konservendosen über die Einlegeböden fiel.

»*Total* groß«, sagte Tommy mit weitaufgerissenen Augen.

Statt laut zu bellen, fing Doofus zu winseln an und zog sich ans andere Küchenende zurück, so weit weg wie nur möglich vom rattenbehausten Küchenschrank. Und das, obwohl er sonst immer ganz wild darauf gewesen war, den Ratten an den Kragen zu gehen, auch wenn er selten eine gefangen hatte.

Während sie sich die Hände abtrocknete, fragte sich Meg wieder, warum der Hund plötzlich keinerlei Jagdinstinkt mehr zeigte. Sie ging zum Küchenschrank, legte das Ohr an die mittlere der drei Doppeltüren und horchte. Nichts.

»Es ist weg«, sagte sie nach langen Sekunden des Schweigens.

»He, du willst den Schrank doch jetzt nicht *aufmachen*«, sagte Tommy.

»Na sicher. Ich muß doch nachsehen, wie das Vieh da hineingekommen ist. Vielleicht hat es ein Loch in die Rückwand genagt.«

»Und was ist, wenn es noch da ist?« fragte der Junge.

»Es ist nicht mehr da, Liebling. He, Ratten sind vielleicht ekelhaft, aber sie sind nicht gefährlich. Nichts ist so feige wie eine Ratte.«

Sie klopfte laut an die Schranktür, um das Vieh zu verscheuchen, falls es tatsächlich noch da war. Sie öffnete die mittleren Türen, sah, daß alles an seinem Platz war, und öffnete den unteren Schrankteil. Ein paar Konservendosen waren umgestoßen. Eine Tüte Salzstangen war aufgerissen und geplündert worden.

Doofus gab ein hohes Wimmern von sich.

Sie griff in den Schrank, räumte ein paar von den Dosen beiseite und nahm ein paar Packungen Makkaroni heraus, um einen besseren Blick auf die Rückwand zu haben. Aus der Küche fiel gerade so viel Licht auf die Einlegeböden, daß sie das Loch in der Sperrholzrückwand erkennen konnte, wo sich die Ratte in den Schrank genagt hatte. Durch das Loch strömte ein kalter Luftzug herein.

Sie stand auf, wischte sich den Staub von den Händen und sagte: »Na, jedenfalls war das ganz bestimmt nicht Mickey Mouse, sondern eine große, garstige, fette Ratte. Besser, wir holen eine von den Fallen.«

Als sie zur Kellertür ging, sagte Tommy: »He, du willst mich doch nicht allein lassen.«

»Ich geh' nur die Falle holen, Liebling.«

»Aber … was ist, wenn die Ratte wiederkommt, während du weg bist?«

»Wird sie nicht. Ratten bleiben da, wo's dunkel ist.«

Der Junge wurde rot; es war offensichtlich, daß ihm seine Angst peinlich war. »Es ist bloß … mit dem Bein … ich kann ja nicht weglaufen.«

Sie verstand den Jungen, war sich aber andererseits bewußt, daß es seine Furcht nur steigern würde, wenn sie ihn jetzt in die Arme nahm. Also sagte sie: »Es ist nur eine Ratte, Tommy. Sie hat Angst vor *uns,* verstehst du?«

Sie ließ Tommy mit Doofus in der Küche, knipste das Kellerlicht an und ging die Stufen hinunter. Zwei trübe Birnen erhellten das Kellergewölbe. Sie nahm die Fallen – große Geräte mit

Stahlzangen, die den Ratten das Rückgrat brachen, keine harmlosen Mausefallen – und eine Schachtel mit vergiftetem Rattenfutter mit nach oben, ohne dabei irgend etwas von ihrem ungebetenen Gast zu sehen oder zu hören.

Tommy gab einen erleichterten Seufzer von sich, als sie zurückkam. »Irgendwas ist komisch an diesen Ratten.«

»Wahrscheinlich ist es nur eine«, sagte sie, als sie die Fallen auf die Arbeitsfläche neben der Spüle stellte. »Was meinst du denn mit ›komisch‹?«

»Du weißt doch, wie nervös Doofus war, als wir nach Hause gekommen sind. Es müssen die Ratten gewesen sein, die ihm Angst eingejagt haben. Aber wieso – er ist doch sonst auch nicht so leicht zu erschrecken.«

»He«, berichtigte ihn Meg, »bis jetzt haben wir nur eine Ratte gesehen. Ich hab' auch keine Ahnung, was ihm so unter die Haut gegangen ist. Aber das heißt doch nichts. Erinnerst du dich noch, wie er sich früher naßgemacht hat, wenn ich staubgesaugt habe?«

»Ja, aber da war er ja noch ein Welpe.«

»Komm, mit drei hatte er immer noch eine Heidenangst vor dem Staubsauger.« Sie nahm eine Packung geräucherten Schinken aus dem Kühlschrank, um damit die Fallen zu präparieren.

Doofus hielt sich weiter neben Tommys Stuhl, warf Meg einen bettelnden Blick zu und winselte leise.

Sie konnte nicht zugeben, daß das Verhalten des Labradors sie genauso nervös wie Tommy machte, weil sie die Angst des Jungen nicht noch schüren wollte.

Sie verteilte das vergiftete Rattenfutter auf zwei Teller, stellte den einen in den Stauraum unter der Spüle, den anderen in das Schränkchen mit den Salzstangen. Sie ließ die angebrochene Packung, wo sie war, und hoffte darauf, daß die Ratte zurückkommen und das Gift mitfressen würde.

Dann präparierte sie die Fallen mit dem Schinken. Zwei pla-

zierte sie unter der Spüle und im Schrank bei den restlichen Salzstangen, die dritte in der Diele und die vierte unten im Keller.

Als sie in die Küche zurückkam, sagte sie: »Laß mich eben das
bißchen Geschirr abwaschen, bevor wir ins Wohnzimmer rüber-
gehen. Wetten, daß das Biest spätestens morgen früh in eine der
Fallen läuft?«

Zehn Minuten später löschte Meg das Küchenlicht und hoffte,
die Dunkelheit werde die Ratte aus ihrem Versteck locken und in
die Falle laufen lassen. Tommy und sie würden besser schlafen,
wenn sie wußten, daß das Biest tot war.

Sie machte Feuer im Wohnzimmerkamin, und Doofus ließ sich
vor den prasselnden Flammen nieder. Tommy saß, seine Krücken
in Reichweite, in einem Lehnsessel, hatte das eingegipste Bein auf
einen Fußschemel gelegt und den Abenteuerroman aufgeschlagen. Meg legte eine Platte in den CD-Player ein und ließ sich
dann mit dem neuen Roman von Mary Higgins Clark in ihren
Sessel sinken. Draußen heulte der Wind, aber hier drinnen war es
warm und gemütlich. Eine halbe Stunde später war Meg ganz in
ihren Roman vertieft, als sie plötzlich ein hartes Zuschnappen aus
der Küche hörte.

Doofus hob den Kopf.

Tommy sah sie mit großen Augen an.

Dann ein zweites Geräusch. *Schnack!*

»Zwei!« rief der Junge. »Wir haben zwei auf einen Schlag erwischt!«

Meg legte ihr Buch zur Seite und griff nach dem gußeisernen
Schürhaken, für den Fall, daß die Ratten noch nicht tot waren.
Gott, wie sie diesen Teil der Rattenjagd *haßte!*

Sie ging in die Küche, machte Licht und sah zuerst unter die
Spüle. Das Rattenfutter auf dem Teller war fast ganz aufgefressen,
der Schinken war ebenfalls verschwunden; nur, eine Ratte lag
nicht in der Falle, obwohl die Zange zugeschnappt war.

Trotzdem war die Falle nicht leer. Unter dem Stahlbügel befand sich ein etwa fünfzehn Zentimeter langes Stück Holz, und es sah fast so aus, als wäre es zum Auslösen des Mechanismus verwendet worden, damit die Ratte gefahrlos an den Köder konnte.

Nein. Das war doch lächerlich.

Meg griff nach der Falle, um sie sich genauer anzusehen. Das Holzstäbchen war auf der einen Seite dunkel gebeizt, auf der anderen Seite naturbelassen, und sah ganz so aus wie ein Stück Sperrholz von der rückwärtigen Schrankwand, durch die sich die Ratte genagt hatte.

Ein Schauer durchlief sie, und sie verdrängte den furchterregenden Gedanken, der ihn ausgelöst hatte.

Im Schrank war das vergiftete Rattenfutter ebenfalls vom Teller verschwunden. Der Mechanismus der zweiten Falle war auf die gleiche Weise ausgelöst worden. Mit einem Stück Sperrholz. Der Köder war fort.

Welche Ratte war gerissen genug, um …?

Sie richtete sich auf und öffnete die mittleren Türen des Küchenschranks. Die Dosen, Jell-O-Packungen, Rosinenbeutel und Haferflockentüten sahen auf den ersten Blick unberührt aus.

Dann sah sie das dunkelbraune, erbsengroße Stück Rattenfutter, das auf dem Regal vor einer offenen All-Bran-Packung lag. Aber sie wußte genau, daß sie kein Rattengift auf dem Regal mit den Haferflocken ausgelegt hatte. Die Ratte hatte das Rattenfutter auf das höher liegende Regalbrett mitgeschleppt.

Wäre sie nicht dadurch alarmiert gewesen, hätte sie die Kratz- und Bißspuren auf der All-Bran-Packung wahrscheinlich gar nicht bemerkt. Mit klopfendem Herzen starrte sie eine Ewigkeit lang auf die Packung, bevor sie sie vom Regal und mit zur Spüle nahm.

Mit zitternden Händen nahm sie den Schürhaken von der Arbeitsfläche und starrte in die Packung. Sie schüttete ein paar Haferflocken in die Spüle. Zwischen den Flocken befanden sich vergiftete Getreidekörner. Sie leerte die ganze Packung ins Spülbecken. Das gesamte Rattenfutter von den beiden Tellern war unter die Haferflocken gemischt worden.

Ihr Herz raste, klopfte so sehr, daß sie ihren eigenen Puls an den Schläfen spüren konnte.

Was ging hier vor?

Dann hörte sie ein hohes, schrilles Kreischen hinter ihrem Rücken. Ein merkwürdiges, drohendes Geräusch.

Sie drehte sich um und sah die Ratte. Eine gräßliche weiße Ratte.

Sie reckte sich auf den Hinterbeinen und sah vom Einlegeboden, auf dem das All-Bran gestanden hatte, zu ihr herüber. Der Raum über dem Regalbrett maß fünfunddreißig Zentimeter, und die Ratte hatte sich nicht ganz aufgerichtet, weil sie fast einen halben Meter groß war, zwanzig Zentimeter größer als eine normale Ratte, den Schwanz nicht mitgerechnet. Aber es war nicht die Größe der Ratte, die Meg das Blut in den Adern gefrieren ließ. Das, was ihr wirklich angst machte, war der Kopf des Biests: Er war doppelt so groß wie der Kopf einer gewöhnlichen Ratte, stand in keinem Verhältnis zu ihrem übrigen Körper. Er wölbte sich an der Schädelrundung, während Augen, Nase und Mund merkwürdig zusammengepreßt aussahen.

Die Ratte starrte sie an und schlug mit ihren erhobenen Vorderpfoten in die Luft. Sie bleckte die Zähne und gab ein bösartiges Zischen von sich, wie das Fauchen einer Katze, kreischte dann wieder, und es lag so viel Feindseligkeit in ihrem schrillen Schrei und in ihrer Körperhaltung, daß Meg panisch nach dem Schürhaken neben sich auf der Arbeitsfläche griff.

Obwohl die Augen rund und rot waren wie bei jeder Ratte, spiegelte sich etwas im Blick der Ratte, was Meg nicht sofort identifizieren konnte. Es war schrecklich, wie das Biest sie fixierte. Sie sah auf den unförmig großen Schädel – je größer der Schädel, desto größer das Gehirn –, und mit einem Schlag wurde ihr klar, was diesen scharlachroten Blick so anders machte: ein unvorstellbar hoher Intelligenzgrad, der mit dem einer normalen Ratte nichts mehr gemein hatte.

Die Ratte stieß wieder ein herausforderndes Kreischen aus.

Haus- und Wanderratten waren nicht weiß. *Laborratten* waren weiß.

Jetzt wußte sie, wonach sie bei Biolomech gesucht hatten. Sie hatte keine Ahnung, *wie und warum* die dortigen Forscher eine derartige Bestie gezüchtet hatten. Aber sie hatte genug über Genmanipulation gelesen, um zweifelsfrei zu wissen, daß das Biest aus den Labors von Biolomech stammte. Es gab keinen anderen Ort der Erde, von dem dieses Tier kommen konnte.

Sie hatten zu spät reagiert. Während die Biolomech-Sicherheitsleute mit dem Absuchen des Geländes beschäftigt gewesen waren, hatte die Ratte bereits ihr Lager in ihrem Haus aufgeschlagen.

Auf den drei unteren Einlegeböden kämpften sich jetzt andere Ratten durch das Gewirr aus Dosen, Flaschen und Packungen, widerliche, riesige Albinoratten, die genauso aussahen wie das mutierte Biest, das seine Zähne in ihre Richtung fletschte.

Hinter sich hörte sie Krallen über den Boden huschen.

Meg drehte sich nicht einmal um; sie wußte, daß sie sich etwas vormachte, wenn sie glaubte, mit dem Schürhaken etwas ausrichten zu können. Sie warf die nutzlose Waffe auf den Boden und rannte nach oben, um ihre Schrotflinte zu holen.

Der Raum hatte keine Fenster. In einer Ecke kauerten Ben Parnell und Dr. Acuff vor dem Käfig – einem Zwei-mal-zwei-Meter-Würfel mit einem Metallblechboden, auf den man, damit er nicht

zu rutschig war, eine Lage aus weichem, gelbbraunem Heu ge-
streut hatte. Die Futter- und Wasserbehälter wurden von außen
aufgefüllt, die Tiere im Käfig konnten jederzeit Nahrung oder
Flüssigkeit zu sich nehmen. Etwa ein Drittel des vergitterten
Gehäuses war mit kleinen Holzleitern und einem Klettergestän-
ge als Spielecke eingerichtet. Die Käfigtür stand offen.

Acuff deutete auf die Käfigtür. »Sehen Sie? Der Bolzen hier
wird automatisch verriegelt, wenn man die Tür zudrückt. Er kann
also nicht aus Versehen oben geblieben sein. Und sobald die Verriegelung eingerastet ist, kann sie nur mit einem Schlüssel gelöst
werden. Wir haben das für absolut sicher gehalten. Ich meine, wir
konnten doch nicht damit rechnen, daß sie schlau genug sind, ein
Schloß zu knacken.«

»So schlau sind sie bestimmt nicht. Wie hätten sie das denn fer-
tigbringen sollen – ohne Hände?«

»Haben Sie sich mal ihre Füße aus der Nähe angesehen? Zugegeben, Rattenfüße sind nicht wie Hände, aber einfach nur mit
Pfoten haben wir's auch nicht zu tun. Es gibt Ansätze einer Fin-
gerbildung, so daß sie durchaus in der Lage sind, nach Dingen zu
greifen. Bei den meisten Nagetieren ist das so. Eichhörnchen zum
Beispiel – die haben Sie doch bestimmt schon mal aufrecht sitzen
und ein Stück Obst in den Vorderpfoten halten sehen.«

»Ja, aber ohne Daumen, der dagegendrücken kann …«

»Natürlich«, sagte Acuff, »besonders weit her ist es mit ihrer
Geschicklichkeit nicht, verglichen mit uns. Aber hier haben wir
es nicht mit gewöhnlichen Ratten zu tun. Bedenken Sie, daß wir
sie genetisch erheblich weiterentwickelt haben. Bis auf die Körperlänge und die Größe des Schädels unterscheiden sie sich nicht
sonderlich von anderen Ratten, aber sie sind schlauer. Erheblich
schlauer.«

Acuff beschäftigte sich mit Experimenten zur Steigerung der
Intelligenz. Er wollte herausfinden, ob bei künftigen Generatio-

nen niederer Arten – bei Ratten zum Beispiel – nach entsprechender Genveränderung eine nennenswerte Steigerung der Gehirnkapazität erreicht werden konnte, das Ganze in der Hoffnung, durch erfolgreiche Laborversuche mit Tieren den Schlüssel zu Verfahren zu finden, mit denen eine Steigerung der menschlichen Intelligenz möglich war. Seine Versuchsreihe trug die Projektbezeichnung Blackberry – nach dem schlauen, unerschrockenen Hasen in Richard Adams' *Watership Down.*

Ben hatte auf Acuffs Empfehlung Adams' Buch gelesen, und zwar mit großem Vergnügen, aber zu einem persönlichen Urteil, ob er das Projekt Blackberry gutheißen sollte oder nicht, hatte er sich bis jetzt nicht durchringen können.

»Gut«, fuhr Acuff fort, »lassen wir's dahingestellt sein, ob sie imstande gewesen sind, das Schloß zu knacken. Vielleicht waren sie's gar nicht. Nur das hier – das sollte uns zu denken geben.« Er deutete auf den Führungszylinder für den dicken Kupferbolzen im Rahmen der Käfigtür. Die Aushöhlung war mit einer körnigen braunen Masse vollgepackt. »Futterreste. Sie haben die Körner weichgekaut, den Zylinder mit Brei vollgestopft und so den Bolzen und damit die automatische Verriegelung blockiert.«

»Aber … Das hätten sie nur tun können, solange die Tür offen stand.«

»Nun, da haben wir doch diesen Irrgarten, den wir – jedesmal ein bißchen verändert – von Zeit zu Zeit für sie aufbauen. Durchsichtige Plastikrohre mit komplizierten Hindernissen. Der Irrgarten zieht sich praktisch durch den ganzen Raum. Die Einstiegsröhre verbinden wir mit der Käfigtür, und wenn wir die Tür dann öffnen, können sie direkt in den Irrgarten klettern. Gestern haben wir das Experiment zum letztenmal gemacht, da stand die Käfigtür also längere Zeit offen. Nehmen wir einmal an, ein paar von ihnen hätten sich, statt sofort in die Röhre zu klettern, eine Weile am Einstieg herumgetrieben, ein bißchen geschnüffelt, auch am Zylinder für den Bolzen ... Da hätte sich keiner was dabei gedacht, wir haben uns ja ganz darauf konzentriert, was sie *im* Röhrensystem treiben.«

Ben kam aus der Hocke hoch. »Mir ist eine Idee gekommen, wie sie ins Freie gelangt sein können. Wissen Sie, was ich meine?«

»Ja.« Acuff stand ebenfalls auf, und sie gingen gemeinsam zur gegenüberliegenden Wand. Dicht über dem Boden war – hinter einem fünfzigmalfünfzig Zentimeter großen Gitter – die Rohrverbindung zum Ventilationssystem in die Wand eingelassen. Das Gitter, gewöhnlich mit einfachen Federkrampen gesichert, war gelockert worden. Acuff fragte: »Haben Sie schon einen Blick in die Austauschkammer geworfen?«

Wegen der Versuche im Labor Nummer drei mußte die Luft, bevor sie ins Freie geblasen wurde, chemisch dekontaminiert werden. In den fünflagigen Austauschkammern, einer Installation von den Ausmaßen eines großen Pick-ups, wurde die Abluft unter hohem Druck durch mehrere chemische Bäder gejagt.

Acuff war überzeugt. »Durch die Austauschkammer – das haben sie nicht überlebt. Da müssen acht tote Ratten in den Austauschkammern schwimmen.«

»Eben nicht. Wir haben das überprüft. Und die Gitter an den Rohrverbindungen in allen anderen Räumen sitzen fest, da können sie also auch nicht rausgeschlüpft sein.«

Acuff hob die Augenbrauen. »Glauben Sie etwa, daß sie sich immer noch im Ventilationssystem aufhalten?«

»Nein, sie müssen irgendeinen anderen Weg nach draußen gefunden haben, durch die Wände.«

»Aber wie denn? Das ganze unterirdische System besteht aus PVC-Rohren, sämtliche Ventile sind druckversiegelt und absolut hitzebeständig.«

Ben nickte. »Wir vermuten, daß sie an irgendeiner Stelle den Adhäsionskleber aufgekaut und die Röhrenverbindung so weit gelockert haben, daß sie durchschlüpfen konnten. Auf dem Dachboden, unter dem Kniestock, haben wir Rattenkot gefunden. Und eine Stelle, die so aussieht, als hätten sie sich durchs Unterdach und die Schindeln gefressen. Wenn sie erst mal auf dem Dach waren, kann es nicht besonders schwierig gewesen sein, nach unten zu kommen – an den Regenrinnen entlang und durch die Abwasserrohre.«

John Acuffs Gesicht war bleicher als die salzweißen Flechten in seinem Pfeffer-und-Salz-Bart. »Hören Sie«, sagte er, »wir müssen sie noch heute nacht wieder einfangen, ganz egal, wie. *Noch heute nacht.*«

»Wir werden's versuchen.«

»Versuchen genügt nicht, wir müssen es schaffen. Ben, in dem Rudel sind drei Männchen und fünf Weibchen, alle im fortpflanzungsfähigen Alter. Wenn wir sie nicht einfangen, und sie vermehren sich unkontrolliert irgendwo da draußen … Das Ende vom Lied wäre, daß die normalen Ratten ausgerottet würden, und auf einmal wären wir mit einer nie gekannten Bedrohung konfrontiert. Stellen Sie sich das mal vor: Ratten, die so schlau sind, daß sie jede Falle erkennen und sofort merken, ob das, was wie Futter aussieht, in Wirklichkeit vergifteter Köder ist! Sie sind praktisch unausrottbar. Schon jetzt verliert die Welt durch Ratten riesige Mengen an Nahrungsmitteln, in hochentwickelten Ländern wie unserem zehn bis fünfzehn Prozent aller verfügbaren Ressourcen, in manchen Ländern der Dritten Welt sogar fünfzig Prozent. Ben, das sind die Verlustraten bei ganz gewöhnlichen dämlichen Ratten. Wie hoch wären sie bei der Sorte, mit der wir's jetzt zu tun haben? Sogar hier in den Staaten könnten wir uns einer Hungersnot gegenübersehen, bei Ländern mit niedrigerem Entwicklungsstand müßten wir davon ausgehen, daß eine unvorstellbare Zahl von Menschen zum Hungertod verurteilt ist.«

Ben runzelte die Stirn. »Jetzt malen Sie aber den Teufel an die Wand.«

»Absolut nicht. Ratten sind Parasiten. Sie sind Kämpfernaturen, und diese hier, unsere Ratten, werden viel heftiger und entschiedener kämpfen, wenn es darum geht, eher als andere an den Futtertrögen zu sein.«

Ben spürte, wie ihn schauderte. Er hatte das Gefühl, daß ihm moderiges Herbstlaub am Rückgrat klebte. »Nur weil sie ein bißchen gerissener sind als gewöhnliche Ratten …«

»Nicht ein bißchen. Verdammt viel gerissener.«

»Mein Gott, aber längst nicht so schlau wie wir.«

»Immerhin etwa halb so schlau wie ein durchschnittlich veranlagter Mensch«, sagte Acuff.

Ben blinzelte verblüfft.

Acuff bekräftigte: »Und das ist vielleicht noch untertrieben.« In seinen Augen, in jeder Falte seines zerfurchten Gesichts spiegelte sich Furcht wider. »Und wenn Sie zusätzlich noch ihre angeborene Verschlagenheit berücksichtigen und den Vorteil, den sie durch ihre Größe haben …«

»Durch ihre Größe? Wir sind doch viel größer!«

Acuff wiegte den Kopf hin und her. »Wer kleiner ist, kann daraus durchaus Vorteile ziehen. Weil sie kleiner sind, sind sie schneller als wir. Sie können durch jede Ritze in der Wand schlüpfen, durch jede Regenrinne. Mit einer Körperlänge von fünfzig Zentimetern sind sie zwar anderthalb mal so groß wie gewöhnliche Ratten, aber trotzdem noch so klein, daß sie unbemerkt durchs Dunkel huschen können. Und das ist beileibe nicht ihr einziger Vorteil. Sie können bei Nacht genauso gut sehen wie am Tag.«

»Jetzt wollen Sie mir Angst einjagen, Doc.«

»Sie können gar nicht genug Angst haben, Ben. Denn diese Ratten, die wir geschaffen haben, diese neue Spezies, unsere Züchtung, sehen in uns ihre Feinde.«

In diesem Augenblick war sich Ben endlich klar darüber, was er von dem Projekt Blackberry zu halten hatte – es verdiente keine, aber auch gar keine Unterstützung. »Was … was genau meinen Sie damit?« fragte er. Aber er war sich durchaus nicht sicher, ob er die Antwort überhaupt hören wollte.

Acuff drehte sich um, ging ein paar Schritte, blieb mitten im Raum stehen, stemmte die Hände auf einen Labortisch, stand da wie ein gebrochener Mann, mit hängendem Kopf und geschlossenen Augen. »Wir wissen nicht, warum sie uns feindlich gesonnen sind. Es ist eben so. Eine Fehlschaltung in der genetischen Anlage? Oder sind sie inzwischen einfach intelligent genug, um zu begreifen, daß wir ihre Herren sind, und lehnen sie sich deshalb gegen uns auf? Was immer der Grund sein mag, sie sind aggressiv. Fanatisch aggressiv. Ein paar aus dem Forschungsteam haben schlimme Bißwunden davongetragen. Früher oder später wäre irgend jemand getötet worden, wenn wir nicht extreme Vorsichtsmaßnahmen ergriffen hätten. Wir fassen sie nur noch mit bißfesten Schutzhandschuhen an, tragen Gesichtsmasken aus Plexiglas und Kevlar-Overalls mit hohem Rollkragen. *Kevlar!* Das Material, aus dem schußsichere Westen gemacht werden! Und wir mußten so etwas anziehen, weil die Biester es mit aller Entschlossenheit darauf angelegt hatten, uns zu verletzen.«

Erstaunt fragte Ben: »Aber warum haben Sie sie dann nicht einfach vernichtet?«

»Wir konnten doch nicht unseren eigenen Erfolg vernichten.«

Ben war verblüfft. »Erfolg?«

»Vom wissenschaftlichen Standpunkt aus fiel ihre Feindseligkeit nicht so sehr ins Gewicht, solange sie nur schlau waren. Wir waren darauf aus, schlaue Ratten zu züchten, und das war uns gelungen. Was die Feindseligkeit angeht, rechneten wir damit, im Laufe der Zeit den Grund festzustellen und entsprechend reagieren zu können. Deshalb haben wir ja alle in einen Käfig gesperrt.

Wir dachten, die Isolierung in Einzelkäfigen könnte mit für ihre Aggressivität verantwortlich sein. Wir nahmen an, sie seien schon so intelligent, daß ein adäquates soziales Umfeld für sie zur unabdingbaren Notwendigkeit geworden wäre. Und wir haben gehofft, daß sie durch Geselligkeit – nun ja, irgendwie sanfter gestimmt würden.«

»Statt dessen ist es ihnen im Rudel nur leichter geworden zu entkommen.«

Acuff nickte. »Und nun sind sie frei.«

Meg hastete durch den Flur und sah, als sie am Wohnzimmer vorbeikam, gerade noch, daß Tommy sich unbeholfen vom Stuhl hochstemmte und nach seinen Krücken langte. Doofus winselte aufgeregt. Tommy rief nach ihr, aber sie nahm sich keine Zeit stehenzubleiben. Es kam auf jede Sekunde an.

Am Fuß der Treppe, schon auf den ersten Stufen, warf sie einen Blick zurück. Keine Ratten. Jedenfalls sah sie keine. Die Flurlampe hatte sie allerdings nicht eingeschaltet. Ausgeschlossen war es nicht, daß da unten im Halbdunkel irgend etwas herumwieselte.

Sie nahm zwei Stufen auf einmal und war völlig außer Atem, als sie im oberen Stock ankam. Hastig zog sie in ihrem Zimmer die Schrotflinte unter dem Bett hervor und lud die fünf Magazinkammern: *Klacketi-klack.*

Im Geiste sah sie ganze Rattenschwärme durchs Zimmer flitzen – eine Vision, die sie auf den Gedanken brachte, sie werde vielleicht noch mehr Munition brauchen. Im Kleiderschrank lag eine Schachtel mit fünfzig Patronen. Sie schob die Tür auf – und stieß einen entsetzten Schrei aus, als sie zwei große weiße Ratten über den Schrankboden huschen sah. Die Biester kletterten über ihre Schuhe und verdrückten sich durch ein Loch in der Rückwand. Alles ging so schnell, daß sie, selbst wenn sie in der ersten

Verblüffung auf die Idee gekommen wäre, keine Zeit gehabt hätte, einen Schuß abzugeben.

Die Schachtel mit den Patronen hatte auf dem Schrankboden gestanden, und die Ratten hatten sie gefunden, den Karton durchgenagt, sich die Patronen geholt, eine nach der anderen, und in ein Versteck in der Wand geschleppt. Nur vier Schuß waren übriggeblieben. Meg raffte sie zusammen und stopfte sie sich in die Taschen ihrer Jeans.

Wenn die Ratten es geschafft hatten, sich mit fast dem gesamten Munitionsvorrat auf und davon zu machen, konnte es dann nicht sein, daß sie irgendwann einen Weg fanden, ihr auch die fünf Patronen aus der Magazinkammer der Schrotflinte wegzunehmen? Mußte sie nicht damit rechnen, daß die Biester alles versuchen würden, sie wehrlos zu machen? Die Frage war nur, wie gerissen sie waren. Nein, das war keine Frage mehr. Meg kannte die Antwort. Zu gerissen, viel zu gerissen.

Tommy rief nach ihr, und Doofus bellte ärgerlich. Sie rannte aus dem Schlafzimmer und so hastig die Treppenstufen hinunter, daß sie einen verstauchten Knöchel riskierte.

Der Labrador lag in der kleinen Diele beim vorderen Flur, alle viere von sich gestreckt, den kantigen Schädel tief nach unten gedrückt, die Ohren angelegt, und starrte zur Küche hinüber. Aus dem Bellen war ein gefährliches Knurren geworden, nur daß er dabei am ganzen Leib zitterte.

Tommy, auf seine Krücken gestützt, stand im Wohnzimmer. Der tiefe, erleichterte Atemzug, mit dem Meg feststellte, daß er nicht von wütenden Ratten eingekreist war, kam ihr wie ein stummer Schrei vor.

»Mam, was ist los? Was ist denn passiert?«

»Die Ratten … Ich glaube – nein, ich *weiß*, daß sie von Biolomech kommen. Das war der Grund für die Straßensperre. Danach haben die Männer mit den Taschenlampen gesucht – und mit den Spiegeln unter dem Wagenboden.« Verstohlen suchte sie das Wohnzimmer ab, jeden Augenblick darauf gefaßt, irgendwo eine huschende Bewegung auszumachen.

»Woher willst du das wissen?« fragte der Junge.

»Ich hab' sie gesehen. Sobald du sie gesehen hast, weißt du's auch.«

Doofus lag immer noch in der Diele, aber Meg mußte sich eingestehen, daß sein drohendes Knurren keine beruhigende Wirkung auf sie hatte. Der Hund war den Ratten – *diesen* Ratten – nicht gewachsen. Sie würden ihn mit List oder mit Gewalt ausschalten, sobald sie sich zum Angriff entschlossen.

Und irgendwann würden sie angreifen. Das war nach allem, was sie gesehen hatte, keine Ahnung mehr, es war eine Gewißheit. Die Biester waren genetisch verändert, mit ungewöhnlich großen Köpfen und Gehirnen, und sie unterschieden sich durch ihr ganzes Verhalten von normalen Ratten. Die lebten gewöhnlich nur von Abfällen, nicht von der Jagd. Ihr Erfolg beruhte auf der Fähigkeit, ungesehen durchs Dunkel huschen und sich im Mauerwerk der Häuser oder in Kloaken verstecken zu können. Einen Menschen anzugreifen, wagten sie nie, es sei denn, er war hilflos – ein sinnlos Betrunkener oder ein Baby in der Wiege. Aber die Biolomech-Ratten waren frech und aggressiv, Jäger und Aasfresser zugleich, und die Raffinesse, mit der sie ihr die Schrotpatronen gestohlen und sie wehrlos gemacht hatten, konnte nichts anderes bedeuten, als daß sie sich auf einen Angriff vorbereiteten.

»Aber wenn sie nicht wie normale Ratten sind, wie sind sie denn dann?« fragte Tommy mit zitternder Stimme.

Meg sah den abscheulich großen Schädel vor sich, die scharlachroten Augen, in denen sie so viel bösartige Intelligenz gelesen hatte, und die plumpen, weißen, irgendwie abartig wirkenden Körper. »Das erklär' ich dir später«, sagte sie. »Komm, Liebling, wir sehen zu, daß wir wegkommen.«

Sie hätten durch die Vordertür gehen können, ums Haus herum, über den Hinterhof zur Scheune, wo der Jeep stand, aber das wäre ein langer Weg durchs Schneetreiben gewesen – vor allem für einen Jungen auf Krücken. Also entschied sie sich für den Weg durch die Küche und durch die Hintertür. Zumal sie auf dem Kleiderständer beim Hinterausgang die Jacken zum Trocknen aufgehängt hatte und der Autoschlüssel in ihrer Jackentasche steckte.

Doofus eskortierte sie mutig den Flur entlang und weiter bis in die Küche, nur daß er es offensichtlich nicht gern tat.

Meg hielt sich – die Schrotflinte fest in der Hand, den Finger am Abzug – dicht neben Tommy. Fünf Patronen im Magazin, vier in den Taschen. Reichte das? Wie viele Ratten waren bei Biolomech ausgebrochen? Ein halbes Dutzend, zehn, zwanzig? Sie würde es sich kaum leisten können, auf eine einzelne Ratte zu feuern, statt auf die Gelegenheit zu warten, zwei oder drei mit einem Schuß zu erledigen. Gut, aber wenn sie nun gar nicht im Rudel angriffen? Was, wenn sie einzeln auf sie losgingen, aus verschiedenen Richtungen, so daß sie die Waffe bald nach links, bald nach rechts schwenken mußte und jedesmal nur eine einzige Ratte aufs Korn nehmen konnte – so lange, bis sie die Munition verschossen hatte? Eins stand fest: Sie mußte sie aufhalten, bevor sie ihr oder Tommy zu nahe kamen, auch wenn die Ratten eine nach der anderen angriffen, denn wenn die Biester sie oder Tommy erst einmal angesprungen hatten, würde die Schrotflinte nutzlos sein. Dann blieb ihnen nur noch, sich mit bloßen Händen gegen die scharfen Zähne und Krallen zu wehren. Und in einem solchen Kampf waren sie nicht einmal einem halben Dutzend großer, unerschrockener und unheimlich schlauer Ratten gewachsen, wenn die Tiere es darauf anlegten, ihnen die Kehle aufzureißen.

In der Küche war es still, bis auf das Heulen des Windes und den klumpigen Schnee, der gegen die Scheiben klatschte. Die Schranktüren standen immer noch offen. Auf den Einlegeböden waren momentan keine Ratten zu sehen.

Das alles war *verrückt!* Seit zwei Jahren machte sie sich Sorgen, ob sie auch wirklich in der Lage war, Tommy allein großzuziehen, ohne Jims Hilfe. Zerbrach sich den Kopf, wie sie ihm beibringen sollte, was ein Leben rechtschaffen und anständig macht. Erschrak zu Tode über jede Verletzung und jede noch so harmlose Krankheit. Zermarterte sich das Hirn, was sie tun sollte, wenn eines Tages schwerwiegende Probleme auftauchten – weiß Gott, was es da geben mochte. Aber *so etwas* – so etwas hatte sie nicht erwartet, darauf war sie nicht vorbereitet gewesen. Oft genug hatte sie es als glückliche Fügung empfunden, daß sie und Tommy auf dem Land lebten, wo die Bedrohung durch Verbrechen nicht zur alltäglichen Sorge gehörte wie in der Stadt, aber jetzt war die idyllische Cascade Farm, friedlich in die Wiesen am Rande der Black Oak Road gebettet, auf einmal ein schlimmerer Ort als das finsterste Viertel in irgendeiner Großstadt.

»Zieh deine Jacke an«, sagte sie zu Tommy.

Doofus stellte die Ohren auf. Schnüffelte. Sein Blick irrte suchend umher, hakte sich einen Moment auf der Anrichte fest, wanderte weiter zum Kühlschrank, konzentrierte sich auf den offenen, dunklen Einbauschrank unter der Spüle.

Die Waffe fest in der rechten Hand, angelte Meg mit der linken ihre Jacke vom Haken, brauchte eine Weile, bis sie es geschafft hatte, in den Ärmel zu fahren, nahm die Schrotflinte in die linke Hand, schlüpfte in den rechten Ärmel. Auch als sie die Gummistiefel anzog, benutzte sie nur eine Hand. Um keinen Preis der Welt hätte sie die Waffe weggelegt.

Tommy starrte auf die Rattenfalle, die ursprünglich unter der Spüle gestanden und die Meg später auf der Arbeitsplatte abgelegt hatte. Das Stück Holz, mit dem die Ratten den Mechanismus der Falle ausgelöst hatten, steckte immer noch unter dem gezahnten Schlaghammer. Tommy runzelte die Stirn.

Aber bevor er dazu kam, darüber nachzudenken oder gar Fragen zu stellen, sagte Meg: »Du schaffst das Stück draußen auch ohne Gummistiefel. Und laß die Krücken hier, mit denen kommst du im Schnee sowieso nicht zurecht. Du stützt dich besser auf mich.«

Urplötzlich erstarrte Doofus.

Meg brachte die Waffe hoch, ihr Blick suchte die Küche ab.

Der Labrador knurrte – ein Grollen, das tief aus seiner Kehle kam, aber von Ratten war weit und breit nichts zu sehen.

Meg zog die Tür auf, und steifer Wind wehte herein. »Komm, gehen wir«, sagte sie, »beeilen wir uns.«

Tommy stolperte nach draußen, suchte am Türrahmen Halt, tastete sich an der Wand der Veranda entlang. Der Hund drückte sich hinter ihm ins Freie. Meg folgte als letzte und zog die Tür hinter sich zu.

In der Rechten hielt sie die Waffe, mit der Linken stützte sie Tommy. Sie führte ihn über die Veranda und die schneebedeckten Stufen hinunter in den Hof. Es war kalt, und der schneidende Wind tat ein übriges; die Temperatur mußte inzwischen weit unter Null liegen. Ihre Augen tränten, ihr ganzes Gesicht fühlte sich taub an. Sie hatte sich keine Zeit genommen, Handschuhe anzuziehen, und nun kroch ihr die Kälte in die Finger. Trotzdem, hier draußen war ihr wohler zumute, hier fühlte sie sich sicherer als im Haus. Daß die Ratten sie hierher verfolgen würden, glaubte sie nicht. Der Sturm, gegen den sich schon Meg und Tommy anstemmen mußten, war für relativ kleine Lebewesen wie Ratten sicher eine unüberwindbare Barriere.

Es war nahezu unmöglich, sich zu unterhalten, so heftig fegte der Wind übers flache Land. Er fing sich heulend unter den Dachkanten und zauste die kahlen Äste der Ahornbäume. Tommy und Meg stapften schweigend durch den Schnee, Doofus blieb an ihrer Seite. Obwohl sie ein paarmal ins Rutschen gerieten und um ein Haar gestürzt wären, legten sie den Weg zur Scheune schneller zurück, als sie gedacht hatten. Meg drückte den Schalter für die Torautomatik, und sie und Tommy huschten gebückt in die Scheune, noch ehe der Metallrolladen ganz oben war. Im schwachen Lichtschein der einzigen Glühbirne gingen sie auf den Geländewagen zu.

Meg fischte die Autoschlüssel aus der Jackentasche, schloß die rechte Wagentür auf, ließ den Sitz so weit wie möglich zurückrutschen und half Tommy hinein. Sie wollte ihn dicht neben sich haben, auf dem Beifahrersitz, obwohl er es hinten auf der Rückbank bequemer gehabt hätte. Als sie sich nach dem Hund umdrehte, sah sie, daß er draußen stehengeblieben war, direkt vor dem Tor, und offensichtlich nicht vorhatte, ihnen zu folgen.

»Doofus, bei Fuß, schnell!« rief sie.

Der Labrador winselte und starrte ins Halbdunkel. Nicht lange, und sein Winseln ging in ein tief grollendes Knurren über.

Meg erinnerte sich an das Gefühl, heimlich beobachtet zu werden – vorhin, als sie den Jeep geparkt hatte. Sie spähte in die dunklen Winkel und hoch zu den Brettern des Heubodens. Aber da rührte sich nichts, da huschten keine bleichen Schatten geduckt durchs Dunkel. Und sie entdeckte auch nicht die gespenstisch rot leuchtenden Augen, an denen man Nagetiere bei Nacht zuerst ausmachen kann.

Der Labrador war wahrscheinlich nur nervös und übertrieben vorsichtig. Verständlich, aber sie hatte es eilig, sie mußte hier weg. Deshalb rief sie ihn noch einmal – und diesmal energischer.

Er trottete zögernd in die Scheune, witterte, zog schnüffelnd die Nase über den Boden, kam schließlich angerannt und sprang mit einem Satz auf die Rückbank des Jeeps.

Meg schloß die Tür, ging um den Wagen herum auf die Fahrer-

seite und rutschte hinters Lenkrad. »Wir fahren zurück zu Biolomech«, sagte sie. »Wir sagen ihnen, daß wir gefunden haben,
was sie suchen.«

»Was ist denn mit Doofus los?« fragte Tommy.

Der Hund tänzelte unruhig auf den Rücksitzen hin und her,
drückte sich bald links, bald rechts die Nase am Seitenfenster
platt und stieß kläglich-ängstliche Laute aus.

»Na ja, du kennst doch Doofus«, sagte Meg.

Tommy – tief in den Sitz geduckt, ein wenig verrenkt, weil er irgendwie mit dem Gipsbein zurechtkommen mußte – kam ihr auf
einmal jünger vor als ein Zehnjähriger. Sie spürte, wieviel Angst
sich in ihm aufgestaut hatte und wieviel Schutz er brauchte.

»Alles in Ordnung«, sagte sie, »wir sind so gut wie weg.«

Sie schob den Schlüssel ins Zündschloß, drehte ihn. Nichts. Sie
versuchte es noch einmal. Der Jeep sprang nicht an.

Am Nordrand des Biolomech-Geländes kauerte Ben Parnell am
Zaun und inspizierte den Kriechgang in der halb gefrorenen
Erde – der Größe nach konnte er von Ratten stammen. Einige
seiner Männer standen bei ihm, einer hielt die Taschenlampe auf
das Loch im Boden gerichtet. Den Männern vom Suchtrupp war
es erst beim zweiten Rundgang aufgefallen, und sogar das war ein
Glücksfall, denn hätte es in einer Mulde gelegen, vor dem Wind
geschützt, wäre es von einer Schneewehe zugedeckt gewesen.

Steve Harding mußte gegen den Sturm anschreien, als er fragte: »Meinen Sie, die haben sich eine Höhle gebuddelt und sind
noch da drin?«

»Nein.« Bens Atem hing wie Rauch in der arktisch kalten Luft.
Wenn er mit der Möglichkeit gerechnet hätte, daß die Ratten sich
da unten versteckten, hätte er sich nicht so unbekümmert vor das
Loch gekauert, wo sie ihn jederzeit anfallen und ihm direkt ins
Gesicht springen konnten.

Feindselig, hatte John Acuff gesagt. Extrem feindselig.

»Nein«, sagte Ben, »sie haben sich nicht hier eingegraben. Der Gang führt nur unter dem Zaun durch. Auf der anderen Seite sind sie wieder herausgekrochen und wer weiß wohin verschwunden.«

Ein hochgewachsener, schlaksiger junger Mann, dem Ärmelabzeichen nach ein Deputy des County Sheriffs, stieß zu der Gruppe und fragte: »Heißt hier jemand Parnell?«

»Ja, ich.«

»Ich bin Joe Hockner.« Auch er mußte fast schreien, um sich verständlich zu machen. »Vom Sheriffsbüro. Ich hab' den Spürhund dabei, den Sie angefordert haben. Was ist denn hier eigentlich los?«

»Ich erklär's Ihnen gleich«, versprach Ben und wandte seine Aufmerksamkeit wieder dem Kriechgang zu, der unter dem Zaun ins freie Gelände führte.

George Yancy, einer aus Bens Gruppe, meinte skeptisch: »Woher wollen wir wissen, daß sie's waren, die das Loch gegraben haben? Es können doch genausogut andere Tiere gewesen sein.«

»Kommt mal mit der Lampe näher ran«, verlangte Ben.

Das Loch mochte einen Durchmesser von zwölf Zentimetern haben. Steve Harding richtete den Lichtstrahl auf das Zentrum.

Ben beugte sich weiter vor, kniff die Augen zusammen und entdeckte etwas, was auf den ersten Blick aussah wie weiße Zwirnschnipsel. Sie klebten an der feuchten Erde, eine Handbreit im Inneren der Aushöhlung, nur deshalb hatte der Wind sie nicht weggetragen. Ben streifte den rechten Handschuh ab, langte mit spitzen Fingern hin und erwischte zwei Fäden.

Keine Fäden. Weiße Haare.

Tommy und der Hund blieben im Geländewagen, Meg nahm die Taschenlampe aus dem Handschuhfach und stieg – die Schrotflinte im Arm – aus, um einen Blick unter die Motorhaube zu werfen. Sie knipste die Lampe an. Ein wirres Durcheinander von zerrissenen, ineinander verschlungenen Kabelverbindungen – am Zündverteiler, unter den Zündkerzen, überall. Die Isolierungen waren angenagt, Öl und Kühlflüssigkeit tropften auf den Boden unter dem Jeep.

Bisher hatte ihr das Ganze Angst eingejagt, jetzt packte sie das blanke Entsetzen. Aber es war ihr auch klar, daß sie ihre Panik vor Tommy nicht zeigen durfte.

Sie schloß die Motorhaube, ging zur Fahrerseite und öffnete die Tür. »Ich weiß nicht, was los ist, aber da tut sich nichts mehr.«

»Vorhin auf dem Heimweg war doch noch alles in Ordnung.«

»Ja, stimmt. Aber jetzt nicht mehr. Komm, laß uns gehen.«

Der Junge ließ sich von ihr aus dem Wagen helfen, und als sie ihn festhielt, und ihre Gesichter sich ganz nahe waren, fragte er: »Die Ratten haben sich darüber hergemacht, nicht wahr?«

»Die Ratten? Die treiben sich im Haus rum. Und wie ich schon sagte, es sind gräßliche Viecher, aber …«

Er wollte sich nicht beschwindeln lassen. »Du willst es mich nicht merken lassen«, fiel er ihr ins Wort, »aber du hast Angst vor ihnen, mächtige Angst. Also können sie nicht nur ein bißchen anders sein als normale Ratten, denn so leicht geht dir nichts unter die Haut – dir nicht. Als Dad gestorben ist – das ist dir unter die Haut gegangen. Aber nicht lange, dann hast du wieder Mut gefaßt. Mir zuliebe, weil du wolltest, daß ich mich geborgen fühle. Und wenn Dads Tod dich nicht aus der Fassung gebracht hat, dann denk' ich mir, so schnell läßt du dich nicht umwerfen, von gar nichts. Aber diese Ratten von Biolomech, die gehen dir mehr unter die Haut als irgendwas je zuvor.«

Sie zog ihn fest an sich. Die Liebe, mit der sie an ihm hing, tat weh, fast wie ein körperlicher Schmerz. Trotzdem, die Schrotflinte legte sie nicht aus der Hand.

»Mom«, sagte er, »ich hab' die Falle mit dem Stück Holz gesehen, und die Haferflocken im Spülbecken mit den Giftkörnern dazwischen auch. Ich hab' über alles nachgedacht, und ich glaube, das mit den Ratten ... Es hat etwas damit zu tun, daß sie unheimlich schlau sind, nicht wahr? Sie sind's, weil sie im Labor irgendwas mit ihnen angestellt haben. Sie sind schlauer, als Ratten eigentlich sein können. Und jetzt haben sie uns den Jeep kaputtgemacht.«

»Sie sind nicht schlau genug. Nicht für uns, Liebling.«

»Was wollen wir denn jetzt machen?« flüsterte er.

Auch sie senkte die Stimme unwillkürlich zu einem Flüsterton, obwohl sie in der Scheune keine Ratten gesehen hatte und sich nicht vorstellen konnte, warum die Biester sich, nachdem sie den Geländewagen unbrauchbar gemacht hatten, noch länger hier draußen herumtreiben sollten. Und selbst wenn sie noch im Dunkel gelauert hätten, die menschliche Sprache verstanden sie bestimmt nicht. Egal, was die Burschen bei Biolomech mit ihnen angestellt hatten, irgendwo war allem eine Grenze gesetzt. Trotzdem war ihre Stimme nur ein Hauch, als sie antwortete: »Wir gehen ins Haus und ...«

»Aber vielleicht warten sie nur darauf!«

»Vielleicht. Aber ich muß versuchen zu telefonieren.«

»Ans Telefon haben sie bestimmt längst gedacht.«

»Kann sein. Vielleicht aber auch nicht. Ich meine, wie schlau können die Biester denn sein?«

»Schlau genug, um an den Jeep zu denken.«

Hinter dem Zaun erstreckte sich eine knapp hundert Meter lange Wiese, danach begannen tiefe, dunkle Wälder.

Die Chance, die Ratten irgendwo aufzuspüren, war verschwindend klein, dennoch schwärmten die Männer in Zweier- und Dreiergruppen aus und suchten das offene Gelände ab. Dabei wußten sie im Grunde nicht, wonach sie eigentlich Ausschau halten sollten. Sogar bei gutem Wetter, an trockenen, sonnigen Tagen, war es nahezu unmöglich, Spuren von so kleinen Tieren wie Ratten zu verfolgen. Und jetzt – wo sollten sie nach diesem Sturm noch Spuren finden?

Ben Parnell führte vier Männer direkt zum Waldrand jenseits der Wiese. Sie sollten dort, wo der Baumwuchs und das wuchernde Gebüsch anfingen, mit Hilfe des Spürhundes alles absuchen. Der Hund hörte auf den Namen Max. Er war kräftig gebaut, nicht sehr groß, mit riesigen Ohren und einem Gesicht, das eher ein bißchen komisch wirkte. Aber wer ihm bei der Arbeit zusah, dem verging das Lachen schnell. Max war mit großem Ernst und mit Eifer bei der Sache. Deputy Joe Hockner, der Hundeführer, hatte Max am Kot aus dem Käfig schnuppern lassen und eine Stelle im Gras entdeckt, an der der Hund die Witterung aufnehmen konnte. Man sah es Max an, daß ihm der Geruch, den er in der Nase hatte, gar nicht schmeckte, aber die Fährte war offensichtlich so intensiv, daß einer wie er – ein Hund mit ausgeprägtem Jagdinstinkt, der immer sein Bestes geben wollte, egal, wie sehr der Wind heulte und wie dicht das Schneegestöber war – ihr leicht folgen konnte.

Es dauerte nur zwei Minuten, bis er im winterdürren Gestrüpp fündig geworden war. Er zerrte an der Leine und zog Hockner hinter sich her in den Wald. Ben und seine Männer schlossen sich an.

Meg hielt Doofus die Wagentür auf, und sie, Tommy und der Hund eilten auf das weit offenstehende Scheunentor zu. Draußen formte der Sturm weiße Spukgestalten aus den wirbelnden Flocken. Er war stärker geworden, fuhr mit wütender Gewalt in die Dachziegel, zerrte an ihnen, daß sie klapperten und klirrten; ein paar hatte er schon herausgerissen. Die Dachsparren ächzten, und die Lukentür schwang lose in den Angeln.

»Tommy, du bleibst auf der Veranda. Ich gehe in die Küche, nur bis zum Telefon. Wenn es nicht funktioniert, schlagen wir uns zur Straße durch und halten einen Wagen an.«

»Bei so einem Sturm ist doch niemand unterwegs.«

»Irgend jemand wird schon vorbeikommen. Der Schneepflug oder der Streuwagen.«

Er blieb am offenen Scheunentor stehen. »Mam, bis zur Black Oak Road – das ist eine dreiviertel Meile. Ich glaub' nicht, daß ich mit dem Gipsverband so weit gehen kann, auch wenn du mir hilfst. Bei so einem Sturm! Ich bin jetzt schon müde, ich hab' Muskelkater, weil das eine Bein alles allein schaffen muß. Wenn ich überhaupt bis zur Straße komme, dauert es sehr, sehr lange.«

»Wir schaffen es«, sagte sie, »und es ist ganz egal, wie lange es dauert. Bis zur Straße verfolgen sie uns nicht, da bin ich ganz sicher. Der Sturm ist unser bester Schutz – wenigstens vor ihnen.« Dann fiel ihr der Schlitten ein. »Ich kann dich bis zur Straße ziehen.«

»Ziehen? Mich?«

Sie nahm in Kauf, daß sie Tommy unter Doofus' Obhut so lange allein lassen mußte, bis sie zurück in die Scheune gerannt war, zur Bretterwand an der Nordseite, wo neben dem Spaten, der Hacke und dem Rechen der Schlitten hing – der *Midnight Flyer*, wie der Schriftzug auf der Sitzschale verhieß. Ohne die Waffe aus der Hand zu legen, hakte sie den Schlitten los und schleppte ihn zum Scheunentor, wo Tommy wartete.

»Aber Mam, du kannst mich nicht ziehen, ich bin zu schwer.«

»Hab' ich dich nicht schon wer weiß wie oft durch den dicksten Schnee gezogen – kreuz und quer übers Farmgelände?«

»Ja, aber das war vor Jahren, da war ich noch klein.«

»He, Cowboy, ein Riese bist du jetzt auch noch nicht. Na, komm schon!«

Gut, daß ihr der Schlitten eingefallen war. *Einen Vorteil habe ich gegenüber den High-tech-Gespenstern aus dem Biolomech-Labor,* dachte sie. *Ich bin eine Mutter, die ihr Kind beschützen will, und das macht mich stark. Die Biester müssen mit mir rechnen.*

Sie stellte den Schlitten draußen ab und half Tommy in die Sitzschale. Links stemmte er den Schuh gegen die Führungskufen. Der rechte Fuß steckte im Gips, bis auf die Zehen. Der dicke Wollstrumpf, den sie ihm über den Gips und die nackten Zehen gezogen hatte, war völlig durchweicht, die nasse Wolle fing schon zu gefrieren an. Trotzdem schaffte es Tommy irgendwie, sich auch mit dem rechten Bein so abzustemmen, daß er festen Halt hatte.

Doofus strich ängstlich um den Schlitten herum und bellte ein paarmal laut die offene Scheune an, aber Meg, die jedesmal aufsah und das Dunkel absuchte, konnte nichts entdecken.

Sie nahm das steifgefrorene Nylonseil, betete stumm, daß das Telefon nicht tot war, und zog Tommy auf dem Schlitten über den langgestreckten Hof. An manchen Stellen – Gott sei Dank nur an wenigen – schnitten die Kufen so tief in den Schnee, daß sie sich sekundenlang im halb gefrorenen Boden festgruben, aber sie bekam den Schlitten jedesmal wieder flott. Im allgemeinen lag die frische Schneedecke so hoch, daß die Kufen leicht und geschmeidig darüber hinwegglitten. Das bestärkte sie in der Hoffnung, daß sie es, wenn nötig, bis zur Straße schaffen und nicht auf halbem Wege vor Erschöpfung zusammenbrechen würde.

Das Unterholz war nicht sehr dicht, und die Ratten schienen sich auf ihrer Flucht vorwiegend an die Pfade gehalten zu haben, die das Rotwild ins Dickicht getreten hatte, denn der Spürhund jagte, ohne erst lange suchen zu müssen, in einem solchen Tempo los, daß die Männer Mühe hatten, ihm zu folgen. Zum Glück war der meiste Schnee in den Baumkronen hängengeblieben, weswegen es nicht nur den Männern, sondern auch Max mit seinem gedrungenen Körperbau erspart blieb, sich mühsam durch hohe Verwehungen zu kämpfen. Ben wunderte sich, daß der Hund während der Verfolgungsjagd nicht laut bellte; in alten Filmen, erinnerte er sich, stieß die Meute immer ein gräßliches Gebell aus, wenn sie hinter Cagney oder Bogart herjagte. Von Max war nichts als das unablässige Hecheln und Schnüffeln zu hören.

Sie mochten etwa fünfhundert Meter vom Zaun entfernt sein und stolperten auf unebenem Boden von einer Furche zur anderen, während sie immer wieder unwillkürlich zurückschraken, wenn das schwankende Taschenlampenlicht ihnen jäh bizarre Gestalten vorgaukelte.

Auf einmal wurde Ben klar, daß die Ratten sich hier im Wald bestimmt keine Winterhöhle gegraben hatten. Wenn sie das vorgehabt hätten, hätten sie es gleich am Waldrand tun können, dicht hinter der ersten Baumreihe. Aber sie waren immer tiefer in den Wald eingedrungen, und das konnte nur bedeuten, daß sie auf einen bequemeren Unterschlupf aus waren als auf eine Erdhöhle mitten in der Wildnis. Eigentlich ganz logisch, da sie doch an ein Leben in der freien Natur überhaupt nicht gewöhnt waren. Die Generation am Ende einer langen Kette von Laborversuchen – zeitlebens war ihre vertraute Umgebung der Käfig gewesen, in dem immer frisches Futter und Wasser für sie bereitstand. So schlau sie auch sein mochten, im Wald wären sie verloren gewesen. Deshalb kämpften sie sich durch den Schnee – in der Hoffnung, irgendwo eine menschliche Behausung zu finden, in der sie sich verkriechen konnten. Und auf dem Weg zu diesem Ziel hätte nur ein rapider Temperatursturz oder völlige Erschöpfung sie aufhalten können.

Cascade Farm.

Mit einem Mal fiel ihm die attraktive junge Frau im Geländewagen ein. Kastanienfarbenes Haar, mandelbraune Augen, ein Gesicht wie aus Porzellan; wären da nicht ein paar hübsche Sommersprossen gewesen, hätte es fast eine Spur zu puppenhaft gewirkt. Der Junge hinten im Wagen, mit dem Bein im Gipsverband – neun oder zehn mochte er gewesen sein –, hatte Ben an seine eigene Tochter erinnert. Melissa war auch neun gewesen, als sie nach einem langen, vergeblichen Kampf ihr Leben an den Krebs verloren hatte. In den Augen des Jungen hatte Ben dieselbe Unschuld gelesen wie seinerzeit bei Melissa, dieses grenzenlose, trügerische Vertrauen, das von dem Gefühl herrührte, in der Nähe eines liebenden Menschen geborgen zu sein. Vorhin auf der Straße, als Ben Mutter und Sohn durchs offene Wagenfenster gemustert hatte, war so etwas wie Neid in ihm wach geworden: zwei, die ein Leben in der Geborgenheit einer Familie führten, ohne von den düsteren Schatten eines Schicksalsschlages bedroht zu sein.

Jetzt, während er sich hinter Deputy Hockner und dem Hund seinen Weg durch den Wald bahnte, wuchs plötzlich die Gewißheit in ihm, daß die Ratten, die wenige Stunden vor Beginn des Schneefalls aus dem Biolomech-Labor entkommen waren, ihr Ziel gefunden hatten: die Cascade-Farm, den am nächsten gelegenen Ort, der von Menschen bewohnt wurde. Und er wußte, daß sich die Familie, die er vorhin noch beneidet hatte, auf einmal in tödlicher Gefahr befand. Lassiter – so hießen die Leute auf der Farm. Er wußte es: Die Ratten hatten sich bei den Lassiters eingenistet. Er war sich so sicher, als hätte er es selbst gesehen.

Feindselig, hatte Acuff gesagt. Extrem feindselig. Von dumpfer Wut getrieben, unerbittlich, teuflisch feindselig.

»Haltet mal an! Wartet! Bleibt stehen!« rief er.

Deputy Hockner zerrte Max an der Leine zurück, auch die anderen Männer blieben stehen, und schließlich versammelten sich alle auf einer kleinen Lichtung. Ringsum bogen sich die Pinienstämme im peitschenden Wind. Der Atemhauch der Männer schien in der Luft zu gefrieren. Fragend sahen sie Ben an.

»Steve«, ordnete Ben an, »gehen Sie zurück zum Haupttor, nehmen Sie sich einen Lastwagen und eine Handvoll Männer und fahren Sie zur Cascade Farm. Sie wissen, wo das ist?«

»Ja, ein Stück weit die Black Oak Road hinunter.«

»Gott möge den Leuten dort beistehen. Ich bin so gut wie sicher, daß die Ratten sich da verkrochen haben. Es ist der einzige warme Unterschlupf in erreichbarer Nähe. Wenn sie's nicht bis zur Farm geschafft haben, kommen sie im Sturm um, aber an so viel Glück wage ich nicht zu glauben.«

Steve drehte sich um. »Bin schon unterwegs.«

Zu Deputy Hockner sagte Ben: »Okay, machen wir uns auch auf den Weg. Hoffen wir, daß ich falsch liege.«

Hockner gab die straffgezogene Leine frei, an der er Max zu sich herangezogen hatte. Und dieses Mal bellte der Hund, als wollte er mit seinem tiefen, langgezogenen Laut signalisieren, daß er die Fährte wieder aufgenommen hatte.

Zur selben Zeit hatte Meg, den Schlitten im Schlepp, die Stufen zur Veranda erreicht. Ihr Herz schlug wild, und ihre Kehle brannte von der rauhen, eiskalten Luft, mit der sie sich die Lungen vollgepumpt hatte. Von ihrer Zuversicht, Tommy notfalls auf dem Schlitten bis zur Landstraße ziehen zu können, war nicht viel übriggeblieben. Irgendwann später, wenn sich der Sturm gelegt hatte, mochte das nicht so schwierig sein, aber wie es jetzt aussah, bezweifelte sie, daß ihre Kräfte ausreichten, um den Jungen auf dem Schlitten – noch dazu ständig gegen den wütenden Sturm gestemmt – über eine so lange Strecke hinter sich herzuschleppen. Außerdem war der Schlitten noch gar nicht für den Winter hergerichtet: Die Kufen mußten mit Sandpapier entrostet, mit Öl und danach mit Seife eingerieben werden – und sie war fest davon überzeugt gewesen, daß das noch ein paar Wochen Zeit haben würde.

Doofus hielt sich dicht am Schlitten und wollte gar nicht mehr aufhören, sich zu schütteln. Nicht mal sein dichtes Fell bot genug Schutz vor dem Blizzard. Im Lichtschimmer, der durch die Küchenfenster nach draußen fiel, bis auf die Stufen vor der Veranda, sah Meg die Eiskristalle glitzern, die ihm das Fell verklebten.

Tommy hatte – die Kapuze der Jacke über den Kopf gezogen, tief nach vorn gebeugt und das Gesicht vor dem schneidenden Wind geschützt – den Weg von der Scheune zum Haus besser überstanden als der Labrador. Aber es ging ihm wohl nicht anders als ihr selbst, da sie ja beide keine dicken Thermohosen, sondern nur leichte Jeans trugen: Sie waren durchweicht bis auf die Haut. Meg konnte sich ausmalen, daß es nicht mehr lange bis zum Beginn einer gefährlichen Unterkühlung gedauert hätte – wieder etwas, was dagegen sprach, den weiten Weg bis zur Black Oak Road zu wagen.

Stumm wiederholte sie ihr Stoßgebet, daß um Himmels willen das Telefon funktionieren möge.

Tommy sah zu ihr hoch – ein blasses Gesicht, eingemummt in den hochgeschlagenen Jackenkragen. Sie schrie gegen das häßliche Heulen der Sturmböen an, als sie ihm auftrug, hier draußen zu warten, und versprach, gleich wieder zurück zu sein (obwohl sie beide nur zu gut wußten, daß ihr im Haus Gott weiß was zustoßen konnte).

Die Waffe in der Hand, stieg sie die Stufen hoch und öffnete vorsichtig die Hintertür. Ein unvorstellbares Durcheinander in der Küche. Sämtliche Päckchen, Tüten und sogar Gläser mit Vorräten waren aus den Schränken gezerrt worden und lagen aufgerissen oder zerschlagen auf dem Boden – Haferflocken, Müsli, Zucker, Mehl, Maisstärke, Crackers, Plätzchen, Makkaroni und Spaghetti, alles war durcheinandergemengt, mit dem Sud aus den Gläsern und mit Makkaronisoße bekleckert, grausig garniert mit Kirschen, Oliven und Mixed Pickles.

Ein Bild der Verwüstung – ohne Zweifel hatte sich hier sinnlose Wut ausgetobt. Wäre es das Werk eines Menschen gewesen, hätte man von einem Psychopathen gesprochen. Die Ratten hatten die Päckchen und Tüten nicht aufgerissen, um sich am Inhalt gütlich zu tun. Es machte ihnen einfach Spaß, etwas zu zerstören, was anderen gehörte. Dahinter steckte dieselbe unbeherrschte Wut, die manche Menschen zu Raserei und Vandalismus trieb. Die Gremlins der uralten Sagen schienen in Rattengestalt auferstanden zu sein.

Waren nicht auch die Gremlins Geschöpfe der Menschen gewesen? In welcher Welt lebten sie, wenn Menschen sich selbst die Spukgestalten schufen, von denen ihnen Verderben drohte? Oder war es vielleicht so, daß die Menschen das Unheil über ihren Häuptern schon immer selbst heraufbeschworen hatten?

Von den Ratten, die hier gehaust hatten, konnte Meg weit und breit nichts entdecken. Da huschte nichts Weißes über die Einlegeböden im Küchenschrank, da wieselte kein heller Schatten an der Wand entlang. Zögernd, einen Fuß vor den anderen setzend, betrat sie das Haus.

Hinter ihr wehte eisiger Wind herein, ein naßkalter Schwall, der mit der Gewalt einer Wasserwoge durch die Tür schwappte. Mehl stäubte hoch, Zuckerkörner wirbelten durch die Küche, Kekskrümel und zerbrochene Spaghetti tanzten durch die Luft.

Körner, Flocken, Teigwaren und Glasscherben knirschten unter Megs Schritten, als sie sich ihren Weg zum Telefon bahnte, das ziemlich weit hinten hing, neben dem Kühlschrank. Dreimal war sie ganz sicher, aus den Augenwinkeln eine Bewegung wahrzunehmen – eine Ratte natürlich, was sonst –, aber jedesmal, wenn sie blitzschnell den Lauf der Schrotflinte aufs Ziel richten wollte, sah sie, daß es nur der abgerissene Deckel von einem Päckchen oder ein Stück Zellophanpapier war, mit dem der Wind spielte.

Endlich stand sie vor dem Telefon und nahm den Hörer ab.

Kein Freizeichen, nichts. Die Leitung war tot. Entweder hatte der Sturm sie gekappt ... oder die Ratten. Niedergeschlagen legte sie den Hörer auf die Gabel.

Und dann verebbte der Sturm urplötzlich – wie von einem gewaltigen Sog schien der wirbelnde Wind aus der Küche gezogen zu werden, von einem Augenblick zum anderen. Und da nahm sie den beißenden Geruch wahr. Irgendein Gas. Nein, kein Gas, irgend etwas anderes. Mehr wie ... wie Benzin!

Heizöl.

Alle Glocken ihres inneren Alarmsystems läuteten Sturm.

Jetzt, nachdem der Wind nicht mehr durch die Küche wirbelte, merkte sie, daß das ganze Haus nach Heizöl roch. Die Schwaden mußten von unten kommen, aus dem Keller. Und das konnte nur bedeuten, daß die Leitung zwischen dem Tank und dem Heizkessel gebrochen war.

Sie war blindlings in eine Falle gerannt.

Diese Gremlins in Rattengestalt schreckten nicht einmal davor zurück, das Haus, in dem sie gerade erst Zuflucht gesucht hatten, in die Luft zu sprengen. Sie mußten von einer so dämonischen Feindseligkeit beherrscht sein, daß sie wirklich alles in Kauf nahmen, wenn es nur dem Ziel diente, Menschen zu töten.

Hastig trat sie einen Schritt zurück, wandte sich zur Tür um. Und in diesem Augenblick hörte sie das leise, wohlvertraute Geräusch – dieses dumpf im Keller widerhallende Klicken der elektronischen Zündvorrichtung am Heizungskessel: der Zündfunke, der die Heizung anspringen ließ.

Den zweiten Schritt auf die Tür zu schaffte sie nicht mehr. Es dauerte nur einen Sekundenbruchteil, bis das Haus explodierte.

Vor sich den Spürhund und Deputy Hockner, hinter sich drei seiner Männer, erreichte Ben Parnell den nördlichen Waldrand und sah – knapp zweihundert Meter entfernt, kaum auszumachen durch den Schleier aus umherwirbelndem Schnee – den schwachen Lichtschein, der aus den Fenstern der Cascade Farm drang.

»Ich weiß es genau«, murmelte er, »dort stecken sie, das war ihr Ziel.«

Er mußte wieder an die Frau und den Jungen im Geländewagen denken und empfand plötzlich den beiden gegenüber eine zwingende Verpflichtung. Das Gefühl, persönlich für die Lassiters verantwortlich zu sein, hatte nichts damit zu tun, daß er bei Biolomech angestellt war. Vor zwei Jahren hatte er sich eingeredet, seiner eigenen Tochter Melissa gegenüber versagt zu haben. Ein ganz unbegründetes Schuldgefühl, natürlich, denn er war kein Arzt, er hätte sie nicht vor dem Krebs bewahren können – wie denn auch? Aber gegen Schuldgefühle halfen keine Argumente. Sein Verantwortungsbewußtsein für andere war schon immer stark ausgeprägt gewesen. Eine Tugend mochten das manche nennen, aber sie konnte schnell zur Last werden. Genau wie jetzt, als er am Waldrand stand, zur Farm hinübersah und es, ohne lange nachzudenken, für seine selbstverständliche Pflicht hielt, sich um die Frau dort drüben und ihren Sohn zu kümmern – und um alle, die sonst noch in dem Haus leben mochten.

»Vorwärts!« rief er seinen Männern zu.

Deputy Hockner gab Ben ein Zeichen. »Geht schon voraus«, sagte er, kniete sich auf den Boden und breitete eine Decke aus federleichtem Isoliermaterial aus – eines jener Produkte, die erst durch Entwicklungen im Zusammenhang mit der Raumfahrtforschung möglich geworden waren. Fast liebevoll hüllte er Max in die Decke. »Mein Hund muß sich aufwärmen. So einem lausigen Wetter darf er nicht zu lange ausgesetzt sein. Wenn er ein bißchen aufgetaut ist, kommen wir nach.«

Ben nickte und drehte sich um. Er war gerade zwei Schritte weit gekommen, als drüben in der Ebene das Farmhaus in die Luft flog. Ein zuckender Lichtblitz, schmutziges Orange mischte sich mit grellem Gelb. Danach kam die Druckwelle wie ein tief grollendes *Wham*. Sie sahen und hörten die Explosion nicht nur, sie spürten sie auch. Aus den zerschmetterten Fenstern drang Feuerschein, die Flammen wogten wie Banner im Wind, und die ersten Zungen leckten schon an der Hauswand hoch.

Der Fußboden kam ihr entgegen, eine unsichtbare Kraft riß sie von den Beinen. Und dann fielen die Dielenbretter, die sich sekundenlang unter ihr aufgebäumt hatten, in sich zusammen, und sie fiel mit. Vornüber kippte Meg in das Durcheinander aus verstreuten Lebensmitteln, aufgerissenen Verpackungen und Glasscherben. Sie bekam auf einmal keine Luft mehr, und der ungeheure Druck raubte ihr fast das Bewußtsein. Aber die Flammen, die an den Wänden hochzüngelten, und sich mit rasender Geschwindigkeit auf dem Boden ausbreiteten, nahm sie trotzdem wahr. Die Feuerzungen kamen ihr vor wie gierige Raubtiere, die nur das Ziel kannten, ihr den Fluchtweg zur Tür zu versperren.

Als sie es endlich geschafft hatte, sich auf die Knie zu stemmen, sah sie, daß Blut aus ihrer linken Hand sickerte. Keine Verletzung, an der sie verbluten konnte, nur eine Schnittwunde, die sich quer durch das weiche Fleisch des linken Handballens zog, aber immerhin so tief, daß es weh tun mußte. Nur stand sie noch so unter Schock, daß sie den Schmerz gar nicht spürte.

Die Schrotflinte fest in der rechten Hand, rappelte sie sich vollends hoch. Ein Zittern lief durch ihre Beine, aber sie durfte keine Zeit verlieren. Das Feuer fraß sich an allen vier Wänden hoch, und auf dem Fußboden gab es kaum noch eine Stelle, an der nicht schon Flammen züngelten. Es konnte nur eine Frage von Sekunden sein, bis sie von lodernder Glut und sengender Hitze eingeschlossen war. Hastig stolperte sie auf die Tür zu.

Mit knapper Not schaffte sie es über die Schwelle, ehe hinter ihr der Küchenfußboden einbrach. Die Druckwelle der Explosion hatte die Veranda übel zugerichtet, das Vordach war in der Mitte eingesackt. Meg war kaum die Treppenstufen hinuntergehastet, als der erste Stützpfosten umstürzte. Und dann gab es kein Halten mehr, die ganze Konstruktion mußte durch die Wucht der Explosion so baufällig geworden sein, daß Megs hastige Schritte und ihr Gewicht genügt hatten, um alles zusammenbrechen zu lassen.

Tommy war, als ihn die Druckwelle vom Schlitten gefegt hatte, instinktiv weiter vom Haus weggekrochen. Jetzt lag er erschöpft bäuchlings im Schnee, während der Labrador treu bei ihm Wache hielt. Meg rannte zu ihm, so schnell sie konnte. Ihr erster Gedanke war, daß der Junge sich irgendwie verletzt haben mußte, obwohl ihm die Flammen oder herabfallende Dachziegel hier draußen nichts anhaben konnten. Gott sei Dank, es war ihm nichts passiert. Der Schrecken saß ihm in den Knochen, aber das war zum Glück alles. »Sei ganz ruhig, Kleiner«, sagte sie, »es wird alles gut werden.« Und noch während sie beruhigend auf ihn einredete, wurde ihr klar, daß er bei dem heulenden Sturm und dem Prasseln der Flammen ihr Gemurmel wahrscheinlich gar nicht hören konnte.

Sie nahm ihn in die Arme, spürte das Leben in ihm pulsieren. Sie war unendlich dankbar und erleichtert, doch dann schlich sich ein anderes Gefühl ein: Wut. Unbändige Wut auf die Ratten und die Männer, die diese Gremlins geschaffen hatten.

Irgendwann früher hatte sie geglaubt, ihr Erfolg als Künstlerin wäre das Wichtigste in ihrem Leben. Dann, als Jim und sie gerade geheiratet hatten und sich abrackern mußten, um aus der kleinen Werbeagentur ein florierendes Unternehmen zu machen, war ihr der finanzielle Erfolg am wichtigsten erschienen. Aber inzwischen hatte sie schon lange begriffen, daß es nichts Wichtigeres gab als die Familie – das Band inniger Zuneigung zwischen Verheirateten, Eltern und Kindern. Nur, in einer Welt zwischen

Himmel und Hölle wissen die Menschen sich oft nicht zu wehren gegen das, was ihr Leben in Liebe und Geborgenheit zerstört. Manches wird vom Schicksal bestimmt, Krankheit und Tod vor allem. Anderes mag an eigenem Verschulden liegen, Krieg und Fanatismus. Armut kann die Ursache sein, daß eine Familie plötzlich von Haß, Gewalt und Besitzgier beherrscht wird. Und mitunter sind es unbeherrschte Gefühle, die eine Familie zerbrechen lassen, Neid, Eifersucht, sexuelle Begierde. Sie selbst hatte die Hälfte ihrer Familie verloren, ihren Mann Jim, aber sie und Tommy hatten aneinander Halt gesucht und hier – in diesem Haus, das ihr jetzt von den Ratten, diesen Ausgeburten menschlichen Forschungswahns, genommen worden war – ihre Erinnerungen an glücklichere Zeiten wach gehalten. Nun gut, sie hatten es ihr genommen, und dafür würden die Biester büßen.

Sie half Tommy, noch ein Stück weiter vom brennenden Haus fortzuhumpeln. Vielleicht waren die Eiseskälte und der Sturm draußen auf dem offenen Hof der beste Schutz vor den Ratten. Dann ließ sie Tommy allein. Den Weg, der jetzt vor ihr lag, mußte sie ohne ihn gehen: nach hinten, zur Scheune.

Dort mußten die Ratten sein. Sie war sicher, daß die Biester sich nicht selbst in die Luft gesprengt hatten. Das mit der Heizung, die Manipulation an der Ölleitung, das war nur ein Intermezzo gewesen, um ihr eine tödliche Falle zu stellen. Im Freien drängten die Ratten sich bei dem Wetter bestimmt nicht zusammen. Also blieb nur die Scheune. Sie vermutete, daß sie sich einen Gang zwischen dem Haus und der Scheune gegraben hatten. Sie mußten irgendwann am späten Nachmittag auf der Cascade Farm angekommen sein, hatten also genug Zeit gehabt, alles auszukundschaften und ihre Vorbereitungen zu treffen. Einen unterirdischen Kriechgang zu graben, das konnte für sie nicht allzu schwierig gewesen sein, schließlich waren sie entschieden größer und kräftiger als normale Ratten. Schön einfach hatten die Biester es sich gemacht. Während sie und Tommy mühsam über den schneeverwehten Hof und durch den Sturm zur Scheune und zurück stolpern mußten, waren die Ratten warm und trocken durch ihren Gang hin und her gehuscht.

Nicht allein Rachegefühle und Mordlust trieben sie in die Scheune, sie *mußte* die Ratten vernichten, denn die Scheune war der einzige Ort, der ihr und Tommy eine Chance zum Überleben bot. Die Schnittwunde in der linken Hand war ein Handicap, genauso wie der Schock, der immer noch in ihr nachwirkte. Den Gedanken, sich bei Temperaturen weit unter Null und einem Sturm, der mit einer Geschwindigkeit von mehr als hundert Stundenkilometern übers Land fegte, bis zur Black Oak Road durchzuschlagen, um dann weiß Gott wie lange dort herumstehen zu müssen, bis irgendwann ein Fahrzeug vorbeikam, hatte sie längst aufgegeben. In der Verfassung, in der sie sich befand, hatte sie nicht die Kraft dazu, und auch Tommy würde es nicht schaffen. Das Haus war verloren, also blieb die Scheune der einzige Zufluchtsort. Sie mußte ihn von den Ratten zurückerobern, sie mußte die Biester töten, damit sie und Tommy überleben konnten.

Auf die Hoffnung, irgend jemand werde den Feuerschein sehen und herkommen, um zu helfen, wollte sie nicht vertrauen. Die Cascade Farm lag sehr einsam, und im Schneetreiben war die Feuersbrunst sicher nicht weit zu sehen.

Am offenen Scheunentor zögerte sie. Die Glühbirne, die einzige Lichtquelle, warf immer noch ihren trüben Schein, aber es kam Meg vor, als wären die Schatten, in die der größte Teil der Scheune getaucht war, inzwischen tiefer geworden. Dann gab sie sich einen Ruck. Den Sturm und den orangefarbenen Feuerschein im Rücken, wagte sie sich in die Höhle der Gremlins.

Ben Parnell merkte schnell, daß wegen der tiefen, kreuz und quer verlaufenden Bewässerungsgräben an ein schnelles Vorwärtskommen nicht zu denken war. Der Weg durchs unwegsame Gelände war nicht ungefährlich, weil man im dichten Schneegestöber oft nicht die Hand vor Augen sah. Ein paarmal war Ben schon blindlings in einen Graben gestolpert. Hast wäre sträflicher Leichtsinn gewesen; wer sich hier nicht vor jedem Schritt sorgfältig vergewisserte, wohin er führte, riskierte seine Knochen. Ob sie wollten oder nicht, Ben und die drei Männer, die ihn begleiteten, mußten es, immer das Bild des brennenden Hauses vor Augen, langsam angehen lassen.

Ben war sich sicher, daß die Ratten die Schuld an dem Feuer trugen. Er hatte keine Ahnung, wie sie es gelegt hatten und warum, aber daß der Brand gerade jetzt ausgebrochen war und daß die Flammen derartig schnell um sich griffen, konnte kein Zufall sein. Von seinem inneren Auge stiegen Schreckensbilder auf – die Frau und der Junge inmitten der lodernden Flammen, beide schon von den Ratten angenagt.

Sie hatte furchtbare Angst, aber es war eine Angst ganz besonderer Art, die ihr, statt sie mutlos zu machen, zusätzliche Kräfte zu verleihen schienen – und eine wilde Entschlossenheit. Eine Ratte mochte vielleicht in Panik geraten, wenn sie in die Enge getrieben wurde. Eine Frau, die auf sich allein gestellt war, konnte ganz anders reagieren. Nicht jede Frau, aber manche eben doch.

Meg ging in die Scheune, bis dahin, wo der Jeep stand. Ihr Blick suchte das Halbdunkel der Stallboxen ab, den offenen Heuboden, die einstige Futterkrippe. Sie spürte es: Die Ratten waren da und beobachteten sie.

Sie dachten nicht daran, sich offen zu zeigen, dafür war ihr Respekt vor der Schrotflinte zu groß. Meg mußte es irgendwie schaffen, sie aus ihren Verstecken zu locken. Mit Futter ließen sie sich – so schlau, wie sie waren – bestimmt nicht ködern. Wenn also List nicht half, mußte sie vielleicht versuchen, sie mit Gewalt aus dem Dunkel herauszutreiben – mit ein paar gut gezielten Schüssen aus der großkalibrigen Waffe.

Langsam ging sie auf die Wand gegenüber dem Scheunentor zu. Als sie an den Stallboxen vorbeikam, schielte sie – jeden Augenblick darauf gefaßt, irgendwo das gespenstische Glühen kreisrunder roter Augen zu sehen – verstohlen ins Dunkel. Mindestens ein, zwei Biester mußten sich dort drüben verkrochen haben.

Sie konnte nichts Verdächtiges entdecken, dennoch riß sie, als sie kehrtgemacht hatte und zurück zum Jeep ging, plötzlich die Waffe hoch und feuerte in die Stallboxen: *Blam, blam, blam* – drei Schüsse aus nächster Nähe, einer dicht neben dem anderen. Das Mündungsfeuer riß das Dunkel auf wie grell zuckender Blitzschlag, der Explosionsknall hallte von den Bretterwänden wider wie grollender Donner. Als sie den dritten Schuß abgab, kam ein quiekendes Rattenpärchen aus der vierten Stallbox gerannt, zwei weiße Schatten huschten auf den Jeep zu, unter dem sie offenbar Deckung nehmen wollten. Zweimal zog Meg blitzschnell den Abzug durch, zweimal traf sie ihr Ziel – die Biester waren auf der Stelle tot, auch wenn ihre Kadaver sich endlos lange purzelnd und kugelnd überschlugen.

Sie hatte das Magazin verschossen. Rasch kramte sie – egal, wie sehr die Schnittwunde schmerzte – mit der linken Hand in den Jeans nach den vier Patronen, die ihr noch blieben, und lud die Waffe nach. Als sie die vierte Patrone ins Magazin schob, hörte sie hinter sich ein vielstimmiges schrilles Quieken. Sie fuhr herum. Sechs große weiße Ratten mit unförmigen Schädeln fauchten sie an.

Vier der Biester schienen zu begreifen, daß sie keine Chance hatten, rechtzeitig zum Biß zu kommen. Sie drehten ab und verschwanden unter dem Geländewagen. Die beiden anderen kamen so unglaublich schnell auf sie zu, daß Meg keine Zeit blieb, lange

zu zielen. Sie konnte nur noch abdrücken – einmal, zweimal ...
Und sie hatte Glück, sie erwischte beide Angreifer.

In wilder Hast hetzte sie um den Jeep herum und sah, wie die
vier Ratten unter dem Wagenboden hervorhuschten und auf ihr
Versteck unter der alten Futterkrippe zurannten. Sie feuerte zwei
Schüsse hinter ihnen her, aber diesmal verschwanden die Biester
ungeschoren unter dem Lattengestell der Futterkrippe.

Nun hatte sie keine Munition mehr. Dennoch lud sie die Waffe durch, als könnte wie von Zauberhand doch noch eine Patrone
in den Lauf gerutscht sein. Eine trügerische Hoffnung, wie ihr
klar wurde, als sie das trockene, leer hallende *Klacketi-klack* hörte.

Entweder hatten auch die Ratten an dem Geräusch gemerkt,
daß das Magazin leer war, oder sie hatten von Anfang an mitge-
zählt: neun Schuß – fünf im Magazin und die vier aus der Schachtel im Schlafzimmerschrank, die letzten vier, die sie noch nicht
fortgeschleppt hatten. Jedenfalls tauchten die vier Biester, die gerade erst unter die Futterkrippe verschwunden waren, sofort wieder auf. Vier bleiche Schatten kamen angehuscht und bauten sich
vor Meg auf, mitten im trüben Lichtkreis, den die nackte Glühbirne auf den Scheunenboden malte.

Meg drehte die Schrotflinte um und packte sie wie eine Keule
am Lauf. Sie biß die Zähne zusammen, versuchte, den Schmerz in
der linken Hand zu vergessen, und schwang die Waffe mit beiden
Händen hoch über dem Kopf.

Die Ratten kamen langsam näher ... Und dann wurden sie
schneller.

Meg warf rasch einen Blick über die Schulter, innerlich darauf
gefaßt, ein Dutzend anderer Ratten zu sehen, die sie von hinten
angriffen. Aber sie war nicht eingekreist, sie hatte es nur mit vier
Tieren zu tun. Nur? Genausogut hätten es tausend sein können.
Sie wußte, daß sie sowieso nur einmal dazu kommen würde, mit

dem Schaft zuzuschlagen, bevor die anderen heran waren und an ihr hochkletterten. Und wenn sie erst mal an ihr hingen, sich festbissen und ihr die Krallen ins Fleisch schlugen, waren auch drei zuviel. Wie hätte sie sich denn mit bloßen Händen gegen sie wehren sollen?

Sie schielte zum offenen Scheunentor. Aber sie wußte, wenn sie die Schrotflinte fallen ließ und losrannte – hinaus in die eisige Winternacht, in der sie vielleicht vor den Ratten sicher war –, war sie erst recht verloren. Die Biester würden über sie herfallen, bevor sie das Tor erreicht hatte.

Als ahnten sie, daß Meg ihnen wehrlos ausgeliefert war, stießen die vier Ungeheuer gellend spitze Schreie aus – ein schrilles Triumphgeheul. Sie reckten die unförmigen Schädel, schnupperten gierig, peitschten mit ihren dicken Rattenschwänzen den Boden und stießen unablässig ohrenbetäubende Schreie aus.

Und dann gingen sie auf sie los.

Der Versuch, bis zum rettenden Scheunentor zu kommen, war aussichtslos, das hatte sie begriffen. Trotzdem, versuchen – wenigstens versuchen – mußte sie es. Denn wenn die Ratten sie töteten, lag Tommy mit seinem gebrochenen Bein hilflos draußen im Schnee. Bis der Morgen graute, war er längst erfroren. Es sei denn, daß sogar Kälte und Sturm die Ratten nicht davon abhielten, auch über ihn herzufallen.

Sie wirbelte herum, drehte dem angreifenden Rudel den Rükken zu, wollte auf das Tor zurennen – und erstarrte. Da stand jemand. Die Flammen waren schwächer geworden, aber der Feuerschein des brennenden Hauses leuchtete noch so hell, daß sich die Silhouette des Mannes im offenen Scheunentor scharf wie ein Scherenschnitt abzeichnete.

Ein Fremder. Er hielt einen Revolver in der Hand. Und rief ihr zu: »Gehen Sie aus dem Weg!«

Meg ließ sich zur Seite fallen. Der Fremde feuerte vier Schuß in schneller Folge. Er traf nur eine Ratte, die Biester waren zu klein und zu schnell – kein ideales Ziel für jemanden, der nur eine Pistole zur Hand hatte. Immerhin, die übriggebliebenen drei suchten ihr Heil in der Flucht und verschwanden schleunigst unter der Futterkrippe.

Der Mann lief auf Meg zu, und als er näherkam, sah sie, daß es kein Fremder war. Sie erkannte ihn an der schaffellverbrämten Jacke und der dunkelblauen Pudelmütze wieder; es war der, mit dem sie an der Straßensperre gesprochen hatte.

»Alles in Ordnung, Mrs. Lassiter?«

Sie ging nicht darauf ein, sondern fragte statt dessen hastig: »Mit wievielen haben wir's zu tun? Ich habe vier getötet, Sie eine – also, wie viele sind noch übrig?«

»Acht waren es insgesamt.«

»Dann sind also noch drei übrig?«

»Ja … He, Ihre Hand blutet ja. Sind Sie sicher, daß Sie …«

»Ich glaube, sie haben einen Gang zwischen dem Haus und der Scheune gegraben«, fiel sie ihm ins Wort. »Der Eingang muß irgendwo da hinten unter der alten Futterkrippe sein.« Der Rest war gestammelte Wut, und sie merkte selbst, wie sie jedes Wort zwischen den Zähnen zerbiß. »Die Biester sind widerlich. Abartige Monster. Ich will sie vernichten, alle – ohne Ausnahme. Sie sollen dafür büßen, daß sie mir mein Zuhause genommen und meinem Jungen Angst und Schrecken eingejagt haben. Nur, wenn sie sich unter der Erde verkrochen haben, wie erwischen wir sie dann?«

Er deutete nach draußen, wo gerade ein großer Lastwagen auf das Farmgelände einbog. »Wir haben damit gerechnet, daß wir sie aus einer Höhle rausholen müssen. Wir haben die nötige Ausrüstung dabei, wir können sie mit Gas ausräuchern.«

»Ich will, daß sie umkommen«, sagte Meg und erschrak selbst über die Wut in ihrer Stimme.

Eine Gruppe von Männern sprang von der Ladefläche des Lastwagens und kam auf die Scheune zu. Im Lichtkegel ihrer Taschenlampen tanzten Schneeflocken, vermischt mit Ascheparti-keln, die der Wind vom ausgebrannten Farmhaus herüberwehte.

»He, bringt die Gasflaschen mit!« rief ihnen der Mann in der schaffellverbrämten Jacke zu.

Einer der Männer schrie irgend etwas zurück.

Meg wartete nicht ab, was jetzt geschehen würde. Sie rannte hinaus in den Hof, um nach Tommy zu sehen.

Sie, Tommy und Doofus genossen die Wärme in der Fahrerkabi-ne des Lastwagens, während die Männer von Biolomech draußen die letzten Vorbereitungen trafen, um das Rattengeschmeiß aus-zurotten. Tommy drängte sich an sie. Er zitterte immer noch, ob-wohl die Heißluft, die aus den Heizschlitzen strömte, ihm be-stimmt längst den Eishauch aus den Knochen getrieben hatte. Doofus hatte es – wie alle Tiere – einfacher. Seine Ängste waren von einer Sekunde zur nächsten verflogen; er brachte es sogar fer-tig einzuschlafen, und so ruhig, wie er dalag, schienen ihn nicht einmal böse Träume zu plagen.

Die Männer vom Biolomech-Trupp rechneten zwar nicht da-mit, daß die Ratten ausgerechnet im heruntergebrannten Farm-haus Zuflucht suchen würden, dennoch stellten sich ein paar von ihnen an der Brandstelle im Halbkreis auf, die Waffen im An-schlag und fest entschlossen, sofort zu feuern, wenn eines der Bie-ster es wagen sollte, auch nur die Nase aus dem Kriechgang zu stecken. Auch drüben im Schuppen standen ein paar Bewaffnete bereit, um den Ratten notfalls den Fluchtweg abzuschneiden.

Ben Parnell kam ein paarmal zum Lastwagen, kletterte aufs Trittbrett, wartete, bis Meg das Fenster heruntergekurbelt hatte, und erzählte ihr, wie weit sie inzwischen waren.

Sie hatten den Einstieg zum unterirdischen Gang der Ratten

tatsächlich da gefunden, wo Meg ihn vermutet hatte. Seine Männer – durch Gasmasken geschützt – hatten gerade das tödliche Gas nach unten gepumpt. »Eine extra große Dosis«, berichtete er. »Es ist ihnen bestimmt keine Zeit geblieben, sich einen neuen Fluchtweg zu graben. Jetzt sind wir dabei, den Tunnel aufzuschaufeln. Wird wohl nicht lange dauern. Die Biester brauchten ja nur einen unterirdischen Laufgang zwischen dem Haus und der Scheune. Ich vermute, sie haben sich nicht die Mühe gemacht, allzu tief zu graben. Wir heben erst mal die obere Erdschicht ab, und dann buddeln wir weiter, bis wir sie ausgegraben haben.«

»Und wenn Sie sie nicht finden?« fragte Meg.

»Ich bin sicher, daß wir sie finden.«

Eigentlich hätte sie die Männer hassen müssen, besonders Parnell, denn der leitete ja die Suchaktion und war damit vor allen Männern mit dem Biolomech-Abzeichen im Augenblick der ranghöchste Verantwortliche – der, an dem sie ihren Ärger auslassen konnte. Aber sie hätte es nicht fertiggebracht, ihn, der so offensichtlich um sie und Tommy besorgt war, barsch anzufahren oder ihn auch nur durch wütende Blicke spüren zu lassen, wie es in ihr kochte. Eine innere Stimme sagte ihr, daß die Männer, mit denen sie es zu tun hatte, nicht die eigentlich Verantwortlichen waren. Sie hatten die Ungeheuer nicht herangezüchtet, und sie waren auch nicht schuld daran, daß die Ratten entkommen waren. Sie waren nur die, die nachträglich dafür sorgen mußten, daß alles wieder in Ordnung kam. Die sprichwörtlichen kleinen Leute, die immer, wenn die Verantwortlichen irgendwas vermasselt hatten, in die Hände spucken und Ordnung schaffen mußten. Das uralte, immer gleiche Spiel – schon seit Jahrhunderten. Die kleinen Leute waren es, die ihre Haut zu Markte tragen und die Kriege zu Ende kämpfen mußten, damit wieder Frieden werden konnte. Sie waren es, die durch ihre Steuern, ihre Arbeitsleistung und ihre persönlichen Opfer jene Fortschritte möglich machten, mit denen die Politiker sich hinterher brüsteten.

Und sie war beeindruckt von dem aufrichtigen, verständnisvollen Mitgefühl, das Parnell zeigte, als er erfuhr, daß sie und Tommy seit dem Unfalltod ihres Mannes allein waren. Wenn er vom Alleinsein sprach, vom Verlust eines lieben Menschen und der Leere, die zurückblieb, hörte es sich an, als würde er all das nur zu gut aus eigener Erfahrung kennen.

Er beugte sich durch das offene Wagenfenster. Und was er Meg zu erzählen begann, hörte sich seltsam rätselhaft an. »Da war einmal eine Frau, die hatte ihre Tochter verloren – durch Krebs. Der Kummer hat sie so überwältigt, daß sie meinte, sie müsse ihr ganzes Leben ändern. Zu neuen Horizonten aufbrechen, sagt man, glaube ich. Sie konnte die Gegenwart ihres Mannes nicht mehr ertragen, obwohl er sie sehr liebte. Sie konnte es nicht, weil er es war, mit dem sie die Erinnerung an ihre Tochter teilen mußte, und immer, wenn sie ihn ansah ... Nun ja, sie sah eben jedesmal ihr Kind wieder vor sich – und all das, was das Mädchen durchgemacht hatte. Gerade weil es gemeinsame Erinnerungen waren, Erinnerungen an gemeinsames Leid, kam ihr die Ehe wie ein Gefängnis vor, aus dem sie um jeden Preis entrinnen wollte. Tja ... Die Scheidung und ein Umzug, möglichst weit weg, schienen ihr die einzige Lösung zu sein. Aber Sie, Mrs. Lassiter, Sie haben offenbar Ihren Kummer besser bewältigt. Ich weiß, wie schwer es in den letzten Jahren für Sie gewesen sein muß. Aber wenn es Ihnen ein Trost sein kann, lassen Sie sich sagen, daß es genug Menschen gibt – Menschen, die nicht so stark sind wie Sie –, für die alles noch viel schwerer ist.«

Zehn Minuten nach elf, knapp eine Stunde vor Mitternacht, fanden die Männer die drei toten Ratten im Kriechgang; drei Viertel des Weges von der Scheune zum abgebrannten Haus hatten sie noch zurückgelegt. Die Männer legten die Kadaver neben die der fünf anderen, denen die Schrotkugeln den Garaus gemacht hatten.

Ben Parnell kam zum Lastwagen. »Wir haben jetzt alle acht. Ich dachte, daß Sie sie vielleicht mit eigenen Augen sehen wollen.«

»Ja«, sagte Meg, »das will ich. Dann werde ich mich sicherer fühlen.«

Tommy stieg mit aus. »Ich will sie auch sehen. Sie wollten uns in die Enge treiben, aber nun ist es anders gekommen.« Er sah zu seiner Mutter hoch. »Egal, wie tief wir in der Patsche sitzen, wir kommen immer davon, wenn wir nur zusammenhalten, stimmt's?«

»Darauf kannst du wetten«, sagte sie.

Ben Parnell hob den Jungen hoch und trug ihn auf seinen Armen in die Scheune.

Meg – die Hände in den Jackentaschen vergraben, weil der Wind immer noch eisig war – lächelte stumm in sich hinein. Endlich hatte sie mal jemanden an ihrer Seite, der ihr die Last abnahm, wenigstens einen Augenblick lang.

Tommy reckte den Hals und sah zu ihr hinüber. »Du und ich, Mam«, sagte er.

»Darauf kannst du wetten«, wiederholte sie. Sie scheute sich nicht mehr, ihr Lächeln offen zu zeigen. Es kam ihr vor, als stünde das Tor eines Käfigs, dessen Enge sie mehr geahnt als gespürt hatte, auf einmal weit offen. Eine neue Freiheit lag vor ihr.

Joyce Carol Oates
Die weiße Katze

Einem durch eigenes Vermögen unabhängigen Gentleman geschah es, daß er im Alter von sechsundfünfzig Jahren eine heftige Abneigung gegen die weiße Perserkatze seiner viel jüngeren Frau faßte.

Sein Haß auf die Katze entbehrte nicht der Ironie und war auch deshalb verwunderlich, weil er sie selbst seiner Frau vor Jahren, gleich nach der Heirat, geschenkt und nach der ihm liebsten Shakespeare-Heldin Miranda genannt hatte.

Der Ironie entbehrte dieser Tatbestand auch deshalb nicht, weil besagter Gentleman kaum zu irrationalen Gefühlsausbrüchen neigte. Abgesehen von seiner Frau (die er spät geheiratet hatte, bei ihm war es die erste Ehe, bei ihr die zweite) brachte er keinem Menschen besondere Zuneigung entgegen und hätte es für unter seiner Würde gehalten, jemanden zu hassen. Denn – wen sollte er schon ernst nehmen? Das eigene Vermögen, das ihn materiell unabhängig machte, erlaubte ihm auch eine Unabhängigkeit des Geistes, die in diesem Ausmaß den wenigsten Menschen zuteil wird.

Julius Muir war schlank gebaut und hatte dunkle, tiefliegende Augen von einer nicht genau bestimmbaren Farbe. Das sich lichtende Haar war bereits leicht ergraut und babyweich, das schmale, gefurchte Gesicht hatte jemand mal – ohne ihm damit plump schmeicheln zu wollen – als lapidar bezeichnet. Aus einer alten amerikanischen Familie stammend, war er für die derzeit so beliebten Strömungen und Tendenzen der »Identität« nicht anfällig. Er wußte, wer er war und wer seine Vorfahren waren, ansonsten konnte er dem Thema kein besonderes Interesse abgewinnen. Sein Studium in Amerika und im Ausland hatte er nicht so sehr als Wissenschaftler denn mit der Freude eines Dilettanten betrieben und machte nicht viel Wesen davon. Schließlich lernt der Mensch zuvörderst aus dem Leben selbst.

Mr. Muir, der mehrere Sprachen fließend beherrschte, pflegte seine Worte ungewöhnlich sorgfältig zu wählen, als müsse er sie erst in die Umgangssprache übersetzen. Seine Haltung war diskret reserviert, ohne jede Eitelkeit oder Arroganz, aber auch ohne jede sinnlose Demut. Er war Sammler (vor allem seltener Bücher und Münzen), doch hatte diese Liebhaberei nichts Zwanghaftes; die Sammelwut gewisser Mitmenschen betrachtete er mit verständnislosem Abscheu. Den sich rasch steigernden Haß auf die schöne weiße Katze seiner Frau fand er deshalb erstaunlich und zunächst durchaus amüsant. Oder beängstigend? Er wußte beim besten Willen nicht, was er davon halten sollte.

Die Animosität begann als eine harmlose häusliche Irritation, ein eher vages Gefühl, daß er, der in der Öffentlichkeit so viel Ansehen genoß, der als hochstehende und bedeutende Persönlichkeit anerkannt war, auch in seinem privaten Bereich Anspruch darauf hatte, in diesem Lichte betrachtet zu werden. Natürlich wußte er sehr wohl, daß Katzen ihre Gunst nicht mit der von Menschen entwickelten Diskretion und Feinsinnigkeit zu erkennen geben. Doch je älter, verwöhnter und wählerischer die Katze wurde, desto deutlicher zeigte sich, daß sie sich als Gegenstand ihrer Zuneigung nicht *ihn* erwählt hatte ... Alissa war natürlich ihr Lieblingsmensch, auch manche Haushaltshilfen schätzte sie, nicht selten aber war es auch einem völlig Fremden vergönnt, der zum erstenmal bei den Muirs eingeladen war, Mirandas wetterwendisches Herz zu gewinnen – oder sich zumindest in dieser Illusion zu wiegen. »Miranda! Komm her!« rief dann Mr. Muir – durchaus freundlich zwar, aber gebieterisch, er war der Katze gegenüber stets von einer im Grunde recht albernen Rücksichtnahme –, woraufhin Miranda gewöhnlich den Blick gleichmütig und ohne Blinzeln auf ihn richtete, aber keinen Schritt auf ihn zutat. Wie töricht, schien sie zu sagen, ein Geschöpf zu hofieren, das sich so wenig aus dir macht!

Wenn er versuchte, sie auf den Arm zu nehmen, sie sich wie spielerisch zu unterwerfen, wehrte sie sich nach echter Katzenart so heftig wie bei Unbekannten. Als sie sich einmal zappelnd aus seinem Griff befreite, kratzten ihre Krallen ihm die Haut blutig, und ein wenig Blut geriet auf den Ärmel seiner Smokingjacke. »Julius, Lieber, bist du verletzt?« fragte Alissa. »Aber nein.« Mr. Muir tupfte mit einem Taschentuch an den Kratzern herum. »Ich glaube, Miranda ist nervös, weil wir Besuch haben«, sagte Alissa, »du weißt ja, wie sensibel sie ist.« »Allerdings«, bestätigte Mr. Muir milde und blinzelte seinen Gästen zu. Aber in seinem Kopf pochte es, am liebsten hätte er die Katze mit bloßen Händen erwürgt, nur war er eben nicht der Typ, der so etwas fertigbringt.

Noch irritierender war die Art, wie die Katze ihn in Alltagssituationen ihre Abneigung spüren ließ. Wenn er und Alissa abends – jedes in seiner Sofaecke – beisammensaßen und lasen, sprang Miranda häufig ungebeten auf Alissas Schoß, während sie es geflissentlich vermied, sich von Mr. Muir auch nur anfassen zu lassen. Er spielte den Gekränkten, er spielte den Amüsierten. »Ich habe den Eindruck, daß Miranda mich nicht mehr mag«, klagte er. (Dabei hätte er inzwischen gar nicht sagen können, ob sie ihn überhaupt je gemocht hatte. Als ganz junges Tier vielleicht, das seine Zärtlichkeiten noch völlig unterschiedslos verteilt hatte?) Alissa, die laut und sinnlich schnurrende Katze auf

dem Schoß, lachte und sagte begütigend: »Natürlich mag sie dich,
Julius. Aber du weißt doch, wie Katzen sind.«

»Ich lerne dazu.« Mr. Muir lächelte etwas gezwungen.

Doch hätte er das, was er dazulernte, nicht benennen können.

Wie er auf den Gedanken gekommen war, Miranda umzubringen, wußte er später nicht mehr zu sagen. Als er eines Tages mit
ansehen mußte, wie sie einem mit seiner Frau befreundeten Regisseur um die Beine strich, sich in einem kleinen Kreis bewun-
dernder Gäste schamlos produzierte (sogar ausgesprochene Kat-
zenfeinde erlagen Mirandas Reizen, streichelten sie, kraulten ihr
die Ohren, säuselten blödsinnige Koseworte), ertappte sich Mr.
Muir bei dem Gedanken, daß er mit der Katze, die er schließlich
aus freien Stücken ins Haus gebracht, für die er eine nicht unbe-
trächtliche Summe gezahlt hatte, eigentlich nach Belieben verfahren könne. Gewiß, die reinrassige Perserkatze war ein besonders wertvolles Stück in einem Hauswesen, in dem man auf den
Erwerb von Besitztümern viel Sorgfalt und nicht eben wenig
Geld verwendete, und Alissa liebte sie heiß und innig, letztlich
aber gehörte sie Mr. Muir, und folglich war er auch Herr über Mirandas Schicksal.

»Ein bildschönes Tier! Männlich oder weiblich?« fragte einer
seiner Gäste (oder vielmehr einer von Alissas Gästen, seit ihrer
Rückkehr ans Theater hatte sie einen neuen, ziemlich gemischten
Bekanntenkreis), und sekundenlang war er um eine Antwort verlegen. Die Frage ging ihm nach wie ein Rätsel: *Männlich oder
weiblich?* »Weiblich natürlich«, sagte er dann liebenswürdig.
»Schließlich heißt sie Miranda.«

Sollte er warten, bis Alissas Proben für das neue Stück angefangen hatten, oder lieber rasch handeln, ehe sein Entschluß wieder
ins Wanken kam? (Alissa, eine nicht überragende, aber durchaus

angesehene Schauspielerin, war als zweite Besetzung für die weibliche Hauptrolle in einem Broadway-Stück vorgesehen, das im September Premiere hatte.) Und wie sollte er es angehen? Erwürgen kam nicht in Frage – ein so rücksichtslos brutales Vorgehen lag ihm nicht –, auch würde er sie kaum wie zufällig überfahren können (obschon das wirklich ein sehr glücklicher Umstand gewesen wäre).

An einem Mitsommerabend, als sich Miranda seidenweichraffiniert auf den Schoß von Alissas neuem Freund geschmeichelt hatte (Alban war Schauspieler, Autor, Regisseur – ein offenbar vielseitig begabter Mensch), kam das Gespräch auf berüchtigte Mordfälle, auf Gifte, und Mr. Muir dachte zufrieden: *Natürlich! Gift!*

Am nächsten Morgen stöberte er im Schuppen des Gärtners herum, bis er den Zehn-Pfund-Sack mit körnigweißem Pulver, ein sogenanntes »Nagergift«, gefunden hatte oder vielmehr das, was davon übriggeblieben war. Im Herbst hatten sie eine Mäuseplage gehabt, und der Gärtner hatte auf dem Dachboden und im Keller Giftfallen ausgelegt. (Offenbar mit bestem Erfolg, denn die Mäuse waren verschwunden.) Das Raffinierte an diesem Gift war, daß es rasenden Durst verursachte, so daß die Tiere nach Verzehr des vergifteten Köders auf der Suche nach Wasser das Haus verließen und draußen verendeten. Ob das Gift »schnell und schmerzlos« wirkte, entzog sich Mr. Muirs Kenntnis.

Zur Ausführung seines Planes bot sich der Sonntagabend an; die Dienstboten hatten frei, und Alissa war, obwohl die Proben noch nicht angefangen hatten, auf ein paar Tage in die Stadt gefahren. Mr. Muir fütterte Miranda in ihrer gewohnten Küchenecke, nachdem er unter ihr übliches Fressen einen gehäuften Teelöffel Gift gemischt hatte. (Sie war wirklich ein verwöhntes Vieh! Seit sie mit sieben Wochen ins Haus gekommen war, bekam Miranda ein protein- und vitaminreiches spezielles Katzenfutter,

angereichert mit roher gehackter Leber, Hühnerklein und weiß
Gott noch was. Allerdings, sagte sich Mr. Muir zerknirscht, habe
ich seinerzeit kräftig mitgeholfen, sie zu verwöhnen.)

Miranda fraß wie stets gierig, aber manierlich, ohne den Herrn
des Hauses auch nur zur Kenntnis zu nehmen, geschweige denn
Dankbarkeit an den Tag zu legen. Er hätte genausogut einer der
Dienstboten oder ein beliebiger Fremder sein können. Wenn sie
gemerkt hatte, daß etwas anders war als sonst – daß Mr. Muir ihr
den Wassernapf weggenommen und nicht wieder hingestellt hatte zum Beispiel –, ließ sie es sich als echte Aristokratin nicht anmerken. Noch nie – weder bei Menschen noch bei Tieren – war
ihm so viel Selbstgefälligkeit begegnet wie bei dieser weißen Perserkatze.

Beim Anblick der sich systematisch vergiftenden Miranda
überkam Mr. Muir nicht das erwartete Hochgefühl, ja, er empfand nicht einmal Genugtuung, daß ein Unrecht wiedergutge-
macht worden, daß der Gerechtigkeit (wie vage auch immer)
Genüge getan war, sondern fast so etwas wie schmerzliche Trauer. Daß dieses verwöhnte Geschöpf den Tod verdient hatte, stand
für ihn außer Zweifel; denn begeht nicht eine Katze im Laufe ihres Lebens zahllose Grausamkeiten gegenüber Vögeln, Mäusen,
Karnickeln? Doch fand er es betrüblich, daß er, Julius Muir, der
so viel für sie gezahlt hatte und der so stolz auf sie gewesen war,
nun wohl oder übel die Rolle des Vollstreckers übernehmen mußte. Dennoch – die Tat hatte zu geschehen, und auch wenn er
womöglich vergessen hatte, warum sie zu geschehen hatte, so
wußte er doch, daß sie ihm aufgetragen war, ihm ganz allein.

Als sie neulich nach dem Abendessen mit ihren Gästen auf der
Terrasse gesessen hatten, war weiß schimmernd Miranda aus dem
Nichts aufgetaucht und auf der Gartenmauer entlangspaziert,
den fedrigen Schwanz gereckt, eine seidige Halskrause um den
hoch erhobenen Kopf, mit goldleuchtenden Augen. Wie aufs

Stichwort stellte Alissa fest: »Das ist Miranda. Komm und sag
guten Abend. Ist sie nicht wunderschön?« (Denn Alissa wurde
nie müde, sich über die Schönheit ihrer Katze auszulassen, eine
harmlose Form von Narzißmus, sagte sich Mr. Muir.) Es gab die
gewohnten Lobeshymnen oder Schmeicheleien. Die Katze, die
natürlich ganz genau wußte, daß sie im Mittelpunkt stand, putzte sich, dann sprang sie mit raubtierhafter Grazie die steilen
Steinstufen zum Flußufer hinunter, wo sie verschwand. In diesem Moment glaubte Mr. Muir zu begreifen, warum von dem
Phänomen Miranda eine so beklemmende Faszination ausging:
Sie verkörperte eine Schönheit, die zweckfrei und notwendig zugleich war, eine Schönheit, die (wenn man Mirandas Stammbaum
bedachte) zur Gänze ein Kunstprodukt und dennoch (denn letztlich handelte es sich ja um ein Geschöpf aus Fleisch und Blut)
völlig natürlich war. Natur pur.

Nur – ist Natur immer und unter allen Umständen ... etwas
Natürliches?

Während die weiße Katze ihre Mahlzeit beendete (wobei sie
wie üblich ein gutes Viertel ihres Futters unberührt im Napf
ließ), sagte Mr. Muir laut und in einem Ton, in dem sich Kummer
und Zufriedenheit mischten: »Aber das Schönsein rettet dich
nicht.«

Die Katze hielt inne und sah mit ihrem starren, ungerührten
Blick zu ihm auf. Sekundenlang erschrak er: Wußte sie Bescheid?
Wußte sie ... es schon? Sie hatte nie majestätischer ausgesehen,
fand er, mit ihrem reinweißen, seidenweichen Fell, der wie frisch
gebürsteten dichten Halskrause, dem schmollenden Mopsgesicht,
den langen steifen Schnurrhaaren, den wachsam hochgestellten
schönen Ohren. Und dann natürlich die Augen ...

Schon immer hatten ihn Mirandas Augen fasziniert, diese bern-
steingoldenen Augen, die sie scheinbar beliebig aufleuchten lassen
konnte. Wenn man sie bei Nacht sah – vom Mond beschienen oder

im Lichtkegel des Wagens, in dem die Muirs heimkamen –, strahlten sie wie kleine Scheinwerfer. »Was meinst du, ist das Miranda?« fragte dann Alissa, wenn sie den doppelten Lichtstrahl im hohen Gras am Straßenrand sah. »Kann schon sein«, antwortete Mr. Muir. »Sie wartet auf uns!« stieß dann Alissa in kindlicher Aufregung hervor. »Ist das nicht süß? Sie hat darauf gewartet, daß wir heimkommen.« Mr. Muir, der bezweifelte, daß die Katze ihre Abwesenheit überhaupt bemerkt, geschweige denn sehnsüchtig auf ihre Rückkehr gewartet hatte, äußerte sich dazu nicht.

Dann gab es da noch einen Punkt, Mirandas Augen betreffend, über den sich Mr. Muir nicht genug wundern konnte; während der menschliche Augapfel weiß und die Iris farbig ist, haben Katzen einen farbigen Augapfel und eine pechschwarze Iris. Grün, gelb, grau, ja, sogar blau – der ganze Augapfel! Und die Iris mit ihren empfindlichen Reaktionen auf Lichteinwirkung oder sonstige Reize kann sich zu rasiermesserdünnen Schlitzen zusammenziehen und so weit werden, daß die Schwärze fast das ganze Auge ausfüllt ... Als sie jetzt zu ihm aufsah, war in ihren Augen kaum noch Farbe zu sehen.

»Nein, Schönsein rettet dich nicht, damit allein ist es nicht getan«, sagte Mr. Muir leise. Mit zitternden Fingern öffnete er die Fliegentür und ließ die Katze in die Nacht hinaus. Im Vorbeigehen rieb sich diese unberechenbare Kreatur kurz an seinen Beinen, was sie seit vielen Monaten, ja, vielleicht seit Jahren nicht mehr getan hatte.

Alissa war zwanzig Jahre jünger als Mr. Muir, wirkte aber noch jugendlicher – eine zierliche Frau mit sehr großen, sehr hübschen braunen Augen, schulterlangem blondem Haar und dem beschwingten, wenn auch zuweilen etwas hektischen Benehmen einer routinierten Naiven. Sie war als Schauspielerin nur mäßig begabt, und auch ihr Ehrgeiz war, wie sie bereitwillig zugab, nur mäßig, denn die Schauspielerei ist, wenn man sie ernsthaft betreibt, eine elende Schinderei. Auch dann, wenn man es irgendwie schafft, sich gegen die Konkurrenz durchzusetzen.

»Und Julius kümmert sich ja so rührend um mich«, sagte sie, wenn das Thema zur Sprache kam, und hakte sich bei ihm ein oder legte kurz den Kopf an seine Schulter. »Ich habe hier alles, was ich brauche ...« *Hier* war das Landhaus, das Mr. Muir ihr zur Hochzeit gekauft hatte. (Natürlich hatten sie auch eine Wohnung in dem zwei Autostunden weiter südlich gelegenen Manhattan, aber Mr. Muir hatte nichts mehr für die Großstadt übrig, sie strapazierte seine Nerven wie Katzenkrallen, die über einen Wandschirm schurren, und kam nur noch selten nach New York.) Unter ihrem Mädchennamen Howth hatte Alissa – mit Unterbrechungen – acht Jahre Theater gespielt; ihre erste, als Neunzehnjährige geschlossene Ehe mit einem bekannten, berüchtigten und inzwischen verstorbenen Hollywoodschauspieler war eine Katastrophe gewesen, über die sie im einzelnen nichts erzählen mochte. (Und Mr. Muir hütete sich, sie nach diesen Jahren zu fragen, für ihn war es, als habe es sie nie gegeben.)

Als sie sich kennenlernten, machte Alissa gerade eine vorübergehende Spielpause, wie sie sich ausdrückte. Sie hatte einen kleinen Erfolg am Broadway gehabt, den sie aber nicht hatte ausbauen können. Und war diese ständige Plackerei eigentlich all die Mühe wert? Das ständige Vorsprechen, Saison für Saison, das Kräftemessen mit den Neuen, den »vielversprechenden« jungen Talenten ... Ihre erste Ehe war gescheitert, sie hatte eine Reihe von Affären mit mehr oder weniger Tiefgang gehabt (die genaue Anzahl sollte Mr. Muir nie erfahren), und vielleicht war es wirklich an der Zeit, sich ins Privatleben zurückzuziehen. Und da war nun eben dieser Julius Muir – nicht mehr jung, nicht ausgesprochen bestrickend, aber wohlhabend, wohlerzogen, in sie vernarrt und ... nun ja.

Mr. Muir seinerseits war hingerissen von Alissa und hatte Zeit genug und Geld genug, sie hingebungsvoller als jeder andere Verehrer zu umwerben. Er sah, so schien es, Eigenschaften in ihr, die noch niemand an ihr entdeckt hatte; seine Phantasie war für einen so zurückhaltenden, in sich gekehrten Mann überaus lebhaft, farbig – und sehr, sehr schmeichelhaft. Ausdrücklich beteuerte er, es störe ihn nicht, daß er sie mehr liebte als sie ihn – obschon Alissa widersprach, auch sie liebe ihn ja, würde sie ihn denn sonst heiraten wollen?

Ein paar Jahre war vage die Rede davon, »eine Familie zu gründen«, aber daraus wurde nichts. Alissa hatte zuviel zu tun oder war gesundheitlich nicht ganz auf der Höhe, sie waren gerade auf Reisen, oder Mr. Muir machte sich Gedanken um die unabsehbaren Folgen eines Kindes für ihre Ehe (denn sicher hätte doch dann Alissa weniger Zeit für ihn). Die Jahre vergingen, und eine Weile bedrückte ihn der Gedanke, daß er, wenn er starb, keinen Erben, das heißt kein eigenes Kind haben würde, aber das war nun nicht zu ändern.

Sie führten ein sehr reges gesellschaftliches Leben, hatten ständig etwas vor. Und dann gab es ja auch noch diese bildschöne weiße Perserkatze. »Für Miranda wäre ein Baby im Haus ein ausgesprochenes Trauma«, sagte Alissa. »Das können wir ihr eigentlich nicht antun.«

»Nein, wirklich nicht«, bestätigte Mr. Muir.

Und dann beschloß Alissa unvermittelt, ans Theater zurückzukehren, sich wieder ihrer »Karriere« zu widmen, wie sie gewichtig sagte, als handele es sich dabei um ein Phänomen, auf das sie selbst keinen Einfluß hatte, um das Diktum einer höheren Macht. Und Mr. Muir freute sich für sie, ja, er freute sich wirklich sehr. Er war stolz auf die Professionalität seiner Frau, er war nicht eifersüchtig auf ihren immer größer werdenden Freundes-, Bekannten-, Kollegenkreis. Er war nicht eifersüchtig auf ihre

Schauspielerkollegen und Kolleginnen – Rikka, Mario, Robin, Sibyl, Emile und jetzt Alban mit den feuchten dunkelglänzenden Augen und dem raschen gewinnenden Lächeln. Auch neidete er ihr nicht die Zeit, die sie auswärts oder zu Hause arbeitend in ihrem sogenannten Studio verbrachte. Als reife Frau gab Alissa Howth besonders gern rauhe, aber herzliche Typen, auch wenn sie dadurch auf bestimmte Rollen festgelegt war, Rollen, für die ohnehin nur ältere Schauspielerinnen in Frage kamen und für die nicht unbedingt Äußerlichkeiten ausschlaggebend waren. Sie spielte jetzt viel besser, viel subtiler, das sagten alle.

Ja, Mr. Muir war stolz auf seine Frau und freute sich für sie. Und wenn er hin und wieder so etwas wie einen leichten Groll verspürte – nein, vielleicht nicht einmal das, sondern nur einen Hauch von Bedauern darüber, daß ihr Leben nicht mehr eins war, sondern auf getrennten Wegen verlief –, war er zu sehr Gentleman, um sich das anmerken zu lassen.

»Wo ist Miranda? Hast du Miranda heute schon gesehen?«

Es wurde Mittag, es wurde vier, es dunkelte – und Miranda war noch nicht wieder da. Alissa hatte fast den ganzen Tag am Telefon verbracht – die Anrufe rissen nicht ab – und erst nach und nach begriffen, wie lange die Katze schon fort war. Sie ging nach draußen, rief, schickte Dienstboten nach ihr aus. Und natürlich trug auch Mr. Muir sein Teil bei, er lief auf dem Grundstück herum und in den Wald hinein, er legte die Hände an den Mund und rief mit hoher, zitternder Stimme: »Miez-miez-miez-miez! Miez-miez-miez …« Wie kläglich, wie töricht – wie vergeblich. Und doch mußte es sein, denn es war das, was in so einer Situation erwartet wurde. Julius Muir, fürsorglichster aller Ehemänner, kämpfte sich durchs Unterholz und suchte nach der Perserkatze seiner Frau …

Arme Alissa, dachte er. Sie wird tagelang, womöglich wochenlang untröstlich sein.

Auch ihm würde Miranda fehlen, zumindest als Teil des Inventars. Im Herbst hätten sie die Katze zehn Jahre gehabt.

Das Abendessen verlief an diesem Tag gedämpft, fast bleiern. Nicht nur, weil Miranda nicht da war (was Alissa in ganz außerordentliche und offenbar ehrliche Unruhe versetzte), sondern weil Mr. Muir und seine Frau allein dinierten; der nur für zwei Personen gedeckte Tisch schien fast unästhetisch. Und diese widernatürliche Ruhe ... Mr. Muir versuchte Konversation zu machen, aber seine Stimme verlor sich sehr bald in schuldbeladenem Schweigen. Während des Essens stand Alissa einmal auf, um einen Anruf entgegenzunehmen (aus Manhattan, wie konnte es anders sein, ihr Agent, ihr Regisseur, Alban oder eine Freundin – es war wohl dringend, denn in solchen Stunden der Zweisamkeit ließ Mrs. Muir sonst keine Gespräche durchstellen), und Mr. Muir beendete sein einsames Mahl geknickt, verletzt und in einer Art Trance, ohne etwas zu schmecken. Er dachte an den vergangenen Abend, an den durchdringenden Geruch des Katzenfutters, die weißen Giftkörner, den Blick der schlauen Kreatur, als sie sich an seinen Beinen gerieben hatte in einer verspäteten Geste ... der Zuneigung? Des Vorwurfs? Des Spotts? Wieder schlug ihm das Gewissen, aber die tiefinnerliche Genugtuung überwog. Dann blickte er auf – und sah etwas Weißes auf der Gartenmauer entlangspazieren ...

Miranda war wieder da.

Sprachlos vor Entsetzen sah er hin, hoffte, das Trugbild würde wieder verschwinden.

Dann stand er benommen auf und zwang sich, so etwas wie Frohlocken in seiner Stimme anklingen zu lassen. »Miranda ist heimgekommen!« rief er zu Alissa ins Nebenzimmer hinüber. »Alissa, Liebling! Miranda ist wieder da.«

Ja, es war Miranda, die mit bernsteingelb leuchtenden Augen von der Terrasse ins Speisezimmer blickte. Mr. Muir zitterte, aber es dauerte nicht lange, bis sein Verstand die Tatsache verarbeitet und eine logische Erklärung dafür gefunden hatte. Sie hatte das Gift erbrochen, ja, so mußte es gewesen sein. Oder das Gift hatte nach einem kalten feuchten Winter im Gartenschuppen seine Wirkung verloren.

Jetzt aber hieß es ganz schnell die Schiebetür entriegeln, um die weiße Katze einzulassen. Seine Stimme bebte vor Erregung: »Alissa! Eine gute Nachricht! Miranda ist wieder da.«

Alissas Freude war so groß, seine eigene Erleichterung zunächst so aufrichtig, daß ihm, während er über den fedrigen Katzenschweif strich und Alissa ihre Miranda überschwenglich begrüßte, der Gedanke durch den Kopf ging, er habe grausam und selbstsüchtig und für ihn sehr untypisch gehandelt, so daß er beschloß, der Katze, die dem Tod von der Hand ihres Herrn entkommen war, das Leben zu schenken. Er würde es *nicht* ein zweites Mal versuchen.

Ehe er mit sechsundvierzig Jahren geheiratet hatte, hatte Julius Muir – wie die meisten unverheirateten Männer und Frauen eines ganz bestimmten introvertierten und zurückhaltenden Typs, die eher passiv beobachtend denn als aktive Macher durchs Leben gehen – die Ehe als etwas Bedingungsloses gesehen, hatte geglaubt, Mann und Frau seien in mehr als bildlichem Sinne ein Fleisch. Seine eigene Ehe allerdings war in diesem Sinne entschieden reduziert, der eheliche Verkehr war praktisch eingestellt, und es bestand wenig Aussicht auf eine Wiederaufnahme. Schließlich wurde er demnächst siebenundfünfzig (auch wenn er sich manchmal fragte: Ist das wirklich so alt?).

In den ersten zwei, drei Ehejahren (als Alissas Stern am Theaterhimmel im Sinken war, wie sie zu sagen pflegte), hatten sie zusammen in einem Doppelbett geschlafen wie alle Ehepaare (jedenfalls ging Mr. Muir davon aus, daß dies der Brauch war, denn

für das Verständnis des Begriffs Ehe war die seine nicht sehr hilf-
reich). Immer öfter aber führte Alissa Klage darüber, daß sie wegen Mr. Muirs nächtlicher »Unruhe« – mit Zappeln, Treten,
Fuchteln, gelegentlichem lauten Reden – nicht schlafen könne.
Wenn sie ihn weckte, wußte er sekundenlang nicht, wo er war,
entschuldigte sich dann ausgiebig und sehr geniert und begab sich
zum Schlafen (wenn er denn schlafen konnte) in ein anderes Zimmer. Mr. Muir fand diese Situation zwar unbefriedigend, hatte
aber für Alissa volles Verständnis: Die Ärmste hatte, sensibel wie
sie war, seinetwegen gewiß manch schlaflose Nacht verbracht,
ohne ihm davon ein Sterbenswort zu sagen. Typisch für sie, diese Rücksichtnahme; sie konnte einfach niemandem weh tun.

Infolgedessen war es ihnen zur lieben Gewohnheit geworden,
daß Mr. Muir zuerst ein halbes Stündchen bei seiner Frau verbrachte, wenn sie sich hingelegt hatte, und sich dann – auf Ze-
henspitzen, um sie nicht zu stören – in ein anderes Zimmer
schlich, um dort ungestört zu schlafen (sofern das seine gelegent-
lichen Alpträume zuließen, von denen er die am meisten fürchtete, die ihn nicht weckten).

In den letzten Jahren hatte das zu einer weiteren Konsequenz
geführt. Alissa hatte es sich angewöhnt, noch lange wachzublei-
ben, im Bett zu lesen, fernzusehen oder gar zu telefonieren, so
daß es Mr. Muir sinnvoll fand, sich nach einem zärtlichen Gutenachtkuß gleich in sein Zimmer zurückzuziehen. Manchmal
meinte er im Schlaf, Alissa rufen zu hören; dann wachte er auf,
lief auf den dunklen Gang hinaus, blieb ein, zwei Minuten erwartungsvoll vor ihrer Tür stehen und fragte flüsternd: »Alissa?
Alissa, Liebling … Hast du mich gerufen?«

Ebenso unvorhersehbar und wetterwendisch wie Mr. Muirs
schwere Träume waren die nächtlichen Gepflogenheiten der Katze Miranda. Zuweilen rollte sie sich behaglich am Fußende von
Alissas Bett zusammen und schlief dort friedlich bis zum näch-

sten Morgen durch, dann wieder ruhte sie nicht, bis man sie hinausließ, so gern Alissa es auch hatte, wenn die Katze auf ihrem Bett schlief. Es sei irgendwie tröstlich, sagte Alissa (kindisch, ich weiß, fügte sie dann gern hinzu), die weiße Perserkatze die ganze Nacht in ihrem Zimmer zu wissen, ihr Gewicht warm und fest auf dem Satinbezug am Fußende ihres Bettes zu spüren.

Andererseits wußte Alissa natürlich, daß man eine Katze zu nichts zwingen kann. »Das ist fast so was wie ein Naturgesetz«, sagte sie feierlich.

Wenige Tage nach dem mißlungenen Giftmord war Mr. Muir in der frühen Dämmerung mit seinem Wagen auf dem Heimweg, als er eine Meile vor seinem Grundstück die weiße Katze sah; reglos, wie gelähmt vom Scheinwerferstrahl, saß sie auf der Gegenfahrbahn. Ungebeten schoß ihm der Gedanke *Ich will sie nur ein bißchen erschrecken* durch den Kopf. Er riß das Steuer herum und hielt auf sie zu. Die goldenen Augen leuchteten auf – in blanker Überraschung, vielleicht aber auch erschrocken oder in plötzlicher Erkenntnis. Es ist ja nur wegen der ausgleichenden Gerechtigkeit, dachte Mr. Muir, gab Gas, fuhr geradewegs auf die weiße Perserkatze zu und erwischte sie, ehe sie sich in den Straßengraben hatte flüchten können, mit dem linken Vorderrad. Ein dumpfer Schlag, ein Aufjaulen, ein ungläubiger Aufschrei – und es war vollbracht.

Mein Gott! Es war *vollbracht!*

Zitternd und mit trockenem Mund besah sich Mr. Muir im Rückspiegel die unbewegliche weiße, rot umflossene Gestalt. Er hatte Miranda nicht töten wollen, aber diesmal hatte er es geschafft … ohne Vorsatz und deshalb ohne Schuldgefühle.

Und jetzt war die Tat vollbracht.

»Und keine Reue dieser Welt kann sie rückgängig machen«, sagte er leise und sehr erstaunt.

Mr. Muir war ins Dorf gefahren, um aus der Apotheke ein Medikament für Alissa zu holen; sie war in der Stadt gewesen, um etwas am Theater zu erledigen, war spät in einem überfüllten Pendlerzug nach Hause gekommen und hatte sich gleich hingelegt, weil sie merkte, daß eine Migräne im Anzug war. Jetzt kam er sich herzlos vor und wie ein Heuchler, weil er seiner Frau Kopfschmerztabletten brachte und dabei ganz genau wußte, daß sich ihre Migräne verzehnfachen würde, wenn sie von seiner Tat wüßte. Aber wie hätte er ihr klarmachen sollen, daß er diesmal Miranda gar nicht hatte umbringen wollen, daß das Lenkrad sich wie von selbst gedreht, sich seinem Griff entwunden hatte? Denn so hatte Mr. Muir, der noch immer zitterte und so erregt war, als sei er selbst einem gewaltsamen Tod nahe gewesen, den Vorfall in Erinnerung behalten.

Auch den gräßlichen Schrei der Katze hatte er noch in Erinnerung, den der Aufprall jäh, aber nicht sofort hatte verstummen lassen.

Und hatte der Kotflügel des feinen englischen Wagens etwa eine Delle? Mitnichten. Und sah man Blut am linken Vorderrad? Mitnichten. Und gab es sonst irgendwelche Spuren auch nur des kleinsten Mißgeschicks? Mitnichten.

»Keine Beweise«, sagte sich Mr. Muir zufrieden, »keine Beweise.« Immer zwei Stufen auf einmal nehmend rannte er die Treppe zu Alissas Zimmer hinauf. Als er die Hand hob, um zu klopfen, hörte er erleichtert, daß es Alissa offenbar besser ging. Sie führte ein angeregtes Telefongespräch und ließ dabei sogar ihr silberhelles Lachen ertönen, das ihn an das Klingeln von Glöckchen in einem lauen Sommerwind erinnerte. Das Herz ging ihm auf vor Liebe und Dankbarkeit. »Liebste Alissa … wie glücklich wir von jetzt an sein werden.«

Und dann begab sich zur Schlafenszeit das Unglaubliche: Die weiße Katze tauchte wieder auf. *Sie war gar nicht tot.*

Mr. Muir, der in Alissas Zimmer noch einen Schlaftrunk mit ihr nahm, sah sie zuerst: Miranda war aufs Dach geklettert – wohl an einem Rosenspalier, das sie häufig zu diesem Zweck benutzte –, und ihr Mopsgesicht erschien an einem der Fenster; es war wie eine gespenstische Wiederholung der nur wenige Tage zurückliegenden Szene. Mr. Muir war wie gelähmt vor Schreck, und es war Alissa, die aus dem Bett sprang, um die Katze hereinzulassen.

»Du machst Sachen, Miranda … Was denkst du dir eigentlich dabei?«

Die Katze war diesmal nicht so lange fort gewesen, daß man sich hätte Sorgen machen müssen; ein unvoreingenommener Beobachter allerdings hätte nach Alissas überschwenglicher Begrüßung durchaus zu dieser Annahme kommen können. Und Mr. Muir mußte herzklopfend und zutiefst angewidert gute Miene zum bösen Spiel machen und konnte nur hoffen, daß Alissa das blanke Entsetzen in seinem Blick nicht bemerkt hatte.

Die Katze, die er überfahren hatte, mußte eine andere Katze gewesen, konnte nicht Miranda gewesen sein … Ganz offensichtlich nicht Miranda. Eine andere weiße Perserkatze mit bernsteingelben Augen …

Alissa überschüttete Miranda mit Zärtlichkeiten, streichelte sie, tat alles, um sie aufs Bett zu locken, aber nach ein paar Minuten sprang sie wieder herunter und kratzte an der Tür. Sie hatte kein Abendessen gehabt, sie hatte Hunger, sie hatte genug von den Zärtlichkeiten ihrer Herrin. Ihrem Herrn, der sie angeekelt betrachtete, gönnte sie nicht einen einzigen Blick. Jetzt wußte er, daß er sie töten mußte – und sei es auch nur, um zu beweisen, daß er einer solchen Tat fähig war.

Nach diesem Zwischenfall ging die Katze Mr. Muir aus dem Wege – nicht mehr lässig-gleichmütig wie früher, sondern ganz geflissentlich und deutlich des Wandels ihrer Beziehung bewußt. Daß er versucht hatte, sie umzubringen, konnte sie natürlich nicht wissen, möglicherweise aber spürte sie es. Vielleicht hatte sie sich im Buschwerk an der Straße versteckt und gesehen, wie er ihre unglückliche Doppelgängerin überfahren hatte ...

Das war ziemlich, ja, es war im Grunde ganz und gar unwahrscheinlich, wie Mr. Muir sehr wohl wußte. Wie sonst aber hätte er sich ihr Verhalten, ihre unmißverständlich zur Schau gestellte oder zumindest simulierte animalische Furcht erklären sollen? Den jähen Satz auf einen Schrank, wenn er ins Zimmer kam; den Sprung auf den Kaminsims (wobei sie wie in voller Absicht eine seiner geschnitzten Jadefiguren herunterwarf, die in tausend Stücke zerbrach); die ungraziöse Rutschpartie durch eine offene Tür, wobei die spitzen Zehennägel auf dem Parkettboden klickten. Näherte er sich ihr draußen, kletterte sie geräuschvoll an einem der Rosenspaliere, an der Weinlaube oder an einem Baum hoch oder flüchtete wie gehetzt ins Unterholz. Alissa staunte immer wieder über dieses scheinbar sinnlose Verhalten. »Was meinst du, ob Miranda krank ist?« fragte sie. »Sollen wir mit ihr zum Tierarzt gehen?« »Ich weiß nicht recht, ob sie sich dazu einfangen läßt«, sagte Mr. Muir beklommen. »Oder ob ich mir zutraue, sie dazu einzufangen ...«

In diesem Moment hätte er Alissa am liebsten das Verbrechen – oder das versuchte Verbrechen – gebeichtet: Er hatte die verhaßte Kreatur umgebracht – *und sie war nicht gestorben.*

Eines Abends Ende August träumte Mr. Muir von frei im Raum schwebenden glühenden Augen. Und inmitten dieser Augen, altmodischen Schlüssellöchern gleich, die nachtschwarze Iris – Pforten ins Nichts. Er konnte sich nicht rühren, nicht wehren. Ein warmes, pelziges Gewicht legte sich genüßlich auf seine Brust und dann auf sein Gesicht. Die schnurrhaarbewehrte weiße Schnauze berührte in einem diabolischen Kuß seinen Mund, nahm ihm den Atem ...

»Nein ... nein! Hilfe! O Gott ...«

Die feuchte Schnauze an seinem Mund, die ihm den Atem raubte ... Keine Möglichkeit, ihr zu entkommen ... Arme wie Blei, der ganze Körper wie gelähmt ...

»Hilfe ... *Hilfe!*«

Von seinen Hilferufen, seinen hektischen Bewegungen wachte er auf. Obschon ihm sogleich klar war, daß er geträumt haben mußte, ging sein Atem noch immer flach und schnell, sein Herz hämmerte so heftig, daß er glaubte sterben zu müssen. Hatte nicht erst neulich sein Arzt ihn ernsthaft auf eine beginnende Herzschwäche, die Möglichkeit eines Herzstillstandes hingewiesen? Und war es nicht sonderbar, daß er noch nie einen so hohen Blutdruck gehabt hatte?

Mr. Muir wälzte sich aus dem feuchten, zerwühlten Bett und machte mit zitternden Händen Licht. Wie gut, daß er allein war, daß Alissa diese neueste Nervenkrise nicht miterlebt hatte.

»Miranda?« flüsterte er. »Bist du da?«

Er schaltete eine Deckenlampe an. Das Schlafzimmer war voll flüchtiger Schatten und ihm in diesem Augenblick vollkommen fremd.

»Miranda?«

Dieses raffinierte, verderbte Geschöpf, diese elende Kreatur! Die Vorstellung, daß die kätzische Schnauze seine Lippen berührt hatte, die Schnauze eines Tieres, das Mäuse und Ratten fraß, unaussprechliche schmutzige Dinge draußen im Wald ... Mr. Muir ging ins Badezimmer und spülte sich den Mund aus, wobei er sich gut zuredete: Es war schließlich nur ein Traum und die Katze eine Phantasmagorie, und natürlich war Miranda nicht hier im Zimmer.

Und doch ... ihr Gewicht hatte warm, pelzig, unverkennbar auf seiner Brust gelegen. Sie hatte versucht, ihm den Atem zu rauben, ihn zu erwürgen, zu ersticken, sein armes Herz anzuhalten.

Es lag in ihrer Macht. »Nur ein Traum«, sagte Mr. Muir laut und lächelte seinem Spiegelbild bläßlich zu. (Kaum zu glauben, daß diese bleiche, elende Gestalt er selbst sein sollte ...) Lauter und in wissenschaftlich präzisem Ton wiederholte Mr. Muir: »Ein törichter Traum. Ein Traum, wie Kinder ihn träumen. Oder Frauen.«

Als er wieder in seinem Zimmer war, hatte er das flüchtige Gefühl, daß irgend etwas unbestimmt Weißes unter sein Bett huschte. Er hockte sich hin und sah nach, fand aber natürlich nichts.

Auf dem hochflorigen Teppich aber fand er Katzenhaare. Weiße, feste Haare – unverkennbar aus Mirandas Fell. »Das ist der Beweis«, sagte er erregt. Ein paar verstreute Haare an der Tür, sehr viel mehr am Bett – als habe das Tier dort eine Weile gelegen, sich gar gewälzt (wie Miranda es draußen auf der Terrasse in der Sonne zu tun pflegte), die graziösen Glieder hingebungsvoll von sich gestreckt. Oft genug hatte Mr. Muir das erstaunlich genießerische Gehabe der Katze bei solchen Anlässen bewundert, eine Lust des Fleisches (und des Fells), zu der er keinen Zugang hatte. Schon vor der Verschlechterung ihrer Beziehung hatte es ihn immer wieder gedrängt, einfach hinzugehen und kräftig mit dem Absatz auf diesen zarten, ungeschützten, rosablassen Bauch zu treten ...

»Miranda? Wo bist du? Bist du noch da?« fragte Mr. Muir kurzatmig. Als er sich jetzt nach dem langen Hocken mühsam aufrichtete, taten ihm die Beine weh.

Mr. Muir suchte das ganze Zimmer ab, aber die weiße Katze war offenbar verschwunden. Er ging auf den Balkon, lehnte sich ans Geländer, blinzelte in die von mattem Mondlicht durchdrungene Dunkelheit, sah aber nichts; verstört, wie er war, hatte er vergessen, die Brille aufzusetzen. Minutenlang atmete er die feuchtwarme Nachtluft ein und versuchte so, wieder zur Ruhe zu kommen, aber irgend etwas stimmte nicht. Er meinte leises Gemurmel zu hören ... eine Stimme? Stimmen?

Dann sah er sie: eine geisterhaft weiße Erscheinung im Gebüsch. Mr. Muir blinzelte, machte große Augen, konnte aber nichts Genaues ausmachen. »Miranda …?« Über ihm trappelte und raschelte es. Er drehte sich um. Auf dem Steildach bewegte sich etwas Weißes, stieg just in diesem Moment behende über den Dachfirst. Er blieb – vor Angst oder aus Berechnung, das hätte er nicht zu sagen gewußt – regungslos stehen. Daß es mehr als eine weiße Katze, mehr als eine weiße Perserkatze, ja, mehr als eine Miranda gab, war eine Möglichkeit, die er bisher nicht in Betracht gezogen hatte. »Aber vielleicht ist das des Rätsels Lösung«, sagte er sich, bei aller Angst konnte er so klar und scharf denken wie eh und je.

Es war nicht sehr spät, noch nicht mal eins; das Gemurmel erwies sich als Alissas Stimme, hin und wieder unterbrochen durch ihr silberhelles Lachen. Man hätte fast meinen können, es sei jemand bei ihr im Zimmer … aber natürlich führte sie nur eins ihrer nächtlichen Telefongespräche, vermutlich mit Alban … Wahrscheinlich hechelten sie wieder einmal in aller Harmlosigkeit ihre Kolleginnen und Kollegen, gemeinsame Freunde und Bekannte durch. Alissas Balkon lag auf der gleichen Seite wie der von Mr. Muir, was erklärte, daß ihre Stimme (oder waren es nicht doch *Stimmen?* Mr. Muir horchte verwirrt) so deutlich zu hören war. Er sah kein Licht in ihrem Zimmer. Sie telefonierte offenbar im Dunkeln.

Mr. Muir wartete noch ein paar Minuten, aber die weiße Erscheinung dort unten im Gebüsch war verschwunden. Und das Schieferdach über ihm, das in matten, ungleichmäßigen Flecken das Mondlicht zurückwarf, war leer. Er war allein und beschloß, sich wieder hinzulegen, sorgte aber vorher noch dafür, daß er auch allein blieb. Er schloß alle Fenster und die Tür ab und schlief bei Licht, dabei aber so tief und fest, daß er erst durch Alissas Klopfen erwachte. »Julius? Julius? Hast du was, Liebling?« rief sie. Überrascht sah er, daß es fast zwölf war. Er hatte viel länger geschlafen als sonst.

Alissa verabschiedete sich, sie hatte es eilig; eine Limousine würde sie in die Stadt bringen, wo sie mehrere Tage hintereinander zu tun hatte; sie machte sich Sorgen um ihn, um seine Gesundheit, hoffentlich doch nichts Ernstes … »Aber nein«, sagte Mr. Muir gereizt. Nach dem späten Aufstehen war er benommen und desorientiert, der lange Schlaf hatte ihn nicht erquickt. Als Alissa ihn zum Abschied küßte, war es, als ließe er ihren Kuß nur notgedrungen über sich ergehen, und als sie aus dem Haus war, mußte er sich zusammennehmen, um nicht mit dem Handrücken über den Mund zu fahren.

»Gott helfe uns«, flüsterte er.

Mr. Muirs zunehmend verdüsterte Gemütslage brachte es mit sich, daß er nach und nach die Freude am Sammeln verlor. Als ein Antiquar ihm eine seltene Oktavausgabe des »Directorium Inquisitorium« anbot, berührte ihn das so wenig, daß er sich den Schatz von einem Mitbewerber wegschnappen ließ. Wenige Tage später reagierte er womöglich noch lauer auf die Chance, bei einer Quartausgabe von Machiavellis »Belfagor« mitzubieten. »Haben Sie irgendwas, Mr. Muir?« fragte ihn der Händler. (Sie waren seit einem Vierteljahrhundert miteinander im Geschäft.) »*Habe* ich irgendwas?« wiederholte Mr. Muir ironisch und brach das Telefongespräch ab. Der Mann sollte nie wieder von ihm hören.

Noch bedenklicher war, daß Mr. Muir neuerdings keinerlei Interesse an finanziellen Fragen hatte. Er nahm keine Anrufe der Wallstreet-Gentlemen mehr entgegen, die sein Vermögen verwalteten; ihm genügte es nun zu wissen, daß das Geld da war und immer da sein würde. Details zu diesem Thema empfand er nur noch als störend und profan.

In der dritten Septemberwoche fand die Premiere des Stückes statt, in dem Alissa die zweite Besetzung spielte; es wurde mit überschwenglichen Kritiken bedacht, was auf eine erfreulich lange Laufzeit hoffen ließ. Auch wenn die weibliche Hauptdarstellerin sich bester Gesundheit erfreute und kaum damit zu rechnen war, daß sie eine Vorstellung würde versäumen müssen, sah Alissa sich genötigt, häufig – manchmal für eine ganze Woche – in die Stadt zu fahren. (Was sie dort tat, wie sie sich Tag für Tag, Abend für Abend beschäftigte, wußte Mr. Muir nicht, und er war zu stolz, um sie danach zu fragen.) Wenn sie ihn aufforderte, das Wochenende mit ihr zu verbringen (er könne bei dieser Gelegenheit ja zu seinen Antiquaren gehen, das habe er doch früher so gern gemacht), sagte Mr. Muir schlicht: »Warum? Ich habe hier auf dem Land alles, was ich zu meinem Glück brauche.«

Seit dem Erstickungsversuch belauerten sich Mr. Muir und Miranda noch wachsamer. Die weiße Katze mied ihn nun nicht mehr, vielmehr hielt sie, wenn er ins Zimmer kam, gleichsam herausfordernd die Stellung. Ging er auf sie zu, wich sie erst im letzten Moment zurück, oft drückte sie sich flach auf den Boden und ringelte sich schlangengleich davon. Wenn er fluchte, bleckte sie fauchend die Zähne. Er lachte laut, um ihr zu zeigen, wie wenig ihn das kümmerte; sie sprang auf einen Schrank, wo er sie nicht greifen konnte, und verfiel in einen seligen Katzenschlaf. Jeden Abend zur vereinbarten Zeit rief Alissa an, jeden Abend erkundigte sie sich nach Miranda. »So schön und gesund wie immer«, antwortete dann Mr. Muir. »Schade, daß du sie nicht sehen kannst.«

Im Lauf der Zeit wurde Miranda kühner und bedenkenloser – wobei sie womöglich die Reflexe ihres Herrn unterschätzte. Manchmal lief sie ihm unerwartet zwischen die Beine, so daß er fast die Treppe herunterfiel; sogar dann, wenn er eine potentielle Waffe in der Hand hatte – ein Fleischmesser, einen Schürhaken,

ein schweres ledergebundenes Buch –, traute sie sich an ihn heran. Ein- oder zweimal sprang sie Mr. Muir sogar, während er allein und gedankenversunken bei Tisch saß, auf den Schoß und
von da über den Eßtisch, so daß Schüsseln und Gläser umfielen.

»Biest!« fuhr er sie an, versuchte sie zu packen und griff in die
Luft. »Was willst du von mir?«

Was mochten wohl die Dienstboten über ihn erzählen, was für
Hintertreppengeschichten über ihn verbreiten? Und wieviel davon mochte Alissa in der Stadt zu Ohren kommen?

Eines Abends aber beging Miranda einen taktischen Fehler, und
Mr. Muir bekam sie tatsächlich zu fassen. Sie hatte sich in sein Arbeitszimmer geschlichen, wo er bei Lampenlicht über seinen sel-
tensten und kostbarsten Münzen (aus Mesopotamien und Etru-
rien) saß, und hoffte offenbar darauf, notfalls durch die Tür entkommen zu können. Mr. Muir aber sprang mit fast katzenhafter
Behendigkeit auf und trat gegen die Tür, so daß sie zufiel. Und nun
gab es eine Jagd! Einen Kampf! Ein Getobe! Mr. Muir fing die Katze ein, verlor sie, fing sie von neuem, verlor sie von neuem; sie
kratzte ihm beide Handrücken und das Gesicht blutig; er bekam
sie wieder zu fassen, schlug sie gegen die Wand, legte ihr die blutigen Hände um den Hals und drückte zu. Jetzt hatte er sie, keine
Macht der Erde konnte ihn dazu bringen, sie wieder loszulassen.
Die Katze schrie und kratzte und trat und zappelte und schien in
den letzten Zügen zu liegen. Mr. Muir hockte geduckt von ihr,
dicke, sichtbar pochende Adern auf der Stirn. »Jetzt hab ich dich!
Jetzt!« Und just in dem Moment, als das Lebenslicht der weißen
Perserkatze schon fast erloschen war, wurde die Tür zu Mr. Muirs
Arbeitszimmer aufgerissen, einer der Dienstboten stand da, bleich
und fassungslos: »Mr. Muir? Was ist denn? Wir hörten …«, stot-
terte der Tölpel; und natürlich entschlüpfte Miranda dem ge-
lockerten Griff ihres Herrn und flüchtete.

Nach diesem Vorfall fand Mr. Muir sich offenbar damit ab, daß so eine Chance nie wiederkehren würde. Es ging nun sehr schnell dem Ende zu.

In der zweiten Novemberwoche kam völlig unerwartet Alissa nach Hause.

Sie war aus dem Stück ausgestiegen, war fertig mit dem Theater und vorläufig auch mit New York, wie sie ihrem Mann ungestüm eröffnete.

Er sah bestürzt, daß sie geweint hatte. Ihre Augen waren unnatürlich blank und schienen ihm kleiner als früher. Und ihr Liebreiz schien brüchig, als dränge darunter ein anderes, härteres und kleiner dimensioniertes Gesicht hervor. Arme Alissa! Mit wieviel Hoffnung war sie weggefahren! Doch als Mr. Muir auf sie zuging, um sie tröstend in die Arme zu nehmen, wich sie zurück, mit gerümpfter Nase, als sei ihr sein Geruch zuwider. »Nein, bitte …«, sagte sie, ohne ihn anzusehen. »Ich fühle mich nicht wohl, ich habe nur den einen Wunsch, allein zu sein … ganz allein …«

Sie zog sich in ihr Zimmer zurück und legte sich zu Bett. Mehrere Tage verschanzte sie sich dort, nur eine Hausangestellte durfte zu ihr und natürlich ihre geliebte Miranda, sofern diese sich herabließ, ins Haus zu kommen. (Mr. Muir hatte zu seiner größten Erleichterung festgestellt, daß der weißen Katze von dem gerade erst überstandenen Kampf nichts anzusehen war. Die Kratzer in seinem Gesicht und an seinen Händen heilten nur langsam, Alissa aber schien das in ihrem Kummer, ihrer Versunkenheit gar nicht bemerkt zu haben.)

Hinter abgeschlossener Zimmertür führte Alice – häufig unter Tränen – eine Reihe von Telefongesprächen mit New York City. Mit Alban sprach sie, soweit Mr. Muir das feststellen konnte (der sich in dieser besonderen Situation zum Mithören genötigt sah), kein einziges Mal.

Und das bedeutete … ja – was? Er wußte es beim besten Willen nicht, und Alissa konnte er nicht fragen, denn dann hätte er beichten müssen, daß er gelauscht hatte, und das hätte sie schwer getroffen.

Mr. Muir schickte Sträußchen mit Herbstblumen in Alissas Krankenstube; kaufte ihr Pralinen und Bonbons, Gedichtbändchen, ein neues Brillantarmband. Mehrmals stellte er sich, noch immer der beflissene Verehrer, vor ihrer Tür ein, aber sie erklärte, sie sei noch nicht bereit, mit ihm zu sprechen. Noch nicht. Ihre Stimme war schrill und hatte einen ganz neuen metallischen Beiklang.

»Liebst du mich nicht, Alissa?« entfuhr es ihm eines Tages.

Eine kurze verlegene Pause. Dann: »Natürlich liebe ich dich. Aber bitte geh jetzt und laß mir meine Ruhe.«

In seiner Sorge um Alissa konnte Mr. Muir neuerdings nie mehr als ein, zwei Stunden hintereinander schlafen, Stunden, in denen ein turbulenter Traum dem anderen folgte. Die weiße Katze! Die grauenvoll erdrückende Last! Fell in seinem Mund! Doch wenn er wach war, dachte er nur an Alissa und daß sie nach Hause, aber nicht zu ihm zurückgekommen war.

Er lag allein in seinem einsamen Bett, in dem zerwühlten Bettzeug, und weinte leise. Als er sich eines Tages übers Kinn strich, spürte er Borsten: Er hatte sich tagelang nicht mehr rasiert.

Von seinem Balkon aus sah er die weiße Katze, sie saß auf der Gartenmauer, putzte sich und wirkte größer, als er sie in Erinnerung hatte. Sie war nach dem Kampf mit ihm völlig wiederhergestellt (sofern sie überhaupt Verletzungen davongetragen hatte; sofern es sich bei der Katze auf der Gartenmauer um eben jene handelte, die in sein Arbeitszimmer eingedrungen war.) Das weiße Fell schien in der Sonne Funken zu sprühen, die Augen waren tief in den Höhlen liegende, goldglühende kleine Kohlen. Mr. Muir überkam etwas wie leiser Schreck: Was für ein schönes Geschöpf!

Doch gleich darauf erkannte er natürlich, was sie war.

An einem windigen, regnerischen Abend Ende November fuhr
Mr. Muir über die schmale asphaltierte Höhenstraße oberhalb des
Flusses. Alissa saß schweigend – verstockt schweigend, dachte er –
neben ihm. Sie trug einen schwarzen Kaschmirmantel und einen
kleinen schwarzen Filzhut, der ihr Haar fast ganz verdeckte, Kleidungsstücke, die Mr. Muir noch nicht kannte und die in ihrer
strengen Eleganz die wachsende Entfremdung zwischen ihnen
noch zu betonen schienen. Als er ihr in den Wagen geholfen hatte,
hatte sie sich leise bedankt, aber in einem Ton, der besagte: »Mußt
du mich unbedingt anfassen?« Und Mr. Muir hatte, ohne Hut im
Regen stehend, eine spöttische kleine Verbeugung gemacht.

 Und ich habe dich so sehr geliebt.

 Sie schwieg. Das schöne Profil hatte sie von ihm weggewandt,
wie gefesselt von dem peitschenden Regen, den aufgewühlten Wo-
gen unter ihnen, den Windstößen, die an dem feinen englischen
Wagen rüttelten, als Mr. Muir noch mehr Gas gab. »Es ist die beste Lösung, liebe Frau«, sagte Mr. Muir leise. »Selbst wenn du keinen anderen liebst – mich liebst du nicht, das ist mir leider nur zu
klar.« Bei diesen gemessenen Worten fuhr Alissa schuldbewußt zusammen, sah ihn aber noch immer nicht an. »Hast du verstanden,
meine Liebe? Es ist besser so ... hab keine Angst.« Je schneller Mr.
Muir fuhr, desto heftiger warf der Wind den Wagen hin und her.
Alissa drückte die Hände vor den Mund, als wollte sie ihren Pro-
test ersticken, und sah so gebannt wie Mr. Muir auf den unter ihnen dahinrasenden Asphalt.

 Erst als Mr. Muir die Leitplanke ansteuerte, verlor sie die Fassung. Sie schrie ein paarmal leise und gepreßt auf und drückte sich
in den Sitz, machte aber keine Anstalten, ihm in den Arm, ins
Steuer zu fallen. Und dann ging alles sehr schnell: Der Wagen
durchbrach die Leitplanke, wirbelte durch die Luft, landete hart
auf dem steinigen Hang, fing Feuer und überschlug sich viele, viele Male ...

Er saß in einem Stuhl mit Rollen – einem Stuhl, den man rollen konnte! Eine erstaunliche Erfindung, überlegte er, wer mochte sich so was wohl ausgedacht haben?

Da er fast völlig gelähmt war, konnte er sich allerdings nicht selbständig vorwärtsbewegen.

Und da er blind war, besaß er ohnehin keine Selbständigkeit. Er war es zufrieden, dort sitzen zu bleiben, wo er saß, nur ziehen durfte es nicht (das unsichtbare Zimmer, in dem er jetzt seine Tage und Nächte verbrachte, war meist behaglich warm – dafür sorgte seine Frau), trotzdem traf ihn hin und wieder ein unberechenbarer kalter Luftzug, und er hatte die Befürchtung, daß dem auf Dauer seine Körpertemperatur nicht gewachsen war.

Er hatte von vielen Dingen die Namen vergessen und war nicht böse darüber. Wenn einem die Namen nicht einfallen, mindert das den Wunsch nach den Dingen, die geisterhaft und unerreichbar hinter diesen Namen stehen. Und natürlich hing das alles auch weitgehend mit seiner Blindheit zusammen, wofür er durchaus dankbar war. Wirklich dankbar!

Blind, aber doch nicht gänzlich blind, denn er sah (oder auch nicht) Weiß in Wellen, Weiß in Abstufungen, Weiß in ganz erstaunlich subtilen Nuancen – wie einzelne Strömungen in einem Strom, der ständig um seinen Kopf war und sich an ihm brach, nicht eingeengt durch Formen, Umrisse, etwas so Banales wie die Andeutung eines räumlichen Gegenstandes.

Er war offenbar mehrmals operiert worden. Wie oft, das war ihm unbekannt und interessierte ihn auch nicht. In den letzten Wochen hatte man ihm ernsthaft die Möglichkeit einer neuerlichen Gehirnoperation in Aussicht gestellt mit dem (hypothetischen) Ziel, ihm die Bewegungsfähigkeit einiger Zehen des linkes Fußes zurückzugeben. Hätte er lachen können, hätte er darüber gelacht, aber vielleicht war würdiges Schweigen in diesem Fall besser.

Auch Alissas liebe Stimme hatte sich in den Chor freudloser Zuversicht gemischt, aber soweit er wußte, hatte die Operation nicht stattgefunden oder war kein voller Erfolg gewesen. Die Zehen seines linken Fußes waren ihm so fern und fremd wie alle anderen Körperteile.

»Was für ein Glück, Julius, daß ein anderer Wagen vorbeikam, sonst wäre es womöglich aus mit dir gewesen.«

Julius Muir hatte offenbar in einem schweren Gewitter die schmale River Road, die Höhenstraße über dem Fluß, befahren, und zwar in hohem Tempo, was ihm nicht ähnlich sah; er hatte die Kontrolle über den Wagen verloren, die unzureichende Leitplanke durchbrochen, war in die Tiefe gestürzt und »wie durch ein Wunder« aus dem brennenden Wagen geschleudert worden. Zwei Drittel der Knochen in dem mageren Körper gebrochen, schwerer Schädelbruch, Wirbelsäule kaputt, eine Lunge verletzt ... So kam – in unregelmäßigen Bruchstücken gleich Scherben einer geborstenen Windschutzscheibe – nach und nach heraus, wie Julius an diese letzte Ruhestätte, an diesen Ort milchweißen Friedens gekommen war ...

»Julius, Lieber, bist du wach, oder ...?« fragte die vertraute, entschlossen muntere Stimme aus dem Nebel, und er versuchte, ihr einen Namen zuzuordnen. Alissa? Oder ... nein ... Miranda?

Man sprach davon – manchmal in seinem Beisein –, daß es womöglich eines Tages gelingen könnte, ihm einen Teil seines Augenlichts zurückzugeben. Doch Julius Muir hörte kaum hin, es berührte ihn nicht sehr. Er lebte für jene Tage, an denen er, aus leichtem Dämmerschlaf erwachend, ein pelzigwarmes Gewicht auf seinem Schoß spürte – »Julius, Lieber, du hast einen ganz besonderen Besuch ...« –, weiß, aber erstaunlich schwer; warm, aber nicht unangenehm heiß, zunächst ein wenig unruhig (Katzen müssen sich bekanntlich umständlich drehen und wenden, um die für sie ideale Ruhestellung zu finden), bis sie nach wenigen Minuten wunderbar entspannt, schnurrend und mit den Pfoten sanft seine Glieder knetend, zufrieden-zutraulich einschlief. Er hätte gern durch die flimmernd wäßrige Weiße seines Gesichtsfelds hindurch die ihr eigene besondere Weiße gesehen, hätte sehr gern noch einmal das so weiche, so seidige Fell gefühlt. Immerhin: Er hörte das tief aus der Kehle kommende melodische Schnurren, er fühlte – bis zu einem gewissen Grade – ihr warmes, pulsierendes Gewicht, das Wunder ihrer geheimnisvollen Lebenskraft, die an die seine rührte, und dafür war er unendlich dankbar.

»Mein Liebling!«

ANNE RICE
Baby Jenks und die Fangzahnbande

*Der Mörder-Burger
ist hier zu haben.
Sie müssen nicht an der
Himmelspforte auf
einen ungesäuerten Tod warten.
Schon an der nächsten Ecke
kann es Sie erwischen.
Mayonnaise, Zwiebel, reichlich Fleisch.
Wer futtern will
muß schlingen.
»Sie kommen bald zurück.«
»Und ob, viel Glück.«*

Stan Rice, Texas Suite

Baby Jenks schraubte ihre Harley auf hundertzehn Stundenkilometer hoch, der Wind ließ ihre nackten weißen Hände erstarren. Vorigen Sommer war sie vierzehn geworden, als sie's ihr besorgt hatten, sie zu einer der Toten gemacht hatten, und »Totengewicht« wog sie höchstens siebenundsiebzig Pfund. Seitdem hatte sie ihr Haar nicht mehr gekämmt. Der Fahrtwind fegte ihre blonden Strähnen nach hinten, über die Schultern ihrer schwarzen Lederjacke. Mit ihrem finsteren Blick und dem Schmollmündchen über den Lenker gebeugt, sah sie ebenso hundsgemein wie täuschend niedlich aus.

Die Rockmusik der *Vampire Lestat*-Band plärrte so laut durch ihre Kopfhörer, daß sie nur noch die Vibrationen ihrer schweren Maschine empfand sowie die irrsinnige Einsamkeit, unter der sie litt, seit sie vor fünf Nächten von Gun Barrel City abgedampft war. Außerdem beunruhigte sie noch ein Traum, ein Traum, der sie jede Nacht heimsuchte, kurz bevor sie die Augen öffnete.

Dauernd sah sie diese rothaarigen Zwillinge im Traum, diese beiden hübschen Damen, denen so übel mitgespielt wurde. Nein, das gefiel ihr ganz und gar nicht, und sie war so einsam, daß sie fast durchdrehte.

Die Fangzahnbande hatte ihr Versprechen nicht gehalten, sie südlich von Dallas abzuholen. Zwei Nächte hatte sie am Friedhof gewartet, dann dämmerte ihr, daß irgendwas nicht stimmte. Ohne sie wären sie niemals nach Kalifornien aufgebrochen. Sie wollten den Liveauftritt des Vampirs Lestat in San Francisco erleben und hatten vor, sich jede Menge Zeit für die Reise zu lassen. Nein, irgendwas stimmte da nicht. Sie wußte es.

Selbst als Baby Jenks noch lebte, hatte sie für derlei Dinge eine sagenhafte Spürnase gehabt. Und nun, seit sie tot war, hatte sich dieser Instinkt mindestens ums Zehnfache verfeinert. Sie wußte, daß die Fangzahnbande in der Scheiße saß. Killer und Davis hätten sie sonst niemals sitzenlassen. Killer liebte sie – hatte er gesagt. Warum, zum Teufel, hätte er sie zu dem gemacht, was sie war, wenn nicht aus Liebe? Wenn Killer nicht gewesen wäre, wäre sie in Detroit gestorben.

Sie wäre um ein Haar verblutet. Der Arzt hatte sich zwar redlich abgestrampelt, das Baby war weg, aber sie war so gut wie über den Jordan, was ihr letztlich auch egal war, so vollgepumpt war sie mit Heroin. Und dann passierte diese komische Geschichte. Sie schwebte zur Decke hoch und schaute auf ihren Körper nieder! Hatte nichts mit den Drogen zu tun. Und sie hatte den Eindruck, daß ihr noch allerlei andere Erlebnisse bevorstanden.

Aber da unten war Killer ins Zimmer getreten, und da oben schwebend konnte sie genau sehen, daß er ein Toter war. Freilich wußte sie damals nicht, wie sich so jemand bezeichnete. Sie wußte nur, daß er nicht lebendig war. Ansonsten sah er recht normal aus: schwarze Jeans, schwarzes Haar, pechschwarze Augen. Hinten auf seiner schwarzen Lederjacke stand »Fangzahnbande«. Er hatte sich auf den Bettrand gesetzt und sich über ihren Körper gebeugt.

»Bist schon 'n Schnuckelchen, Kleines«, hatte er gesagt. Genau wie der Lude, der sie immer auf den Strich geschickt hatte. Dann, plötzlich, war sie wieder voll drin in ihrem Körper und hörte ihn sagen: »Du wirst nicht sterben, Baby Jenks, niemals!« Sie hatte ihre Zähne in seinen gottverdammten Hals gebohrt, und Junge, das war die reinste Seligkeit!

Aber die Sache mit dem »niemals sterben«? Sie wußte jetzt nicht mehr so recht.

Ehe sie aus Dallas verduftet war, sich die Fangzahnbande endgültig aus dem Sinn geschlagen hatte, hatte sie noch gesehen, daß das Ordenshaus in der Swiss Avenue völlig niedergebrannt war. Genau wie in Oklahoma City. Was zum Teufel war dann mit all den Toten in diesen Häusern geschehen? Und das waren auch noch die Großstadtblutsauger gewesen, die ganz schlauen, die sich Vampire nannten.

Sie hatte sich schiefgelacht, als ihr Killer und Davis erzählten, daß diese Toten in piekfeinen Anzügen durch die Gegend gingen, klassische Musik hörten und sich Vampire nannten. Baby Jenks hätte sich totlachen können. Davis fand das Ganze auch recht komisch, aber Killer warnte sie immer wieder vor ihnen. Geh ihnen aus dem Weg.

Killer und Davis und Tim und Russ hatten ihr, kurz bevor sie sich alleine auf den Weg nach Gun Barrel City gemacht hatte, das Ordenshaus in der Swiss Avenue gezeigt.

»Du mußt immer wissen, wo diese Häuser sind«, hatte Davis gesagt. »Dann halte dich von ihnen fern.«

Sie hatten ihr die Ordenshäuser in allen Städten gezeigt, durch die sie kamen. Als erstes das in St. Louis, bei welcher Gelegenheit sie ihr die ganze Geschichte erzählt hatten. Sie hatte sich die Reise über richtig wohl gefühlt bei der Fangzahnbande. Um sich zu ernähren, hatten sie bei Bedarf Menschen aus abgelegenen Pinten gelockt. Tim und Russ waren in Ordnung, aber Killer und Davis waren ihre ganz besonderen Freunde, und sie waren die Anführer der Fangzahnbande.

In der einen oder anderen Stadt hatten sie manchmal irgendeine herrenlose Hütte aufgetrieben, in der allenfalls ein oder zwei Penner hausten, Männer, die ein bißchen wie ihr Vater aussahen, mit ganz schwieligen Händen von der Arbeit. Und diese Typen saugten sie regelmäßig aus. Die seien für sie besonders geeignet, hatte ihr Killer gesagt, weil sich keine Sau um sie schere. Sie fackelten nicht lange, tranken hastig das Blut, saugten sie bis zum letzten Herzschlag leer. Es macht keinen Spaß, Leute wie diese zu quälen, hatte Killer gesagt. Sie müssen einem richtig leid tun. Wenn man fertig war, brannte man die Hütte nieder, oder man trug die Kerle nach draußen, grub ein wirklich tiefes Loch und ließ sie dann verschwinden. Und wenn man keine Zeit hatte, so seine Spuren zu beseitigen, bediente man sich eines kleinen Tricks: Sie schnitten sich in den Finger, ließen ihr totes Blut über die Stelle rinnen, an der sie die Zähne angesetzt hatten, und, o Wunder, o Mirakel, die Bißwunde war verschwunden. Kein Mensch würde jemals dahinterkommen; alles deutete auf einen Herzschlag hin.

Baby Jenks hatte sich selten so amüsiert. Sie konnte mühelos mit der schweren Harley umgehen, konnte einen Toten mit einer Hand hochheben oder über den Kühler eines Autos springen; es war einfach phantastisch. Und sie hatte damals noch nicht diesen verdammten Traum gehabt, der sie in Gun Barrel City heimgesucht hatte – diesen Traum von zwei rothaarigen Zwillingen und einer toten Frau auf einem Altar. Was trieben sie?

Was sollte sie machen, falls sie die Fangzahnbande nicht mehr auftreiben konnte? Übermorgen abend würde der Vampir Lestat seinen Auftritt in Kalifornien haben. Und jeder Tote des gesamten Erdenrunds würde da sein, so hatten sie und die Fangzahnbande sich es wenigstens ausgemalt, und alle sollten sich da ein Stelldichein geben. Was, zum Teufel also, wollte sie hier, ohne einen blassen Schimmer, wo die Fangzahnbande abgeblieben war, unterwegs zu einem Kaff wie St. Louis?

Sie wollte nur, daß alles wieder so wie früher war, verdammt noch mal. Ach, das Blut war gut, es tat so gut, selbst jetzt, da sie alleine war und ihren ganzen Mut zusammennehmen mußte, um bei einer Tankstelle vorzufahren und den alten Kerl in einen Hinterhalt zu locken. Ach ja, als sie blitzschnell seinen Hals umkrallte und das Blut kam, das war großartig, das war wie alles zugleich – Hamburger und Pommes und Erdbeershakes und Bier und Schokoeisbecher. Das war wie Koks, Hasch und ein Heroinschuß in einem. Es war besser als bumsen! Es war alles auf einmal.

Aber mit der Fangzahnbande hatte es noch mehr Spaß gemacht. Sie zeigten Verständnis, wenn sie von den ausgemergelten Tattergreisen die Schnauze voll hatte und Lust auf was Junges und Zartes verspürte. Kein Problem. Hey, brauchst so 'nen netten kleinen Ausreißer? fragte Killer. Mach die Augen zu, und wünsch es dir! Und tatsächlich, schon fünf Meilen hinter irgendeinem Nest im Norden von Missouri stand ein knackiger Tramper am Straßenrand, Parker hieß er. Ein wirklich hübscher Junge mit langem schwarzen Zottelhaar, kaum zwölf Jahre alt, aber für sein Alter recht groß. Hatte gerade erst Flaum auf dem Kinn und wollte ihnen weismachen, er sei bereits sechzehn. Er stieg auf den Rücksitz ihres Motorrads, und sie fuhren in den Wald. Dann legte sich Baby Jenks mit ihm nieder, so auf die sanfte Tour, und schon war es um Parker geschehen.

Schmeckte schon prima, richtig saftig. Aber sie hätte nicht sagen können, ob so was wirklich besser als die alten Knacker mundete. Die wehrten sich wenigstens ordentlich. Echtes Veteranenblut, nannte es Davis.

Davis war ein schwarzer Toter und sah obendrein verdammt gut aus – in Baby Jenks' Augen. Seine Haut hatte so einen goldenen Schimmer, den Totenschimmer, der bei weißen Toten immer aussah, als würden sie ständig unter einer Neonröhre stehen. Davis hatte auch wunderschöne Wimpern, geradezu unglaublich lang und kräftig, und er behängte sich mit allem Gold, das er nur auftreiben konnte. Er klaute seinen Opfern die goldenen Ringe und Uhren und Kettchen und was sonst noch.

Davis tanzte für sein Leben gern. Sie alle tanzten für ihr Leben gern. Aber Davis übertraf sie alle. Manchmal gingen sie auf einen Friedhof, um zu tanzen, so um drei Uhr nachts, nachdem sie sich alle die Adern vollgeschlagen und die Toten begraben hatten und der ganze Mist. Sie stellten den Transistor auf einen Grabstein, suchten einen Sender mit dem Vampir Lestat und drehten volle Pulle auf. Der Song *Der große Sabbat* eignete sich am besten zum Tanzen. Und, lieber Mann, das tat echt gut, da rumzuwirbeln und in die Luft zu springen oder einfach Davis und Killer und Russ zuzusehen, wie sie sich im Kreise drehten, bis sie umfielen. So sollte es sein in dieser Gesellschaft!

Na, wenn diese Großstadtblutsauger keinen Bock auf so was hatten, mußten sie verrückt sein.

Gott, sie wollte jetzt nichts sehnlicher als Davis von dem Traum erzählen, den sie seit Gun Barrel City gehabt hatte. Ein Traum, der erstmals im Wohnwagen ihrer Mutter über sie gekommen war, so ungewöhnlich realistisch – diese beiden rothaarigen Frauen und der aufgebahrte Leichnam mit seiner schwarzen, krakelierten Haut. Und was zum Teufel war das Zeug auf den Schalen in dem Traum? Yeah, ein Herz auf der einen und ein Gehirn auf der anderen Schale. Himmel! Und all diese Leute, die um diesen Leichnam und diese Schalen knieten. Es war entsetzlich. Und seitdem verfolgte sie dieser Traum immer und immer wieder, jedesmal wenn sie ihre Augen schloß, und dann erneut, kurz bevor sie aus ihrem Tagesversteck kroch.

Killer und Davis hätten eine Erklärung parat. Sie wüßten, ob das was zu bedeuten hätte. Sie wollten ihr alles beibringen. Als sie auf ihrer Reise nach Süden nach St. Louis kamen, hatte die Fangzahnbande erst einmal eine jener dunklen Seitenstraßen im Central West End aufgesucht, in denen die vornehmen Villen waren. Baby Jenks mochte diese großen Bäume. Im Süden von Texas gibt es einfach nicht genug große Bäume. Eigentlich gibt es im Süden von Texas überhaupt nichts. Und hier waren die Bäume so groß, daß die Äste ein Dach über dir bildeten. Und die Straßen waren voll raschelnder Blätter, und die Häuser waren so groß und hatten Giebeldächer, und tief drinnen leuchteten die Lampen. Das Ordenshaus war ein Ziegelbau.

»Geh nicht näher ran«, hatte Davis gesagt. Killer lachte bloß. Killer hatte vor nichts Angst. Killer war vor sechzig Jahren erschaffen worden, er war alt. Er wußte alles.

»Sie würden dir was antun wollen, Baby Jenks«, sagte er und schob seine Harley ein Stück weiter die Straße hinauf. Er hatte ein mageres, langgezogenes Gesicht, trug einen goldenen Ohrring, und seine kleinen Augen blickten irgendwie nachdenklich drein. »Das ist nämlich ein alter Orden, schon seit der Jahrhundertwende in St. Louis.«

»Aber warum sollten sie uns was antun?« hatte Baby Jenks gefragt. Dieses Haus hatte es ihr angetan. Was trieben die Toten, die in Häusern wohnten? Was für Möbel hatten sie? Wer, um Himmels willen, zahlte die Stromrechnung?

Es war ihr, als könnte sie durch die Vorhänge eines der vorderen Zimmer einen Kronleuchter sehen. Einen großen, prächtigen Kronleuchter. Junge! So müßte man leben!

»Ach, das dient nur zur Ablenkung«, sagte Davis, ihre Gedanken lesend. »Du willst nicht glauben, daß die Nachbarn sie für ganz normale Leute halten? Sieh doch mal den Wagen in der Einfahrt an. Weißt du, was das ist? Das ist ein Bugatti, Baby. Und der andere daneben ist ein Mercedes.«

Was, zum Teufel, war eigentlich gegen einen rosa Cadillac einzuwenden? Das würde sie gerne haben, ein großes, benzinsaufendes Kabrio, das hundertneunzig Sachen machte. Und genau so 'n Ding hatte sie in die Scheiße und nach Detroit geritten, ein Arschloch mit einem Cadillac-Kabrio. Aber nur weil man tot war – das war doch noch lange kein Grund, bloß eine Harley zu fahren und jeden Tag im Dreck schlafen zu müssen, oder?

»Wir sind frei, Schätzchen«, sagte der gedankenlesende Davis. »Kapierst du das nicht? Das Großstadtleben hat jede Menge Nachteile. Sag's ihr, Killer. Mich kriegen keine zehn Pferde in so 'n Haus, wo man in einem Kasten unter dem Parkett pennen muß.«

Er lachte. Killer lachte. Auch sie lachte. Aber wie, zum Teufel, ging es da drinnen zu? Sahen sie sich im Fernsehen die Vampirfilme an? Davis wälzte sich vor Lachen fast auf dem Boden.

»Baby Jenks«, sagte Killer, »für die sind wir nur der Abschaum, die wollen ganz allein das Feld beherrschen. Die glauben, wir haben kein Recht, Tote zu sein. Schon weil sie nur mit einem Riesenzinnober einen neuen Vampir erschaffen, wie sie es nennen.«

»Riesenzinnober? So wie bei 'ner Hochzeit oder was?«

Die beiden lachten erneut.

»Nicht ganz«, sagte Killer, »eher wie bei 'ner Beerdigung.«

Sie machten zuviel Lärm. Die Toten im Haus würden sie bestimmt hören. Aber Baby Jenks hatte keine Angst, solange Killer keine Angst hatte. Wo waren Russ und Tim abgeblieben? Waren sie auf Pirsch gegangen?

»Die Sache ist die, Baby Jenks«, sagte Killer, »sie haben ihre eigenen Regeln, und ich sag' dir eins, sie verbreiten überall, daß sie es dem Vampir Lestat bei seinem Konzert heimzahlen werden, aber das schönste ist, daß sie sein Buch lesen, als wär's die Bibel. Sie benutzen schon dieselben Begriffe wie er, Gabe der Finsternis, Zauber der Finsternis, glaub mir, das ist der größte Blödsinn, der mir je unter die Augen gekommen ist, sie werden den Typ auf einem Scheiterhaufen verbrennen, um dann wieder gierig sein Buch zu verschlingen.«

»Lestat werden sie niemals kriegen«, schnarrte Davis. »Keine Chance. Man kann Lestat nicht töten, das ist ein Ding der Unmöglichkeit. Das haben schon andere versucht, ging aber total daneben. Der Typ ist so unsterblich wie nur was.«

»Oder die gehen aus demselben Grund hin wie wir«, sagte Killer, »um bei ihm zu bleiben, falls er uns will.«

Baby Jenks verstand kein Wort. Sollten sie nicht alle unsterblich sein? Und warum sollte der Vampir Lestat sich mit der Fangzahnbande abgeben wollen? Er war doch ein Rockstar, verdammt noch mal. Fuhr vermutlich 'nen dicken Wagen. Und er sah einfach umwerfend aus, tot oder lebendig! Blondes Haar, das dir den Atem verschlug, und ein Lächeln, daß du dich am liebsten gleich langlegen würdest, um ihn in deinen verfluchten Hals beißen zu lassen!

Sie hatte versucht, Lestats Buch zu lesen – die ganze Geschichte der Toten bis zurück ins Altertum und so – aber das Ding enthielt einfach zu viele komplizierte Wörter, und ehe sie sich's versah, war sie jedesmal eingeschlafen.

Killer und Davis behaupteten, sie würde sich schnell einlesen, wenn sie durchhielte. Sie hatte Lestats Buch dabei, das erste, dessen Titel sie sich nie merken konnte, irgendwas wie *Gespräche mit dem Vampir* oder *Stelldichein mit dem Vampir*, irgend so was. Davis las daraus manchmal vor, aber Baby Jenks machte sich nichts daraus und schlief schnell ein! Der Tote Louis oder so ähnlich war in New Orleans zum Toten gemacht worden, und das Buch war voller Zeug über Bananenblätter und Eisengeländer und so.

»Baby Jenks, die alten Europäer unserer Zunft wissen alles«, hatte Davis gesagt. »Sie wissen, wie alles angefangen hat, sie wissen, daß wir ewig so weitermachen können, wenn wir nur bei der Stange bleiben, daß wir tausend Jahre alt und zu weißem Marmor werden können.«

»Ist ja fabelhaft, Davis«, sagte Baby Jenks. »Es ist jetzt schon schlimm genug, daß man nachts in keinem Getränkemarkt ins Licht treten kann, ohne daß einen die Leute angaffen. Wer möchte schon wie weißer Marmor aussehen?«

»Baby Jenks, du brauchst nichts mehr aus dem Getränkemarkt«, sagte Davis, womit er nicht unrecht hatte.

Scheiß auf die Bücher. Baby Jenks liebte die Musik des Vampirs Lestat, und diese Songs gaben ihr viel, besonders der über JENE, DIE BEWAHRT WERDEN MÜSSEN – das ägyptische Königspaar –, obwohl sie keinen Schimmer hatte, was das alles bedeuten sollte, ehe Killer es ihr erklärte.

»Sie sind die Eltern aller Vampire, Baby Jenks, Die Mutter und Der Vater. Sieh mal, wir stammen alle in direkter Blutlinie von dem König und der Königin aus dem alten Ägypten ab, von JENEN, DIE BEWAHRT WERDEN MÜSSEN. Und sie müssen um jeden Preis bewahrt werden, denn wenn man sie vernichtet, gehen wir alle mit ihnen zugrunde.«

Hörte sich nach ziemlichem Bockmist an.

»Lestat hat Die Mutter und Den Vater gesehen«, sagte Davis.

»Hat sie in ihrem Versteck auf einer griechischen Insel gesehen, er weiß also, daß es stimmt. Das erzählt er uns mit seinen Songs – und es ist die Wahrheit.«

»Und Die Mutter oder Der Vater rühren sich nicht und trinken kein Blut, Baby Jenks«, sagte Killer. Er blickte ganz nachdenklich drein, fast traurig. »Sie sitzen einfach da und starren geradeaus, schon seit Tausenden von Jahren. Niemand weiß, was sie wissen.«

»Vermutlich nichts«, sagte Baby Jenks angewidert. »Und ich sag' euch, auf so 'ne Unsterblichkeit pfeif ich! Was soll das heißen, die Großstadtvampire könnten uns töten? Wie sollen sie das anstellen?«

»Feuer und Sonne genügen immer«, antwortete Killer mit einem Hauch von Ungeduld. »Hab ich dir doch gesagt. Aber hör mir zu, du kannst es immer mit den Großstadtvampiren aufnehmen. Du bist hart. Tatsache ist, daß die Großstadtvampire vor dir mehr Angst haben als du vor ihnen. Wenn du einen Toten siehst, den du nicht kennst, haust du einfach ab. Das ist eine eiserne Regel, die alle Toten befolgen.«

Nachdem sie sich von dem Ordenshaus entfernt hatten, hatte Killer schon wieder eine Riesenüberraschung für sie. Er erzählte ihr von den Vampirbars. Große, schicke Lokale in New York und San Francisco und New Orleans, wo sich die Toten in Hinterzimmern trafen, während die blöden Menschen vorne tranken und tanzten. Da drinnen könne kein anderer Toter sie töten, ob Großstadtpinsel, Europäer oder Abschaum wie sie selbst.

»Sollte dir mal so ein Großstadtvampir auf den Fersen sein«, sagte er ihr, »suchst du einfach Zuflucht in so einer Bar.«

»Ich darf nicht in Bars, ich bin nicht alt genug.«

Das schlug dem Faß den Boden aus. Er und Davis lachten sich krank. Sie fielen von ihren Motorrädern.

»Wenn du eine Vampirbar siehst, Baby Jenks«, sagte Killer, »wirfst du einfach den Bösen Blick auf sie und sagst ›Laßt mich rein‹.«

Schon richtig, sie hatte den Bösen Blick an verschiedenen Leuten ausprobiert, und es hatte immer geklappt. Die Wahrheit war, daß noch keiner der Fangzahnbande je eine Vampirbar gesehen hatte. Kannten sie nur vom Hörensagen. Kannten keine Adressen. Sie hatte viele Fragen, als sie endlich St. Louis verließen. Aber als sie jetzt erneut derselben Stadt entgegenfuhr, hatte sie nichts anderes im Sinn als zu jenem verdammten Ordenshaus zu gelangen. Ihr Großstadtvampire, ich komme!

Die Musik in den Kopfhörern hörte auf. Das Band war zu Ende. Nur noch das Brausen des Fahrtwindes, nicht auszuhalten, und der Traum kam zurück, und wieder sah sie diese Zwillinge, sah die Soldaten, die sich ihnen näherten. Himmel! Wenn sie ihn nicht abblocken konnte, würde sich der ganze verdammte Traum wie das Band von neuem abspulen.

Sie lenkte das Motorrad mit einer Hand und griff mit der anderen in ihre Jacke, um den kleinen Kassettenrecorder zu öffnen. Sie drehte das Band um. »Sing schon, Typ!« sagte sie. Ihre Stimme kam ihr im Brausen des Winds dünn und schrill vor.

> *Was können wir schon wissen*
> *Über* JENE, DIE BEWAHRT WERDEN MÜSSEN!
> *Welche Erklärung kann uns noch retten?*

Genau, den mochte sie besonders. Den hatte sie in Gun Barrel City gehört, als sie einschlief, während sie auf ihre Mutter wartete. Es war nicht der Text, der es ihr angetan hatte, sondern die Art, wie er sang; wie Bruce Springsteen ächzte er ins Mikrofon, daß es einem grad das Herz brechen konnte.

Irgendwie war das eine Art Hymne, diese Art von Sound, und Lestat sang nur für sie, und das Hämmern des Schlagzeugs ging ihr durch und durch.

»Okay, Typ, okay, du bist der einzige gottverdammte Tote, den ich kennenlernen muß, Lestat, sing weiter!«

Noch fünf Minuten bis St. Louis, und sie mußte plötzlich wieder an ihre Mutter denken, wie seltsam alles gewesen war, wie schlimm.

Baby Jenks hatte nicht einmal Killer oder Davis erzählt, warum sie nach Hause wollte, aber sie wußten es auch so, verstanden auch so.

Baby Jenks hatte nicht anders gekonnt, sie hatte ihre Eltern erwischen müssen, ehe die Fangzahnbande sich gen Westen aufmachte. Und nicht einmal jetzt bereute sie es. Von dem seltsamen Augenblick abgesehen, da ihre Mutter auf dem Fußboden lag und starb.

Baby Jenks hatte ihre Mutter immer gehaßt. In ihren Augen war ihre Mutter eine echte Närrin, wie sie Tag für Tag aus kleinen rosa Muscheln und Glasscherben Kruzifixe herstellte, die sie dann zum Flohmarkt von Gun Barrel City trug, um sie für zehn Dollar pro Stück zu verkaufen. Und potthäßlich waren diese Dinger mit ihrem kleinen, gekrümmten Glasperlenjesus mittendrauf.

Aber das war es nicht allein; alles, was ihre Mutter jemals getan hatte, war ihr ganz fürchterlich auf den Wecker gegangen. Daß sie zur Kirche ging, war schlimm genug, aber dann erst das Süßholzgeraspel mit den Leuten und wie sie gottergeben erduldete, daß ihr Mann Trinker war, und wie sie immer nur gut von allen sprach.

Baby Jenks kaufte ihr kein Wort ab. Sie lag meist auf dem Bett im Wohnwagen und überlegte: »Was hält diese Frau am Leben? Wann explodiert sie wie ein Päckchen Dynamit? Oder ist sie schlicht zu doof?« Die Mutter hatte vor Jahren aufgehört, Baby Jenks in die Augen zu blicken. Als Baby Jenks zwölf Jahre alt war, hatte sie einmal gesagt: »Du weißt doch, daß ich's getrieben habe? Ich hoffe bei Gott, daß du dir nicht einbildest, ich sei noch immer Jungfrau.« Und ihre Mutter machte einfach die Schotten dicht, sah nur mit großen, leeren, dummen Augen fort, um sich dann wieder ihrer Arbeit zuzuwenden und summend wie stets ihre Muschelkruzifixe zu machen.

Einmal war so 'n Stadtoberer auf dem Flohmarkt aufgetaucht und hatte ihrer Mutter gesagt, sie produziere wahre Volkskunst. »Sie halten dich zum Narren«, hatte Baby Jenks gesagt. »Kapierst du das nicht? Sie haben doch keins dieser scheußlichen Dinger gekauft, oder? Weißt du, woran mich diese Dinger erinnern? Das will ich dir sagen. An große Ohrringe aus Kaugummiautomaten.«

Kein böses Wort. Nur das Hinhalten der anderen Wange. »Möchtest du Abendbrot, Liebling?«

Für Baby Jenks war das ein klarer Fall. Sie hatte sich früh in Dallas aufgemacht und hatte es in weniger als einer Stunde bis zum Cedar Creek Lake geschafft, und schon tauchte das vertraute Schild auf, das ihren lieben alten Heimatort ankündigte: WILLKOMMEN IN GUN BARREL CITY. WIR HALTEN SIE IN SCHUSS. Sie stellte ihre Harley hinter dem Wohnwagen ab. Es war niemand zu Hause, und sie haute sich erst einmal hin, Lestat in den Kopfhörern und das Dampfbügeleisen griffbereit an ihrer Seite. Wenn ihre Mutter reinkäme, würde sie sie damit wegputzen.

Dann war der Traum gekommen. Dabei war sie noch nicht einmal eingeschlafen. Es war, als würde Lestats Musik versickern, und plötzlich zog sie der Traum herunter und schnappte zu:

Sie war in einer sonnigen Lichtung bei einem Berg. Und diese beiden Zwillinge waren da, schöne Frauen mit weichgewelltem rotem Haar, und wie Engel knieten sie mit gefalteten Händen. Viele Leute waren anwesend, Leute in langen Gewändern wie Leute aus der Bibel. Und Musik ertönte, ein unheimliches Trommeln und der traurige Klang eines Horns. Aber am schlimmsten war der Leichnam, der verbrannte Leichnam einer Frau auf einer Steinplatte. Sie sah aus, als hätte man sie gekocht. Und in den Schalen lagen ein leuchtendes Herz und ein Gehirn.

Baby Jenks war völlig verängstigt aufgewacht. Zum Teufel damit! Ihre Mutter stand in der Tür. Baby Jenks sprang auf und schlug mit dem Bügeleisen auf sie ein, bis sie sich nicht mehr rührte. Immer fest auf ihren Kopf. Eigentlich hätte sie tot sein müssen, aber sie lebte noch ein wenig, und dann kam dieser verrückte Augenblick.

Ihre Mutter lag da auf dem Boden, halb tot, und sie starrte in die Luft, genau wie ihr Vater dann später. Und Baby Jenks saß im Sessel, ein Bein über die Armlehne geworfen, saß da, auf die Ellbogen gestützt oder mit ihrem Haar spielend, und wartete ab, dachte an die Zwillinge aus dem Traum und an den Leichnam und das Zeug auf den Schalen, aber die meiste Zeit wartete sie bloß ab. Stirb, du blöde Kuh, mach schon, noch einmal hau ich nicht zu!

Selbst jetzt wußte Baby Jenks nicht so genau, was geschehen war. Es war, als wären die Gedanken ihrer Mutter anders geworden – größer, umfassender. Vielleicht schwebte sie ja irgendwo unter der Decke, wie damals Baby Jenks, als Killer sie in letzter Sekunde gerettet hatte. Aber aus welchem Grund auch immer, die Gedanken waren erstaunlich. Einfach glattweg erstaunlich. Ihre Mutter schien plötzlich alles zu wissen! Alles über Gut und Böse und wie wichtig es war zu lieben, wirklich zu lieben, und daß es mehr gab, als nicht zu trinken, nicht zu rauchen und zu Jesus zu beten. Ihre Gedanken waren kein Pfaffengeschwätz mehr, sie waren einfach gigantisch.

Ihre Mutter lag da und dachte, daß der Mangel an Liebe in ihrer Tochter so schrecklich wie ein böses Gen war, daß er Baby Jenks zu einer Art blindem Krüppel gemacht hatte. Aber das war nicht weiter schlimm. Es würde alles gut werden. Baby Jenks würde emporsteigen aus dem, was gerade geschah, so wie beinahe schon einmal, ehe Killer auf der Bildfläche aufgetaucht war, und ein tiefes Verständnis für alles würde sich ihrer bemächtigen. Was zum Teufel sollte das heißen? Vielleicht, daß alles um sie herum

Teil eines großen Ganzen war, die Fasern im Teppich, die Blätter draußen vorm Fenster, das Wasser, das ins Waschbecken tropfte, die Wolken, die über den Cedar Creek Lake zogen, und die kahlen Bäume, die in Wirklichkeit gar nicht so häßlich waren, wie Baby Jenks immer angenommen hatte. Nein, das war alles viel zu schön, um es plötzlich in Worte zu fassen. Und Baby Jenks' Mutter hatte darum gewußt! Es so gesehen! Baby Jenks' Mutter verzieh Baby Jenks alles. Arme Baby Jenks. Sie wußte nicht um das grüne Gras oder die Muscheln, die im Licht der Lampe leuchteten.

Dann starb Baby Jenks' Mutter. Gottlob! Genug! Aber Baby Jenks mußte weinen. Schließlich trug sie den Körper aus dem Wohnwagen und beerdigte ihn dahinter, ganz tief, wobei sie sehr zufrieden war, zu den Toten zu gehören, einfach weil man dann so kräftig war und ohne Mühe eine Schaufel voll Erde heben konnte.

Dann kam ihr Vater nach Hause. Jetzt ging der Spaß erst richtig los! Sie begrub ihn lebendigen Leibes. Nie würde sie seinen Gesichtsausdruck vergessen, als er in die Tür trat und sie mit der Axt sah. »Nun, wenn das nicht Lizzie Borden ist.« Wer zum Teufel ist Lizzie Borden?

Und wie er dann sein Kinn vorschob und ihr die Faust entgegenschleuderte! »Du miese Schlampe!« Sie spaltete ihm die Stirn. War schon toll, wie sein Schädel zerbarst – »Nieder mit dir, du Hund« –, und sie schaufelte sein Gesicht mit Erde zu, während er sie noch immer ansah. Er war gelähmt, konnte sich nicht bewegen, dachte, er sei wieder ein Kind auf einer Farm in New Mexico oder so was. Reines Babygelaber. *Du Dreckskerl, ich hab schon immer gewußt, daß dein Hirn nur aus Scheiße besteht. Jetzt kann ich's riechen.*

Aber warum, zum Teufel, war sie überhaupt hierher gefahren? Warum hatte sie die Fangzahnbande verlassen?

Wenn sie bei ihr geblieben wäre, würde sie jetzt mit Killer und Davis in San Francisco sein, um Lestats Konzert entgegenzufiebern. Vielleicht hätten sie dort sogar eine Vampirbar aufgetan. Falls sie jemals angekommen wären. Irgendwas war da oberfaul.

Und warum, zum Teufel, fuhr sie nun denselben Weg wieder zurück? Vielleicht hätte sie lieber gen Westen fahren sollen. Nur noch zwei Tage bis zu dem großen Ereignis.

Vielleicht sollte sie am Abend des Konzerts in ein Motel gehen, damit sie wenigstens die Fernsehübertragung sehen könnte. Aber zuerst mußte sie ein paar Tote in St. Louis auftreiben. Sie konnte nicht mehr alleine weitermachen.

Wo war noch gleich das Central West End?

Dieser Boulevard kam ihr bekannt vor. Sie fuhr kreuz und quer durch die Gegend und betete, daß sich kein Bulle an ihre Fersen hefte. Im Fall eines Falles wäre sie ihm freilich davongeflitzt, wie immer, obwohl sie sich eigentlich zu gerne mal so einen Dreckskerl auf einer einsamen Landstraße vorgeknöpft hätte. Aber im Moment wollte sie nicht aus St. Louis vertrieben werden.

Na endlich, dieses Viertel kannte sie doch. Stimmt, das war das Central West End, und sie bog rechts ein und fuhr eine jener Straßen mit den riesigen schattigen Laubbäumen entlang. Wieder mußte sie an ihre Mutter denken, an das grüne Gras, die Wolken, und für einen Augenblick verspürte sie einen Kloß in ihrem Hals.

Wenn sie nur nicht so verflucht einsam gewesen wäre! Aber dann sah sie die Gatter, yeah, das war die Straße. Killer hatte ihr gesagt, daß die Toten im Grunde nichts vergessen. Ihr Gehirn sei so eine Art kleiner Computer. Stimmte möglicherweise. Das waren zweifellos die großen Eisengatter, weit geöffnet und mit Efeu überwachsen.

Sie dämpfte ihre Maschine auf ratterndes Schneckentempo, dann stellte sie den Motor ganz ab, das Geräusch war zu laut in diesem Tal herrschaftlicher Villen. Sie mußte absteigen, um ihr Fahrzeug zu schieben, aber das war okay. Sie schlurfte gern durch tiefes Laub. Diese ruhige Straße hatte es ihr sowieso angetan.

Junge, Junge, wenn ich ein Großstadtvampir wäre, würde ich auch hier wohnen, dachte sie, und dann sah sie am anderen Ende der Straße das Ordenshaus, sah die Ziegelmauern und die weißen maurischen Torbögen. Ihr Herz klopfte wie wild. Abgebrannt!

Erst traute sie ihren Augen nicht! Dann sah sie, daß es doch stimmte, große schwarze Streifen auf den Ziegeln, die Fenster zersprungen, weit und breit keine einzige Glasscheibe mehr. Gütiger Himmel! Sie drehte durch. Sie schob ihr Motorrad näher heran und biß sich dabei so fest auf die Lippen, daß sie ihr eigenes Blut schmecken konnte. Sieh sich das einmal einer an! Wer zum Teufel steckte dahinter? Überall auf dem Rasen und sogar in den Bäumen waren winzige Glasscherben, die so fein glitzerten, daß Menschen sie wahrscheinlich gar nicht wahrnehmen konnten. Es kam ihr wie ein Alptraum von Christbaumschmuck vor. Und der Gestank verkohlten Holzes hing schwer in der Luft.

Sie war nahe dran, in Tränen auszubrechen, laut aufzuschreien. Aber dann hörte sie etwas. Kein richtiges Geräusch, aber etwas, auf das zu achten Killer sie gelehrt hatte. Da drinnen war ein Toter!

Sie konnte ihr Glück gar nicht fassen, und es kümmerte sie einen Dreck, was geschehen würde; sie ging rein. Doch, da war jemand. Sie ging ein paar Schritte weiter, raschelte absichtlich laut im brüchigen Laub. Alles war dunkel, aber irgendwas bewegte sich da drinnen und wußte, daß sie näher kam. Und als sie dastand, pochenden Herzens und wild entschlossen hineinzugehen, trat jemand auf die Veranda, ein Toter, der sie geradewegs anblickte.

Gelobt sei der Herr, flüsterte sie. Und das war nicht so'n Wichser im dreiteiligen Anzug. Nein, es war ein junger Bursche, kaum zwei Jahre länger Vampir als sie, und er sah nach etwas ganz Besonderem aus. Er hatte silbernes, gelocktes Haar, was jungen Leuten immer überraschend gut steht, und er war groß, ungefähr

einsachtzig, und schlank, in ihren Augen elegant vom Scheitel bis
zur Sohle. Seine Haut war weiß wie Eis, und er trug ein dunkel-
braunes Hemd mit hohem Kragen, das sich eng über seine Brust
schmiegte, und eine modische Lederjacke und -hose, alles andere als ein Motorradoutfit. Einfach Spitze, dieser Typ, und niedli-
cher als irgend jemand von der Fangzahnbande.

»Komm rein!« sagte er. »Schnell.«

Wie ein Wirbelwind huschte sie die Stufen hoch. Die Luft war
noch immer voller Aschepartikelchen, und ihre Augen schmerz-
ten, und sie mußte husten. Die Veranda war zur Hälfte eingefallen. Vorsichtig lenkte sie ihre Schritte in die Eingangshalle. Ein
paar Stufen waren noch da, aber das Dach klaffte weit auf. Und
der Kronleuchter war hinabgestürzt und völlig verrußt. Ganz
schön unheimlich, das reinste Spukschloß.

Der Tote hielt sich jetzt im Wohnzimmer auf oder was davon
noch übrig war, stocherte in dem verbrannten Zeug, Möbel und
so; er schien echt sauer zu sein.

»Baby Jenks, oder?« sagte er, wobei er ihr ein seltsam gekün-
steltes Lächeln zuwarf, das sein perlenartiges Gebiß mit den kleinen Fangzähnen freilegte, und seine grauen Augen blitzten kurz
auf. »Und du irrst durch die Gegend, stimmt's?«

Okay, schon wieder so'n Gedankenleser wie Davis. Und einer
mit ausländischem Akzent.

»Na und?« sagte sie. Und erstaunlicherweise schnappte sie seinen Namen auf, als hätte er ihr einen Ball zugeworfen: Laurent.
Das war ein geiler Name, klang irgendwie französisch.

»Bleib da stehen, Baby Jenks«, sagte er. Sein Akzent war auch
französisch, vermutlich. »Dieser Orden hatte drei Mitglieder,
und zwei sind verbrannt. Die Polizei kann natürlich nichts raus-
finden, aber du wirst sie erkennen, sobald du auf sie triffst, und
es wird dir nicht gefallen.«

Himmel! Er hatte nicht gelogen, denn da war tatsächlich einer,

gleich da hinten in der Eingangshalle, und es sah aus wie ein halb-
verbrannter Anzug, und allein vom Geruch war ihr klar, daß da
ein Toter dringesteckt hatte, und nur die Ärmel und Hosenbeine
und Schuhe waren verschont geblieben. Und mittendrin war so'n
graues Schmutzzeug, sah eher nach Schmalz und Puder als nach
Asche aus. Komisch, wie der Hemdärmel noch hübsch ordentlich aus dem Jackenärmel ragte.

Ihr wurde schlecht. Konnte einem als Toter schlecht werden?
Sie wollte nur hinaus. Was, wenn der zurückkäme, der das hier
angerichtet hatte? War 'n Unsterblicher, konnte man Gift drauf
nehmen.

»Rühr dich nicht«, befahl ihr der Tote. »Wir werden abhauen,
sobald es geht.«

»Jetzt zum Beispiel«, sagte sie. Sie zitterte am ganzen Leib. Das
verstanden sie also unter kaltem Schweiß.

Er hatte eine Blechdose aufgestöbert, der er einen Stapel un-
verkohlter Geldscheine entnahm.

»Hey, Typ, laß uns halbe-halbe machen«, sagte sie. Sie spürte,
daß irgend etwas in der Nähe war, und es hatte nichts mit dem
Schmalzflecken auf dem Fußboden zu tun. Sie dachte an die nie-
dergebrannten Ordenshäuser in Dallas und Oklahoma City, an
die Art und Weise, wie die Fangzahnbande sie im Stich gelassen
hatte. Er durchschaute ihre Gedanken, sie wußte es. Sein Gesicht
entspannte sich, sah wieder richtig niedlich aus. Er ließ die Dose
fallen und kam so schnell auf sie zu, daß sie noch mehr Angst bekam.

»Ja, *ma chere*«, sagte er ernsthaft, »all diese Ordenshäuser, genau. Die Ostküste ist wie eine Kette Glühbirnen niedergebrannt
worden. Und aus den Ordenshäusern in Paris und Berlin hören
wir nichts mehr.«

Als sie zur Tür gingen, nahm er sie beim Arm.

»Wer steckt dahinter?« fragte sie.

»Wer weiß das schon *chérie*? Es zerstört die Häuser, die Vampirbars, uns. Wir müssen weg von hier. Mach dein Motorrad startklar.«

Aber sie hielt inne. *Draußen war was.* Sie stand am Rand der Veranda. Etwas. Sie fürchtete sich weiterzugehen, sie fürchtete sich, zurück ins Haus zu gehen.

»Was ist los?« fragte er sie flüsternd.

Wie dunkel diese Gegend mit ihren großen Bäumen und den Häusern war; sie sahen alle verhext aus, und sie hörte etwas, etwas ganz Leises, wie … wie etwas, das atmete.

»Baby Jenks? Los jetzt!«

»Aber wo gehen wir denn hin?« fragte sie. Dieses Ding, was immer es auch war, war fast ein Geräusch.

»Da, wo wir hinmüssen. Zu ihm, Liebling, zum Vampir Lestat. Er ist in San Francisco und guter Dinge und wartet auf uns.«

»Yeah?« sagte sie und blickte in die dunkle Straße vor ihnen.

»Ja natürlich, zum Vampir Lestat.« Nur zehn Schritte bis zum Motorrad. Mach schon, Baby Jenks. Er war drauf und dran, sich ohne sie auf den Weg zu machen. »Nein, tu's nicht, du Hundesohn, untersteh dich, mein Motorrad auch nur anzufassen!«

Aber es war jetzt ein richtiges Geräusch, oder? Baby Jenks hatte so etwas noch nie gehört. Aber wenn man tot ist, hört man viel. Man hört weit entfernte Züge und die Gespräche von Leuten in Flugzeugen da oben.

Ihr toter Freund hörte es auch. Nein, er hörte, wie sie es hörte! »Was ist es?« flüsterte er. Himmel, hatte er Angst! Und jetzt hörte er es auch selbst.

Er zog sie die Stufen hinunter. Sie stolperte und wäre beinahe hingefallen, aber er hob sie hoch und setzte sie auf ihr Motorrad.

Das Geräusch schwoll nun gewaltig an. Es war so laut, daß sie nicht mehr hören konnte, was ihr der Tote sagte. Sie drehte den Zündschlüssel um und gab Gas, und der Tote saß hinter ihr, aber gütiger Himmel, dieses Geräusch, sie konnte keinen klaren Gedanken mehr fassen. Sie konnte nicht einmal den Motor hören!

Sie blickte nach unten, um festzustellen, ob der Motor überhaupt lief, sie konnte ihn nicht spüren. Dann sah sie hoch, und sie wußte, daß sie dem Ding entgegenblickte, von dem das Geräusch ausging. Es war im Dunkel hinter den Bäumen.

Der Tote war vom Motorrad gesprungen, und er schwatzte auf es ein, als könnte er es sehen. Aber nein, er blickte um sich wie ein Verrückter, der mit sich selber sprach. Sie verstand kein Wort, sie wußte nur, daß es da war und sie anstarrte und daß der Verrückte bloß seinen Atem verschwendete!

Sie war von der Harley gestiegen, die sogleich umkippte. Das Geräusch hörte auf. Dann verspürte sie ein Klingeln in den Ohren.

» ... alles, was du willst!« sagte der Tote neben ihr. »Alles, du mußt es nur sagen, und wir werden es machen. Wir sind deine gehorsamen Diener ... !« Dann flitzte er an Baby Jenks vorbei, rannte sie um ein Haar um und ergriff ihr Motorrad.

»Hey!« rief sie, aber als sie hinter ihm herrennen wollte, ging er schreiend in Flammen auf!

Und dann schrie auch Baby Jenks. Sie schrie und schrie. Der brennende Tote drehte sich auf dem Boden wie ein Feuerrad. Und hinter ihr explodierte das Ordenshaus. Trümmer flogen durch die Luft, und der Himmel war taghell erleuchtet.

O, lieber Jesus, laß mich leben, laß mich leben!

Den Bruchteil einer Sekunde lang dachte sie, ihr Herz sei zerplatzt. Sie wollte an sich niederblicken, um nachzusehen, ob ihr Brustkorb geborsten war und das Blut hervorquoll wie flüssige Lava aus einem Vulkan, aber dann schwoll die Hitze in ihrem Kopf an, und plötzlich war sie verschwunden.

Sie schwebte durch einen dunklen Tunnel empor und empor, und dann segelte sie ganz da oben und blickte nieder.

Ach ja, genau wie früher. Und da war es, das Ding, das sie getötet hatte, eine weiße Gestalt zwischen den Bäumen. Und die Kleider des Toten verrauchten auf dem Pflaster. Und ihr eigener Körper verbrannte einfach so.

In den Flammen konnte sie die schwarzen Umrisse ihres Schädels und ihrer Gebeine erkennen. Aber das jagte ihr keine Angst ein, war nicht weiter interessant.

Die weiße Gestalt fesselte sie viel mehr. Sah wie eine Statue aus, wie die Heilige Jungfrau Maria in der katholischen Kirche. Sie starrte gebannt auf die funkelnden Silberfäden, die die Gestalt in alle Richtungen auszusenden schien, Fäden, die aus einer Art flirrenden Lichts gewoben waren. Und während sie weiter emporschwebte, sah sie, daß die Silberfäden weiter ausuferten, sich mit anderen Fäden verknäulten, um die ganze Welt mit einem riesigen Netz zu umspannen. In dem Netz waren überall Tote, hilflos gefangen wie in einen Spinnengewebe. Winzige, pulsierende Lichtpünktchen, und alle waren sie mit der weißen Gestalt verbunden, ein schöner Anblick fast, wenn er nicht so traurig gewesen wäre. Ach, arme Seelen aller Toten unserer Zunft, ewig gefangen, ohne jemals alt zu werden oder sterben zu dürfen.

Aber sie war frei. Das Netz war jetzt in weiter Ferne. Sie konnte so viele Dinge sehen.

Etwa Tausende und Tausende anderer toter Menschen, die hier oben schwebten, in einem grauen Nebelschleier. Einige schienen umherzuirren, andere rangen miteinander, und einige blickten so trübselig auf den Ort ihres Ablebens nieder, als könnten sie es nicht fassen, daß sie tot waren. Ein paar von ihnen mühten sich gar, von den Lebenden gehört und gesehen zu werden, aber das war denn doch nicht möglich.

Sie wußte, daß sie tot war; sie hatte das alles ja schon mal durchgemacht. Sie durchstreifte nur diese düstere Stätte traurig herumhängender Leute. Sie war unterwegs! Und ihr jämmerliches Erdendasein betrübte sie. Aber das war jetzt nicht wichtig. Das Licht brach wieder durch, dieses wunderbare Licht, das sie erspäht hatte, als sie damals beinahe gestorben wäre. Sie näherte sich ihm, tauchte in es ein. Und das war wahrhaft schön. Noch nie hatte sie solche Farben gesehen, solch ein Strahlen, noch nie hatte sie so reine Musik wie jetzt gehört. Worte konnten das nicht beschreiben; das war mehr, als Sprache zu leisten vermochte. Und diesmal würde sie niemand zurückholen! Denn das Wesen, das ihr jetzt entgegenkam, um sie aufzunehmen und um ihr zu helfen, dieses Wesen war niemand anderes als ihre Mutter! Und ihre Mutter würde sie nicht mehr gehen lassen.

Noch nie hatte sie solche Liebe verspürt wie jetzt für ihre Mutter, aber dann war sie ganz umfangen von Liebe, das Licht, die Farbe, die Liebe – alles war zu einer Einheit verschmolzen.

Ach, diese arme Baby Jenks, dachte sie, noch ein letztes Mal zur Erde blickend. Aber jetzt war sie nicht mehr Baby Jenks. Nein, ganz und gar nicht.

Bruce Robinson
Verfolgungswahn im Waschsalon

Seit drei Wochen lief ich mit einem Schnitzmesser in der Tasche herum, denn mich plagte die irrationale Angst, ich könnte ermordet werden. Nachts fand ich keinen Schlaf. Kaum lag ich im Bett, erschienen mir Serienmörder, das heißt, ich sah eine Nase oder die Stiefelspitze eines Mörders hinter der Schlafzimmertür verschwinden. Diese Mörder waren ständig in Bewegung. Eines Nachts sagte ich: »Oh«, als ich in Kniehöhe am Fußende meines Betts den Zylinderhut eines Mörders erblickte. Dann verlegte ich mich darauf, in aufrechter Position zu schlafen und das Licht anzulassen. Aber meine Wachsamkeit machte die Gestalten nur um so verschlagener, und von nun an hielten sie sich sehr bedeckt und krochen auf Händen und Knien im Flur umher oder schlichen geduckt ins Zimmer, um nicht gesehen zu werden …

Besondere Angst machte mir ein Mann, den ich Käfer nannte. Er trug einen schwarzen Mantel und einen Zylinder und erschien jedesmal, wenn ich gerade die Augen zugemacht hatte. Der Käfer mordete mit Gift und Messern. Sein grauenhaftes Grinsen, der Mantel und die Spitzen seiner Stiefel raubten mir eine Woche lang den Schlaf. Drei-, viermal jede Nacht sah ich ihn hinter dem Türspalt umherschleichen, und jedesmal mußte ich aufstehen und durch den Gang zwischen Küche und Wohnzimmer kriechen, um hinter dem Sofa und im Schrank nach ihm zu suchen. Ich suchte auch unter dem Bett nach ihm, für den Fall, daß er, während ich im Kühlschrank nachgesehen hatte, ins Schlafzimmer geschlüpft war. Ich war so sehr von seiner Anwesenheit überzeugt, daß ich sogar im Backofen nachschaute, schlotternd vor Angst, er könnte dort kauern und mich anspringen, sobald ich die Klappe aufmachte …

Der Käfer hat mich dazu gebracht, das Schnitzmesser einzustecken. Die Befürchtung, ich könnte ermordet werden, kam erstmals auf, als ich mich entschloß, einige Folgen für die Fernsehserie *Jahrzehnte des Todes* zu schreiben. Dieses Projekt machte Recherchen über die abscheulichen Verbrecher der viktorianischen Epoche erforderlich, und unversehens waren mir all diese berüchtigten Würger, Giftmörder und Zerstückler des 19. Jahrhunderts vertraut geworden. In meinem Schlafzimmer stapelten sich Bücher über diese Bestien. Ich steckte Fotos von Massenmördern an die Wände. Ich besaß ein Buch von 1929, in dem über 200 Beispiele des kriminellen Blicks abgebildet waren, darunter einige Visagen, die selbst einen Schwerverbrecher wie Crippen in Furcht und Schrecken versetzt hätten. Tausende krummer Nasen lauerten zwischen den Buchdeckeln, desgleichen glasige Augen und Hasenscharten. Und am allerschlimmsten, gegenüber Seite 117, der Bärtige Pole mit der Fliege. Dieser schielende Teufel trug den Spitznamen »Langohr«. Das war der greuliche jüdische Klempner, der einem Franzosen den Kopf abgehackt hatte. Nachdem er die Gliedmaßen in der Kanalisation entsorgt hatte, wußte er nicht, was er mit dem Kopf anfangen sollte. Schließlich kam er auf die Idee, auf seinem Gasherd etwas Blei zu schmelzen, füllte damit Mund und Ohren und warf den Kopf dann in den Fluß …

Dieser Kopf erregte meine Phantasie. Es wurde mir unmöglich, abends einzuschlafen, ohne an diesen Kopf zu denken. Ich verstopfte mir die Ohren und hielt den Mund fest geschlossen. Aber die Gedanken an den Kopf ließen mich nicht los, und dann befiel mich die Sorge, die Watte in meinen Ohren könnte es dem

Käfer leichter machen, in meiner Wohnung umherzuschleichen. Um mich abzulenken, las ich andere Fallbeschreibungen …

Im Norden Londons gab es einen Irren, der »das Monster von Hendon« genannt wurde; er hatte Fliegenfänger ausgekocht, um Arsen zu gewinnen, und dieses dann seinem Untermieter in die Brühe gerührt. Der Kopf des Franzosen ließ sich davon nicht beeindrucken. Weiter dachte ich in meinen schlaflosen Nächten an den Kopf des Franzosen, war nun aber zugleich überzeugt, daß mir irgend jemand Arsen ins Essen rührte. Ich bekam die entsprechenden Symptome. Meine Beine wurden steif, und ich blieb stundenlang wach und suchte meine Fingernägel nach Anzeichen ab. Andauernd reckte ich beide Arme zu einem begeisterten Faschistengruß. Morgens untersuchte ich die Verschlüsse von Grapefruit- und Milchflaschen auf Spuren von Einstichen, die von Spritzen stammen könnten. Ich verdächtigte jedermann und deutete selbst die banalsten Vorkommnisse als zukünftige Hinweise, die später einmal auf die Spur meines Mörders führen würden. Wenn das Telefon klingelte, sah ich auf die Uhr und bemerkte: »Es war sechs Uhr dreißig, als an diesem verhängnisvollen Abend das Telefon klingelte. Wie hätte damals irgendwer ahnen können, wie wichtig dieser Anruf noch einmal werden sollte?« Wenn jemand sich nur verwählt hatte, meinte ich: »Was nur ein Versehen zu sein schien, erwies sich (wie die Tatsachen illustrieren werden) als das erste der scheinbar banalen Ereignisse, die dann letztlich zu diesem ungeheuerlichen Verbrechen führten.«

Es war ungefähr vier Uhr, als das Telefon klingelte. Ich lag mit einer Kanne Tee und einigen Keksen im Bett und schickte mich gerade zu einem Nachmittagsschläfchen an. Seit der Käfer in mein Leben getreten war, war mein Gesicht durch Schlafmangel ziemlich aufgedunsen, und auch sonst hatten die Nächte, die ich aufrecht sitzend und mit ausgestreckten Armen verbracht hatte, ihre Spuren hinterlassen.

Ich sah auf die Uhr. Ich sagte: »Es war vier Minuten nach vier, als das Telefon klingelte.« Ich ging nicht ran, und es hörte auf. Eine Minute später fing es wieder an. Um sieben Minuten nach vier klingelte es immer noch, und ich war gezwungen, das Bett zu verlassen, um ranzugehen ...

»Hallo«, sagte ich.

Meine »Literaturagentin« sprach aus dem Hörer.

»Warum gehen Sie nicht ans Telefon?«

»Ich dachte, Sie wären falsch verbunden.«

»Also, hören Sie«, sagte sie, »ich hatte eben einen ganz aufgeregten Mann am Telefon.«

»Ach ja?«

»Er hat Ihr Treatment für *Jahrzehnte des Todes* gelesen und ist ganz hingerissen von Ihren Ideen. Es ist von äußerster Wichtigkeit, daß er Sie heute noch sieht, um achtzehn Uhr.«

Ich sah auf die Uhr und sagte ihr, es sei bereits zehn nach vier und ich wolle jetzt etwas schlafen, damit ich die ganze Nacht aufbleiben könne. Sie bestätigte meine Zeitangabe, sagte aber, der Mann müsse nach New York und es sei unbedingt erforderlich, daß ich ihn noch vor seiner Abreise spreche.

»Warum ist es unbedingt erforderlich, daß ich ihn noch vor seiner Abreise spreche?«

»Weil er Harvey Humphries ist.«

»Harvey Humphries? Wer ist das?«

»Der Drehbuchmensch.«

»Kann ich ihn nicht sprechen, wenn er aus New York zurückkommt? Ich habe in letzter Zeit wenig Schlaf gehabt.«

»Ausgeschlossen. Der Termin um achtzehn Uhr ist fest vereinbart. Sie müssen da hin.«

»Noch eine Stunde und siebenundvierzig Minuten«, sagte ich.

»Erscheinen Sie im Anzug«, sagte sie.

»Anzüge besitze ich nicht.«

»Aber doch wohl ein sauberes Hemd.«

»Alle meine Hemden sind schmutzig.«

Sie legte eine Hand auf die Sprechmuschel und redete mit jemand anderem, bevor sie mir Bescheid gab.

»Dann werden Sie eben einen Waschsalon aufsuchen müssen.«

Sie legte auf, ehe ich antworten konnte.

Schwer bedrängt ging ich ins Schlafzimmer und sah mir die Adresse an, die ich auf der Rückseite einer Zigarettenschachtel notiert hatte: »Harvey Humphries, Humbolt Mews Nr. 100«.

Ich hatte bei sämtlichen Drehbuchmenschen von ganz London gesessen und diesen mit Rucola und Weißwein gestopften Idioten zugehört, aber von einem Harvey Humphries hatte ich noch nie gehört, auch nicht von einer Straße, die Humbolt Mews hieß. Harvey Humphries in Humbolt Mews? Das gefiel mir nicht. Gewiß, der Name klang recht harmlos, aber irgend etwas daran knirschte. Erst dachte ich, es sei dieses Harvey/Humphries/Humbolt, was mich beunruhigte, aber ich hatte schließlich auch einen Freund, der Garry Gordon hieß und in der Garrick Street wohnte, und damit hatte ich noch nie ein Problem gehabt. Es war etwas Schlimmeres als die bloße Wiederholung des H – irgendwie hatte ich das Gefühl, den Namen Harvey Humphries schon einmal, in einem unerquicklicheren Zusammenhang, gehört zu haben …

Ich setzte mich auf die Bettkante und schlürfte Tee. Das Zeug rutschte mir die Kehle runter wie ein Finger. Plötzlich erinnerte ich mich, wo ich den Namen Harvey Humphries schon mal gehört hatte. Ich stand noch rechtzeitig auf, daß ich im Spiegel sehen konnte, wie meine Augen weit aufgingen …

»Harvey«, flüsterte ich. Es war der Harvey.

Harvey war der Mittelname von Dr. Hawley Harvey Crippen, dem kurzsichtigen Ami, der eine ganze Nacht im Keller des Hauses Hilldrop Crescent Nr. 39 damit verbracht hatte, seine Frau zu zerlegen.

Er hatte sie in Kalk eingelegt. Meine Gedanken rasten.

Crippen war aus Amerika gekommen. Harvey Humphries wollte nach Amerika, sobald er sein Geschäft mit mir erledigt hatte? Mein Spiegelbild verzerrte sich bei der entsetzlichen Vorstellung, die da soeben unter der Oberfläche entstanden war.

War Humphries mit Crippen verwandt?

So weithergeholt das jedem anderen erscheinen mag, ausgeschlossen war es keineswegs. Binnen einer Minute war ich überzeugt davon. Es konnte doch kein Zufall sein, daß ein Mann, der morgen früh nach Amerika reisen würde, und den ein Titel wie *Jahrzehnte des Todes* in Aufregung versetzte, den Mittelnamen eines der berühmtesten Mörder aller Zeiten trug? Tatsachen wie diese lagen außerhalb des Reichs des Zufalls …

Ich ging in die Küche, um mein Schnitzmesser zu holen, und dachte weiter nach. Tatsache Nummer eins war die Art, wie meine Agentin mit mir gesprochen hatte. Es paßte gar nicht zu ihr, sich so offiziös und fordernd aufzuführen; und warum, fragte ich mich, interessierte sie sich plötzlich für meine Wäsche? Ich war überall in London mit schmutzigen Hemden herumgelaufen, ohne mit ihr am Telefon darüber zu debattieren. Die meisten ihrer Klienten sahen wie Gärtner aus, oder wie flüchtige Verbrecher, und es störte mich, daß eine Frau, die ständig mit verwahrlosten Depressiven verkehrte, plötzlich auf die Idee kam, sie alle in Anzüge zu stecken. Das ergab doch keinen Sinn. Nein, überhaupt keinen Sinn. Es war beinahe so, als ob sie versuchte, mich in etwas hineinzulocken. Mir eine Falle zu stellen. Und wahrhaftig, wie konnte ich denn wissen, ob die Anruferin wirklich meine Agentin gewesen war? Das hätte auch jeder andere sein können, mit einem Taschentuch vorm Mund. Der älteste Trick der Welt …

Sogleich griff ich zum Telefon und bat die Sekretärin, mich mit Clair zu verbinden. Clair sei den ganzen Tag nicht im Büro gewesen, sagte sie, und im übrigen sei sie nur zur Aushilfe und wisse gar nicht so recht, wie Clair überhaupt aussehe. Nachdem ich ihr meine Agentin in allen Einzelheiten beschrieben hatte, sagte sie, eine Person mit riesigen Ohrläppchen und blaugrau getöntem, leicht schütterem Haar wäre ihr ganz bestimmt aufgefallen, und jetzt täte es ihr leid, aber sie könne mir nicht weiter behilflich sein ...

»Kennen Sie Harvey Humphries?«

»Nein«, sagte sie.

Ich ging ins Schlafzimmer zurück und versuchte vernünftig zu sein. Wenn sie nicht im Büro war, mußte sie von zu Hause aus angerufen haben. Das war ziemlich logisch. Aber da ich ihre Privatnummer nicht hatte, konnte ich sie nicht zurückrufen.

Also dann, wie jetzt weiter?

Mir war sofort klar, ich würde darauf vertrauen müssen, daß tatsächlich sie mich angerufen hatte, und daß sie es ohne böse Hintergedanken getan hatte. Schließlich hatte sie keinen Grund, mir Schlechtes zu wünschen. Wahrscheinlich ahnte sie nicht einmal, daß sie einen ihrer Klienten zu einem Mann geschickt hatte, der mit einem Mörder verwandt war. Nur ein übertrieben argwöhnischer, paranoischer Zyniker, oder jemand wie ich, wäre jemals auf die Idee verfallen, daß Harvey Humphries der Sohn von Hawley Harvey Crippen war ...

Um mich von Humphries' Verwandten abzulenken, ging ich in die Knie und sah mir meine Garderobe an. Die bewahrte ich in einem schwarzen Plastiksack auf, der in der Ecke lag. Die meisten Sachen hatte ich, seit ich sie letzte Weihnachten da reingesteckt hatte, nicht mehr rausgeholt. Socken, Hemden, Hosen, eine Fliege und etliche andere Dinge, die man mir geschenkt hatte. Alles bis auf die Fliege war schmutzig, und sogar die stank. Ich wählte das am wenigsten verdreckte Hemd aus, eine dito Hose und ein Paar Socken und ging damit in die Küche. Nachdem ich die Sa-

chen kurz in der Spüle durchgewalkt hatte, wrang ich sie aus und
stopfte sie in den Backofen. Wenn sie schnell trocken werden sollten, war das die einzige Möglichkeit. Auf Stufe 9 braucht ein Paar
Socken normalerweise zwischen fünfzehn und zwanzig Minuten.
Die Hose fünf Minuten weniger, und das Hemd wäre im Idealfall
erst später bei Stufe 4 oder 5 reingewandert. Aber ich hatte es eilig, und für komplizierte Haushaltsgleichungen blieb mir keine
Zeit ...

Um halb fünf ging ich mit meinem Schnitzmesser ins Bad.
Zum Baden war ich zu angespannt, und so legte ich mich nur auf
den Rücken und besprühte mich mit Wasser aus einer Subkutanspritze. Meine Nerven übermannten mich. So sehr ich mich auch
bemühte, ich konnte einfach nicht anders und sah immerzu
Humphries in seinem Keller vor mir. Für mich war er ein pedan-
tischer kleiner Kerl mit einer Brille, deren Gläser wie Böden von
Mineralwasserflaschen aussahen.

Fadenscheinige Augenbrauen und manikürte Fingernägel.
Mich schauderte.

Ich hob die Subkutanspritze aus dem Wasser und richtete den
Strahl auf eine leere Shampooflasche. Nachdem ich sie in die
Wanne geschossen hatte, attackierte ich sie gnadenlos und legte
mir dabei eine Strategie zurecht. Ich würde mich weigern, Platz
zu nehmen, ich würde alle Drinks und Zigaretten ausschlagen.
Das Gespräch würde im Stehen stattfinden. Wenn er aus dem
Zimmer ginge, würde ich mit ihm gehen. Ich würde für alles ei-
nen Vorwand haben. Womöglich konnte ich sogar eine Situation
herbeiführen, die es mir erlaubte, an seinem Couchtisch mein
Schnitzmesser auszupacken.

Aber noch während ich das dachte, erkannte ich die ganze
Schwäche meiner Verteidigung. Es war töricht zu glauben, ich
könnte einen mir völlig unbekannten Mann einschüchtern, der
bereits mich eingeschüchtert hatte, bloß weil ihm von seiner Mut-

ter der Name Harvey verliehen worden war ... Als ich aus dem
Bad kam, schwitzte ich vor Angst. Worte wie »Blut« und »Kalk«
schossen mir durch den Kopf. Ich sah schon die Schlagzeilen vor
mir.

»DER FALL HUMPHRIES«, sagte ich plötzlich laut.

Der Fall Humphries? Das klang überzeugend. Ich fand mich
gerade da hinein, als der Gestank von brennendem Müll mich wie
angewurzelt stehenbleiben ließ. Ich öffnete die Badezimmertür,
der ganze Flur war voller Rauch. Zunächst glaubte ich, im Haus
sei Feuer ausgebrochen, und lief zur Eingangstür und schrie:
»Feuer! Feuer!« Dann aber fuhr ich in jäher Erkenntnis herum,
stürzte in die Küche und schrie: »Nicht die Socken! Nicht die
Socken!«

Ich riß den Backofen auf, wurde aber von einem Hitzeschwall
zurückgeworfen, der mir die Wimpern abgesengt haben muß.
Mein Hemd stand in Flammen. Deutlich sah ich durch die kom-
pakte Mischung von Nylondampf und verpufftem Bratenfett den
Kragen glühen. Ich stellte das Gas aus, zwang mich flach zu atmen und schob den Kopf wieder in die Rauchwolke schwelender
Klamotten. Das Hemd war so gründlich getrocknet, daß die
Flammen bis zu den Schulterblättern schlugen. Auch die Hose
brannte schon, und von einer Socke war praktisch nichts mehr
übrig. Nur noch ein glimmender Wollschlauch, von dem Asche
rieselte ...

Ich sank in Panik aufs Linoleum. Wirre Ideen schwirrten mir
durch den Kopf: Ich könnte Socken unterm Grill trocknen und
in einem sauberen, aber triefnassen Hemd in Humbolt Mews Nr.
100 eintreffen. Aber es war fünf vor fünf und folglich zu spät für
die Zubereitung anderer Kleidungsstücke. Die Realität lag in der
Ecke meines Schlafzimmers in jenem schwarzen Plastiksack. Die
Lage war aussichtslos, und ich wußte es. Ich hatte kein Hemd,
keine Hose und abgesehen von einem Wollschlauch nichts Sau-

beres im Haus. Das Ding baumelte kurz an der Spitze meines Schnitzmessers und flog dann in den Mülleimer. Die zweite Socke kam hart wie Hundekuchen aus dem Ofen. Aus irgendeinem undurchsichtigen Grund war sie nicht verbrannt, sondern gebrannt wie ein Terrakottatopf. An der Fußspitze fehlte ein Stück, aber der Rest war unversehrt und eindeutig tragbar. Meine Laune hob sich ein wenig. Obwohl das Ding eher selbst einem kleinen Stiefel glich, stellte ich fest, daß es, wenn ich einen Schuh darüber zog, vollkommen normal aussah. Nur daß ich stillstehen mußte. Kaum machte ich ein paar Schritte, sprang es heraus und begann am Schienbein emporzuwandern. Es sah aus wie eine Gamasche. Wenn ich einem Fremden in dessen Haus mit einem Messer nachlaufen wollte, würde mir dieses Ding von keinerlei Nutzen sein. Es ging nicht anders, ich mußte mir von irgendwem Kleider besorgen. Mir fiel niemand ein.

Ich hatte allzu lange allein gelebt, und der einzige Mensch mit sauberen Kleidern, der mir einfiel, war meine Mutter. Blieb noch die letzte und unbegründete Hoffnung, daß ich irgend etwas in meiner Garderobe übersehen hatte, und so machte ich mich zum zweitenmal innerhalb einer Stunde über meine Plastiktüte her.

Es war schlimmer, als ich es in Erinnerung hatte. Als wären die Sachen in der letzten halben Stunde noch schmutziger geworden. Nichts Brauchbares dabei. Zur Auswahl stand mir lediglich Unwaschbares (und falls es dieses Wort nicht gibt, dann gab es auch diesen Haufen da vor mir nicht). Diese Kleider waren schlimmer als schmutzig. Die meisten davon hätte man in den Garten tragen und als Dünger um die Rosen streuen können. Diese Kleider waren Müll. Während ich darin wühlte, vernahm ich wieder die prophetischen Worte aus dem Mund meiner Agentin …

»Dann werden Sie eben einen Waschsalon aufsuchen müssen.«

Sie hatte recht. Ich selbst konnte mit diesem Zeug nicht mehr fertigwerden. Ich mußte also tatsächlich zum Waschsalon …

Die Realität dieses Gedankens entsetzte mich. Der Waschsalon war kein Ort für mich, der ich so sensibel war, daß ich mir nicht einmal mein Klopapier selber kaufte. Zu Klopapier verhalfen mir verständnisvolle Freunde. Ich konnte einfach nicht kaltblütig eine Drogerie betreten und mich erkundigen, wo das Klopapier zu finden sei. Wenn man mich fragt, wären wir alle besser dran, wenn es Klopapier nur auf Rezept gäbe. Natürlich würde das für Ärzte und Patienten gleichermaßen einige Unbequemlichkeiten mit sich bringen, aber wie ich in meinem Leserbrief an *Lancet* dargestellt habe, würden die Vorteile bei weitem den Nachteil des monatlichen Hausbesuchs bei den Patienten aufwiegen. Hätte man das von mir skizzierte System eingeführt, bestünden wohl keine schlechten Chancen, auch die Wäsche in das staatliche Gesundheitswesen zu integrieren. Dann könnten sich erfahrene, ausgebildete Fachleute, die immun sind gegen Schock, mit den abgelieferten Bündeln beschäftigen.

Ich zog ein grünes Hemd aus dem Haufen, dazu passende Socken und eine uralte Unterhose, die ich seit dem Ende meiner Schulzeit besaß. Ich warf die Sachen in den Flur und sah auf die Uhr. Wenn ich mich beeilte, konnte ich die Aktion in einer halben Stunde hinter mich gebracht haben. Dann blieben mir noch knapp zwanzig Minuten zum Umziehen und für die Taxifahrt nach Norden. Den Wollschlauch ließ ich an, um auf der Straße darin Gehen zu üben. Wenn ich es die zweihundert Meter bis dahin schaffte, gab es keinen Grund, das Ding nicht als Reserve zu behalten, für den Fall, daß im Waschsalon irgendwas schiefgehen sollte …

Ich verbarg mein Schnitzmesser, und als ich loshumpelte, dachte ich an meinem letzten Besuch in einem Waschsalon, damals, in einem Haus hinter der Edgware Road. Das war über vier Jahre her, aber nach jenem Alptraum hatte ich mir geschworen, niemals mehr einen Waschsalon zu betreten. Es waren die schlimmsten anderthalb Stunden meines Lebens. Der Laden war überlaufen von Gören und furchtbaren wasserstoffblonden Müttern. Kaum war ich eingetreten, sah ich mich von schamlosen Bälgern umringt, denen es an jederlei Anmut und Anstand mangelte. Sie zeigten das Unwaschbare freimütig her. Luden es dreist in die Maschinen. Trockneten und falteten es, ohne rot zu werden. Flecken kümmerten sie nicht. Ja, sie alle schienen entschlossen, einander vorzuführen, wie schmutzig es in ihren Familien zuging …

Ich hatte mitgebracht, was ich in den letzten sechs Monaten getragen hatte. Doch statt im ganzen Salon umherzugehen und jedermann sehen zu lassen, was ich angerichtet hatte, beging ich den schweren Fehler, mich schüchtern mit meinen Sachen zurückzuhalten. Ich hielt mir zum Schutz eine Zeitung vor und kippte das ganze Zeug ohne aufzublicken in die nächstbeste Maschine. Die scheinbare Leichtigkeit, mit der mir gelang, worauf die anderen in Dreierreihen mit gespannter Aufmerksamkeit lauerten, wiegte mich in falsche Sicherheit. Ich bat sogar eine der Anwesenden um Kleingeld. Und genau damit fing dann alles an. Ich bekam die Münze nicht in den Schlitz. Nachdem ich den Schieber ein dutzendmal rein- und rausgeschoben und die Münze immer noch nicht reinbekommen hatte, sah ich mich gezwungen, um Hilfe zu bitten. Die Wäscherin neben mir zeigte auf ein Schild, auf dem stand »Außer Betrieb«, und Sekunden später wühlte sich ein Zweizentnerweib durch die Menge und keifte: »Können Sie nicht lesen?« Rentner und andere wichen zurück. Ich wollte schon mit ihnen zurückweichen, als mir klarwurde, daß das nichts nützen würde. Die rabiate Riesin hätte mich wohl am liebsten verprügelt, und wenn sie es wirklich auf mich abgesehen hatte, wäre es sinnlos gewesen, mich zwischen die anderen zu drängen. Also zwang ich mich, ein Kind anzulächeln, das an einer Bleichmittelflasche kaute. Die Wut der Riesin richtete sich augenblicklich gegen die Waschmaschine. Sie versuchte sie mit den Knien aufzustoßen. Der Widerstand brachte sie noch mehr in Zorn; sie trat einen Schritt zurück und ging in die Hocke, und ich dachte schon, sie wolle zu einem Kopfstoß ansetzen. Hätte sie's getan, wäre sie mit einiger Sicherheit durch das Bullauge gestoßen und steckengeblieben. Wahrscheinlich ging ihr das ebenso durch den Kopf wie mir, jedenfalls überlegte sie es sich anders und versetzte der Maschine nur einen wuchtigen Faustschlag in den Bauch. Bei dem Krach, der dabei entstand, war klar, daß ihr das wehgetan hatte, jedoch hielt sie das nicht von einem zweiten Schlag ab, der, wäre er in die andere Richtung gegangen, das Herbeiholen eines Krankenwagens erforderlich gemacht haben würde. Sie blies sich auf die Knöchel, stand auf und sagte den anderen, sie sollten sich von der Maschine fernhalten, denn was ich da angerichtet habe, können nur noch von Fachleuten repariert werden. Wir stimmten ihr zu, und als sie davonstapfte, öffnete sich ihr automatisch eine Gasse zum Telefon, wo sie mich, wie ich hörte, als einen Trottel schilderte, der doch tatsächlich Geld in eine »Außer Betrieb« gesteckt habe.

Die Menge nahm immer mehr zu. Während wir auf die Reparateure warteten, erschien wieder die Riesin und befahl mir zurückzutreten; und dann schlug sie so heftig an die Maschine, daß mein Päckchen Waschpulver eine Handbreit hoch in die Luft hüpfte. Ein Rentner erbot sich, die Verriegelung mit seinem Schraubenzieher zu öffnen. Ich weiß nicht, wo er das Werkzeug plötzlich herhatte, jedenfalls war es einen Fuß lang und hatte eine kleine Glühbirne im Griff. Er sagte, er habe bei der U-Bootflotte gedient und könne das Gehäuse aufschrauben. Aber die Riesin wollte ihn nicht mal in die Nähe lassen und wich keinen Zentimeter von der Maschine.

Als die Reparateure eintrafen, interessierte sich nur einer von ihnen, ein Grieche, mehr für denjenigen, der Geld in eine »Außer

Betrieb« gesteckt hatte als für die »Außer Betrieb« selbst. Die Riesin machte uns miteinander bekannt, und wieder wurde ich gefragt, ob ich nicht lesen könne. Als die Maschine geöffnet war, trat ich vor, um meine Sachen herauszuholen, aber die Riesin sagte, ich hätte schon genug kaputt gemacht, riß mir die Tasche aus der Hand und langte selber in die Luke. Ich wußte ja, was sie erwartete, und lief rot an. Ich konnte mir denken, daß noch nie etwas so Schmutziges in eine Waschmaschine getan worden war, und vollkommen sicher konnte ich mir sein, daß überhaupt noch nie etwas so Schmutziges wieder herausgenommen worden war. Als sie den ersten entsetzlichen Packen hervorzog, stieg mir heiß das Blut ins Gesicht. Dagegen kann doch nicht einmal sie immun sein, dachte ich. Sie sah sich kurz an, was sie da in der Hand hielt. Dann sagte sie: »Mein Gott, was hat er denn da reingesteckt? Nein, das hole ich nicht raus.« Plötzlich waren die Regeln aufgehoben. Die Maschine gehörte nicht mehr ihr. Sie meinte, wenn ich das Zeug da reingesteckt habe, müsse ich es auch herausholen, und so ging ich an ihrer Statt vor der Öffnung in die Knie. Inzwischen war jedes Augenpaar im Raum mit meinen Sachen beschäftigt, und von allen Seiten kamen kritische Bemerkungen, je mehr ich davon zutage förderte. Frauen, die unaussprechliche Lumpen in ihre Maschinen gestopft hatten, ergingen sich jetzt in Kommentaren zu den relativ ähnlichen Stücken, die ich wieder in meiner Tasche verschwinden ließ. Als ich fertig war, überlegte ich ernsthaft, ob ich zur Tür hinauskriechen sollte. Die Vorstellung, mich vor der Riesin auf die Füße zu stellen, erfüllte mich mit Schrecken und Verlegenheit: in meinem Kopf pochte es, als ob sie mich geschlagen hätte. Aber schließlich mußte ich doch aufstehen. Sie beobachtete mich so konzentriert, daß ich dachte, ich hätte noch einige weitere Fragen zu beantworten, ehe sie mir gestattete hinauszugehen.

»Hier ist noch eine frei«, sagte der Rentner und hielt einladend ein Bullauge offen. Jetzt wurde mir klar, warum die Riesin ihn nicht mit seinem Schraubenzieher an die Maschine lassen wollte. Der Mann war offensichtlich geistesgestört. Er glaubte ernsthaft, nach allem, was ich durchgemacht hatte, könnte ich nun in aller Ruhe meine Sachen durch den Raum tragen und noch mal von vorne anfangen ...

»Nein, danke«, sagte ich. »Ich komme morgen noch mal vorbei.«

Ich gelangte ins Freie. Es war das erste und letzte Mal, daß ich in einem Waschsalon gewesen war. Zwei Minuten hatte ich gebraucht, die Maschine zu füllen, und anderthalb Stunden hatte ich auf einen Spezialisten aus der Zentrale gewartet, der mir das Ding wieder aufstemmte. Wahrscheinlich war ich der einzige Mensch auf der ganzen Welt, der jemals seine Wäsche anderthalb Stunden lang in einer Waschmaschine hatte, ohne daß sie auch nur naß geworden wäre. Es waren die schlimmsten anderthalb Stunden meines Lebens ...

Nun stand ich also draußen vor dem Automatenwaschsalon Speed Queen, Alles Vollautomatisch. Offenbar war heute mein Glückstag. Als ich sondierungshalber daran vorbeiging, erblickte ich nur vier Personen dort drin: zwei Wasserstoffblondinen (eine mit Lockenwicklern), eine große Afrikanerin und eine Aufseherin. Kinder nicht zu sehen. Ich machte kehrt und blieb draußen stehen. Obwohl die Luft rein war und jede Menge freie Maschinen zur Verfügung standen, hatte ich noch Bedenken einzutreten, ohne vorher noch einmal meinen Plan durchzugehen.

Das Gebäude war ein Eckhaus. An der schmaleren Seite befand sich in Schulterhöhe ein kleines Fenster, und von dort glaubte ich meine Maschine am besten auswählen zu können. So unauffällig wie möglich spähte ich hindurch und ließ meinen Blick über die Reihe schweifen. Ganz hinten war genau das, wonach ich suchte. Darüber hing sogar eine Gebrauchsanleitung, ein Schild, das ei-

nen stachelhaarigen Kobold zeigte, der einen mit einem Zauber-
stab durch die einzelnen Schritte führte. Ich las mir murmelnd
die Anweisungen des Kobolds vor. Erstens: Klappe öffnen. Zwei-
tens: Waschgut einfüllen. Drittens: Klappe schließen (und drei
20-Pence-Münzen bereithalten). Viertens: Münzen in den Schieber stecken. Als ich bei Fünftens: Schieber hineindrücken, an-
langte, tauchte auf der anderen Seite des Fensters unversehens ein
Kopf auf. Er schob sich direkt zwischen mich und die von mir
gewählte Maschine, und so sagte ich der Frau mitten ins Gesicht:
»Schieber hineindrücken.« Es war die große Afro-Karibin, und
sie fuhr entsetzt zurück. Vermutlich hielt sie mich für einen Per-
versen, der auf Unterwäsche scharf war. Sie verschwand, als ich
ihr zulächelte. Sekunden später erschien, die Fäuste in die Hüften gestemmt, die Aufseherin auf dem Bürgersteig.
»Was wollen Sie?« fragte sie.
»Schon gut«, sagte ich, »ich komm gleich rein.«
»Was wollen Sie?«
»Ich will meine Wäsche waschen«, sagte ich und zeigte ihr meine braune Papiertüte. Sie nickte und ging wieder rein. Nicht zu
fassen. Ich war noch auf der Straße, und schon hatte ich einen
schlechten Eindruck gemacht. Allmählich fragte ich mich, ob irgend etwas mit mir nicht stimmte. Aber jedes Zögern in diesem
Augenblick hätte mich nach Hause geschickt, und so ging ich,
ehe ich mein Handeln analysieren konnte, zum Eingang und trat
ein. Offenbar hatte man über mich geredet. Die mit den Lockenwicklern deckte ein Handtuch über ein paar Büstenhalter, und
die Westinderin hatte plötzlich eine Sonnenbrille auf.
Ich gab mir alle Mühe, sie zu ignorieren, und schritt zu meiner
Maschine. Als ich die Klappe öffnete und meine Sachen in die
Trommel stopfte, entspannte sich die Atmosphäre ein wenig. Ich
nehme an, es überraschte sie, daß ich tatsächlich etwas zum Waschen mitgebracht hatte. Mit polterndem Herzen konzentrierte

ich mich, alles in der vorgeschriebenen Reihenfolge zu machen. Ich war bereits bei Drittens: Klappe schließen (und drei 20-Pence-Münzen bereithalten). Viertens: Münzen in den Schieber stecken. Fünftens: Schieber hineindrücken ...

Zu meiner Erleichterung lief tatsächlich Wasser ein, und das Ding begann sich zu drehen. Ich wurde geradezu euphorisch. Es war geschafft. Jetzt brauchte ich nur noch zu warten, bis ich die Sachen sauber herausnehmen konnte. Ich trat zurück und sah mich lässig um. Da beim Waschen alles unter Kontrolle war, schlenderte ich quer durch den Raum und sah mir schon mal die Trockner an. Die mit den Lockenwicklern stand mit einer halb gefüllten Tasche vor ihrer Maschine. Ich schaute mir ihre Technik ab: wie sie die Klappe öffnete und die trockenen Sachen im Vorbeifliegen herausfischte. Dies tat sie offenbar, damit sich um so mehr Wärme auf die dickeren Sachen konzentrieren konnte, auf Wollzeug zum Beispiel, während gleichzeitig die empfindlicheren Kleidungsstücke, wie zum Beispiel Büstenhalter, vor überflüssiger Hitzeeinwirkung bewahrt wurden. Daran würde ich bei meinem Hemd denken müssen ... Alles ging glatt. Mein Humpeln fiel nicht auf, die Gamasche saß an ihrem Platz. Ich ging an den Maschinen vorbei zurück und sah mir an, was sich hinter den Bullaugen abspielte. Nach einigen Schritten stand ich wieder vor meiner Wäsche, die noch immer problemlos herumtrudelte. Dennoch unterschied sie sich von den anderen. Eine ganze Reihe Maschinen arbeitete genau wie meine, aber sie alle produzierten Schaum, und das tat meine seltsamerweise nicht. Ich ging zur Aufseherin und wies sie darauf hin.

»Meins ist noch nicht weiß«, sagte ich.

»Was?«

»Mein Waschwasser«, sagte ich und führte sie hinüber. Sie hob die Aluklappe im Deckel der Maschine.

»Sie haben kein Waschpulver eingefüllt«, sagte sie.

»Ich dachte, das machen die Maschinen automatisch.« Sie sah mich argwöhnisch an.

»Die Maschine kann nicht selbsttätig Waschpulver einfüllen. Das müssen Sie schon selber machen.«

Ihre Augen sahen mich und meine Maschine prüfend an.

»Wo haben Sie Ihr Waschpulver?« fragte sie.

»Ich habe keins«, sagte ich. »Da steht doch: Alles Vollautomatisch.«

»Nicht das Waschpulver. Sehen Sie, hier: Sechstens: Waschmittel einfüllen.«

Ich sah nach der Gebrauchsanleitung. Sie hatte recht. Dort kauerte über der Ziffer 6 dieser Kobold und schüttete Waschpulver in das von der 6 so passend gebildete Loch. Der Kopf der Afrikanerin hatte mir den Blick darauf versperrt.

»Was soll ich jetzt machen?« fragte ich. »So wird das doch nicht sauber, oder?«

»Nein, ohne Waschpulver nicht.«

Ich hatte es schon wieder getan. Wie war es nur möglich, daß ich dauernd Sachen in Waschmaschinen steckte, ohne sie sauber zu kriegen?

Die Aufseherin entfernte sich und zog einen blauen Mantel an.

»Bitte«, sagte ich und folgte ihr in die Ecke. »Haben Sie etwas Waschpulver für mich?«

»Waschmittel gibt's im Automaten«, sagte sie. »Zehn Pence.«

Ich zog eine kleine Tube aus dem Automaten und öffnete die Aluklappe meiner Maschine.

»Jetzt nicht«, sagte die herbeistürzende Aufseherin. »Jetzt können Sie das Zeug nicht mehr einfüllen, Sie haben den Zyklus verpaßt.«

»Ach?«

»Nun müssen Sie warten.«

»Sagen Sie mir Bescheid, wann ich es einfüllen kann?«

»Nein. Ich hab's eilig, nach Hause zu kommen.«

»Ich auch«, sagte ich.

»Aber Sie sind nicht seit heute früh um acht hier drin«, sagte sie.

Sie stülpte eine Art Sieb ohne Löcher auf ihren Kopf, und langsam fühlte ich mich unsicher.

»Was haben Sie da drin?« fragte sie.

»Nur Socken, und ein Hemd.«

»Ist das alles?«

»Nein.« Ich unterbrach mich kurz. »Es ist auch noch ein Paar darin.«

»Ein Paar?«

»Ja.«

»Ein Paar Hosen?« wiederholte sie leicht entrüstet. »Ist das alles, was Sie da reingetan haben?«

»Wieso? Ist das nicht erlaubt?«

»Von mir aus können Sie auch bloß ein Taschentuch da reintun, aber ich halte das für eine geradezu kriminelle Geldverschwendung.«

»Ha. Ha«, lachte ich. »Wie recht Sie haben. Seltsam aber wahr, ist Kriminalität der einzige Grund, warum ich überhaupt hier bin.«

Die Frau mit den smogblonden Haaren unterbrach ihre Tätigkeit und blickte auf.

»Ha!« sagte ich.

»Ich geh jetzt nach Hause«, sagte die Aufseherin. »Es ist halb sechs.«

Ich sah auf meine Uhr. Tatsächlich war es erst zehn nach fünf. Aber wenn ich seit acht Uhr morgens hier gewesen wäre, hätte ich mich schon viel früher aufs Lügen verlegt …

Meine Unruhe wuchs. Ich hatte meinen Zyklus verpaßt. Für einen zweiten hatte ich weder Zeit noch Geld. Alle anderen standen hinten bei den Trocknern. Aus irgendeinem Grund war ich der einzige, der noch beim Waschvorgang war, mit einer Maschine, die einfach nicht aufhören wollte zu rotieren. Um Zeit zu sparen, ging ich nach hinten, um schon mal meinen Plastikkorb bereitzustellen. Als ich an den zwei Blondinen vorbeikam, sagte eine von ihnen: »Achtung, da kommt er.« Und sofort schienen die beiden sich nicht mehr zu kennen und starrten nur noch konzentriert auf ihre Maschinen. Ohne sie anzusehen, nahm ich mir einen Korb. Allmählich ärgerten mich die beiden, besonders die mit den Lockenwicklern, die aussah wie Caligula. Offenbar die Rädelsführerin, schien sie entschlossen, das Thema nicht aufzugeben. Jedesmal wenn ich aufblickte, sah ich in das eine oder andere mißtrauische Auge, und meist war es eins von ihren ... Wieder vor meiner Maschine, spürte ich, daß sie sich immer noch mit mir anlegen wollte. Aber warum? Ich konnte nicht begreifen, warum mein Erscheinen am Fenster für einen solchen Wirbel gesorgt hatte. Ich bildete mir ein, in diesen Waschsalons ginge es im allgemeinen ziemlich sachlich und nüchtern zu, aber noch immer verstand ich nicht, wie ein Gesicht, das eine Reihe Waschmaschinen betrachtete, irgendeinen Anlaß zur Aufregung bieten konnte. Eine Minute später ging meine Kontrolleuchte aus, und die Maschine blieb stehen. Während ich die Luke öffnete, öffnete sich auch die Tür des Waschsalons, und dann geschah etwas Schreckliches. Ein schönes Mädchen kam herein. Das hatte mir gerade noch gefehlt. Schlimm genug, in Gegenwart dieser Biester die Unterwäsche zu wechseln, aber die Aussicht, es vor diesen hübschen Augen zu tun, war unerträglich. Und prompt rutschte mir die Gamasche hoch. Sie bekam es nicht mit. Die anderen schon. Der versengte Wollschlauch um meinen Knöchel schien alles zu rechtfertigen, wovor Caligula die anderen gewarnt hatte. Das Mädchen war ausgesprochen schön – eine Pakistani mit schwarzem Haar und massenhaft Ringen und mehr sah ich nicht.

Ich konnte nicht hinsehen. Die Kombination verursachte mir ein fatales Unbehagen, und ich wollte mich auf keinen Fall als regelmäßiger Waschsalonkunde zu erkennen geben. Aber wie lächerlich mein Korb aussah. Die anderen waren jetzt hinten und schulterten ihre Sachen. Ich ging zu ihnen, zwei ungewaschene Klumpen in den Händen. Putzlappen. Welche Wohltat, sie in einen Trockner zu schmeißen und mich neben Caligula zu stellen, in der Hoffnung, ihre schiere Masse würde das Mädchen von mir ablenken. Offenbar hatte sie mich noch gar nicht zur Kenntnis genommen. Meine Verwirrung darüber, was sie überhaupt in einem solchen Loch zu suchen hatte, klärte sich, als sie Münzen in die Maschine für chemische Reinigung steckte. Sie hatte sechs Seidenhalstücher. Ich war sehr unglücklich.

Die große Afrikanerin walzte heran und baute sich neben mir auf, um mir den Blick auf ihren Trockner zu versperren. Anscheinend hatte sie etwas dagegen, daß der Mann, der vorhin durchs Fenster gespäht hatte, ihre Sachen in Augenschein nahm; sie glaubte wohl eine bessere Chance zu haben, nach Hause zu kommen, wenn sie jeder möglichen Stimulation einen Riegel vorschob ... Plötzlich war ihre Klappe auf. Sie schnappte einen Büstenhalter im Flug und ließ ihn, noch ehe ich die Augen darauf scharfstellen konnte, in ihrem Sack verschwinden. Das Ding war so riesig, daß mein Blick sogleich wieder in ihre Maschine zurückwanderte, um festzustellen, ob da noch mehr von solcher Größe zu finden sei. Dann entdeckten wir eins gleichzeitig, einen Panzer, auf dem nur noch die Aufschrift Dunlop fehlte.

Ich sah schnell weg, aber sie hielt es immer noch für nötig, mir ihren mächtigen Hintern zu weisen. Am liebsten hätte ich zu ihr gesagt: »Hör mal, deine Scheißunterwäsche interessiert mich nicht. Mag sein, daß man sich bei euch auf der Insel um so was prügelt, aber auf mich wirkt das Zeug ungefähr so sexy wie zwei Eimer, denn genau so sieht es aus.«

Ich wandte ihr angewidert den Rücken zu und sah mich in einem großen Spiegel einem Mann gegenüber, den ich nicht gleich erkannte. Er hatte weder Augenbrauen noch Wimpern, und zusätzlich hatte ihm die Hitze des Backofens von der Stirnmitte schräg rüber bis hinters rechte Ohr einen Bürstenschnitt verpaßt. Ein paar kurze, gelbe, splissige Haare ragten noch hervor, wie auf dem Hodensack eines Schweden …

»Ach du Schreck.« Wohin jetzt bloß mit diesem Kopf? Kein Wunder, daß die Schwarze bei meinem Anblick im Fenster einen Schock bekommen hatte. Darüber hatten sie also in der letzten halben Stunde gesprochen. Und mit jedem Recht der Welt. Ich sah zum Fürchten aus. Humphries und den Termin um 18 Uhr konnte ich vergessen. Ich mußte hier raus. Und zwar schleunigst. Man beobachtete mich. Caligula hatte sich zu der Afrikanerin gestellt. Ich wandte ihnen sorgfältig den Rücken zu, machte den Trockner auf und angelte nach meinen Sachen. Das Hemd und eine Socke klatschten mir in die Hand, aber die Hose kam so schnell, daß ich sie nicht zu fassen kriegte. Sie stieg mit Tempo auf und erreichte ihren Zenit genau über den Lockenwicklern; ich wandte mich ab, ich wollte nicht Zeuge der Landung werden. Die Hose war verloren. Es war mir egal, was aus ihr wurde.

Eine Socke schwappte noch immer wie wahnsinnig im Trockner herum; ich öffnete ihn und schnappte danach. Der Versuch schlug fehl, und ich knallte die Luke wieder zu. Ich wollte nur noch raus aus diesem Laden.

Jemand tippte mich an die Schulter.

»Gehört die Ihnen?«

Zu meinem Entsetzen hielt mir das schöne Mädchen eine zwar trockene, aber reichlich anstößige Hose hin …

»Nein«, grunzte ich so abweisend wie möglich. »Nie gesehen.«

»Gehört die Ihnen?« fragte sie die Afrikanerin.

»Die gehört ihm«, sagte Caligula. »War in seiner Maschine.«

»Entschuldigen Sie«, sagte das Mädchen. »Wie heißen Sie?«
Sie lächelte ganz entzückend, und ich sagte es ihr.

»Dann gehört sie Ihnen«, sagte sie. »Der Name ist hier drin auf ein kleines Etikett gestickt.«

»Ach ja, ach die, die zieh ich nie an. Ich habe sie vor Jahren jemand geliehen und seitdem nicht mehr gesehen. Keine Ahnung, wie die in meine Maschine geraten ist.«

»Wollen Sie sie nicht haben?«

»Ganz bestimmt nicht.«

»Ich will sie auch nicht«, sagte sie.

»Schmeiß sie in die Tonne, Kleine«, sagte Caligula.

»Also schön, ich nehm sie«, zischte ich leicht aggressiv. »Danke, sehr freundlich von Ihnen.«

Als ich die Hose an mich riß, fiel mein Schnitzmesser raus und schlitterte über den Boden.

»Achtung!« sagte eine der Frauen. »Er hat ein Messer!«

»Holt die Polizei. Holt die Polizei.«

Die mit den Lockenwicklern war schon dabei. Von Panik benebelt, hob ich das Messer auf und suchte nach einem freundlichen Gesicht, aber da war keins …

»Sie sehen das völlig falsch. Ich will doch keinem was tun.«
Sie wichen vor mir zurück.

»Ich weiß, ich sehe etwas seltsam aus. Aber ich bin Schriftsteller. Normalerweise sehe ich nicht so aus, und von diesem Messer will ich ganz bestimmt keinen Gebrauch machen.«

»Das ist ein Irrer.«

»Ich schreibe fürs Fernsehen.«

Fast gleichzeitig jaulte draußen eine Sirene los. Offenbar war zufällig gerade ein Streifenwagen in der Nähe. Praktisch direkt vor der Tür. Ich sprang zurück, als zwei Polizisten ohne Wäsche durch den Eingang stürzten. Sie hatten Hüte auf und waren groß. Sehr groß.

»Ich will doch keinem was tun«, sagte ich. »Ich bin Schriftsteller.«

»Geben Sie mir das Messer, dann können wir über alles reden.«

»Vorsicht! Der ist verrückt!«

»Geben Sie mir das Messer. Und Schluß mit dem Gefasel.«

»Gefasel?«

»Sind Sie taub?«

»Ich bin unschuldig«, sagte ich. »Sie werden schon sehen. Ich bin der Falsche, holen Sie sich lieber diesen Scheißkerl in der Humbolt Mews.«

»Sie sind jetzt ganz ruhig und kommen mit.«

»Die werden Ihnen helfen«, sagte das schöne Mädchen.

»Sie können das nicht verstehen. Ich habe mich selbst in Brand gesteckt, bevor ich hierher gekommen bin. Normalerweise sehe ich nicht so aus.«

»Ganz ruhig, nur keine Aufregung.«

Der größere der beiden Polizisten zog seine Waffe, und dann packten sie mich links und rechts am Ellbogen. Sie hatten das Messer, ich hatte die Hose, und mit dem ganzen immer noch schmutzigen Zeug wurde ich aus dem Waschsalon geführt ...

Mrs. Henry Wood
Wirklichkeit oder Wahn?

Dies ist eine Geistergeschichte. Jedes Wort ist wahr. Und ich scheue mich nicht zuzugeben, daß noch lange Zeit danach einige von uns höchst ungern allein des Nachts an dem Ort vorbeizogen. Einige wagen sich selbst heute noch nicht dorthin.

Es war Herbst, und wir hielten uns in Crabb Cot auf. Lena war kränklich, und im Oktober hatte Mrs. Todhetley dem Gutsherrn vorgeschlagen, mit ihr dorthin zu gehen, um zu sehen, ob ihr die Abwechslung wohl bekäme.

Für uns aus Worcestershire ist North Crabb ein Dorf; doch würde man die Häuser zählen, die großen und kleinen, man käme auf keine vierundzwanzig. South Crabb, eine halbe Meile entfernt, ist viel größer; die Kirche und die Schule allerdings befinden sich in North Crabb.

John Ferrar war vom Gutsherrn, dem Squire Todhetley, als eine Art Aufseher über das Landgut oder als arbeitender Verwalter eingestellt gewesen. Er war im vorangegangenen Winter gestorben, hatte nichts hinterlassen außer ein paar Schulden, da er nicht sparsam gewesen war, und seinen hübschen Sohn Daniel. Daniel Ferrar, der, was die Erziehung betraf, sehr überheblich war, verabscheute Arbeit; er hatte immer großes Aufheben darum gemacht, wenn er seinem Vater helfen sollte, doch es wurde selten etwas daraus. Der alte Ferrar hatte ihn nicht auf ein bestimmtes Metier oder Handwerk vorbereitet, und auch Daniel, stolz wie

Luzifer, hatte sich freiwillig einem solchen nicht zugewandt. Er spielte gern den Gentleman. Alles, was er jetzt tat, war, in seinem Garten zu arbeiten und seine Hühner, Enten, Hasen und Tauben zu füttern, die er in großer Anzahl hielt, an die Nachbarn verkaufte und auf den Markt bringen ließ.

Doch, mit Federvieh würde er sich, wie alle sagten, nicht durchbringen. Mrs. Lease in dem hübschen Häuschen gleich neben dem von Ferrar war es überdrüssig, dies ständig zu wiederholen. Diese Mrs. Lease und ihre Tochter Maria darf man nicht verwechseln mit Lease, dem Weichensteller. Ihre Lebensumstände waren besser, und sie waren nicht mit ihm verwandt. Als Kind ging Daniel Ferrar in ihrem Haus nach Lust und Laune ein und aus, und nun war er mit Maria verlobt, und sollte mit ihr verheiratet werden. Sie würde etwas Geld mitbringen, und die Leases waren in North Crabb eine angesehene Familie. Man begann sich hinter vorgehaltener Hand zu fragen, woher Ferrar sein Getreide für das Geflügel bekam, da man wußte, daß er nicht viel kaufte, und an Weihnachten würde er das Haus verlassen müssen, da ihm der Besitzer, Mr. Coney, gekündigt hatte. Mrs. Lease, ängstlich wegen dem, was Maria erwarten würde, fragte Daniel, was er schließlich zu tun gedenke, und er antwortete: »Mein Glück machen; ich sollte damit beginnen, sobald ich mein Leben geändert habe.« Doch die Zeit schritt voran, und die Änderung schien so fern zu sein wie eh und je.

In der zweiten Hälfte des Sommers war eine Nichte von Miss Timmens, der Lehrerin, eingetroffen, um die Schule zu besuchen. Sie hieß Harriet Roe. Der Vater, Humphrey Roe, ein Halbbruder von Miss Timmens, hatte eine Französin geheiratet und bis zu seinem Tode mehr in Frankreich als in England gelebt. Das Mädchen war Henriette getauft worden, doch North Crabb, wo man nicht viel Französisch verstand, hatte den Namen in Harriet umgewandelt. Sie war ein prächtiges, zu freien Umgangsformen

erzogenes und hübsches Mädchen und schloß rasch Bekanntschaft mit Daniel Ferrar; oder er mit ihr. Diese vertieften sie so
schnell, daß Maria Lease eifersüchtig wurde, und in North Crabb
erzählte man sich im Laufe der Zeit, er kümmere sich mehr um
Harriet als um Maria. Als Tod und ich gegen Ende Oktober nach
Hause kamen, um den Geburtstag des Gutsherrn zu feiern, waren die Umstände wie beschrieben. James Hill, der Verwalter,
vom Gutsherrn an die Stelle von John Ferrar gesetzt (doch im
Vergleich zu Ferrar ein weit unterlegener Mann, eigentlich nicht
viel besser als ein gewöhnlicher Arbeiter, von dem ihr bald im
Hinblick auf seinen kleinen Stiefsohn, David Garth, hören werdet), erstattete uns einen allgemeinen Bericht. Daniel Ferrar habe
seit neuestem zu trinken angefangen, fügte Hill hinzu, und sein
Kopf sei nicht stark genug, dies zu ertragen; er sehe aus, als trage
er sich mit Sorgen.

»Das ist mir ein nettes Bürschchen, um das die beiden Frauen
buhlen«, rief Hill, der kein Freund von Ferrar war. »Es wird Unheil zwischen ihnen geben, wenn sie sich nicht ein wenig zurückhalten. Maria Lease wird nebenan verrückt angesichts der Sache,
das weiß ich; und die andere, die sich stärker geliebt fühlt, trium-
phiert über sie. Das ist so ähnlich wie in der Bibelgeschichte von
Lea und Rahel, ihr jungen Herrschaften, Dan Ferrar ist der einen
zugetan, doch an die andere ist er durch Versprechen gebunden.
Was das französische Weib angeht«, schloß Hill, »würde sie jedem Mann zugetan sein, der ihr hinterherläuft, jawohl; einem
Dutzend gleichzeitig.«

Für den griesgrämigen Hill war es in Ordnung, Daniel Ferrar
ein »nettes Bürschchen« zu nennen, aber am Sonntag morgen in
der Kirche war er der Mann, der am besten aussah – und der
obendrein gut angezogen war. Doch sein Gesicht schien mehr zu
leuchten, und seine Hände zitterten, wenn sie sich oft hoben, um
das Haar zurückzustreichen, auf das die Sonne durch das Süd-

fenster schien und es in Gold verwandelte. Er blickte selten auf, nicht einmal zu Harriet Roe mit ihren dunklen, in alle Richtungen schweifenden Augen und fließenden rosa Bändern. Maria Lease war blaß, ruhig und hübsch wie immer; sie war keine Schönheit, doch ihr Gesicht war empfindsam, und ihre tiefen, grauen Augen zeugten von einem seltsamen und neugierigen Ernst. Der neue Pastor predigte, ein junger Mann, gerade erst für die Gemeinde von Crabb ernannt. Er legte großen Wert auf die Einhaltung der Heiligentage und erzählte seiner Gemeinde, er erwarte sie am morgigen Tag, dem Fest zu Allerheiligen, in der Kirche.

Nach dem Gottesdienst begleitete Daniel Ferrar Mrs. Lease und Maria nach Hause und wurde zum Mittagessen eingeladen. Ich ging hinüber, um der alten Dame, die mich einst während einer Krankheit gepflegt hatte, meine Hand zu reichen; ich versprach, später noch einmal hereinzuschauen. Am darauffolgenden Tag gingen wir wieder zur Schule. Als ich mich umdrehte, ging Harriet Roe vorbei, ihre rosa Bänder und ihr billiges, fröhliches Seidenkleid leuchteten im Sonnenlicht. Sie blickte mich an, ich blickte zurück. Und nun, da die Erklärungen der Umstände abgehandelt sind, beginnt die wahre Geschichte. Doch einen Teil davon werde ich so erzählen, wie er von anderen erzählt wurde.

Am Nachmittag stand der Tee auf Mrs. Leases Tisch bereit: Man wartete auf Daniel Ferrar. Er war kurz zuvor gegangen, um nach seinem Federvieh zu sehen. Über seine Rückkehr zum Tee war nichts gesagt worden: Daß diese erfolgen würde, galt als Selbstverständlichkeit. Doch er machte seine Aufwartung nicht, und der Tee wurde ohne ihn getrunken. Um halb sechs läuteten die Kirchenglocken zum abendlichen Gottesdienst, und Maria zog sich an. Mrs. Lease ging abends nie aus.

»Du gehst aber früh, Maria. Du wirst noch vor den anderen in der Kirche sein.«

»Das macht doch nichts, Mutter.«

Ein eifersüchtiger Verdacht plagte Maria – daß das Geheimnis von Daniel Ferrars Fehlen auf das Zusammentreffen mit Harriet Roe zurückzuführen sei. Vielleicht hatte er sie aus eigenem Antrieb aufgesucht. Langsam schritt Maria dahin. Die düstere Stimmung der Dämmerung, einer tiefen Dämmerung, hatte sich über den Abend gelegt, doch der Mond würde erst später aufgehen. Als Maria am Schulhaus vorbeiging, hielt sie inne, um in das kleine Fenster zum Wohnzimmer hineinzuspähen. Die Läden waren noch nicht geschlossen, und das Zimmer wurde von einem lodernden Feuer erleuchtet. Harriet war nicht da. Maria sah nur Miss Timmens, die Lehrerin, die ihre Haube vor einem aufrecht auf dem Kamin stehenden Handspiegel aufsetzte. Ohne Warnung drehte sich Miss Timmens um und riß das Fenster auf. Sie tat dies nur, um die Fensterläden zu schließen, doch Maria dachte, sie sei beobachtet worden, und sagte:

»Guten Abend, Miss Timmens.«

»Wer ist da?« rief Miss Timmens zur Antwort und spähte in die Dunkelheit. »Oh, du bist es, Maria Lease! Hast du vielleicht Harriet gesehen? Sie hat diesen Abend das Haus verlassen und ist nicht zum Tee zurückgekehrt.«

»Ich habe sie nicht gesehen.«

»Sie ist zu den Batleys gegangen, darauf möchte ich wetten. Sie weiß, daß ich es nicht schätze, wenn sie mit den Batley-Mädchen verkehrt. Sie machen sie zehnmal nervöser als sie ohnehin schon ist.«

Miss Timmens zog die Fensterläden mit einem Ruck heran, denn anders wäre sie nicht zu schließen gewesen, und Maria Lease drehte sich um.

»Nicht bei den Batleys, nicht bei den Batleys, sondern mit ihm«, weinte sie in bitterem Aufruhr, als sie von der Kirche fortging. Von der Kirche fort, nicht auf sie zu. Konnte man Maria eine

Schuld geben, daß sie zu sehen wünschte, ob sie recht hatte oder nicht? Daß sie ein wenig umherging, in dem Gedanken, sie zu treffen? Auf jeden Fall war es das, was sie tat. Und sie erhielt ihre Belohnung, wie es nun einmal so kam.

Ihre Stimmen drangen an ihr Ohr, als sie die Spitze des mit Weiden gesäumten Weges erreichte. Dort ging des öfteren jemand vorbei, und es war einer der Wege nach South Crabb. Maria zog sich zwischen die Bäume zurück, und da näherten sie sich: Harriet Roe und Daniel Ferrar spazierten Arm in Arm.

»Ich denke, ich werde mich besser aufmachen«, sagte Harriet. »Es ist nicht nötig, daß ein Sturm über meinem Kopf losbricht. Ein solcher würde nämlich in Form eines Hagelschauers von der hartnäckigen alten Tante Timmens über mich ergehen.« Die Antwort schien schnell zu erfolgen, doch Ferrar sprach leise. Maria Lease hatte schwer zu kämpfen, um sich unter Kontrolle zu halten: Zorn, Leidenschaft, Eifersucht – alles loderte in ihr. Ihre Arme zu beiden Seiten zu einem günstig stehenden Baum ausgestreckt, mit klopfendem Herzen und mit wie in Fieberwahn rasendem Puls beobachtete sie die beiden auf der anderen Seite des an der Straße gelegenen Angers. Harriet ging in die eine Richtung, er in die andere, in die Richtung des Hauses von Mrs. Lease. Ohne Zweifel um sie – Maria – zur Kirche abzuholen, und zwar mit einer Reihe einleuchtender Entschuldigungen, warum er aufgehalten worden war. Bis jetzt hatte sie keinen Beweis für seine Falschheit gehabt, hatte auch nie wirklich daran geglaubt.

Sie löste ihren Arm von den Bäumen und ging weiter, während sich ein scharfer, verzagter Schrei der Verzweiflung durch die Nachtluft bohrte. Maria Lease war eines jener Mädchen von schweigender Natur, das von einem Übel wie diesem niemals sprechen kann. Sie mußte es in sich vergraben, tief in ihrem Innern, dem Auge verborgen; und mit ihrem üblichen ruhigen Schritt begab sie sich in die Kirche. Harriet Roe folgte gesittet mit

Miss Timmens, als hätte sie den Schülern bei ihnen zu Hause Gute-Nacht-Lieder vorgesungen. Daniel Ferrar ging nicht in die Kirche: Er war, wie sich später herausstellte, bei Mrs. Lease.

Maria hätte genauso gut zu Hause bleiben können, statt in die Kirche zu gehen – vielleicht wäre dies das beste gewesen. Keine Silbe des Gottesdienstes nahm sie wahr, ihr Gehirn war ein Meer der Verwirrung, während sich die Unruhe darin immer mehr verstärkte. Sie hörte nicht einmal den Text, »Schweig und verstumme«, oder die Predigt, die beide auf so einzigartige Weise zutrafen. Die Leidenschaft im Innern des Menschen, sagte der Prediger, wüte und schäume wie die zornigen Wellen des Meeres im Sturm, bis Jesus käme, um sie zu beruhigen.

Am Ende des Gottesdienstes rannte ich hinter Maria her und erfüllte mein Versprechen, der alten Mutter Lease meinen Besuch abzustatten. Daniel Ferrar saß im Salon. Er erhob sich und bot Maria einen Stuhl beim Feuer an, doch sie stellte sich, ihren Rücken ihm zugewandt, an den Tisch unter dem Fenster, während sie ihre Handschuhe auszog. Vor Mrs. Lease lag eine offene Bibel. Ich fragte mich, ob sie Daniel daraus vorgelesen hatte.

»Wie lautete der Text, mein Kind?« fragte die alte Dame.

Keine Antwort.

»Hörst du, Maria! Wie lautete der Text?«

Daraufhin drehte sich Maria um, als sei sie plötzlich erwacht. Ihr Gesicht war weiß, ihre Augen bargen einen unsicheren Schrecken in sich.

»Der Text?« stammelte sie. »Ich … ich habe ihn vergessen, Mutter. Er stammte aus dem 1. Buch Mose, glaube ich.«

»Stimmt das, Master Johnny?«

»Er stammte aus dem vierten Kapitel des Evangeliums nach Markus, ›Schweig und verstumme‹.«

Mrs. Lease blickte mich an. »Wie das? Genau in diesem Kapitel habe ich gelesen. Nun, das ist seltsam. Doch in der Bibel läßt sich nichts Besseres finden, und kein besserer Text wurde ihr je entnommen als diese drei Worte. Ich habe Daniel gerade erzählt, Master Johnny, daß, wenn dieser Friede, der Friede Jesu, in ein Herz dringt, uns der Sturm kaum schaden kann. Und Ihr geht morgen wieder fort, Sir?« fragte sie nach kurzer Pause. »Es war ein kurzer Aufenthalt, nicht wahr?«

Ich wollte am darauffolgenden Tag nicht abreisen. Tod und ich hatten den Gutsherrn in einem passenden Moment nach dem Mittagessen abgepaßt und ihn gedrängt, uns noch bis Dienstag bei sich zu behalten. Tod hatte als Argument vorgebracht, daß es falsch sei, an Allerheiligen zu reisen, wenn der Pastor uns in besonderer Weise eingeladen hätte, dem Gottesdienst beizuwohnen. Der Gutsherr hatte gemeint, wir seien zwei hinterhältige Schurken, und wenn wir bleiben dürften, dann nur unter der Bedingung, daß wir tatsächlich in die Kirche gingen. Dies berichtete ich ihnen.

»Er kann Euch dennoch fortschicken, Sir, wenn es Morgen wird«, bemerkte Daniel Ferrar.

»Da ich Mr. Todhetley genauso gut kenne wie Ihr, Ferrar, erinnert Ihr Euch vielleicht daran, daß er nie ein Versprechen bricht.«

Daniel lachte. »Allerdings hegt er deswegen immer einen Groll, Master Johnny.«

»Nun, vielleicht grollt er, weil wir noch bleiben; nennen wir es eine Verschwendung von Zeit, die er in seinem Arbeitszimmer verbringen könnte, doch vor Dienstag wird er uns nicht zurückschicken.«

Bis Dienstag! Hätte ich vorausgesehen, was bis Dienstag geschehen würde! Wenn alle dies hätten voraussehen können! Die wenigen Stunden zwischen jetzt und dem gleich Geschilderten wie in einem Spiegel voraussehen, einen Vorfall nach dem anderen! Hätte es das Unheil, die furchtbare Sünde abgewehrt, die nie wieder gut zu machen ist? Aber ja, sicher hätte es dies. Daniel Ferrar drehte sich um und blickte Maria an.

»Warum kommst du nicht ans Feuer?«

»Mir geht es hier recht gut, danke.«

Sie hatte sich dort niedergelassen, wo sie gestanden hatte, und mit ihrer Haube berührte sie den Vorhang. Mrs. Lease, die nicht bemerkte, daß etwas nicht stimmte, sprach über Lena, deren Krankheit zu einem leichten Fieber wurde, als die Haustür geöffnet wurde und Harriet Roe eintrat.

»Was für ein herrlicher Abend!« sagte sie und nahm sich ohne Aufforderung den Stuhl, auf den ich mich nicht gesetzt hatte, da ich immer wieder betonte, ich müsse gehen. »Maria, was war mit dir nach der Kirche los? Ich habe überall nach dir gesucht.«

Maria gab keine Antwort. Finster und zornig blickte sie drein, und ihr Busen hob und senkte sich wie ein aufbrausender Sturm. Harriet Roe lachte leise.

»Habt Ihr vor, den morgigen Tag frei zu nehmen, Mrs. Lease?«

»Ich und einen freien Tag! Was ist morgen, damit man frei nehmen könnte?« erwiderte Mrs. Lease.

»Aber ich werde das tun«, fuhr Harriet fort, ohne die Frage zu beantworten. »In Frankreich habe ich das immer getan. Allerheiligen ist dort der große Feiertag; wir gehen in unseren besten Kleidern in die Kirche und machen anschließend Besuche. Darauf folgt, wie ein dunkler Schatten, der bedrückende Jour des Morts.«

»Der was?« rief Mrs. Lease, ihre Hand hinter ihr Ohr haltend.

»Der Tag der Toten. Allerseelen. Aber ihr Engländer geht nicht auf die Friedhöfe zum Beten.«

Mrs. Lease setzte ihre Brille auf, die auf den aufgeschlagenen Seiten der Bibel lag, und blickte Harriet an. Vielleicht dachte sie, dank der Brille besser verstehen zu können. Das Mädchen lachte.

»An Allerseelen, ganz gleich, ob es trocken oder naß ist, sind die französischen Friedhöfe voll kniender, in Schwarz gehüllter Frauen; sie beten für die Ruhe ihrer Verwandten nach dem Brauch der römisch-katholischen Kirche.«

Daniel Ferrar, der seit ihrem Eintreffen kein Wort gesprochen hatte, sondern mit seinem Gesicht dem Feuer zugewandt saß, drehte sich zu ihr um, woraufhin sie ihren Kopf und ihre rosa Bänder zurückwarf und lächelte, bis all ihre Zähne zu sehen waren. Gute Zähne waren das. Was die Ehrerbietung anging, so war in ihrem Ton nichts davon zu merken. »Ich habe sie knien gesehen, als der Schlamm und das Wasser knöchelhoch standen. Habt ihr jemals einen Geist gesehen?« fragte sie forsch. »Die Franzosen glauben, daß die Geister der Toten in der Nacht auf Allerheiligen ins Diesseits kommen. Man trifft kaum eine Französin, die nach der Dämmerung ihr Haus verläßt. Dies ist ihr wichtigster Aberglaube.«

»*Worin* besteht der Aberglaube?« fragte Mrs. Lease.

»Nun, *darin*«, antwortete Harriet. »Sie glauben, daß die Toten nach der Dämmerung am Vorabend zu Allerseelen die Erde noch einmal besuchen dürfen, daß sie in der Luft schweben und darauf warten, irgendeinem ihrer lebenden Verwandten zu erscheinen, der sich hinaus wagt, damit sie nicht vergessen, am darauffolgenden Tag für den Rest ihrer Seelen zu beten.«*

»Nun, das werde ich nie glauben!« rief Mrs. Lease mit übertriebenem Blick. »Habt Ihr jemals von etwas Derartigem gehört, Sir?« fragte sie mich.

»Ja, ich habe davon gehört.«

Harriet Roe sah zu mir herauf; ich stand an der Ecke des Kamins. Sie lachte frei heraus.

---

* Ein Aberglaube, der bei einigen der geringeren Orden in Frankreich zu finden ist.

»Würde es nicht Spaß machen, morgen abend hinauszugehen und mit den Geistern zusammentzutreffen? Aber vielleicht besuchen sie dieses Land nicht, da es nicht Rom untersteht.«

»Nun benimm dich aber vor den Herrschaften, Harriet Roe«, warf Mrs. Lease mit scharfer Stimme ein. »Dieser Herr ist der junge Mr. Ludlow von Crabb Cot.«

»Da bin ich aber sehr erfreut, die Bekanntschaft des jungen Mr. Ludlow zu machen«, erwiderte Harriet kurzerhand und schob schnell ihren Mantel nach hinten von ihren Schultern. »Wie warm es in Eurem Salon ist, Mrs. Lease.«

Der Haken ihres Umhangs hatte sich in einer dünnen Kette aus gedrehtem Gold verfangen, die sie um ihren Hals trug und die nun sichtbar wurde. Eilig schloß sie den Mantel wieder, als wollte sie die Kette verbergen. Doch Mrs. Lease hatte sie durch ihre Brille bereits erspäht.

»Was hast du dort um, Harriet? Eine Goldkette?«

Nach einem Moment der Pause warf Harriet ihren Mantel mit trotzigem Gesicht wieder nach hinten und berührte die Kette mit ihrer Hand.

»Genau das, Mrs. Lease, eine Goldkette. Und eine sehr hübsche obendrein.«

»Gehörte sie deiner Mutter?«

»Sie gehörte nie jemand anderem, nur mir. Ich erhielt sie an diesem Abend zum Geschenk; als Andenken.«

Zufällig blickte ich zu Maria und war überrascht von ihrem Gesicht. Es war so weiß und dunkel: weiß vor Erregung, dunkel vor zorniger Verzweiflung, die ich für meinen Teil nicht verstand. Harriet Roe, die ihr einen frechen Blick zuwarf, verließ uns mit der gleichen mangelnden Förmlichkeit, die sie bei ihrem Eintreten an den Tag gelegt hatte, und rief nur ein allgemeines »Gute Nacht« nach hinten; ihre Schritte verhallten in der Ferne. Daniel Ferrar erhob sich.

»Auch ich werde meinen Abschied nehmen, denke ich. Du bist heute nicht gerade gesellig, Maria.«

»Vielleicht bin ich das nicht. Vielleicht habe ich einen Grund dazu.«

Sie verschmähte seine Hand, als er sie ihr reichte; doch im nächsten Moment, als wäre ihr ein Gedanke durch den Kopf geschossen, rannte sie ihm in den Flur hinterher, um mit ihm zu sprechen. Ich, der ich in dem kleinen Zimmer neben der Tür stand, schnappte die Worte auf.

»Ich brauche eine Erklärung von dir, Daniel Ferrar. Jetzt. Heute abend. So können wir keine Stunde länger fortfahren.«

»Heute abend nicht, Maria; ich habe keine Zeit. Und ich weiß auch nicht, was du meinst.«

»Du weißt es. Hör zu. Ich will nicht eher zur Ruhe kommen, nein, auch wenn es zwanzig Nächte dauern sollte, bis wir uns ausgesprochen haben. Ich schwöre, ich werde nicht eher ruhen. So. Du spielst mit mir. Andere behaupten dies seit langem, doch jetzt weiß ich es.«

Er schien sie mit seinen Worten zu beruhigen, da er mit leiser und besänftigender Stimme sprach; dann ging er hinaus und schloß die Tür hinter sich. Maria kam zurück und hielt ihr totenblasses Gesicht von uns abgewandt. Die alte Mutter bemerkte immer noch nichts.

»Warum ziehst du deine Sachen nicht aus, Maria?« fragte sie.

»Sogleich«, antwortete Maria.

Ich meinerseits wünschte eine gute Nacht und ging fort. Auf halbem Wege nach Hause traf ich Tod mit den beiden jungen Lexoms. Die Lexoms baten uns einzutreten und zum Abendessen zu bleiben, und es wurde zehn Uhr, bis wir sie wieder verließen.

»Wir werden es noch schaffen«, sagte Tod, der loseilte. Wir durften Sonntag abend wegen der Lesung noch nie lange draußen bleiben.

Doch diesmal kamen wir ungeschoren davon, da das Haus wegen Lena in Aufregung war. Am Abend war es ihr besser ergangen, doch um neun Uhr war das Fieber höher als sonst gestiegen. Ihre kleinen Wangen und Lippen waren scharlachrot, als sie dort auf dem Bett lag, ihre weit geöffneten Augen glühten und leuchteten. Der Gutsherr war oben, um nach ihr zu sehen: Er brauste und war in seiner üblichen Manier erregt.

»Der Doktor hat die Medizin nicht geschickt«, sagte die geduldige Mrs. Todhetley, die ganz erschöpft von der Pflege gewesen sein mußte. »Sie sollte sie nehmen; dessen bin ich mir sicher.«

»Die Jungs könnten schnell zu Cole hinüberlaufen«, rief der Gutsherr. »Es wird ihnen nichts schaden, es ist eine herrliche Nacht.«

Natürlich konnten wir. Wir schnappten uns unsere Mützen mit dem Auftrag, Mr. Cole anzuweisen, am nächsten Morgen als allererstes herüberzukommen.

»Ist es dir wichtig, daß ich mitkomme, Johnny?« fragte Tod, als wir uns der Tür zuwandten. »Ich bin furchtbar müde.«

»Kein bißchen. Ich bin alleine genauso schnell. Du wirst mich in einer halben Stunde wiedersehen.«

Ich nahm den nächsten Weg und rannte zum Schrecken der Hasen im Galopp über die Felder. Mr. Cole wohnte in der Nähe von South Crabb, und ich glaube nicht, daß mehr als zehn Minuten vergangen waren, als ich an seiner Tür klopfte. Doch genauso schnell zurückzukehren war eine andere Geschichte. Der Doktor war nicht zu Hause. Er war um acht Uhr zu einem Patienten gerufen worden und noch nicht wieder zurück.

Ich trat ein, um zu warten. Die Magd sagte, er werde jede Minute zurückerwartet. Es machte keinen Sinn, ohne die Medizin fortzugehen, also setzte ich mich vor das Regal und schlief ein, während ich die weißen Gefäße und Medizinflaschen zählte. Ich erwachte, als der Doktor eintrat. »Es tut mir leid, daß Ihr herüberkamt und warten mußtet«, sagte er. »Nachdem ich mit meinem anderen Patienten, bei dem ich beträchtliche Zeit festgehalten wurde, fertig war, ging ich mit der Medizin, die ich in der Tasche bei mir trug, nach Crabb Cot hinüber.«

»Sie glauben, sie sei heute abend sehr krank, Sir.«

»Sie fühlte sich besser, als ich ging, und sie wird ruhig schlafen. Es wird ihr bald wieder gut gehen, hoffe ich.«

»Was! So spät ist es schon?« rief ich, als ich die Uhr erblickte, während ich durch die Eingangshalle ging. Es war fast zwölf. Mr. Cole lachte und meinte, beim Schlafen verstreiche die Zeit sehr schnell.

Langsam ging ich zurück. Der Schlaf, oder der Spurt zuvor, bereiteten mir eine Müdigkeit, wie Tod sie gespürt haben mußte. Es war eine Nacht, die man genießen konnte und die man gerne im Freien verbrachte: ruhig, warm und hell. Der Mond weit oben am Himmel erleuchtete jeden Grashalm, funkelte auf dem Wasser des Flüßchens, brachte das Moos an den grauen Mauern der alten Kirche zum Vorschein und spielte an der runden Uhr, die schließlich zwölf schlug. Zwölf Uhr in der Nacht in North Crabb entspricht ungefähr drei Uhr am Morgen in London, da die Menschen auf dem Lande zumeist schon um zehn im Bett liegen und schlafen. Deshalb blieb ich stehen und mißtraute meinen Ohren, als, nachdem der letzte Glockenschlag verhallt war, sich laute und zornige Stimmen zu einem Streit erhoben.

Ich war schon nahe an unserem Haus. Die Stimmen drangen hinter einem Gebäude hervor, das allein an einem einsamen Platz links der Straße stand. Es gehörte dem Gutsherrn und wurde die Gelbe Scheune genannt, da die Mauern mit gelber Tünche überzogen waren; doch eigentlich diente es als Lager für Getreide. Ich ging gerade daran vorbei, als die Stimmen laut wurden. Ich rannte um das Gebäude herum und sah – Maria Lease und etwas anderes, das ich zuerst nicht erkennen konnte. In dem Bestreben, ihren Schwur zu erfüllen und nicht eher zu ruhen, bis sie sich »ausgesprochen« hätten, war Maria hinausgegangen, um ihn zu suchen. Welches böse Schicksal hatte sie dazu gebracht, in der Nähe unserer Scheune nach ihm Ausschau zu halten? Vielleicht weil sie bereits jeden anderen Ort ergebnislos durchsucht hatte.

An der Rückseite der Scheune, ein paar Stufen hinauf, gab es eine unbenutzte Tür. Unbenutzt, weil sie wegen des Eingangs an der Vorderseite nicht nötig war; aber auch, weil der Schlüssel seit langer Zeit vermißt wurde. Sich durch diese Tür mit einem Beutel Getreide über seiner Schulter herausschleichend, war Daniel Ferrar in einem Fuhrmannskittel herausgekommen. Maria hatte ihn gesehen und war in den Schatten getreten; sie hatte ihn beobachtet, wie er die Tür geschlossen und den Schlüssel in seine Tasche gesteckt und wie er den schweren Beutel mit einem Ruck zurechtgerückt hatte, als er sich umdrehte und herunterkommen wollte. Dann war sie hervorgestürmt. Ihre lauten Vorwürfe hatten ihn erstarren lassen, und er war stehengeblieben, als hätte er sich zu Stein gewandelt. In diesem Moment war ich erschienen. Sogleich hatte ich alles verstanden; ich bedurfte nicht Marias Worte, um mir Klarheit zu verschaffen. Daniel Ferrar besaß den verlorenen Schlüssel und konnte nach Belieben zu mitternächtlicher Stunde, wenn die Welt schlief, ein und aus gehen und sich an dem Getreide bedienen. Kein Wunder, daß sein Federvieh gedieh; kein Wunder, daß es in Crabb Cot Gerüchte über das Verschwinden des guten Korns gab.

In diesen ersten Augenblicken war Maria Lease eindeutig des Wahnsinns. Stehlen wird in einem ehrenwerten Dorf als etwas Furchtbares angesehen; als eine Schande, ein Verbrechen; hinzu kam das Elend, das sich zuvor am Abend zugetragen hatte. Daniel Ferrar war ein Dieb! Daniel Ferrar war ihr gegenüber unaufrichtig! Ihre Verwirrung setzte einen Sturm aus Worten und Vorwürfen frei, die sich alle ziemlich ähnelten: »Von Diebstahl leben!

Ein überführter Schwerverbrecher! Lebenslängliche Deportation! Das Getreide des Squire Todhetley! Das Federvieh mit gestohlenem Gut fett werden lassen! Mit dem Gewinn Goldketten kaufen für dieses dreiste, umherstolzierende französische Mädchen, diese Harriet Roe! Heimliche Spaziergänge mit ihr unternehmen!«

Mein Auftreten beendete den Angriff. Es entstand eine Pause; und dann klagte Maria in ihrer wahnsinnigen Leidenschaft ihn vor mir, als Vertreter des Gutsherrn (so drückte sie sich aus), an – ihn, der in unser Gebäude eingebrochen war! Den Dieb unseres gelagerten Getreides!

Daniel Ferrar kam die Treppe herunter; unbeweglich wie eine Statue war er dort oben stehen geblieben, sein weißes Gesicht mir zugewandt; kein Wort der Verteidigung kam über seine Lippen: der Sturm hatte ihn niedergeschmettert. Er war ein stolzer Mann (falls das jemand verstehen mag), und bei dieser Missetat ertappt zu werden war für ihn schlimmer als der Tod.

»Denkt von mir nicht so streng, wenn Ihr es vermeiden könnt, Master Johnny«, sagte er mit ruhiger Stimme. »Schon eine ganze Weile bin ich meines Lebens nicht mehr froh.«

Nachdem er den Beutel mit Getreide nahe der Stufen niedergelegt hatte, zog er den Schlüssel aus seiner Tasche und reichte ihn mir. Die Erscheinung des Mannes hatte sich stark verändert; er wirkte auf bedauerliche Weise gebändigt und traurig, so daß ich Mitleid für ihn empfand, als sei er nicht schuldig. Maria Lease fuhr in ihrer brennenden Leidenschaft fort.

»Morgen wirst du deines Lebens noch weniger froh sein, wenn dich die Polizei ins Gefängnis von Worcester bringt. Squire Todhetley wird dich nicht verschonen, auch wenn dein Vater sein langjähriger Verwalter war. Du weißt, daß er es nicht könnte, selbst wenn er wollte; Master Ludlow hat dich auf frischer Tat ertappt.«

»Gebt mir den Schlüssel für einen Moment zurück, Sir«, bat er so ruhig, als hätte er kein Wort gehört. Also gab ich ihn zurück. Ich bin nicht sicher, aber ich hätte ihm meinen Kopf gegeben, hätte er danach gefragt.

Er warf sich den Beutel über die Schulter, öffnete die Tür zur Kornkammer und stellte ihn neben die anderen Säcke. Der Beutel war sein eigener, wie wir hinterher herausfanden, doch er ließ ihn dort. Nachdem er die Tür wieder verschlossen hatte, reichte er mir den Schlüssel und entfernte sich müden Schrittes.

»Auf Wiedersehen, Master Johnny.«

Ich antwortete mit einem höflichen »Gute Nacht«, obwohl er gestohlen hatte. Als er außer Sichtweite war, jagte Maria Lease, immer noch voller Leidenschaft, in Richtung des Häuschens ihrer Mutter, während ein seltsamer Schrei der Verzweiflung zwischen ihren Lippen hervorbrach.

»Wo habt Ihr euch herumgetrieben, Johnny?« wütete der Squire, der wegen mir aufgeblieben war. »Ihr habt Steine nach den Eulen geworfen, jawohl, das habt Ihr getan; Ihr seid den Hasen hinterhergejagt.«

Ich erklärte, ich hätte auf Mr. Cole gewartet und sei auf dem Rückweg langsamer gegangen als auf dem Hinweg; doch mehr sagte ich nicht und begab mich sogleich hinauf auf mein Zimmer. Auch der Gutsherr zog sich zurück.

Ich weiß, daß ich ein Dummkopf bin; man hat es mir oft gesagt; doch ich kann nichts dafür, ich habe mich nicht selbst erschaffen. Fast bis zum Morgengrauen lag ich wach, wünschte, Daniel Ferrar könnte verschont werden, bis ich dachte, die Sache könnte sich auch von selbst erledigen. Würde er sich die Lektion nur zu Herzen nehmen und sein Leben direkt auf die Zukunft ausrichten, welches Kapital stünde ihm zur Verfügung? Wir hatten den alten Ferrar gemocht; er hatte mir und Tod viele gute Dienste erwiesen; und deshalb mochten wir Daniel. Also sagte ich kein Wort, als der Morgen auf die Arbeit der vergangenen Nacht folgte.

»Ist Daniel zu Hause?« fragte ich, als ich noch vor dem Frühstück zu den Ferrars ging. Ich hatte vor, ihm zu sagen, daß ich die Sache für mich behalten wolle, sofern er sich zurückhalten würde.

»Er verließ das Haus bei Morgengrauen, Sir«, antwortete die alte Frau, die ihm diente und sein Federvieh auf dem Markt verkaufte. »Er wird gleich zurück sein; wir hatten noch kein Frühstück.«

»Dann sag ihm, wenn er kommt, er solle auf mich warten. Sag ihm, es sei alles in Ordnung. Erinnerst du dich daran, Goody? ›Es ist alles in Ordnung.‹«

»Ich werde mich daran erinnern, seid dessen gewiß, Master Ludlow.«

Tod und ich, unserer Ehre verpflichtet, gingen in die Kirche und fanden etwa zehn Personen in den Bänken vor. Harriet Roe mit ihren rosa Bändern war eine davon; die gedrehte Goldkette hing unverhüllt über einer kurzgeschnittenen Samtjacke.

»Nein, Sir, er ist bis jetzt nicht nach Hause gekommen. Ich kann mir nicht denken, wo er hingegangen sein mag«, war die Antwort der alten Goody, als ich wieder zu den Ferrars ging. Deswegen schrieb ich ihm eine Nachricht mit Bleistift und trug ihr auf, sie ihm zu geben, sobald er nach Hause käme, da ich nicht jede Stunde des Tages dort auftauchen konnte.

Nach dem Mittagessen schlenderte ich an der Rückseite des Schuppens entlang; ich nehme an, es war eine gewisse Erinnerung, die mich dorthin führte, da es kein häufig besuchter Ort war. Ich sah Maria Lease auf mich zukommen.

Nun, welche Veränderung! Die leidenschaftliche Frau der vergangenen Nacht war einem armen, wild dreinschauenden, von Leid geplagten Ding gewichen, bereit, aus Kummer zu sterben.

Die übermäßige Leidenschaft zeigte ihre üblichen Folgen; eine Reaktion: eine Reaktion zugunsten von Daniel Ferrar. Sie trat zu mir heran, ihre Hände in heftiger Qual ineinander verschränkt – sie flehte mich an, ich möge ihn verschonen; ich möge nichts von ihm erzählen; ich möge ihm eine Chance für die Zukunft geben. Und ihre Lippen bebten und zitterten, und um ihre hohlen Augen zeigten sich dunkle Ringe.

Ich sagte, ich hätte nichts verraten und hätte dies auch nicht vor, woraufhin sie auf ihre Knie fiel, doch ich wich zurück.

»Wißt Ihr, wo er ist?« fragte ich, als sie wieder bei Sinnen war.

»Oh, ich wünschte, ich wüßte es! Master Johnny, er ist genau der Mensch, der etwas aus Verzweiflung tut. Er würde sich nie einer Schande preisgeben. Was für ein verrücktes, hartherziges, boshaftes Mädchen ich war, das zu tun, was ich letzte Nacht getan habe. Er könnte fortlaufen, um zur See zu fahren; er könnte sich zum Militärdienst melden.«

»Ich wage zu behaupten, er ist schon zu Hause. Ich habe ihm eine Nachricht hinterlassen und versprochen, ihn noch heute abend zu besuchen. Wenn er sich dafür verbürgt, keine falschen Dinge mehr zu tun, wird niemand etwas von mir erfahren.«

Leichteren Herzens zog sie fort, und ich bummelte Richtung South Crabb. Erpicht, wie Tod und ich auf den Ferientag gewesen waren, schien er sich doch nicht als Segen zu erweisen. Während ich nach Hause ging – es gab nichts, weswegen es sich lohnte, draußen zu bleiben –, kam ich an den dreieckigen Hain, an dem ich Maria gesehen hatte, als mich ein Polizist auf einem Pferd im Galopp überholte. Mein Herz blieb stehen, dachte ich doch, er sei hinter Daniel Ferrar her.

»Könnt Ihr mir sagen, ob ich in der Nähe von Crabb Cot bin – dem Besitz des Squire Todhetley?« fragte er, sein Pferd mit dem Zügel bremsend.

»Ihr habt es in einer oder zwei Minuten erreicht. Ich wohne

dort. Squire Todhetley ist nicht zu Hause. Was wünscht Ihr von ihm?«

»Ich muß ihm lediglich ein offizielles Schreiben überreichen, Sir. Jedem Friedensrichter der Grafschaft muß ich eines persönlich übergeben.«

Er ritt weiter. Als ich ins Haus trat, sah ich ein gefaltetes Blatt Papier auf dem Tisch in der Eingangshalle; der Mann und das Pferd waren bereits weitergezogen. Drinnen war es schlimmer als draußen; es gab noch weniger zu tun. Tod war nach der Kirche verschwunden; der Squire war ausgegangen; Mrs. Todhetley saß oben bei Lena; also schlenderte ich wieder nach draußen. Es war erst drei Uhr.

Eine Stunde oder mehr waren irgendwie verstrichen: Ich hatte den einen getroffen, mit einem anderen geredet, Steine nach den Enten und Gänsen geworfen, alles mögliche getan. Mrs. Lease streckte ihren, in einen gelben Schal eingewickelten Kopf über den Lattenzaun, als ich an ihrer Hütte vorbeikam.

»Erkältet Euch nicht, Mutter.«

»Ich halte nach Maria Ausschau, Sir. Ich kann mir nicht denken, was ihr heute widerfahren ist, Master Johnny«, fügte sie mit vertraulich gesenkter Stimme hinzu. »Das Mädchen scheint wahnsinnig zu sein: Seit dem Tagesanbruch geht sie ein und aus wie ein Hund auf dem Rummelplatz.«

»Wenn ich ihr begegne, schicke ich sie nach Hause.«

Und in der nächsten Minute traf ich sie, da sie aus Daniel Ferrars Hof trat. Ich nahm an, er war wieder zu Hause.

»Nein«, sagte sie, die noch wilder, erschöpfter und abgehärmter aussah als zuvor. »Deswegen war ich hier, um zu fragen. Ich bin ganz von Sinnen, Sir. Er ist mit Sicherheit verschwunden. Verschwunden!«

Das glaubte ich nicht. Es war nicht wahrscheinlich, daß er ohne Kleidung verschwinden würde.

»Nun, ich weiß, daß es so ist, Master Johnny; irgend etwas sagt es mir. Ich war schon überall gewesen. Ich spüre eine große Furcht, Sir; niemals zuvor habe ich dergleichen gespürt.«

»Wartet bis zum Abend, Maria; ich denke, dann wird er nach Hause kommen. Eure Mutter sucht nach Euch; ich sagte ihr, ich würde Euch nach Hause schicken, sobald ich Euch sehe.«

Mechanisch wandte sie sich der Hütte zu und ging weiter. Kurz darauf, als ich auf einem Gatter saß und den Sonnenuntergang beobachtete, kam Harriet Roe auf den mit Weiden gesäumten Weg daher und nickte mir in ihrer forschen, aber freundlichen Art zu. »Werdet Ihr heute abend nach den Geistern Ausschau halten?« fragte ich, wünschte aber gleich darauf, nicht gefragt zu haben. »Es wird bald dunkel.«

»Das wird es«, erwiderte sie, ihr Gesicht dem roten Himmel zugewandt. »Doch heute abend habe ich für die Geister keine Zeit.«

»Habt Ihr Ferrar heute gesehen?« rief ich, als es mir in den Sinn kam.

»Nein. Und ich kann mir nicht denken, wo er hingegangen sein mag; es sei denn, er hat sich auf den Weg nach Worcester gemacht. Er sagte mir, er müsse irgendwann diese Woche dorthin.«

Offenbar wußte sie nichts über ihn und zog mit einem weiteren zwanglosen Nicken von dannen. Ich saß auf dem Gatter, bis die Sonne untergegangen war, und dachte schließlich, es sei Zeit für den Heimweg. Nahe der gelben Scheune, dem Schauplatz des Ärgers der vorangegangenen Nacht, hätte ich wem sonst begegnen sollen als Maria Lease. Bewegungslos stand sie dort, drehte sich aber bei dem Klang meiner Schritte schnell um. Ihr Gesicht leuchtete wieder, zeigte jedoch einen verwirrten Ausdruck.

»Ich habe ihn gerade gesehen; er ist nicht abgehauen«, flüsterte sie fröhlich. »Ihr hattet recht, Master Johnny, und ich hatte unrecht.«

»Wo habt Ihr ihn gesehen?«

»Hier; es ist keine Minute her. Ich sah ihn zweimal. Er ist wütend, sehr sogar, und läßt mich nicht mit sich sprechen; beide Male verschwand er, bevor ich ihn erreichen konnte. Er ist hier ganz in der Nähe.«

Natürlich blickte ich mich um, doch Ferrar war nirgendwo zu sehen. Es gab nichts außer der Scheune, wo er sich hätte verbergen können, und diese war verschlossen. Sie gab mir folgende Schilderung – und während sie berichtete, legte sich erneut ein verwirrter Ausdruck auf ihr Gesicht:

Unfähig, im Hause zu bleiben, sei sie wieder hier herauf gekommen und habe an der Ecke der Scheune Ferrar gesehen, der sie scharf angeblickt habe. Sie habe gedacht, er habe auf sie gewartet, doch bevor sie näher gekommen sei, sei er verschwunden, und sie habe nicht gesehen, in welche Richtung. Sie sei an der Vorderseite der Scheune vorbeigeeilt und um die Hinterseite herumgerannt, und dort sei er wieder gewesen. Er habe nahe der Treppe gestanden und nach ihr Ausschau gehalten, habe offenbar wieder auf sie gewartet und sie mit dem gleichen starren Blick angeschaut. Doch wieder habe sie ihn verpaßt, bevor sie ihm nahe kommen konnte. In dem Moment sei ich eingetroffen.

Ich schritt um die gesamte Scheune herum, doch von Ferrar keine Spur. Es war äußerst ungewöhnlich, da es nichts gab, wohin er hätte verschwinden können. In der Scheune konnte er nicht sein: Diese war sicher verschlossen; und im offenen Land war von ihm ebenfalls nichts zu sehen.

Es herrschte sozusagen noch helles Tageslicht, oder zumindest war es nicht weit davon entfernt; im Westen strahlte noch das rote Licht. Jenseits des Feldes an der Rückseite der Scheune lag ein Hain in der Form eines Dreiecks; und dieser Hain wurde gesäumt vom Crabb Ravine, der zur Rechten und zur Linken vorbeifloß. Vom Crabb Ravine sagt man, es spuke dort, denn manchmal des Nachts wurde beobachtet, wie ein Licht an den steilen Ufern hin und her huschte, für das niemand eine Erklärung fand. Ein lebhafter Ort jedenfalls für jene, denen die Dunkelheit zusagte.

»Seid Ihr sicher, daß es Ferrar war, Maria?«

»Sicher!« erwiderte sie überrascht. »Ihr glaubt doch nicht, ich hätte ihn verwechseln können, Master Johnny, oder? Er trug diese häßliche Wintermütze aus Seehundfell, die er sich über die Ohren gebunden hatte, und seinen dicken grauen Mantel. Den Mantel hatte er bis oben hin zugeknöpft. Seit letztem Winter hatte ich nicht mehr gesehen, daß er eins von beiden getragen hätte.«

Daß Ferrar sich irgendwo versteckt haben mußte, schien ziemlich offensichtlich; und dennoch gab es nichts außer der Erde, die ihn hätte aufnehmen können. Maria sagte, das letzte Mal hätte sie ihn ganz plötzlich aus den Augen verloren; eigentlich beide Male; und es war absolut unmöglich, daß er in das Dreieck oder sonst wohin verschwunden sein könnte.

Denn sonst hätte auch ich ihn sehen müssen.

Insgesamt waren seit meinem Eintreffen keine zwei Minuten vergangen, obwohl es in der Erzählung so scheint, als ob mehr Zeit verstrichen wäre, als sich Stimmen aus der Richtung von Crabb Cot näherten, bevor wir weitersuchen konnten. Maria, die keinen Wert darauf legte, gesehen zu werden, eilte fort. Ich war immer noch verwirrt wegen Ferrars Versteck, als sie mich erreichten – der Gutsherr, Tod und zwei oder drei andere Männer. Tod trat langsam, mit finsterem und ernstem Gesicht, auf mich zu.

»Ich muß schon sagen, Johnny. Was ist das nur für eine bestürzende Angelegenheit.«

Ich hatte nichts gehört. Ich wußte nicht, was es zu hören gab.

»Daniel Ferrar ist tot, Mensch«, flüsterte mir Tod zu.

»*Was?*«

»Er hat sich das Leben genommen. Vor nicht einmal einer halben Stunde. In dem Hain erhängt.«

Mir wurde übel, als ich eins zum anderen fügte und diese Erzählung mit der anderen verglich; dies, so glaubt ihr sicher, würde nur ein Dummkopf tun.

Ferrar war tatsächlich tot. Er hatte sich den ganzen Tag in dem dreieckigen Hain versteckt, vielleicht auf die Nacht gewartet, um zu entkommen – vielleicht nur auf die Nacht gewartet, um wieder nach Hause zu gehen. Wer kann dies sagen? Etwa um halb drei war Luke Macintosh, ein Mann, der zuweilen für uns, zuweilen für den alten Coney arbeitet, durch den Hain gegangen, hatte ihn dort gesehen und mit ihm gesprochen. Derselbe Mann, der kurz vor Sonnenuntergang wieder dort vorbeigekommen war, hatte ihn gefunden, an einem Baum aufgehängt und tot. Macintosh war mit der Nachricht nach Crabb Cot gerannt, und nun strömten sie in Scharen zum Schauplatz. Als die näheren Umstände untersucht wurden, erschien es nur um so offensichtlicher, daß Ferrar, durch das unglückliche Erscheinen des berittenen Polizisten erschreckt, zu der Tat verleitet worden war; vielleicht – so hofften wir alle! – hatte er vor Angst seinen Verstand verloren. Man kann die Angelegenheit betrachten wie man will, auf jeden Fall war sie furchtbar.

Doch was war mit der Erscheinung, die Maria gesehen hatte? Zu der Zeit war Ferrar bereits mindestens eine halbe Stunde tot gewesen. War es Wirklichkeit oder Wahn? Heißt das (wie es der Gutsherr ausdrückte), daß ihre Augen einen wirklichen, geisterhaften Daniel Ferrar gesehen hatten, oder waren sie von einer Vorstellung des Gehirns getäuscht worden? Die Meinungen darüber waren geteilt. Doch nichts kann Marias festen Glauben an seine Wirklichkeit erschüttern; für sie bleibt es eine furchtbare Gewißheit, so wahr und sicher wie der Himmel.

Wenn ich sage, daß auch ich daran glaube, mag man mich einen

Dummkopf, auch einen doppelten, nennen. Doch es gibt keinen Stolperstein, der schwierig zu überwinden wäre. Ferrar trug, als er gefunden wurde, die über seine Ohren gebundene Mütze aus Seehundfell und den dicken, grauen, bis oben hin zugeknöpften Mantel, genauso, wie Maria Lease es mir geschildert hatte; und er hatte die Sachen seit dem vorangegangenen Winter nicht mehr getragen und sie nicht aus der Truhe herausgeholt, wo sie verwahrt wurden. Die alte Frau in seinem Haus wußte noch nicht, was er getan hatte. Als ihr berichtet wurde, daß er in diesen Sachen gestorben war, setzte sie dagegen, sie befänden sich in der Truhe, und rannte hinauf, um nach ihnen zu sehen. Doch die Sachen waren fort.

NACHWORT

Von Geistern, dem Teufel und einem irischen Trunkenbold

Die Geschichte des Halloweenfestes

> *»An Halloween ist absolut nichts Amüsantes dran. Dieser bissige Festtag spiegelt nur eins wider, das infernalische Bedürfnis der Kinder nach Rache an der erwachsenen Welt.«*
>
> *Jean Baudrillard*

> *»Ich wette, das Leben in einem Nudistencamp nimmt Halloween jeden Spaß.«*
>
> *Unbekannt (13 Jahre)*

Seit mehr als 2000 Jahren gehört sie den Geistern: die Nacht vom 31. Oktober auf den 1. November. In dieser Nacht kommen die Toten aus den Gräbern, in dieser Nacht, so glaubten die Kelten, sind die Naturgesetze von Zeit und Raum aufgehoben, dann mischen sich Geister unter die Lebenden. Denn die im letzten Jahr Verstorbenen sind auf der Suche nach einem lebendigen Körper, in den sie für ein Jahr schlüpfen können – das ist ihre einzige Chance auf ein Leben nach dem Tod. Natürlich wehren sich die Menschen gegen die »Besetzung« durch einen Geist: Sie löschen die Lichter in ihren Heimen, um sie unwirtlich erscheinen zu lassen, verkleiden sich mit furchterregenden Masken und ziehen lärmend durch die Straßen – alles in der Hoffnung, die Geister zu erschrecken.

Das keltische Neujahr Samhain [sprich: Sau-en] wird oft als eigentlicher Ursprung von Halloween genannt. Die Nacht vom 31. Oktober zum 1. November gilt dabei nicht nur als Beginn des neuen Jahres, sondern wurde mit vielen Zeremonien, wie z. B. dem Entzünden aller zuvor gelöschten Lichter am rituellen Feuer der Druiden, als Dank für die Ernte und als Erinnerung an die Toten des vergangenen Jahres gefeiert. Die Römer übernahmen einen Teil dieses keltischen Brauchs, wobei jedoch in dem Maße, wie die Überzeugung von der Besessenheit der Menschen durch Geister verschwand, die Verkleidung und der Schabernack zum wichtigsten Teil des Rituals wurde.

Auch das Christentum machte sich die bestehenden alten keltischen und römischen Traditionen zunutze. Der ursprünglich den christlichen Märtyrern vorbehaltene Festtag Allerheiligen (All Hallow's Day) wurde von Mai auf den 1. November verlegt (aber noch heute ist in Deutschland die Nacht vom 30. April auf den 1. Mai Freinacht und Walpurgisnacht). Bald wurde an diesem Tag nicht nur der christlichen Märtyrer, sondern aller Heiligen gedacht und am darauf folgenden Allerseelen (All Saint's Day) jedes verstorbenen Christen. Am 2. November, an Allerseelen, zogen die Menschen von Tür zu Tür und erbettelten kleine Kekse, die sogenannten »soul cakes«. Als Dankeschön beteten sie für die Verstorbenen der Schenkenden. Je mehr Gebete ein Toter erhält, so der Glaube, um so eher kommt er aus dem Zwischenreich in den Himmel – Grund genug für die Angehörigen, möglichst viele Kekse zu verschenken. In vielen Ländern der Welt wird auch heute noch an diesen Tagen der Verstorbenen auf spielerische und gleichzeitig sehr ernste Weise gedacht: z. B. in Mexiko und Lateinamerika an den »Dias de los Muertos«, an denen u. a. besonders Zuckerwerk in Skelett- und Totenschädelform gereicht wird.

Das Wort »Halloween« ist also nichts anderes als eine Verball-

hornung von »All Hallows Eve«, also dem Abend vor Allerheiligen.

Nach 1840, mit den irischen Einwanderern, kam die Hallo-
weenfeier in die USA und veränderte sich dort erneut. Es wurde
zu einem allgemeinen Volksfest für Kinder und Erwachsene. Zu
den Maskeraden und dem Schabernacktreiben keltisch-römi-
schen Ursprungs kamen aus dem christlichen Erbe die »treats«
(Süßigkeiten) hinzu. Denn wie einst die christlichen Keksbettler
ziehen die Kinder an Halloween von Tür zu Tür und bitten mit
dem Spruch »trick or treat« (Streiche oder Süßigkeiten) um
Leckereien. Dabei tragen sie gruselige Masken, die der Verkleidung ihrer keltischen Vorfahren, welche die Geister der Verstorbenen verjagen wollten, alle Ehre gemacht hätten. Und ebenfalls
in den USA wurde noch eine weitere irische Legende hinzuge-
fügt: die Geschichte von Jack-o-lantern.

Längst kennen nicht nur die Erben der Kelten das Wahrzeichen
von Halloween, den ausgehöhlten, von innen beleuchteten Kürbis. Aber die wenigsten wissen, daß das orange Monster mit dem
zackigen Mund einen Namen hat: »Jack-o-lantern« (Jack of the
Lanterns). Der Namensgeber Jack, so ein irischer Volksglaube,
war ein notorischer Trinker und Betrüger. Eines Abends soll er
den Teufel auf einen Baum gejagt und in den Stamm ein Kreuz ge-
ritzt haben. Da saß er nun, der Leibhaftige, und kam nicht mehr
von der Stelle. Jack ließ den Teufel erst wieder vom Baum, als dieser versprach, den Saufbold nicht mehr in Versuchung zu führen.
Als Jacks Tage gezählt waren, wurde ihm wegen seiner vielen Sünden der Weg in den Himmel versperrt. Aber in die Hölle konnte
der Ärmste auch nicht, da er ja den Teufel geprellt hatte. So gab
ihm der Höllenfürst eine glühende Kohle, mit der sich Jack fortan
den Weg durch die ewige Dunkelheit leuchten konnte. Damit sein
Licht nicht verlosch, steckte er die Kohle in eine ausgehöhlte
Steckrübe. Als die Iren, die das Ritual in Erinnerung an den alten

Jack zelebrierten, nach Amerika auswanderten, entdeckten sie in ihrer neuen Heimat eine voluminöse, exotische Frucht und stellten bald fest, daß sich ein Kürbis viel besser für den Brauch eignet als eine kleine Rübe.

Seit ein paar Jahren tritt der Kürbis seinen Siegeszug um die Welt an. Halloween, das traditionell vor allem in Irland, England und den USA gefeiert wird, erobert nun auch unsere Gefilde. Noch ziehen am Abend des 31. Oktober zwar nur selten verkleidete Kinder durch die Nachbarschaft, um Süßigkeiten zu erbetteln, aber immer häufiger werden auch hier Häuser und Gärten gespenstisch dekoriert und Halloween-Partys organisiert, denn der Spaß am Gruseln ist groß im Kommen.

Lesetip:
Jack Santino (Hrsg.), Halloween and Other Festivals of Death and Life. University of Tennessee Press, 1994.

Bibliographie

Sophie Andresky: Im Bermuda-Dreieck, aus: In der Höhle der Löwin, Copyright ©1998 by Wilhelm Goldmann Verlag, München, in der Verlagsgruppe Bertelsmann GmbH

Margaret Atwood: Mein Leben als Fledermaus, deutsch von Brigitte Walitzek, aus: Gute Knochen, Originaltitel: »Good Bones«, Copyright © der deutschsprachigen Ausgabe 1995 by Berlin Verlag

Clive Barker: Hermione und der Mond, deutsch von Robert Vito, Originaltitel »Hermione and the Moon«, Copyright © 1992 by Clive Barker, Abdruck mit freundlicher Genehmigung der International Literary Agency, London

Ambrose Bierce: Ein Totenwächter, deutsch von Gisbert Haefs, aus: Horrorgeschichten, Copyright © 1988 bei Haffmans Verlag AG, Zürich

Hank Bullock, Jr.: Midnight Rodeo, deutsch von Jörn Ingwersen, Copyright © 1994 by Hank Bullock, Jr. Abdruck mit freundlicher Genehmigung des Autors und WriteLine, Inc., Austin, Texas

Nancy A. Collins: Aphra, deutsch von Andreas Helweg, Originaltitel »Aphra«, Copyright © 1987 by Nancy Collins, Abdruck

MARK CHILDRESS

»Childress ist ein begnadeter Fabulierer mit Umblättergarantie, ein wunderbarer Geschichtenspinner mit einem großen Herz für seine Figuren.«

stern

42308

42310

GOLDMANN

43207

TOM CLANCY

Der Spannungsautor von Weltformat
im Goldmann Verlag

9866

9122

9824

42942

GOLDMANN

GOLDMANN

*Das Gesamtverzeichnis aller lieferbaren Titel erhalten Sie
im Buchhandel oder direkt beim Verlag.*

Taschenbuch-Bestseller zu Taschenbuchpreisen
– Monat für Monat interessante und fesselnde Titel –
✳
Literatur deutschsprachiger und internationaler Autoren
✳
Unterhaltung, Thriller, Historische Romane
und Anthologien
✳
Aktuelle Sachbücher, Ratgeber, Handbücher
und Nachschlagewerke
✳
Esoterik, Persönliches Wachstum und
Ganzheitliches Heilen
✳
Krimis, Science-Fiction und Fantasy-Literatur
✳
Klassiker mit Anmerkungen, Autoreneditionen
und Werkausgaben
✳
Kalender, Kriminalhörspielkassetten und
Popbiographien

Die ganze Welt des Taschenbuchs

Goldmann Verlag · Neumarkter Str. 18 · 81673 München